La Virginienne

Barbara Chase-Riboud
La Virginienne

Roman

traduit de l'américain par

Pierre Alien

FRANCE LOISIRS
123, boulevard de Grenelle, Paris

Édition du Club France Loisirs Paris,
avec l'autorisation des Éditions Albin Michel

Edition originale américaine
SALLY HEMINGS

The Viking Press, New York

Traduction française

ISBN 2-7242-1053-0

A l'énigme de la Sally Hemings historique

FAMILLE BLANCHE

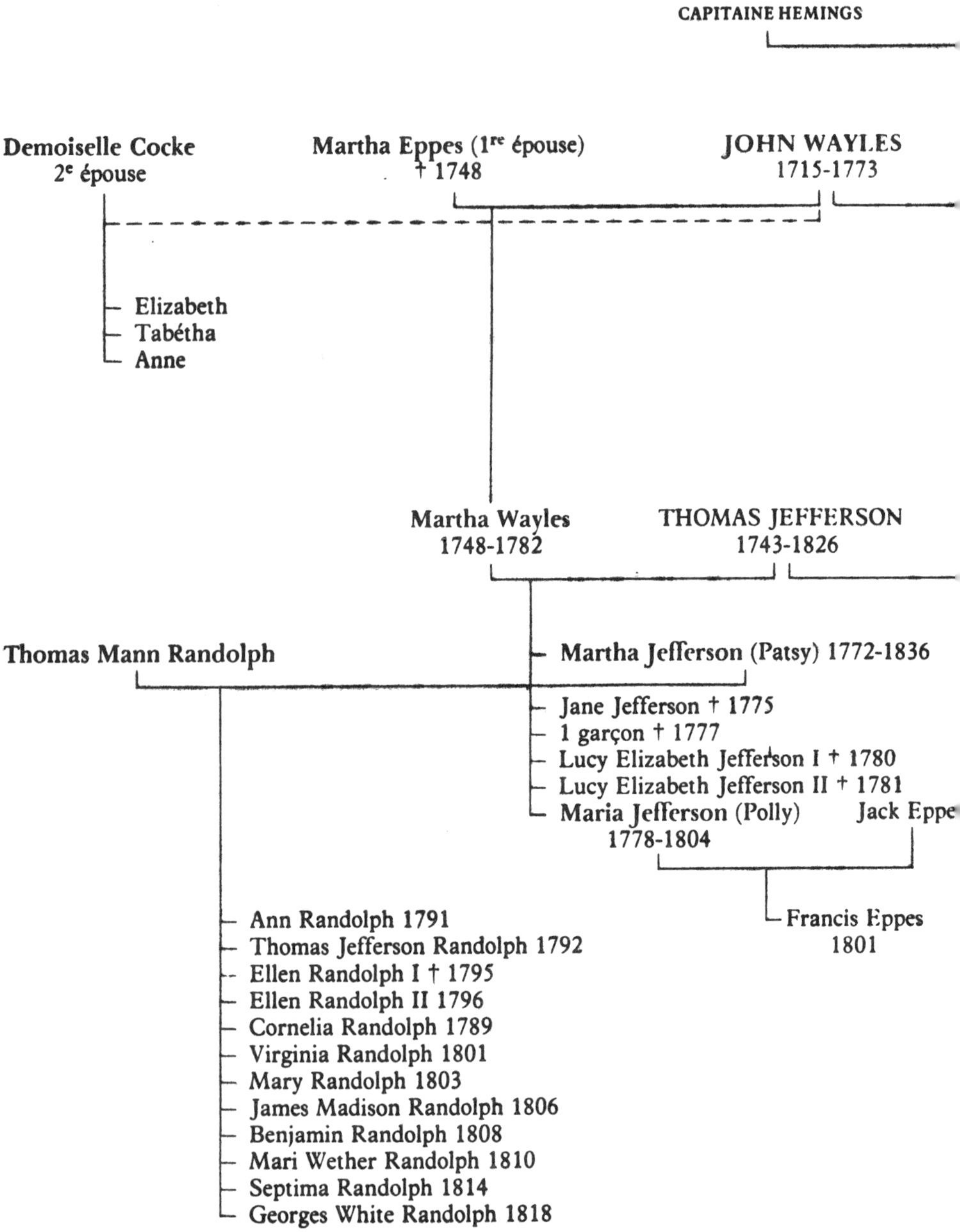

LES HEMINGS – FAMILLE ESCLAVE

L'AFRICAINE, ESCLAVE NOIRE

Elizabeth Hemings
1735-1807

Abraham, dit Abe
mari esclave

2 autres époux
(1 noir esclave
1 blanc)

2 enfants

- Robert Hemings 1762
- James Hemings 1765
- Critta Hemings 1769 — Jamey 1776
- Peter Hemings 1770
- Thenia Hemings 1767
- SALLY HEMINGS 1773-1836

- Mary Hemings 1753 — { Joe Fosset 1780
- Martin Hemings 1755
- Bett Hemings 1759 — { Wormley 1781, Burwell 1783
- Nance Hemings 1761
- Lucy Hemings 1777-1783
- John Hemings 1771

- Thomas Jefferson Hemings 1790
- Edy Hemings † 1796
- Harriet Hemings I † 1796
- Beverley Hemings 1798
- Harriet Hemings II 1801
- Madison Hemings 1805

A Dieu ne plaise, qui le premier me fit ton esclave,
Que je règle en esprit tes moments de plaisir,
Que j'espère de ta main le récit de tes heures...

WILLIAM SHAKESPEARE

Les archives sont détruites. L'Histoire est anéantie, transformée ou interdite. Par des papes, parfois, par des empereurs, par des aristocrates, parfois par des assemblées démocratiques... tel fut et tel est le monde où nous vivons...

JOHN ADAMS

Avertissement

Il y a dans ce roman des documents non seulement authentiques, mais qui sont au centre de l'histoire de Sally Hemings et Thomas Jefferson. Ces documents sont comme une mer où navigua leur petite barque secrète.

BCR

PREMIÈRE PARTIE

1830

Comté d'Albemarle

1

COMTÉ D'ALBEMARLE, 1830

Il est difficile de déterminer sur quel critère juger les mœurs d'une nation, *catholique* ou *particulier*. Il est plus difficile pour un indigène de cette nation d'en rapporter les mœurs à ce critère, car l'habitude les lui a rendues familières. Les mœurs de notre peuple subissent sans aucun doute une influence malheureuse venant de l'existence chez nous de l'esclavage.

THOMAS JEFFERSON, *Notes sur l'État de Virginie*, 1790

UN HOMME blanc arrivait par sa route, comme si cette route lui appartenait et comme si c'était la volonté de Dieu.

Debout dans le rectangle sombre à l'entrée de la case, la femme savait que seuls les Blancs arrivent de cette façon. Un esclave, en tout cas, n'aurait jamais pris de voiture sans être accompagné. Et les seuls affranchis à des miles à la ronde étaient ses fils, Madison et Eston. Jamais elle ne pensait qu'elle était une femme libre, et maintenant, à cinquante-six ans, alors que ses fils attendaient poliment qu'elle meure pour s'en aller dans l'Ouest (et pourquoi refusait-elle si obstinément?), elle restait fixée dans un autre temps, un autre espace, elle continuait d'appartenir à une époque révolue, une époque qui pour elle avait pris fin le 4 juillet 1826, quatre ans auparavant.

La case où elle se trouvait était l'habitation la plus misérable de la région. La terre alentour, épuisée par le coton, était impossible à cultiver. Pourtant ses fils la travaillaient avec la fureur et la violence du désespoir, sans même qu'elle leur appartînt.

En Virginie, les esclaves affranchis n'avaient pas le droit de posséder la terre. Elle était louée, cher, et ne valait rien – usée, montueuse, mauvaise. La case penchait vers ses propres débris. Adossée aux bornages du domaine jadis célèbre de Monticello, elle étouffait désormais sous les broussailles.

La voiture approchait, les roues de fer grinçaient contre les ornières de la route mal entretenue. Elle vit que ce n'était pas vraiment une voiture, une carriole plutôt. Et ce qu'elle avait pris pour des chevaux était en fait une très jolie paire de mules assorties, brun-beige, grasses et luisantes. Ses yeux suivirent sans surprise l'avance de la petite carriole, comme si l'événement qui allait se produire lui avait déjà été expliqué, comme si elle savait qui pouvait venir en aussi bel équipage à la case d'une ancienne esclave.

Au vrai ses yeux n'étaient jamais surpris. C'étaient des yeux d'ambre, d'un jaune profond, marque d'une quarteronne, qui donnaient au visage une illusion de transparence. Des yeux d'or liquide dans un masque d'ivoire, fenêtres ouvrant sur des feux contenus, mystérieux, qui brûlaient jour et nuit, absorbant tout et ne rendant jamais rien. Les traits tirés, mais la peau lisse. Rien ne révélait son âge, ni les chairs du visage, ni les lignes de son corps — un corps petit, ramassé, dense et vigoureux, avec cette vivacité nerveuse de qui est mince de naissance. Elle avait la tête serrée dans un linge blanc qui lui assombrissait le teint et faisait ressortir une bouche pâle, très belle, encadrée de fossettes profondes. Deux pendants de rubis à ses oreilles, comme deux menues gouttes de sang, surprenaient auprès de la grossière toile noire et délavée de la robe et du tablier. Elle portait encore le deuil. Ses mains, cachées dans les plis du tablier, étaient petites, minces et douces, sans marque de travaux pénibles.

La carriole s'était arrêtée au bas du verger. L'homme en était descendu et remontait la sente raide qui menait à la porte. Comme elle regardait approcher l'inconnu, son visage passa très vite de la curiosité à la colère, puis à l'inquiétude. Un homme blanc n'avait que deux raisons pour venir jusqu'à sa case : ou bien c'était l'agent du recensement du comté d'Albemarle, ou bien le shérif avec un avis d'expulsion. Tous deux poseraient les mêmes questions : son nom, son âge, si elle était esclave ou libre. Pour ça, dans le comté, tout un chacun, chaque famille de Tidewater à cinquante miles à la ronde, savait son nom et combien elle avait d'enfants, et de qui ; tout le monde savait aussi qu'en tant qu'esclave émancipée la loi ne lui permettait pas de rester en Virginie — sauf dispense spéciale accordée par le Parlement de l'État.

L'agent du recensement, si c'était lui et s'il avait le moindre sens commun, n'avait pas besoin de faire tout ce chemin dans la chaleur de l'après-midi pour lui demander ce que sans aucun doute il savait déjà : si elle était bien Sally Hemings de Monticello.

Aussi loin que remontaient ses souvenirs, l'esclave maîtresse de Thomas Jefferson était célèbre dans le comté d'Albemarle. Son nom, pour le moins, était connu de tous. A vrai dire, peu de gens l'avaient réellement vue et c'était une des raisons qui lui faisaient remonter lentement ce chemin misérable : voir Sally Hemings en face.

Pas une personne sur cent ne reconnaîtrait « Sally la Noire » en la voyant, conclut-il. Pendant les cinquante années passées à Monticello, elle avait rarement quitté le domaine. Pourtant le nom de cette femme lui semblait familier depuis toujours. Son père avait connu les deux maîtres de Sally : John Wayles, le père, et Thomas Jefferson, l'amant. Nathan Langdon, qui était effectivement l'agent recenseur du comté d'Albemarle, eut un sourire sans joie. Il était vraiment chez lui. Chez lui en Virginie, avec les passions, les vendettas, l'orgueil, les duels et l'honneur du Sud. Et content d'y être. En quelques semaines même, depuis son retour, son énergie, son efficacité, ses manières affectées d'homme du Nord avaient disparu comme une peau de lézard. La chaleur, l'allure alanguie des belles mules bien soignées, le roulis du buggy démodé mais encore élégant, la caresse des rênes sur la paume de ses mains, tout se fondait dans une douceur familière. Il reposa sa haute carcasse sur le cuir fendillé du siège et leva les yeux vers la case minuscule posée au bord d'une forêt de pins sauvage et broussailleuse, à l'extrême sud des terres de Monticello. Il vit alors une silhouette enfantine debout dans la porte de guingois. Une femme. Sally Hemings. Sûrement. Aucune autre femme ne vivait si loin de tout.

La silhouette restait figée dans l'ombre de la porte. Pourquoi fallait-il qu'elle ne pût jamais contrôler la terreur panique qui la prenait à l'approche d'un homme blanc? De n'importe quel Blanc. Elle sentit le malaise habituel s'installer dans son estomac. Il n'y avait eu qu'un seul homme blanc qu'elle eût accueilli avec plaisir. Et il était mort et enterré sur la colline derrière la case.

Au moins Madison et Eston étaient sortis. S'il y avait un problème, elle préférait l'affronter seule. Braver la colère d'un homme blanc, c'était l'affaire d'une femme noire, pas celle d'un homme noir, à moins qu'il ne fût prêt à mourir. Mais celui-ci n'était peut-être bien que le recenseur dont Madison avait parlé la veille.

Elle ressentait un calme étrange. Le shérif aurait un avis d'expulsion, pour le moins, avec mandat de les chasser de Virginie – ce qui conviendrait fort bien à ses fils, s'ils pouvaient s'en aller en paix.

Sally Hemings savait que sa présence en Virginie et celle de ses fils dépendaient du bon vouloir et des caprices de sa nièce, Martha Jefferson Randolph. C'était Martha qui l'avait émancipée, c'était elle qui avait persuadé ses amis au gouvernement de l'autoriser à rester. Sa vie dépendait de Martha et Martha dépendait de son silence. Elles avaient chacune leurs raisons. Qu'il en soit ainsi. Toutes deux avaient des raisons pour se taire – des raisons qui mourraient avec elles. Il était illégal qu'un esclave affranchi reste en Virginie plus d'un an et un jour après la date de son émancipation. L'affranchi risquait d'être vendu de nouveau comme esclave.

Mais si Dieu voulait, elle mourrait en Virginie, à Monticello, non dans quelque désert, scalpée par des Indiens sauvages. Madison et Eston étaient jeunes et robustes. L'Ouest était leur seule chance, mais c'est ici qu'elle finirait ses jours. Ses fils devraient attendre, tout simplement. Ce ne serait pas si long.

L'homme blanc montait à pied. Il se frayait un chemin parmi les pommiers, le soleil dans son dos. Les jolies mules, miroitant dans l'air chaud, attendaient tranquillement au bas du sentier. Sally Hemings entendit ses poules s'agiter sur leur perchoir dans l'enclos, elle sentit le soleil sur ses paupières et les abaissa pour ne pas être éblouie.

La femme était vraiment belle, le visage sans rides, le regard fragile mais inflexible, et dans l'ombre bleue les yeux étaient presque des émeraude, la bouche douce, avec des lèvres d'enfant, orgueilleuse aussi, le corps bien proportionné. Elle avait ôté le fichu blanc et ses cheveux semblaient luire comme un bonnet de soie, la tresse lovée autour de la tête faite de reflets brisés.

Pas un son ne sortit du renfoncement obscur. Nathan Langdon s'efforça de trouver la manière de s'adresser à cette femme. Comment parler à un être qui n'existe pas, qui est la négation de tout ce qu'on lui a appris à croire? D'esclaves blancs, il n'y en avait pas. D'anciens esclaves blancs, il ne pouvait en exister. Aucune femme de cette allure ne vivait dans une case nègre au bout d'un sentier de terre envahi de mauvaises herbes, hors du temps, loin du souvenir, après avoir été aimée par un grand homme qui jamais ne l'avait affranchie. Une odeur de misère et de cuisine traînait à l'intérieur. La robe et le tablier de la femme étaient informes, en pauvre toile noire virée au gris. Une fenêtre laissait entrer dans la pièce la lumière de l'après-midi, découpant une silhouette qui ne bougeait ni ne parlait.

Il parla finalement. « Vous êtes?...

– Sally Hemings. » La voix était nette et claire. « Êtes-vous le recenseur du comté dont m'a parlé mon fils?

– Oui, ma'ame. Nathan Langdon, à votre service. »

Les mots les plus simples semblaient exploser dans l'air. Langdon retint son souffle quand la femme sortit lentement de l'ombre, vers la lumière. Sous le soleil ses yeux reprirent leur vraie couleur, bordés d'épais cils noirs et de sourcils fournis. Un nez un peu large, des pommettes anormalement hautes, des yeux très écartés. Il y avait des fils gris dans les beaux

cheveux noirs qui, dénoués, seraient sûrement tombés jusqu'à la taille.
« Vous habitez ici avec vos fils Eston et Madison?
– Oui.
– Quel âge?
– Le mien?
– D'abord le vôtre, ma'ame, puis celui de vos fils.
– Cinquante-six ans. Mon fils Eston en a vingt-deux et Madison vingt-cinq.
– Tous nés dans le comté d'Albemarle?
– A Monticello.
– Vous êtes des esclaves émancipés, n'est-ce pas? Avez-vous une dispense particulière pour vivre en Virginie?
– Oui.
– D'anciens esclaves de Martha Jefferson Randolph?
– De Thomas Jefferson. Mes fils furent affranchis en 1826 par son testament.
– Et vous?
– La même année.
– La case et la terre sont la propriété de qui?
– De Cornelius Stooker de Charlottesville.
– Quelle surface?
– Douze acres.
– Loyer annuel?
– Deux balles de coton et sept boisseaux de grain.
– Profession de vos fils?
– Musiciens... »
Nathan Langdon leva les sourcils. « Ils cultivent aussi les terres?
– Oui.
– Pas d'autres adultes vivant ici?
– Non.
– Total?
– Total?
– C'est-à-dire, il y a trois adultes résidents et pas d'enfants, je ne me trompe pas?
– Oui, c'est ça.
– Autres membres de votre famille ne vivant pas chez vous?
– Quoi?
– Vous avez d'autres enfants, n'est-il pas vrai?
– Ils sont sur la liste des évadés dans le registre fermier de Monticello.
– Combien?
– Deux... trois.

– Cinq enfants en tout?
– Sept.
– Deux décédés?
– Oui.
– Vos fils sont-ils nés chez vous? »

Sally Hemings hésita. Elle était seule chez elle, sans protection.

« Ils vont bientôt rentrer.
– Où sont-ils?
– A l'université.
– Savent-ils lire?
– Oui.
– Vous savez lire?
– Oui.
– Voter? » La question lui était machinalement venue aux lèvres. Il y eut alors un silence gêné. Bien sûr, ils ne pouvaient pas voter. Ils n'étaient même pas censés savoir lire et écrire. C'était contre la loi. Mais ils étaient maintenant émancipés et il n'y avait pas de loi pour interdire aux affranchis de savoir lire et écrire. Ou y en avait-il une? Il fit de son mieux pour donner le change.

« Euh... des biens? » Il rougit violemment. Il lui parlait comme si elle était blanche. Comme si ses fils étaient des fermiers et des musiciens blancs.

« Aimeriez-vous un verre? dit-elle soudain. Du soda au gingembre, peut-être?
– Merci bien, ma'ame.
– Attendez là. Non. Entrez vous mettre à l'abri du soleil. Vous n'avez pas de chapeau. C'est fini, non? »

Il fut frappé par les étranges détours de cette phrase. Elle parlait presque comme une étrangère, comme si elle pensait dans une autre langue. L'âge ne faisait pas trembler sa voix, jeune au contraire, exquise.

Nathan Langdon dut se courber pour entrer dans la case obscure dont il embrassa l'intérieur d'un regard rapide. Il n'avait jamais rien vu d'aussi surprenant. Il avait dû entrer ces derniers temps dans de nombreuses cases d'esclaves ou d'affranchis, et il ne fut pas surpris par les tables et les bancs rudimentaires, grossièrement assemblés, par le sol de planches rugueuses, les murs de terre blanchie à la chaux, les restes de bibelots brisés puis réparés venus de la Grande Maison, mais quand son œil ébahi aperçut le gracieux pianoforte en bois de merisier, la précieuse pendule en bronze et onyx qui marquait les secondes sur la cheminée de bois délicatement sculpté, l'élégant coffre en cuir vert foncé dont les garnitures en cuivre luisaient doucement dans l'ombre, un fauteuil français, un énorme miroir au cadre surchargé d'or, et plus étonnant que tout, un drapeau français et un mousquet où pendait ce qui semblait une poupée ou une forme menue, il sentit qu'il avait pénétré au plus secret sanctuaire d'un mystère accablant, désespéré.

Il y avait un grand bouquet de fleurs fraîches et par terre un morceau de tissu noir froissé, comme abandonné. Dans ce décor incongru la femme se trouvait silhouettée par la lumière et l'effet était si intime, si chargé de séduction, que Nathan fit instinctivement un pas en arrière. A ce moment sa tête faillit heurter le linteau de la porte et Sally Hemings, d'un geste inconsciemment protecteur, s'avança vers lui.

« Asseyez-vous, je vous prie.

— Merci, ma'ame. »

Même cette invitation, pourtant si neutre, le fit rougir.

« Vos mules ont besoin d'eau?

— Pour ça, je vous en serais bien obligé. » Langdon retombait sur les formules de politesses du Sud, alors que depuis son retour c'est à peine s'il les avait employées. Comme Sally Hemings se tournait de côté, il eut distinctement l'impression de la reconnaître — il sut qu'il avait déjà vu cette femme se tourner de la même manière. Mais où? Il avait passé quatre ans au Massachusetts. Il y avait cinq ans qu'il n'était venu à Charlottesville.

« Mais ne prenez pas cette peine... Elles vont rentrer bientôt... c'est ma dernière visite. »

Langdon se leva et la suivit jusqu'à la porte mais elle était déjà sortie de la case et avait tourné le coin pour aller chercher l'eau. Il fut de nouveau saisi de la même impression poignante, celle de la reconnaître, en voyant le dos mince disparaître dans une zone ombragée près de la cabane où il supposa que se trouvait une source ou un puits.

Quand elle revint elle portait deux seaux d'eau.

« Vous pouvez les descendre à vos jolies mules. Si vous avez l'obligeance de laisser les seaux près du tournant, mon fils Eston les verra et les prendra en revenant du travail.

— Je vous suis bien obligé. Merci. Je regrette d'avoir manqué vos fils, ma'ame.

— Vous devez les connaître de vue. Presque tout le monde en ville sait qui ils sont. Ils travaillent près de l'université.

— Voici longtemps que je n'étais venu au pays. Voyez-vous, j'arrive tout juste du Nord. Je ne sais pas grand-chose de ce qui s'est passé depuis quatre ou cinq ans... mais désormais je reste pour aider ma famille.

— Oh, vous êtes avocat? Vous en avez l'air.

— Pas encore vraiment, mais bientôt. J'ai l'intention cette année de terminer mes études à l'université. J'ai déjà fait quatre ans à Harvard.

– Beaucoup de ces bâtisses en briques – les charpentes et les fenêtres et les parties métalliques – ce sont mes frères qui les ont faites, Robert Hemings et John Hemings, pour Maître Jefferson quand il a commencé à construire son école. Maintenant Madison et Eston font beaucoup de réparations et d'ajouts, puisqu'ils en connaissent la construction mieux que personne. Voyez-vous... »

Sa voix flottait comme des écharpes de soie, elle ondoyait et soulevait les simples mots du langage ordinaire en vagues de douceur et d'intimité. Il se demanda si c'était une femme qui, par tempérament, parlait beaucoup. Certes plusieurs de ses visites aux fermes isolées du comté d'Albemarle s'étaient terminées par de longues conversations avec des paysannes esseulées. Mais oui, il sentait là une tristesse, une solitude. Langdon, sous le charme, l'engageait à parler, offrant de menus potins qu'il avait glanés en ville, lui décrivant sa famille et lui-même (ce qu'il avait si souvent fait à Harvard que c'en était devenu une seconde nature). Il comprit qu'elle était très au courant de ce qui se passait à Tidewater. Il avait toujours remarqué que les nègres savaient merveilleusement communiquer entre eux. Les informations et les potins couvraient des centaines de miles dans la semaine; mais, dans ce trou perdu, où avait-elle appris cet art de la conversation qui ferait honneur à une grande dame?

Le jeune homme blond aux yeux bleus et sa mystérieuse hôtesse parlèrent jusque tard dans l'après-midi. Lui, les pieds solidement plantés sur le sol, penché en avant sur son siège, les coudes sur les genoux, ses grandes mains mollement repliées devant lui. Elle, se penchant également hors de sa chaise, se balançant à peine au fil des phrases ou soudain se rejetant en arrière avec un rire de gamine sous l'effet d'un détail amusant. Elle connaissait tout et tout le monde sans pourtant s'être approchée de la ville depuis des années.

Son ravissant visage brillait du plaisir inhabituel d'avoir la compagnie d'un homme. Ses jolies mains gesticulaient, s'ouvraient et se fermaient ou bien venaient caresser un lourd médaillon ovale retenu à son cou par un ruban de velours – sa seule parure avec les boucles de rubis – visiblement un bijou de valeur et d'une très belle facture.

Sûrement, pensa Langdon, après une si longue conversation j'aurai la permission de revenir. Il cherchait encore, pour lui plaire, à retrouver des anecdotes. Dans tous les salons qu'il avait fréquentés il n'avait jamais cherché si fort à divertir une femme. Quand elle riait, il se sentait désespérément flatté. Ses fils se montreraient-ils? Langdon était curieux. Il désirait voir à quoi ils ressemblaient. Madison et Eston Hemings. Leurs noms le ramenèrent à la réalité du monde extérieur. Les seaux d'eau, délaissés, se tenaient en sentinelle de chaque côté de la porte.

Piedmont, comme toute la Virginie, pensa Nathan, était pris dans la tourmente politique et raciale de l'époque. Qui voulait prêter l'oreille pouvait déjà entendre le tonnerre lointain du conflit imminent. Ces dernières années, la Virginie avait renforcé ses lois sur l'esclavage, mesures qui immanquablement touchaient aussi bien les hommes libres. Les grandes villes du Sud, y compris Charlottesville et Richmond, étaient des camps retranchés. Il y avait dans l'air une odeur de violence, et déjà les familles se divisaient sur la question de l'esclavage. La tension montait, la répression contre la population noire avait décuplé. Depuis 1814, c'était un crime que d'apprendre à lire à un esclave. Il y avait le couvre-feu aussi bien que des passeports et de la mitraille pour qui ne les observait pas. Il y avait des enlèvements, des lynchages, et tous les jours des flagellations publiques pour les infractions mêmes vénielles.

En cette seule année avaient été déposées et débattues à l'hôtel de ville plus de dix-sept propositions concernant l'esclavage dont l'expansion était passionnément combattue État par État, territoire après territoire. Un silence sinistre s'était abattu sur la campagne qui s'étendait mollement de Williamsburg à Richmond. Drapés dans un calme contre nature et étouffant, les éléments semblaient attendre un signe.

Finalement, Langdon renonça à attendre Eston et Madison. Comme les ombres s'allongeaient, Sally Hemings mena gracieusement la conversation à sa fin et, avant qu'il s'en rendît compte, il était sorti de la case et descendait le sentier vers sa carriole et ses mules altérées.

Le recenseur avait passé tout l'après-midi dans sa case. Comme c'est curieux, pensa-t-elle, qu'il lui ait parlé ainsi qu'à une femme blanche. Elle le regarda disparaître et reparaître à travers les pommiers, allant vers son buggy, les seaux d'eau à la main. Elle vit la haute silhouette resurgir au tournant près du verger, s'approcher des bêtes et leur donner à boire. Puis il posa les seaux et monta en voiture. Elle s'attendait à le voir s'éloigner mais il resta longtemps sans bouger. Elle le regarda tandis que le soleil baissait et que le silence était brisé par les premiers bruits de la nuit. Il ne bougeait toujours pas. Il attend peut-être les garçons. Il veut peut-être poser des questions à Eston en tant que chef de famille. Mais lesquelles? Personne ne s'intéressait à leur existence. Quelques dates dans un registre fermier, un prix dans un livre de comptes, un acte de vente, un numéro sur les registres d'un recenseur. Pas plus. Pas plus en tout cas qu'elle n'en disait.

C'était son silence qui l'avait maintenue vivante et saine d'esprit en ce monde où on lui avait tout pris, sauf ses deux derniers fils. Et eux-mêmes savaient peu de chose de sa vie. Les esclaves révélaient à leurs enfants le moins possible de leurs origines et de leur passé. Une vieille ruse. Ne rien dire, c'était ne pas donner de mots à ce désespoir d'être sans avenir et sans passé. Mais maintenant ses fils avaient un avenir. Il n'y avait qu'elle à n'en plus avoir. Et le passé... qu'éprouvait-elle vraiment pour ce passé?

Sally Hemings continua de regarder le recenseur qui restait immobile dans sa carriole. Pourquoi ne pouvait-il se décider à partir?

Nathan Langdon avait descendu la sente escarpée qui menait à la case des Hemings. Il avait senti sur lui les yeux de la femme, senti son silence et sa tristesse singulière le tirer en arrière. Il ne pouvait se délivrer du sentiment qu'un jour, bien avant celui-ci, quelque part, il l'avait déjà vue. Leur rencontre lui donnait une impression de surnaturel, il se l'avouait. Il sourit. Le destin? La réincarnation? A Harvard, combien de nuits avait-il passées à réfuter justement de telles absurdités. Il était athée, comme Jefferson. Nul Dieu ne prenait part aux affaires de quiconque sur cette terre, car si cela était, comment pourrait-il faire un tel gâchis?

Monticello, se dit-il. Il fallait que ce fût Monticello. Il n'était allé au manoir qu'une fois dans sa vie, quand il était étudiant et Jefferson déjà un très vieil homme. Cela devait être en 1825, avant qu'il ne partît pour Boston. Un sien cousin l'avait invité à prendre place au dîner en présence du grand homme.

Le souvenir était encore vif. Cet homme maigre, droit, immensément grand, avec des yeux de flamme et d'épais cheveux blancs, avait encore des taches de rousseur bien que l'âge eût donné une légère transparence à son visage, et que la voix célèbre fût devenue un peu plus tranchante et dure. Thomas Jefferson avait dominé le dîner et l'assemblée d'hommes plus jeunes avec des discours amples et brillants, des morceaux d'une virtuosité presque musicale parfois coupés de silences maussades et inexpliqués où ses pensées semblaient absentes. Mais jamais ses répliques ne manquaient de précision ni d'à-propos. Une métaphore, une phrase bien tournée lui procuraient un intense plaisir et c'était un conteur de génie. Autour de la table on parlait un peu plus fort que d'ordinaire, ce qui est souvent le cas auprès de vieilles gens, mais pour ce qu'il en voyait Jefferson jouissait pleinement de l'ouïe et de toutes ses facultés. Même alors, à quatre-vingts ans, on disait qu'il faisait à cheval vingt ou trente miles par jour. Lui, Langdon, était resté muet, intimidé, tandis que la conversation passait de la récolte du tabac aux vins de France et d'Italie, à l'annexion de Cuba, à la doctrine Monroe, au Second Compromis du Missouri et à la bataille politique qui faisait rage à propos de l'extension de l'esclavage en Illinois.

A la fin du repas, qu'avait présidé sa fille Martha Randolph, Jefferson avait été pris d'un malaise. Il avait trébuché au milieu d'une phrase, avait suffoqué, pâle, puis ayant brusquement repoussé sa chaise, manqué de la renverser. Sa fille avait rapidement pris la situation en main et lui avait fait quitter la table avec l'aide d'un invité. Une fois la compagnie dispersée dans la salle à manger, Langdon avait aperçu Jefferson que l'on confiait à une autre femme qui l'avait entraîné à l'écart. Sally Hemings? Une silhouette menue, plus petite encore à côté de Jefferson, et dont la fine tête luisante n'arrivait pas aux épaules voûtées de l'homme qui se trouvait mal. Il se souvint aussi d'avoir aperçu, brève apparition, l'enroulement d'une tresse.

L'image était si nette qu'elle fit brusquement sortir Langdon de sa rêverie. Il se pencha et caressa d'un geste absent la chair vivante et chaude de ses mules, comme pour revenir au présent. Puis il sortit ses registres. Il « connaissait » tous ceux du comté d'Albemarle – par le sexe, l'âge, la religion et la profession; par les biens, l'appartenance politique, la race et l'état de servitude. Mais les deux êtres auxquels il pensait n'étaient pas sur sa liste.

L'un avait été riche, célèbre, puissant, couvert d'honneurs, avait tenu longtemps la première charge du pays, comblé de respect et d'amour. Il était mort et enterré. Partie intégrante de l'histoire américaine. L'autre avait été une esclave. Une femme méprisée pour sa couleur et pour sa caste. Encore vivante, cependant, et qu'il fallait compter.

Il ouvrit son registre à une page vierge. Si Sally Hemings était ce qu'on disait d'elle, Thomas Jefferson avait alors enfreint la loi de la Virginie. Une transgression punissable d'amende et de prison. Et lui, Nathan Langdon, était un employé du gouvernement des États-Unis et un citoyen de la Virginie. Il hésita un instant puis écrivit :

Eston Hemings, sexe masculin, 22. Chef de famille. Profession : musicien. Race : blanche.

Madison Hemings, sexe masculin, 25. Profession : charpentier. Race : blanche.

Sally Hemings, sexe féminin, entre 50 et 60. Sans profession. Race : blanche.

Quoi qu'il pût penser de Thomas Jefferson, auteur de la Déclaration d'Indépendance, troisième président des États-Unis, lui, Nathan Langdon, était résolu à ce qu'il ne fût pas reconnu coupable d'un crime : le crime de métissage.

2

MONTICELLO, 1815

Tout le commerce entre maître et esclave est un exercice perpétuel des passions les plus violentes, d'un côté le despotisme le plus rigoureux, de l'autre la plus avilissante des soumissions. Nos enfants le voient, et ils apprennent à l'imiter, car l'homme est un animal porté à l'imitation. Cette qualité est chez lui le germe de toute éducation. Du berceau à la tombe il apprend à faire ce qu'il voit faire à d'autres. Qu'un parent ne trouve dans la philanthropie ni dans l'estime qu'il se porte nul motif à contenir l'intempérance de sa passion envers son esclave, la présence de son enfant devrait toujours suffire à lui en donner un.

THOMAS JEFFERSON, *Notes sur l'État de Virginie,* 1790

Mr. Francis C. Gray

Le 4 mars 1815 *Monticello*

Monsieur,

Vous m'avez demandé au cours de la conversation ce qui selon notre loi constitue un mulâtre. Et je crois vous avoir dit quatre croisements avec les Blancs. J'ai consulté plus tard notre loi et l'ai trouvée établie en ces termes :

« Toute personne, autre qu'un Nègre et dont un ou une grand-père ou grand-mère aura été un Nègre, sera tenue pour mulâtre, et donc toute personne ayant partie d'un quart ou plus de sang noir sera de même tenue pour mulâtre » ; L. Virga, 17 décembre 1792 : le cas établi au premier membre de ce paragraphe de la loi est *exempli gratia*. Le dernier contient le vrai critère, qui est qu'un quart de sang noir mêlé d'une quelconque part de sang blanc constitue le mulâtre. Comme la progéniture a la moitié du sang de chaque parent et que le sang de ceux-ci peut être fait de divers appoints mêlés, en certains cas il peut être complexe d'en estimer le composé, cela devient un problème mathématique analogue à ceux des mélanges entre différents liquides ou métaux ; comme pour ceux-ci, par conséquent, la notation algébrique est la plus logique et la plus claire.

Représentons donc le sang pur du Blanc par les majuscules de l'alphabet typographique, le sang pur du Noir par les petites lettres du même alphabet, et tout mélange donné de chacun par une abréviation en lettres cursives.

« Donnons le premier croisement comme étant de *a*, pur Noir, avec *A*, pur Blanc. L'unité du sang de la progéniture étant composée par moitié de chacun de celui des parents sera $\frac{a}{2}+\frac{A}{2}$. Appelons-la, en abrégé, *h* (demi-sang).

« Donnons le second croisement comme étant de *h* avec *B*, le sang de leur produit sera $\frac{h}{2}+\frac{B}{2}$, ou bien, si nous substituons à $\frac{h}{2}$ son équivalent, ce sera $\frac{a}{4}+\frac{A}{4}+\frac{B}{2}$, que nous appellerons *q* (quarteron), ayant $\frac{1}{4}$ de sang noir.

Donnons le troisième croisement comme étant de *q* avec *C*, leur produit sera $\frac{q}{2}+\frac{C}{2}=\frac{a}{8}+\frac{A}{8}+\frac{B}{4}+\frac{C}{2}$. Appelons-le *e* (octavon), lequel ayant moins d'un quart de *a*, ou de pur sang noir, à savoir seulement $\frac{1}{8}$, n'est plus un mulâtre, démontrant que le troisième croisement purifie le sang.

« A partir de ces éléments étudions leurs composés. Par exemple faisons cohabiter *h* et *q*, leur progéniture sera $\frac{h}{2}+\frac{q}{2}=\frac{a}{4}+\frac{a}{8}+\frac{A}{8}+\frac{B}{4}=\frac{'a}{8}+\frac{'A}{8}+\frac{B}{4}$ où nous trouvons $\frac{3}{8}$ de *a*, ou de sang noir.

« Faisons cohabiter *h* et *e*, leur produit sera $\frac{h}{2}+\frac{e}{2}=\frac{a}{4}+\frac{A}{4}+\frac{a}{16}+\frac{A}{16}+\frac{B}{8}+\frac{c}{4}=\frac{'a}{16}+\frac{'A}{16}+\frac{B}{8}+\frac{c}{4}$ d'où $\frac{5}{16}$ font encore un mulâtre.

« Faisons cohabiter *q* et *e*, leur produit sera $\frac{q}{2}+\frac{e}{2}=\frac{a}{8}+\frac{A}{8}+\frac{B}{4}+\frac{a}{16}+\frac{A}{16}+\frac{B}{8}-\frac{C}{4}=\frac{'a}{16}+\frac{'A}{16}+\frac{'B}{8}+\frac{C}{4}$ d'où $\frac{3}{16}$ de *a* qui n'est plus un mulâtre, et chaque composé peut être ainsi noté puis évalué, la somme des fractions composant le sang du produit étant toujours égale à l'unité. Il est admis en sciences naturelles qu'un quatrième croisement d'une race animale avec une autre donne un produit équivalant raisonnablement à la race originale. Ainsi un bélier mérinos croisé d'abord avec une brebis de campagne, puis avec sa fille, troisièmement avec sa petite-fille et quatrièmement avec l'arrière-petite-fille, le dernier produit est considéré comme un pur mérinos, ayant en fait $\frac{1}{16}$ seulement de sang campagnard. Selon nos critères deux croisements avec du sang purement blanc et un troisième avec un mélange de quelque degré, si faible qu'il soit, suffisent à clarifier une progéniture de son sang noir. Mais notez que cela ne rétablit pas l'état de liberté, lequel dépend de la condition de la mère, étant adopté ici le principe de la loi civile *partus sequitur ventrem*.

« Mais une fois *e* émancipé il devient blanc et libre, et à tous égards citoyen des États-Unis.

« Voilà pour cette vétille, en guise de rectification. »

Ses longues jambes bougèrent sous l'ample redingote grise, brûlant d'envie de sentir entre elles son cheval, Aigle. Il avait soixante-douze ans. Sa présidence était achevée depuis six ans, six années qu'il avait passées là, faisant retraite chez lui, entouré par ceux qu'il aimait le plus au monde : ses femmes, ses enfants, ses petits-enfants, ses esclaves, ses voisins, sa famille. Avec impatience il se dressa de toute sa taille derrière sa table de travail, le visage ascétique et serein sous la lumière vive. Puis il se rassit, sa main gauche reprit la plume. Ce faisant, la machine à copier – – appelée polygraphe – qu'il avait inventée, produisit simultanément un double, grâce à une plume reliée par une série de leviers à celle que tenait Jefferson. Ce serait la dernière lettre de la matinée.

Il regarda par les fenêtres de son bureau : une vue où rien de petit ni de mesquin ne pouvait exister, pensa-t-il. C'est pour cette raison qu'il avait choisi ce site qui dominait la chaîne des Montagnes Bleues : un des paysages les plus grandioses de la terre, un des plus beaux. Sa maison, qu'il avait appelée Monticello – gardant la douceur de la prononciation italienne – s'élevait sur un plateau obtenu en rasant le sommet de la montagne.

La lumière est si pure, ce matin, si précise, pensa-t-il, teintée par la douce promesse du printemps qui fait donner aux montagnes leurs bleus les plus profonds.

Il regarda encore un moment la pelouse ouest, remarquant quelques silhouettes qui gambadaient – des enfants, supposa-t-il. Il sourit. Quels qu'ils fussent, noirs ou blancs, ils appartenaient à Monticello. Et à lui.

Il détourna les yeux et reprit sa plume. L'air absent il se massa le poignet avant de signer : *Thomas Jefferson.*

3

COMTÉ D'ALBEMARLE, 1830

> Mais généralement cela ne suffit pas. Le parent s'emporte, l'enfant regarde, retient les expressions de colère, prend des airs semblables dans le cercle des plus jeunes esclaves, lâche la bride à ses passions les plus basses, il est ainsi nourri, bercé et instruit quotidiennement en tyrannie et ne peut qu'en être marqué des traits les plus odieux. Le prodige serait qu'un homme puisse garder de la dépravation ses mœurs et sa morale en de telles circonstances.
>
> THOMAS JEFFERSON, *Notes sur l'État de Virginie,* 1790

« Maman, de quoi avez-vous parlé tout ce temps-là?

– Je ne sais pas, Eston, de choses et d'autres, surtout de potins.

– Tu veux dire qu'un gentilhomme blanc a fait tout ce chemin depuis Charlottesville pour venir potiner avec toi? Que voulait-il? Quel genre de renseignements? Et comment sais-tu que ce n'était pas un de ces journalistes? »

C'était Madison qui parlait. Il y avait toujours de la violence et de la colère dans sa voix.

La question fit monter une bouffée de chaleur à la nuque de Sally. De fait, elle n'avait pas pensé qu'il pût être journaliste. Il n'en avait pas l'air et ne parlait pas comme eux, du moins comme l'idée qu'elle s'en faisait, n'ayant vu un journaliste de sa vie entière. Donc elle n'en était pas sûre. De plus son accent et ce qu'il connaissait des familles locales montraient clairement qu'il était de la région.

« Je te l'ai dit, Madison, j'avais peur que ce soit le shérif et quand j'ai vu que ce n'était pas lui, eh bien, j'étais tellement soulagée que j'aurais cru n'importe quoi. Il fallait que ce soit l'un ou l'autre, et comme c'était un Blanc et que ce n'était pas le shérif, c'était forcément le recenseur. Il a dit qu'il était recenseur, et ne m'as-tu pas dit que l'homme du recensement allait passer un de ces jours? J'ai simplement pensé qu'il disait la vérité.

– Maman, tu crois tout ce que te raconte un monsieur blanc et poli! Tu n'as pas à faire entrer un inconnu chez moi, qu'il soit blanc ou noir!

– Chez nous, Madison, dit Eston. Et laisse maman tranquille. Tu as seulement eu peur que ce soit le shérif. Je t'ai dit qu'on ne peut pas se fier à Martha Jefferson Randolph. Elle nous déteste tous, et depuis toujours.

– Laisse Martha en dehors de ça, répondit Madison. Elle a ses raisons pour nous aider – si on peut dire que cette ruine sans terres est une aide. Et elle ne s'en tire pas mieux elle-même à vivre là-bas, à Pottsville, dans cette gentille maisonnette avec tous ses enfants et ce Thomas Mann Randolph, fou comme un mort et saoul comme une grive. Je ne verserai pas une larme sur Martha Randolph ! Elle n'avait qu'à ne pas épouser ce salaud ! »

De tous ses enfants, pensa-t-elle, Madison était le plus difficile, et comme c'était celui qui lui rappelait son propre frère James, il était un peu son favori. De tous ses enfants, il était le plus exposé. Eston, avec son calme et sa belle allure, s'en tirerait toujours, qu'il passe pour un Noir ou pour un Blanc.

« Maman, avoue que tu as eu tort de le faire entrer ! Ce pourrait être un journaliste faisant semblant d'être un recenseur et cherchant des saletés à imprimer.

– Tu peux sans doute savoir si c'est vraiment le recenseur, répondit sa mère. Tu n'as qu'à demander en ville. Il a dit qu'il s'appelle Nathan Langdon et qu'il est né à Broadhurst. Il a six frères et sœurs, son père est le vieux Samuel Langdon et son oncle John était un ami de Thomas Jefferson. Il est blond avec une barbe brune et fait environ six pieds de haut, mince pour un jeune homme, à peu près vingt-sept ou vingt-huit ans. Il va épouser une fille Wilks de Norfolk nommée Esmeralda et il vient juste de rentrer de Boston et d'Harvard parce que son père est malade et sa fiancée mécontente qu'il mette si longtemps à revenir. Et il y a aussi son frère... tué en duel...

– Maman, tu as découvert tout ça !

– C'était sa dernière visite de la journée, il avait chaud et il était fatigué. Je crois qu'il a dû rester plus longtemps qu'il n'avait pensé.

– Attendait-il qu'on rentre à la maison ?

– Pas vraiment. Il a demandé après vous deux, et il a voulu savoir comment vous joindre pour des travaux que son père veut faire à la plantation. Je lui ai dit qu'en cas de besoin il vous trouverait ici après le couvre-feu.

– Tu veux dire que tu l'as invité à revenir ?

– Enfin, c'est le moins que je pouvais faire, il est...

– Blanc, maman ! Je ne veux pas de lui dans la maison. Pour tout ce qu'il veut traiter avec moi, il peut me trouver à l'université. Tout ce qu'il veut traiter avec n'importe qui peut se passer sur le seuil de la porte. Et tu étais seule... Et si...

– Madison, pour l'amour du ciel. Tous les Blancs ne sont pas des violeurs!

– Ah non? Souviens-toi seulement de la femme de Stokes qui s'est fait avoir là-bas près de chez les Channings... Il n'y a pas deux mois que cela s'est passé. L'épouse d'un homme de couleur libre, la propriété personnelle d'un homme de couleur libre, ça ne veut rien dire dans ce comté. Ils ne veulent pas qu'il y ait des gens de couleur libres en Virginie. Ils le montrent assez clairement. Un faux pas – un seul – et tu te retrouves dans une chaîne de forçats en route pour la Georgie ou la Caroline du Sud, que tu aies tes papiers ou pas. Comme ça d'un seul coup. Personne n'a jamais su ce qui était arrivé à Willy Dubois. Où a-t-il pu aller? En pleine nuit? Après le couvre-feu? Simplement disparu en laissant foyer, maison, épouse, mère et cinq enfants. Alors où serait-il allé? Je ne veux pas d'étrangers dans cette maison, maman, noirs ou blancs. Tu m'écoutes, Eston? »

– Je t'écoute », répondit Eston en s'approchant de sa mère, protecteur.

Eston Hemings était un très bel homme. Très grand, plus de six pieds quatre pouces, avec des cheveux d'un roux éclatant et un archipel de taches de rousseur sur une peau laiteuse qui ne montrait pas trace de barbe. Il avait des mains énormes capables de graver le motif le plus délicat – fleur, fruit ou volute – dans n'importe quel bois, et d'arracher des notes merveilleuses à ses instruments – le pianoforte et le violon italien. Il avait des traits fins et réguliers, comme sa mère, avec un nez plutôt long, haut et large, une bouche sensuelle et généreuse. Le rire avait déjà plissé le tour de ses yeux bleu pâle. Il était large d'épaules avec un cou d'une longueur surprenante, comme celui d'une jeune fille.

Eston savait que si son frère était comme ça, c'est qu'il avait eu des ennuis en ville. Peut-être le leur dirait-il, peut-être non. Tout ce qu'il faisait, Madison avait une façon admirablement irritante de le faire. C'était le plus foncé de la famille et sa grâce déliée, hardie, sa vitalité animale et son audace semblaient une insulte aux deux races. Il avait sans cesse des histoires : il se disputait avec les commerçants pour les factures, avec les contremaîtres pour les plans, avec les maçons pour les croquis, avec d'autres charpentiers pour les techniques, avec le propriétaire, avec la banque, avec le percepteur. Avec à peu près tout le monde. Madison devrait partir pour les Territoires, pensa Eston. Maintenant. Avant qu'il ne se mette dans un vrai pétrin dont il ne pourrait plus sortir. Eston savait pourquoi sa mère ne s'en irait jamais. Il pouvait prendre soin d'elle tout seul. Il n'était pas amoureux. Il ne tentait pas de prouver à une jeune fille née libre quel grand homme il était.

Madison Hemings sentit la pression douce mais ferme de la main de son frère l'entraîner au fond de la case, vers la porte et l'air frais et parfumé de la nuit. Une poussée légère, insistante, qui l'apaisait, le calmait. Il serra fortement la mâchoire pour refouler des larmes de rage.

Pourquoi était-il à ce point bouleversé? Pourquoi avait-il crié après sa mère? La peur, il le savait, était la vraie raison... Il était terrifié à l'idée que quelque chose viendrait ruiner leur existence fragile avant même qu'ils aient eu le temps de la vivre. Il voulait ne parler à personne de ce qui lui était arrivé ce jour-là en ville. Pas même à Eston. Eston sentit se raidir les muscles du cou de son frère, mais ne dit mot.

Une fois dehors ils se tinrent face au soleil rouge et mourant qui plongeait sous l'alignement fragile des pêchers qu'ils avaient plantés plus d'un an auparavant. Au-delà se trouvaient les frontières de Monticello. Normalement, une solide palissade en bouleaux blanchis barrait le vert foncé de la forêt de pins, marquant les limites sud de la plantation. Mais aujourd'hui la plupart des palissades étaient tombées et celles qui tenaient encore debout étaient d'un gris sale, pitoyable. Leurs traverses gisaient là où elles avaient chu, dans les fourrés d'orties.

Madison contempla cette frontière abandonnée. Elle lui sembla celle qui séparait le présent de sa vie d'autrefois. Jamais il ne comprendrait pourquoi sa mère refusait de quitter cet endroit, pourquoi elle avait choisi à dessein de louer une maison si près de Monticello. Était-ce qu'elle voulait qu'on lui fasse souvenir de chaque minute de chacun des jours de sa servitude passée, de son concubinage?

Sa mère ne lui avait jamais rien dit de ses origines. Il savait que les femmes esclaves ne confient jamais rien à leurs enfants. Alors les enfants des esclaves apprennent ce qu'ils peuvent quand ils le peuvent, brin à brin, près des esclaves plus âgés, des mamies, dans les conversations des autres, et le goût amer de ce qu'ils ont glané n'en est que plus âcre. La honte en est plus forte et le fardeau n'est pas moins lourd. Il se souvint du choc quand il apprit de quelque vieille commère qu'il était le fils du maître. Même sa grand-mère ne le lui avait pas dit! Il était leur enfant, pourtant ni son père ni sa mère ne paraissaient l'aimer! Il avait voulu comprendre. Il était resté à regarder pendant des heures son visage d'ocre clair dans les miroirs d'argent poli de la Grande Maison. Il avait couru jusqu'à cette même frontière, loin de la Grande Maison, et s'était cogné la tête sur les bouleaux blancs de la clôture jusqu'à ce que le sang coule, ne pouvant comprendre pourquoi son père ne l'aimait pas. Madison regarda une fois encore les piquets de clôture comme s'il s'attendait à y voir les taches du sang de son enfance.

Il releva la tête. Eston et lui regardèrent leur mère se glisser sous les hautes perches grises à la frontière de Monticello. Elle ramassa ses jupes sans s'arrêter et grimpa la pente vers les cimetières.

Quand elle était irritée ou troublée on la trouvait le plus souvent près de la tombe de Thomas Jefferson ou de celle de sa propre mère, Elizabeth Hemings. Ils se partageaient sa loyauté dans la mort comme ils avaient fait dans la vie. Ses fils la virent se diriger vers l'est et ils surent qu'elle allait au cimetière des esclaves, vers leur grand-mère.

4

COMTÉ D'ALBEMARLE, 1830

> Et de quelle abomination devrait-on accabler l'homme d'État qui permet ainsi à la moitié des citoyens de piétiner les droits de l'autre moitié, qui transforme les uns en despotes, les autres en ennemis, détruisant d'un côté les mœurs et de l'autre l'*amor patriae*. Car si en ce monde un esclave peut avoir un pays ce sera de préférence n'importe quel autre que celui où il est né, destiné à vivre et à œuvrer pour d'autres, à tenir sous le boisseau les facultés de sa nature, à contribuer de tous ses efforts personnels à la disparition de la race humaine ou à perpétuer sans fin sa condition misérable dans les générations qu'il aurait engendrées.
>
> THOMAS JEFFERSON, *Notes sur l'Etat de Virginie*, 1790

Sally Hemings ferma les yeux et s'effondra au bas du simple rectangle entouré de pierres polies et planté de primevères. De l'herbe commençait à pousser sur la tombe et une croix de bois amoureusement taillée par Eston avait remplacé la pierre funéraire d'origine. Il semblait impossible qu'il se fût écoulé vingt-trois ans depuis l'écroulement d'un des piliers de son existence. Elizabeth Hemings était morte le 22 août 1807 à l'âge de soixante-douze ans. Elle avait survécu au père de sa fille, John Wayles, de plus de cinquante ans. Sa mort n'avait pas été facile. Il avait fallu pour la tuer tout un mois d'août humide et infesté de fièvre. Deux mois plus tôt elle avait cessé de s'alimenter et s'était alitée. Mais son jeûne avait mis longtemps à miner la santé fabuleuse qui avait résisté à presque trois quarts de siècle d'esclavage et à la naissance de quatorze enfants. Elle avait survécu aux infections qui décimaient les parturientes quand elles atteignaient la quarantaine, à toutes les fièvres, la malaria, la typhoïde et la fièvre jaune qui ravageaient la Virginie du XVIIIe siècle infestée de marécages, aux fréquentes épidémies de choléra, sans que son corps fût marqué ou affaibli – elle avait survécu à tout et même à sa propre biographie.

Derrière ses paupières closes Sally Hemings voyait encore l'intérieur étouffant, grouillant d'insectes, de la case d'esclave où elle et Martha Randolph avaient regardé sa mère tendre vers la mort la même volonté prodigieuse qui avait soutenu sa vie. Elle et Martha, écrasées de chaleur, étaient assises, formant un cercle de complicités étranges propres au Sud : la concubine et fille, la maîtresse et l'esclave, la tante et la nièce. Trois femmes qui reflétaient chacune à sa façon la complexité des rapports et des liens de parenté qui les unissaient. Il y avait eu l'amour, la servitude, la haine, la féminité. Et tout s'était fondu en un même flot le jour où Elizabeth Hemings, qui se débattait désespérément pour quitter cette vie qu'elle avait subie, avait chuchoté : « Mets ta main sur ma poitrine et appuie ; mon cœur ne veut pas cesser de battre. »

Monticello, le 22 août 1807

« Je n'ai jamais connu qu'un homme blanc à s'appeler Hemings. C'était mon père, un Anglais. Ma mère était une Africaine pur sang et elle était née là-bas. Mon père était le commandant d'un voilier britannique. Le capitaine Hemings, me disait maman, chassait les bêtes sauvages comme son père, sauf qu'il chassait sur les mers et que les baleines étaient ses proies.

« Il naviguait de l'Angleterre à Williamsburg, un grand port à l'époque. Quand le capitaine apprit ma naissance, il décida de m'acheter avec ma mère, qui appartenait à John Wales. Il approcha celui-ci en offrant pour nous deux une somme extraordinairement élevée, mais c'était le début des métissages et Maître Wayles voulait voir ce que j'allais donner. Il refusa l'offre de mon père. Le capitaine Hemings plaida, supplia, menaça, et enfin ils se disputèrent. Le tout sans effet ; mon maître refusait de vendre. Mon père, l'achat ayant échoué mais décidé à posséder sa chair et son sang, résolut de nous enlever en cachette. Son navire faisait voile, tout était prêt, qand nous fûmes trahis par d'autres esclaves. John Wayles nous emmena à la Grande Maison où il nous enferma et le navire du capitaine Hemings partit sans nous.

« On nous garda à la Grande Maison, mais ma mère ne se remit jamais. Elle s'enfuyait constamment. J'ai dû m'évader six fois avant de savoir marcher ! Son maître l'avertit que la prochaine fois elle ne serait pas seulement battue comme chaque fois qu'ils la ramenaient, mais qu'elle recevrait le châtiment légal des fugitifs : un " R ", pour renégat, marqué au fer sur la joue.

« Elle s'enfuit de nouveau et John Wayles ordonna qu'on la punisse. C'était le contremaître qui devait s'en charger. Ma maman hurla et les injuria et se battit. Elle était forte, ma mère, et il fallut quatre hommes pour la tenir. Mais quand le fer approcha de sa peau, John Wayles tendit brusquement le bras vers elle. Il aurait voulu faire sauter le fer de la main du contremaître mais le coup ne fit que dévier le fer qui s'abattit sur le sein droit de ma mère au lieu du visage. Les esclaves qui assistaient au supplice crurent que Maître Wayles allait tuer ce contremaître.

« Ma mère ne s'enfuit plus jamais. Être marquée au fer, c'est quelque chose qui reste en vous jusqu'à la mort. On n'oublie jamais. On peut oublier les coups. Mais pas la cicatrice. Surtout une femme. Ma mère retourna aux champs et on me garda à la Grande Maison.

« Puis un jour que j'allais vers mes quinze ans ma maîtresse m'attrapa par les cheveux. Je veux dire qu'elle prit mes cheveux à pleines mains et me traîna jusqu'aux champs de tabac. Et elle me laissa là, comme ça. Je n'ai jamais revu son visage, car lorsque je suis retournée à la Grande Maison elle était morte depuis longtemps. Je suis restée dans les champs. On m'a donnée à un esclave appelé Abe, pour Abraham, et je lui ai porté six enfants.

« Douze ans plus tard John Wayles me prit comme esclave maîtresse malgré le fait que j'avais déjà donné six enfants à Abe qui m'avait quittée en mourant. John Wayles avait vu mourir ses trois épouses. La première, Martha Eppes Wayles, mourut dans les trois semaines après la naissance de sa fille Martha. La seconde femme, une demoiselle Cocke, porta quatre filles dont trois – Elizabeth, Tabitha et Anne – parvinrent à l'âge adulte. Après sa mort il épousa Elizabeth Lomax qui ne vécut ensuite que onze mois. Quand celle-ci mourut il me prit comme concubine dans la Grande Maison. J'avais grandi dans cette maison et maintenant j'y revenais pour la diriger. J'avais vingt-six ans, c'était l'année 1762, et Martha Wayles avait treize ans. En 1772, John Wayles faisait toujours le commerce des esclaves, il en achetait, en vendait, et en faisait l'élevage. A cette date je lui avais porté quatre enfants : Robert, James, Peter et Critta. En 1767, quand Martha eut dix-huit ans, elle épousa son cousin et quitta Bermuda Hundred pour y revenir moins de deux ans plus tard, veuve. Elle y resta trois ans jusqu'à ce qu'elle épouse Thomas Jefferson un 1er janvier qu'il neigeait. J'ai servi les passions de John Wayles et j'ai tenu sa maison pendant onze ans, depuis mes vingt-six ans jusqu'à sa mort en 1773, trois mois après la naissance de son dernier enfant, Sally. Ma vie s'est faite avec ses enfants blancs, surtout Martha, autant qu'avec les enfants que j'ai eus de lui. Je les ai tous aimés.

« J'ai pris soin d'eux tous. Comme si c'étaient les miens. Les filles les plus jeunes ont oublié, mais Martha s'en est toujours souvenue. De tous les enfants blancs, c'est elle que j'ai le plus aimée. Je l'ai suivie à Monticello, je l'ai soignée quand elle était malade et je l'ai vue mourir un peu après chaque naissance, s'efforçant de donner un fils à Thomas Jefferson.

A son chéri. Et il l'a laissée faire et il l'a laissée se tuer à essayer, puis il l'a pleurée – le monstre – comme moi.

« En tout cas je n'ai jamais pu lui pardonner, car il a su qu'il la faisait mourir, il a su dès le premier enfant qu'elle ne devrait jamais en avoir d'autre. Son corps allait lâcher. Mais il a été touché plus durement même que moi. Nous nous sommes battus, oh oui, tous les deux, pour garder notre équilibre. J'ai pleuré et il a brûlé. Brûlé toutes ses affaires. Toutes ses lettres. Ses portraits. Son journal. Ses vêtements. Tout. Ce n'était pas juste de détruire ce qu'elle avait comme ça. C'était de la rage. De la rage contre Dieu, et la rage contre Dieu est un blasphème. La colère pouvait le saisir plus fort qu'aucun homme que j'aie connu. J'ai cru un temps qu'il devenait tellement fou de rage qu'il allait se tuer lui-même.

« Mais moi je ne pouvais pas penser au suicide parce que j'avais tous ces enfants. J'avais dix des miens sur douze quand je suis allée chez Martha. John Wayles est mort sans me libérer, ni aucun de mes enfants. J'ai dit à toutes mes filles, belles créatures que vous êtes toutes, n'aimez aucun maître s'il ne promet par écrit de libérer vos enfants. Ne le faites pas. Faites-vous tuer d'abord, faites-vous battre. Le mieux, c'est d'abord de ne pas les aimer. Aimez votre couleur. Cela fait assez mal. Aimez votre couleur si vous pouvez, et si on vous choisit obtenez la liberté pour vos enfants. Je n'ai pas eu la mienne, celle de mes enfants non plus. Je ne peux pas dire qu'il me l'avait promise, alors je ne peux pas dire qu'il n'a pas tenu sa promesse. Il n'a jamais promis et jamais je n'ai demandé. J'ai seulement attendu. Une chose terrible pour un esclave. D'attendre.

« Me suis retrouvée à Monticello, j'étais la propriété à Thomas Jefferson. Je me suis seulement dit que je n'allais pas en mourir. J'allais juste continuer à m'occuper de Martha et de mes enfants et des siens. Je ne pouvais pas me laisser aller, voyez-vous, j'avais trop de têtes à garder. Mes deux derniers enfants sont nés à Monticello. Un d'un mari esclave, Smith. L'autre, je n'aime pas en parler. On m'a violée, c'est tout. Et pas juste une fois. Ne pouvais rien y faire. C'était un charpentier blanc appelé John Nelson. Rien à faire que d'avoir l'enfant et de l'aimer. Comment il y était venu, ce n'était pas de sa faute. Ce fut mon dernier. Mon bébé. Quand j'avais presque cinquante ans.

« Malgré toutes les souffrances, la servitude et le travail pénible, j'aimais la vie. L'idée, voyez-vous, c'était de survivre. Pas de se noyer dans le chagrin : le jeu était de tenir le jour, puis la nuit, et d'amasser assez de force pour le jour suivant, Seigneur, j'avais besoin de cette force. D'abord j'ai eu à tenir Bermuda Hundred, cette maison gigantesque et tous ces esclaves. Ensuite j'ai eu Monticello. La maison était plus petite mais Thomas Jefferson n'arrêtait pas de la démolir pour la reconstruire et je ne pouvais jamais faire marcher cette plantation comme je voulais. Chaque fois que les choses se calmaient et que j'arrivais à mettre en ordre la maison et tous les domestiques, tiens donc, il revenait de Philadelphie ou de New York et on se retrouvait dans les briques et dans le plâtre. Ça me jetait dans les larmes, voilà. La pauvre Martha n'a jamais vu sa maison terminée. Elle était souffrante le plus souvent et elle avait horreur de ses absences. Elle avait horreur de la politique, de toute façon. Mais elle aimait l'homme. Elle l'aimait. Je lui disais tout le temps de tenir bon. D'essayer de prendre des forces. Pas d'essayer de rester à sa hauteur, parce que Thomas Jefferson vivra jusqu'à cent ans. L'homme le plus fort que j'aie vu de ma vie. Vingt, trente miles à cheval tous les jours. Il avait le même tempérament que moi sauf que des fois il avait ses humeurs ou ses " dépressions ", comme disait Martha. Il aimait son indépendance, aussi. Ne voulait pas non plus que Martha relève un peu trop la tête. C'était un homme jaloux et possessif. Et une violence – oh! il était tout doux tout léger – je l'ai bien vu. Il avait des colères monumentales quand on le contrariait. Même quand cela ne sortait pas. Il trouvait que c'était indigne de lui... mais il les avait. Parfois je pouvais sentir le soufre en lui. Parfois, quand cela arrivait, il se contentait de me regarder et de rire.Il ne venait pas me déranger. Il ne se mêlait pas de mes affaires avec la maison, alors on s'entendait. Je l'aimais bien, vraiment. Et je pense qu'à sa manière il aimait ma Martha. Mais il n'a jamais compris les femmes, vraiment.

« Quand sa mère est morte en 1776, eh bien, il a fait pareil que plus tard avec les affaires de sa femme quand *elle* est morte; il a tout brûlé – lettres, portraits, souvenirs – tout. Il ne voulait être reconnu de personne, pourtant je n'ai jamais vu quelqu'un ayant tant besoin d'être connu et aimé. Enfin, Martha l'aimait, et toi aussi Sally. Je peux t'apprendre ce que j'ai su de Thomas Jefferson, ce qui n'est guère. Mais personne ne peut t'apprendre à aimer un homme blanc sans souffrir.

« Je dis " aimer ", si c'est cela qui peut exister entre une esclave et un homme blanc et libre, ou entre un esclave et une femme blanche et libre. J'ai aimé Martha comme une mère, et j'ai aimé John Wayles comme une épouse. L'ennui c'est que je n'ai rien demandé, et en fin de compte je n'ai rien eu. Quand j'ai compris qui j'étais, ou ce que j'étais, je me suis dit qu'on pourrait bien m'appeler une esclave mais que je n'allais pas mener une vie d'esclave. Je n'allais pas me casser la tête à vivre rien comme une esclave. J'ai tâché d'apprendre ça à tous mes enfants. Sur quoi j'ai toujours insisté, c'est que nous avions un nom de famille – Hemings. Hemings. Et j'ai voulu qu'on s'adresse comme ça à tous mes enfants. Qu'ils se rappellent qu'ils avaient un nom! J'ai voulu qu'ils s'intéressent à la vie. A voir ce qui allait se passer ensuite. Même pour les esclaves il y a des choses qui se passent. Même dans le monde des esclaves il y a toujours quelque chose qui doit se passer. Je crois à la vie, qu'on doit préserver, et à l'amour.

« Je crois qu'il faut avoir une vie secrète avec des plans secrets et des rêves secrets. Comme avoir un petit potager à soi derrière sa case comme le mien. Obligé d'y travailler la nuit ou vraiment tôt le matin mais c'est à toi. Pareil avec les rêves. Peut-être qu'il faut les travailler la nuit ou très tôt le matin mais personne ne peut te les arracher de la tête à moins de te tuer et si tu travailles il n'y a personne qui va venir te tuer, parce que tu vaux de l'argent. Seigneur, Dieu, je me battrais contre les suicides. »

Tout au long des étouffants après-midi d'été Elizabeth Hemings se vida de sa vie en parlant. Les mots s'écoulaient jusqu'au soir, jusqu'à ce qu'elle fût trop épuisée pour parler. Beaucoup de ces histoires, Sally Hemings et Martha Randolph les avaient entendues une douzaine de fois, pourtant elles s'agrippaient à Elizabeth comme à une poutre au milieu d'un rapide qui leur faisait descendre de plus en plus vite son fleuve de souvenirs personnels. Les incidents, les vieilles plaisanteries familiales, les intrigues et les vendettas, les naissances et les morts, autant de ruisseaux qui couraient chaque après-midi au long des conversations vagabondes.

Elle remontait de plus en plus loin dans le temps et ses mains planaient sur la courtepointe comme si elle choisissait les bouts de verre colorés d'une mosaïque ; chaque éclat reflétait des événements passés faisant eux-mêmes venir d'autres images de sa vie. Sally Hemings pensait ne jamais être capable de se souvenir aussi bien de sa propre vie et Martha Randolph était stupéfaite de voir la richesse de cette mémoire d'esclave. Pour les deux femmes qui la soignaient, le monde sans Elizabeth Hemings n'avait jamais existé.

« Après la mort de John Wayles on nous a répartis, nous les esclaves, entre les héritages des quatre filles vivantes, Martha et ses trois sœurs. Martha m'a prise avec dix de mes enfants. Les deux autres sont partis avec Tibby. Je ne suis venue ici, à Monticello, qu'après ta naissance, Martha, toi qu'on appelait Patsy. Suis venue avec Sally, qui avait deux ans, et Thenia encore bébé.

« En ce temps-là, Thomas Jefferson était un homme riche. Ouais, riche. Il avait hérité de John Wayles cent trente-cinq esclaves, nous les Hemings y compris, et onze mille acres. Il possédait quatre plantations. Monticello, qui n'était pas grand-chose au début mais qui est devenue la plus belle avec toutes ses constructions ; la Peupleraie, où nous sommes tous allés quand les Anglais sont venus nous chercher, Elk Island et

Elkhill. Martha a eu la vie douce tant qu'il n'y a pas eu toutes ces histoires autour de l'indépendance. D'abord Thomas Jefferson est allé défendre un mulâtre qui réclamait sa liberté parce que son arrière-grand-mère était une Blanche qui l'avait eu d'un esclave noir. Maît' Jefferson disait que les péchés du père ne devaient pas retomber sur la troisième génération, ni sur des générations sans fin, et que ce garçon était libre en étant l'arrière-petit-fils d'une femme libre et que c'est la mère qui détermine l'esclavage en Virginie. Il a perdu. Pas un Virginien ne voulait entendre parler d'une dame blanche avec des enfants noirs. Pour ça ils vendaient n'importe quelle Blanche en esclavage : cinq ou dix ans pour la mère et trente pour l'enfant. En ce temps-là ils croyaient qu'une dame blanche avec un bébé noir, tous ses bébés seraient noirs. Tiens donc, si c'était comme ça, pourquoi cela ne s'appliquait pas aussi bien à nous ? Et puis il y a eu cette loi sur le Timbre. J'ai tout entendu là-dessus. Ce boucan à Boston avec des Blancs déguisés en Noirs et en Indiens qui ont jeté le thé dans l'eau et tout de suite Thomas Jefferson qui s'excite là-dessus et écrit un " texte révolutionnaire ", comme disait Martha. Disant aux Anglais d'aller se faire voir et tout, ce qui en faisait un traître à la Couronne risquant d'être pendu et écartelé. La pauvre Martha était dans tous ses états. Elle me disait tous les terribles dangers que son mari courait, risquant d'y perdre sa fortune, son nom et sa tête.

« Mais Maît' Jefferson était bien content. Il courait partout, en pleine forme, souriant, écrivant, discourant. Alors il a eu une de ces migraines comme après la mort de sa maman. Migraine et dysenterie, c'étaient ses deux maladies. Le tout venant de ses nerfs et de son caractère emporté. Il est parti pour Philadelphie avec mon fils Robert. Il est allé au Congrès continental avec tous ces gens célèbres des temps révolutionnaires. Sa petite fille est morte à dix-huit mois et le Maît' est revenu en courant mais c'était trop tard. Martha a eu un chagrin terrible et Maît' Jefferson l'a suppliée de venir avec lui à Philadelphie mais elle n'a pas voulu. Maît' Jefferson est retourné à Philadelphie et a écrit sa Déclaration d'Indépendantisme qui en a fait l'homme le plus célèbre de Virginie, peut-être de toutes les colonies. Martha n'en avait cure. Elle ne voulait d'aucune révolution, mais elle n'a jamais rien dit à son mari sauf une fois.

« A Noël 75 seulement elle l'a supplié d'abandonner la politique. C'était la mort de la petite Jane qui la navrait encore, et elle l'a supplié d'abandonner la politique, de ne plus faire la guerre à l'Angleterre. Bien sûr, à ce moment-là c'était trop tard ; j'aurais pu le lui dire. Maît' Jefferson n'allait pas lâcher ses politicailleries pour une simple mortelle. Surtout elle ne supportait pas les séparations. Elle disait qu'elle n'était pas comme Abigaïl Adams, qui aimait la politique elle, et poussait son mari

Pourtant elle ne voulait pas le suivre à Philadelphie même quand elle allait bien. Elle l'implorait, elle se battait, mais il se défendait. C'est dur de demander à un ambitieux comme lui d'abandonner l'œuvre de sa vie. En tout cas l'Angleterre se mettait en boule et envoyait des troupes et des commandants et des généraux, et elle les débarquait à peu près où elle voulait. Il est venu aux oreilles des esclaves que les Anglais prenaient des esclaves dans leur armée en leur offrant la liberté et en leur donnant un uniforme. On disait qu'il y en avait trois cents dans l'armée du Maryland avec " Libérez les esclaves " sur la poitrine. Sûr, Seigneur, que j'aurais aimé voir ça ! Des Noirs en uniforme avec des fusils, et la guerre était là sans qu'on s'en soit rendu compte.

« La seconde année de la guerre Martha a finalement donné un fils à son mari. Il n'a vécu que jusqu'au 14 juin et nous l'avons enterré sans nom. Patsy était la seule à survivre, et j'ai cru que Martha allait devenir folle. Elle avait perdu trois enfants, en comptant le fils de son premier mariage. J'avais vu des femmes perdre cinq, sept ou dix enfants avant qu'ils aient deux ans. Il n'y a rien de plus dur en ce monde que d'enterrer ses propres enfants. Je remercie Dieu, cela ne m'est jamais arrivé. Oh ! maintenant j'en ai enterré deux, mais c'étaient déjà des hommes.

« Martha s'est retrouvée enceinte dès qu'elle a pu et l'année suivante elle a eu Polly, à qui Dieu permit de vivre. En tout cas elle a vécu assez pour se marier. Mais cette fois Martha a mis longtemps à se remettre. Elle avait peur de mourir, peur de perdre Polly, peur de perdre un autre enfant et peur d'en avoir un autre.

« Maît' Jefferson s'est remis à reconstruire Monticello. Les choses n'allaient pas trop bien pour lui. Il semblait qu'on était en train de perdre cette guerre qu'il avait lancée. Il était maintenant gouverneur de la Virginie, avec le siège du gouvernement à Williamsburg, mais il n'était pas fait pour être un chef de guerre. Les généraux et les officiers qui sont venus à Monticello à cette époque étaient surtout des Allemands et des Anglais, des prisonniers de guerre, en tout cas on les appelait comme ça. Mais bon, on les traitait comme des invités. Plus d'une soirée musicale et plus d'un dîner ont été donnés pour les gentilshommes étrangers qui se battaient contre nous. Une dame allemande, la femme d'un général, a suivi son mari jusqu'à nos rivages et a été logée avec lui à Monticello. Vingt-deux esclaves, dont onze femmes, ont fui la plantation pour rejoindre l'armée anglaise. Puis, Seigneur, il y a eu le jour où les dragons anglais sont venus chercher le gouverneur Jefferson, disant qu'ils voulaient lui passer une paire de menottes en argent. Ils ont fouillé la maison de la cave au grenier et ont emmené le pauvre Isaac à l'armée devant sa mère qui hurlait et qui pleurait. Je pense que c'est ce qui a décidé Martha à s'en aller avec le maître d'abord à Williamsburg, puis à Richmond où elle est tombée enceinte une fois de plus. Avec ça je restais seule avec mon fils Martin pour m'occuper de la plantation. Sans savoir quand les soldats allaient revenir, ni rien. Devant me débattre avec les esclaves qui couraient à droite et à gauche pour rejoindre les Anglais, prenant tout ce qu'ils pouvaient manger et tout ce qui n'était pas cloué au sol. En novembre 80 Martha est revenue et Lucy Elizabeth, la première, est née

« Seigneur, voilà les Anglais qui reviennent. Ils ont reparu à Monticello en juin 81. Jack Jouett a chevauché toute la nuit pour apporter à Monticello la nouvelle que le général anglais, Tarlton si je me souviens bien, venait pour capturer Thomas Jefferson. Jouett était tout déchiré par les ronces. Il en a gardé les cicatrices jusqu'à la tombe. Il était dans un état ce matin-là! Je l'ai nettoyé, je lui ai fait manger quelque chose et il est reparti à cheval. Maît' Jefferson a envoyé Martha, Patsy, Polly et tous les Blancs à la Peupleraie. Tu t'en souviens, Patsy? Toi, Sally, tu es restée avec moi. Tu avais peur et tu tremblais, c'était terrible. Thomas Jefferson a pris tranquillement son petit déjeuner et quand il a vu dans son télescope que les Anglais grimpaient sur la montagne il a fait seller son cheval et il est parti vers le mont Carter. C'est moi qui ai reçu les Anglais à la porte. Mais j'ai demandé à Martin de l'ouvrir. Et avant ça on a couru rassembler l'argenterie pour César qui l'a cachée sous le parquet. Les Anglais cognaient déjà sur la porte quand Martin a laissé retomber la planche sur le pauvre César qui est resté sous la maison, enfermé sous les parquets. Il m'a dit ensuite qu'il entendait les planches gémir et craquer sous les pas des dragons. Un des soldats a mis un pistolet sur la poitrine de Martin et lui a dit qu'il tirerait si Martin ne lui disait pas quelle direction avait prise Maît' Jefferson. Martin a dit : " Tire donc! " Et la pauvre petite Sally a cru qu'elle allait voir tuer son demi-frère, et elle s'est mise à hurler, mais ils n'ont tué personne. Ils sont repartis le lendemain, gentils comme tout, sans rien prendre et en me laissant là avec Martin. Si j'avais su, nous aurions pu cacher Maît' Jefferson à la place de César! J'en ai souvent plaisanté avec le maître.

« Maît' Jefferson, après ça, il n'avait plus le cœur de gouverner. Les miliciens ne se battaient pas comme il faut, ils s'égaillaient et s'enfuyaient et désertaient et la moitié n'étaient pas capables de tirer devant leur nez. N'auraient pas laissé les esclaves se battre, ces Virginiens, même si des esclaves se battaient des deux côtés au Maryland, en Pennsylvanie et en Caroline. Mais ces gars de la milice, ce n'étaient que des fermiers, des paysans et des coureurs des bois. Pour combattre une vraie armée avec de vrais uniformes et tout, ils n'y connaissaient rien. C'était un vrai gâchis.

Et, par-dessus tout ça, Maît' Jefferson est tombé de Caractacus et il est resté six semaines sur le flanc. Il avait eu six chevaux dans sa vie. Il les adorait ces chevaux bais, surtout le grand avec les pattes arrière blanches. En tout cas, après le raid des Anglais sur la capitale, ce n'était plus le même homme. Martha, elle, était au ciel et en enfer – c'est-à-dire qu'elle attendait encore un enfant, malgré tous les ennuis qu'on avait eus après Lucy Elizabeth. Celle-ci, c'était sa septième grossesse. Je ne l'ai pas quittée pendant les neuf mois, et Maît' Jefferson non plus.

« A Monticello, il a installé son bureau dans la petite pièce du haut à côté de sa chambre à elle pour attendre. S'est mis à écrire un nouveau livre sur la Virginie. Entendu dire qu'il ne tenait pas du tout à ce que les gens de couleur se mélangent avec les Blancs. N'importe comment, à cette époque Maît' Jefferson a envoyé Martin rechercher Custer, ce jeune esclave qui s'était sauvé à Williamsburg – jamais ne l'a rattrapé. En mai 82 Martha a mis au monde une autre fille et lui a donné le nom de celle qu'elle avait perdue, Lucy Elizabeth. Je n'ai rien dit mais je ne voulais pas de ce nom pour l'enfant. Pour moi, c'était un mauvais présage, et j'avais raison. Lucy a vécu jusqu'à l'âge de quatre ans, mais Martha n'a pu la voir que pendant les dix-sept mois qu'elle a survécu. Martha savait qu'elle était en train de mourir, je le savais, et Maît' Jefferson aussi le savait, mais personne n'a rien dit jusqu'à la fin. Seigneur, quand il l'a vue mourir... Et pas trente-quatre ans qu'elle avait. »

Sous ses paupières à demi closes Elizabeth Hemings considérait les deux femmes qui la regardaient mourir. Martha s'obstinait à venir s'asseoir près d'elle. C'était son devoir de maîtresse de maison de veiller les esclaves mourants.

Ces deux-là étaient assises comme des bouts de bois, pensa Elizabeth. Elles avaient toujours été douées pour se tenir tranquilles. Elle-même n'avait jamais été capable de rester en place. Elle faisait de son mieux pour mourir, avant qu'on ne la tue, mais elle mourait difficilement. Elle avait toujours su qu'elle aurait du mal à mourir. Deux assises là, elle couchée, toutes les trois attendant la mort. Elles avaient chacune vécu leur vie d'après les règles : les règles de maître et d'esclave, d'homme et de femme, de mari et d'épouse, d'amant et de maîtresse. Celui qui avait dicté les règles et imposé le jeu était parti sur son cheval, refusant de se commettre avec ces histoires de bonnes femmes, mourir et regarder mourir les autres. Elle savait que ces deux-là, le moment venu, pleureraient cet homme plus qu'elles ne la pleureraient jamais, et comment les en blâmer ? C'est pour ça qu'on les avait mises au monde et formées. Elle-même avait préparé sa propre fille, son enfant favorite, à la triple servitude d'esclave, de femme et de concubine, comme on dresse un pur-sang pour son cavalier sans jamais mettre en question les droits du cavalier. Si elle ne l'avait pas fait, sa fille ne serait jamais revenue de Paris.

Mon Dieu, oui. Elle avait fait l'entremetteuse pour son maître. Elle lui avait fait présent de ce qu'elle aimait le plus au monde. Comment avait-elle su que son image d'une parfaite esclave coïncidait avec l'image qu'il avait d'une femme parfaite? Et Sally Hemings aimait Thomas Jefferson. C'était cela, la tragédie. L'amour, pas l'esclavage. Et Dieu sait ce qu'il y a d'esclavage dans l'amour...

Oh, le peu d'amour qu'elle avait ressenti pour John Wayles lui avait apporté des privilèges, une monnaie d'échange, une certaine mesure de liberté, d'orgueil, de confort... Non, l'amour qu'éprouvait sa fille, elle l'avait à peine pressenti. Sally n'avait pas d'orgueil en ce monde, pas d'indépendance, aucune idée de la justice. Elle était encore enfantine, sans haine, détachée de tout ce qui ne concernait pas son amour. Sally n'était pas même consciente des blessures qu'on lui avait infligées, et elle n'avait pas un grain de l'empire sur soi qu'il faut pour savoir pardonner.

La vieille femme continua d'observer le visage lisse et paisible de sa fille préférée. Elle voulait lui crier de s'enfuir en courant. Mais il était trop tard. Beaucoup trop tard. Rien ne pouvait plus changer. Si seulement elle avait compris au début que sa fille était faite pour l'amour comme certaines femmes sont faites pour procréer. Ni sur son corps ni sur son esprit la vie n'avait laissé de traces. Elle pouvait tout absorber. Pas comme la pauvre Martha Randolph et ses douze enfants, torturée par un mari ivrogne et fou, avec sa passion pour un père à qui elle n'arrivait jamais à plaire. Martha et son corps gauche, son allure commune et son tempérament emporté dissimulé sous des maux de tête, comme son père.

Elizabeth Hemings ressentit soudain pour les deux femmes un mélange d'amour et de mépris. Elle détourna la tête et ne dit plus rien.

Le silence parut durer plus qu'il n'était nécessaire et Sally Hemings, automatiquement, continua: « J'avais quarante-sept ans et Sally en avait treize, Martha douze. » Elle attendit la suite, mais Elizabeth ne reprit pas le fil de son récit.

« Maman?

– Elle est morte, Sally. » La voix de Martha était comme un roc où se poser.

Martha voulut se lever, retomba, puis se jeta en gémissant en travers du corps immobile.

Sally resta assise, regardant Martha comme si celle-ci était devenue folle. Sa mère ne pouvait pas être morte. Sa mère avait quelque chose d'éminemment important à lui dire. Elle avait attendu toutes ces semaines pour l'entendre. C'était comme les clefs de la maison, une information qui devait passer de femme noire à femme noire, de même qu'elle la ferait passer à ses propres enfants. Sa mère ne pouvait être morte puisqu'elle, Sally, ignorerait toujours son secret. Sa mère l'avait emporté dans la tombe avec son esclavage.

Elle frissonna. Le visage de sa mère était calme, souriant. Elle s'était tuée avant qu'ils ne la tuent.

« Maman! »

Sally arracha les bras de Martha du cadavre d'Elizabeth Hemings et se mit à secouer le corps frêle de sa mère.

Même Martha, qui était forte, ne put séparer les deux femmes. Ce fut Thomas Jefferson qui, de toutes ses forces, arracha finalement sa maîtresse à sa mère et l'emporta dans ses bras, quand les autres femmes esclaves entamèrent les lamentations rituelles qui se faisaient écho d'une case à l'autre, les suivant le long de Mulberry Row qu'il dut remonter tristement avec elle jusqu'à la Grande Maison.

Elizabeth Hemings eut un bel enterrement. Tous ses enfants, ses petits-enfants et leurs propres enfants des plantations voisines furent convoqués à Monticello. Cent quatre de ses descendants, répondant tous au nom d'Hemings, vinrent lui rendre un dernier hommage. Noirs. Bruns. Jaunes. Blancs. Tous esclaves.

CI GÎT LA BIEN-AIMÉE
ELIZABETH (BET) HEMINGS
DE
MONTICELLO
NÉE EN 1735 MORTE EN 1807

« Maman ». Elle fit une pause comme pour attendre une réponse « Je suis tellement seule. »

Cette dernière parole sortit de sa gorge comme le crissement d'un grillon dans la nuit. Sally Hemings s'allongea sur le carré de terre et posa son visage sur l'herbe tendre et fraîche du mois d'avril.

5

COMTÉ D'ALBEMARLE, JUIN 1831

Le peuple voit détruire son industrie avec sa morale. Car si le climat est chaud nul homme ne travaillera s'il peut faire qu'un autre travaille pour lui. Cela est si vrai qu'on ne voit jamais au travail qu'une proportion infime des propriétaires d'esclaves. Et peut-on croire avoir assuré les libertés d'une nation quand on leur a ôté leur unique fondation solide, un peuple convaincu que ces libertés sont un don de Dieu ? Qu'à les violer on attire son courroux ?

THOMAS JEFFERSON, *Notes sur l'Etat de Virginie*, 1790

Cela faisait plus d'un an que le recenseur était venu pour la première fois. Plusieurs mois s'étaient écoulés avant qu'il ne reparût, mais ensuite les visites de Nathan Langdon à Sally Hemings étaient devenues à peu près régulières. Madison et Eston avaient finalement accepté la présence de ce grand flandrin de Virginien. Ils étaient devenus vaguement amis. Langdon n'arrivait jamais les mains vides. Il avait toujours des nouvelles de la ville, un livre ou un journal, une brochure, un de ces fruits exotiques venus par bateau des Antilles, quelques bonbons de la Nouvelle-Angleterre ou un catalogue d'outils pour Eston. Aujourd'hui il apportait quelque chose de spécial.

Nathan Langdon entra et s'assit dans le fauteuil défoncé pendant que son hôtesse prenait place en face de lui. Elle avait préparé de quoi boire et le plateau d'argent, ainsi que le pichet d'argent, n'étaient pas plus incongrus désormais que ses visites officieuses à Sally Hemings la recluse. Les reflets verts et mauves de la pièce jouaient sur les flancs arrondis du pichet. Il y avait aussi au centre du plateau une flaque de lumière jaune, immobile et pesante. Devant lui la femme avait levé le bras pour remplir son gobelet.

Le Sud avait fixé ces deux êtres à des places prédéterminées, immuables. Pourtant ce que chacun représentait se voilait soudain d'une telle ambiguïté qu'ils s'en trouvaient gênés. L'éclairage transformait cette femme interdite en une apparition presque désincarnée, si bien qu'un instant Langdon put imaginer que leurs mondes se rapprochaient. Il se sentit envahi par un sentiment d'intimité.

« Qu'est-ce que c'est? demanda la femme en face de lui en regardant le paquet qu'il lui offrait.

– Les nouveaux poèmes de lord Byron. Venus tout droit du bateau de Londres!

– Je n'ai jamais lu beaucoup de poésie... Un peu en français, quand j'étais à Paris. Mon professeur nous donnait des vers à apprendre par cœur...

– Byron est le plus célèbre poète anglais vivant.

– Merci, Nathan. Comme j'envie ceux qui peuvent s'exprimer avec des mots.

– La plupart des gens emploient bien trop de mots... comme les avocats du Sud. Pas un Virginien qui ne soit fort bavard. Et ils écrivent dans leurs journaux ce dont ils ne peuvent parler. Moi-même j'ai succombé.

– Vous tenez un journal, Nathan?

– Depuis que je suis allé dans le Nord. J'ai cru de mon devoir de rapporter les horreurs du Nord telles que les voyait un véritable Virginien à ceux de mes compatriotes qui n'osent pas franchir la frontière entre le paradis et l'enfer... J'ai appelé cela *Réflexions d'un gentilhomme virginien sur les mœurs et la morale de la société bostonienne.* Je me suis pris pour un Tocqueville du Sud américain... Pendant votre séjour en France, n'avez-vous pas tenu un journal?

– Moi? » Sally Hemings sourit. J'avais quinze ans et je passais le plus clair de mon temps à l'ambassade, mais j'ai vu beaucoup de choses que j'ai voulu noter. Et j'y étais pendant la prise de la Bastille, en 1789. Mon frère James en a vu beaucoup plus que moi. Il s'aventurait dehors et se mêlait à la foule. C'était comme d'être au milieu d'un rapide, disait-il. Je n'oublierai jamais cette journée.

– Et vous en avez gardé un témoignage?

– Un récit d'enfant, mais un témoignage tout de même.

– Ce serait un document précieux.

– Mon journal, un document précieux? Pour moi, peut-être. Maria me l'a donné sur le bateau qui nous menait en France. A l'époque je savais à peine écrire... Depuis j'ai recopié ces premiers essais plus de... » Elle s'interrompit. Elle voulait changer de sujet. Croyait-il pouvoir la convaincre de partager son bien le plus secret?

Elle fronça les sourcils. Quand elle avait décidé de recevoir le recenseur comme un « visiteur » et non comme un représentant de la classe et du pouvoir qui dominaient sa vie, elle l'avait fait impulsivement, en réponse à une chaleur et une force qu'elle avait senties en lui. Il n'avait jamais demandé à revenir, et n'avait jamais été invité; pourtant semaine après semaine, il paraissait à la porte. Pourquoi continuait-elle une relation qu'elle savait dangereuse pour ses fils? Elle l'ignorait. Et maintenant elle se sentait piégée. Qu'est-ce qui la faisait attendre ses visites avec plaisir? La vanité? Oui, elle était contente qu'un jeune homme lui témoigne ces attentions et cherche à lui plaire. La solitude? Peut-être. Langdon semblait lui donner une confiance en elle qu'elle n'avait jamais connue.

Durant ces longs après-midi à se rappeler le passé elle avait découvert qu'elle avait réellement vécu une vie pleine de sentiments complexes et profonds. Quand il l'avait interrogée, elle avait répondu de la seule manière dont elle était capable, sans mentir. En cherchant le ton juste, le mot exact qui évoquerait précisément ce dont elle se souvenait. Il était né entre eux une sorte de complicité. Certains jours elle n'avait même pas envie de mentionner les visites à Eston et Madison. Après toutes ces années, pensait-elle, comment pouvait-elle encore escompter la venue d'un homme? Elle se surprit à prendre soin de ses vêtements, de ses cheveux.

Il lui semblait presque normal que leur relation soit marquée par le secret. Pour elle, n'en était-il pas ainsi depuis toujours? Depuis toujours interdite? Il eût été plus juste, pensa-t-elle, qu'au lieu d'échanger des idées ils partagent des plaisirs. Ce serait certainement plus acceptable que ce qu'ils étaient en train de faire, car les idées, les sentiments et les souvenirs étaient tout ce qu'une esclave, ou une ancienne esclave, pouvait appeler sien. Même Thomas Jefferson avait respecté cette règle. Il l'avait aimée comme une femme, possédée comme une esclave, mais ses pensées à elle étaient toujours restées hors de son contrôle ou de celui de qui que ce fût.

Nathan Langdon comprit qu'il venait de franchir la barrière invisible posée entre eux par Sally Hemings. Elle lui sourit.

« Mes écritures m'agacent. Cela me rappelle qu'il ne se passe plus rien dans ma vie depuis si longtemps.

– Connaissez-vous la poétesse célèbre qui vivait à Boston, Phillis Wheatley? C'était une ancienne esclave qu'on a beaucoup admirée pour sa poésie.

– Non, je n'en ai jamais entendu parler.

– On me dit qu'elle est abondamment publiée par les abolitionnistes.

– Même dans le Sud?

– Oh! les imprimés circulent. Beaucoup de gens lisent ses poèmes et les aiment sans savoir qu'elle était noire et ancienne esclave.

– Vous devriez dire " affranchie " au lieu d'ancienne esclave, Nathan Dans votre bouche on dirait une punition au lieu d'une libération. »

Nathan Langdon observa le petit visage en face de lui et son regard intense. Il se demanda ce qu'un indiscret de sa propre couleur penserait de ces conversations. Au début, il n'avait posé que des questions simples, évitant de parler de l'esclavage. Mais comme c'était depuis toujours au centre de sa vie de femme, il était impossible de ne pas y toucher de mille manières. A mesure que se déployait l'histoire de Sally Hemings, la narratrice et son auditeur étaient submergés par son ampleur et par son poids. Langdon était impressionné par la complexité des informations qu'il recevait. Et il se rendait clairement compte qu'il en était compromis sur le plan politique autant qu'émotionnel. Désormais il était attaché à cette femme sans espoir de retour, et plus encore, il se sentait indissolublement mêlé à son existence.

Plus il apprenait les détails de sa vie, plus il était sous le charme de ces échos lointains.

Sally Hemings regrettait ses confidences tout en étant déçue les jours où il ne venait pas. Elle se préparait toujours avec soin à ses visites, fouillant dans sa mémoire pour des anecdotes ou des noms qui pourraient le frapper ou l'amuser et, malgré elle, parlait de plus en plus ouvertement. Elle ouvrait les tiroirs de son passé et remettait ses souvenirs en ordre, les changeait, les aérait, les discutait et les comptait comme des pièces de linge. Des séances étourdissantes, voilà ce qu'étaient devenues leurs entrevues, Nathan était fasciné, passionné.

« Ce n'étaient que des hommes », disait-elle avec un sourire en parlant de ces héros déjà sculptés dans le marbre (tous, excepté le douteux Aaron Burr). Elle et ses sœurs et ses oncles et sa mère et la mère de sa mère avaient été comme une armée invisible, traités comme s'ils ne pouvaient rien voir, rien entendre et rien sentir.

Rivé à ses lèvres, Nathan suivait avec ferveur les intrigues touffues, les innombrables personnages mémorables, esclaves ou non. Il ne posait presque plus de questions. Ce n'était plus la peine. Les mots se pressaient en un fleuve sans fin. Sally Hemings cherchait avec une sorte de désespoir à le faire comprendre. Parfois elle prenait l'accent de son personnage et devenait une actrice de talent. Sans s'en rendre compte, alors qu'elle croyait simplement raconter son passé à Nathan Langdon, en fait c'est un être qu'elle n'avait jamais connu qu'elle faisait émerger d'une vie dont elle n'avait pas eu conscience. Une nouvelle Sally Hemings naquit de ces après-midi.

6

COMTÉ D'ALBEMARLE, 1831

En vérité je tremble pour mon pays quand je pense que Dieu est juste : que sa justice ne pourra rester à jamais endormie : qu'à ne considérer que les chiffres, la nature et le cours naturel des événements, une révolution de la roue de la fortune ou un changement de situation sont dans les choses possibles : et qu'une intervention les rendrait probables!

THOMAS JEFFERSON, *Notes sur l'État de Virginie*, 1790

Nathan Langdon s'était heurté au silence protecteur, aux bouches cousues de la société de Tidewater au sujet de l'affaire Hemings, de même qu'au démenti « officiel » de la famille des Randolph. Mais chacun savait pourquoi les Hemings étaient laissés en paix, pourquoi Sally Hemings ne bougeait pas des limites de Monticello. Pour Nathan Langdon cette affaire n'était qu'une parenthèse dans l'Institution, qui ne la condamnait ni ne l'anoblissait. Il sentait bien que cet abus évident du pouvoir absolu d'un maître avait quelque chose de sinistre. Mais après tout, a-t-on, quand on aime, un pouvoir si absolu? Que Sally Hemings fût une victime, c'était certain. Sa soumission en avait fait l'esclave parfaite mais aussi, dans son esprit, la femme idéale. Pourtant, devant une femme, il aurait eu horreur d'abuser de sa force morale ou physique. Pour lui, le pouvoir de l'homme sur la femme était comme celui du maître sur l'esclave. Un pouvoir venu d'une supériorité innée.

« On croirait que ma vie dépend de ce que je vous dise tout, Nathan. » Elle se tut. C'est peut-être vrai, pensa-t-elle. Elle regarda l'homme à qui elle venait de s'adresser. Langdon répondit à son regard critique par une expression si tendre que Sally fut obligée de baisser les yeux, mais non sans d'abord lui jeter un coup d'œil qui apprenait à Langdon qu'il n'était pas le premier à être tombé amoureux de Sally Hemings. Il avait eu l'impression que cette femme n'avait jamais usé de sa beauté pour manipuler les hommes. Était-ce qu'en tant qu'esclave elle n'avait pas le sens du pouvoir? Ou que sa beauté, étant d'une esclave, n'impliquait nulle menace, était restée neutre aux yeux d'autrui comme aux siens? Avait-elle usé de ce pouvoir à Paris? Sur Jefferson? Il rougit. Il serait bientôt un homme marié, pensa-t-il avec tristesse, et au lieu d'accorder son attention à Esmeralda, il était obsédé par une esclave, sa vie singulière de recluse et ses secrets.

Il y avait un certain temps que Langdon était conscient de son inclination physique pour cette femme.

Pour lui c'était maintenant comme un rite d'admirer les cheveux noirs et lisses qu'elle ne dénouait jamais et d'imaginer la lourde tresse crouler sur son dos comme une vague sombre. Puis d'admirer la tendre courbe du cou penché vers les pages de son livre. Les plis calmes de la robe entre ses cuisses, lustrés comme une soie ancienne, le faisaient défaillir d'une sorte de langueur. Oserait-il jamais poser sa tête à cet endroit? Si choqué qu'il fût par ses propres pensées, il essayait honnêtement d'y faire face. Combien d'autres Blancs du Sud s'étaient-ils permis des rêves semblables? Il se sentit ridicule, pris de vertige. Cette femme au teint pâle, presque blanc, était reliée à l'ombre, aux recoins sombres, à la chair noire. Ces premiers souvenirs de bien-être et de chaleur que partagent tous ceux du Sud.

Il y avait eu un long silence et Langdon leva les yeux pour voir que Sally Hemings le fixait d'un regard étrange, brûlant.

Elle se leva, comme distraite, et s'approcha de lui.

Sally Hemings, dressée depuis l'enfance à obéir, avait entendu l'ordre muet lancé par le corps et l'esprit de Nathan. Elle avait obéi. Sa solitude et sa lassitude lui avaient fait oublier la première leçon qu'apprend une femme noire : ne jamais toucher un Blanc.

Elle savait qu'en Virginie sa couleur seule suffisait à provoquer n'importe quel homme blanc. Comme une invite. En fait, tout geste, toute familiarité venant d'une esclave, quelle que soit son intention, la plus innocente, la plus maternelle, invitait au désastre. Elle le savait, mais elle oublia. Une erreur qui allait lui coûter très cher.

D'une main elle prit l'une des siennes, de l'autre elle appuya son visage dans les plis de sa robe. Ce fut la première et la dernière fois que Nathan Langdon éprouva un bonheur aussi pur, aussi intense. L'étourderie de Sally Hemings, si inconsciente et spontanée qu'elle fût, lui inspira une jalousie insupportable envers un mort.

« Je commence à être jaloux.

– Jaloux d'un mort?

– Jefferson est vivant. Ne le savez-vous pas? C'est le refrain d'une nouvelle chanson patriotique.

– Pour moi il est vivant. »

« Comment crois-tu que Langdon s'est si bien mis dans les bonnes grâces de maman, difficile comme elle est ?

– Je ne sais pas comment il a fait, Mad, mais il est là et on ne dirait pas qu'il va en bouger bientôt. »

Eston espérait que Madison n'allait pas faire une scène. Sa mère était heureuse.

« Ce que je ne comprends pas, Eston, c'est pourquoi diable il vient tout le temps ici. Qu'est-ce qu'il peut y gagner ? On n'a rien qui vaille d'être volé ! Non ?

– Notre mère ! » Eston se mit à rire.

« Eston ! s'écria Madison, choqué.

– Oh ! Mad, je ne veux pas dire qu'il essaierait quoi que ce soit ! Et je ne crois pas qu'il cherche quoi que ce soit. Je veux simplement dire qu'elle l'aime bien. Je pense qu'elle l'a pris un peu sous son aile, comme... comme un fils... »

Eston souhaita n'avoir pas laissé échapper ce dernier mot.

« Un fils ! » Madison explosa. « Elle a *déjà* deux fils blancs qui n'ont même pas jugé bon de nous faire savoir s'ils sont morts ou vivants ! Ça n'en fait pas déjà deux de trop ?

– Je pense que maman sait où ils sont et comment ils vont. C'est seulement qu'elle ne veut pas en parler.

– Et puis Nathan Langdon n'est pas vraiment un pauvre moricaud se faisant passer pour un Blanc que maman aurait à protéger, tu sais. C'est un Tidewater, et même si sa famille n'est plus riche, ils ont encore leur place dans la bonne société... Qu'est-ce qu'il vient faire ici ? Il a une fiancée ; il a réussi son entrée au barreau et il s'est installé à son compte. Et tu dis qu'il a besoin d'une amie comme notre mère ? Qu'il ne peut pas se passer de Sally Hemings ? Il a ramassé des drôles d'idées dans le Nord !

– Je sais que c'est bizarre, Mad, mais je pense vraiment qu'il ne peut pas se passer d'elle.

– Eston, des fois tu es plus naïf qu'un jeannot lapin. Il se sert d'elle. Nathan Langdon est dévoré de curiosité à propos de Thomas Jefferson, c'est tout. Il est fasciné par notre *père*, pas par Sally Hemings !

– Il a aussi des ambitions politiques, Mad. Il ne risquerait pas la moindre compromission avec maman.

– Tu crois vraiment ? Tu crois que personne n'a remarqué ses visites ici ?

– Personne ne crie au scandale.

– Pas encore. Parce que personne ne sait qu'il vient si diablement souvent, Eston ! »

Madison ne lâchait pas les yeux pâles de son frère

« Tu sais que ce n'est pas bien, Eston. »

Madison a raison, pensa Eston. De plus il y avait chez Langdon quelque chose qui lui déplaisait, malgré l'affection sincère qu'il lui portait, quelque chose d'un maître. Ils avaient eu ensemble de longues conversations mais il était dégoûté par les airs de propriétaire que Langdon prenait avec sa mère. L'intimité qui lui semblait aller de soi.

« Tout ce que je sais, Mad, c'est qu'elle est plus heureuse quand elle le voit. Il n'y a probablement pas de mal à ça.

– Ce n'est quand même pas bien. Ne dis pas que c'est convenable. Si maman était blanche, Eston, il y aurait pas mal à jaser à propos d'une veuve et d'un jeune gentilhomme qui doit bientôt se marier!

– Mais elle n'est pas blanche, Madison. Et nous non plus. On ne peut pas l'en empêcher. »

Eston regarda son frère dans les yeux. Vingt et un ans plus tard, à l'âge de quarante-quatre ans, Eston deviendrait justement ce qu'il n'était pas. Lui-même et sa famille, sa femme et ses trois enfants, passeraient la ligne de séparation entre Noirs et Blancs et il prendrait le nom de son père naturel, devenant Eston H. Jefferson.

Tous deux se mesurèrent du regard. Ils auraient tout donné pour ne plus revoir Nathan Langdon mais sans jamais oser le dire devant leur mère. Pour eux, quoi qu'elle fît, elle avait toujours raison. Et ils n'admettraient pas qu'il y eût deux poids et deux mesures entre les femmes noires et les hommes blancs. Madison se tourna et vit par la fenêtre la petite silhouette décidée de sa mère qui passait entre les pêchers pour rentrer à la maison. Une tendresse soudaine, un éclair de pitié le fit de nouveau regarder son frère.

« Nathan Langdon, vous n'êtes pas si complexe et cynique que vous aimez à vous montrer.

– Paraîtrais-je compliqué? Suis-je compliqué?

– Non, mais cette... situation l'est, autant que malsaine. Vous devriez passer votre temps avec des jeunes gens, pas...

– Avec un monument historique?

– Lequel?

– Le sien!

– Quoi?

– Non, le vôtre. Votre monument à vous-même. Nous devons l'édifier avec votre existence telle que vous l'avez vécue... et l'écrire. Lui, il a bien assez de monuments. C'est le vôtre qui m'intéresse.

– Je n'ai pas besoin d'une statue.

– Laissez-moi en décider. »

Ce fut le sérieux de sa voix, non son arrogance, qui poussa Sally à le regarder. Il avait eu la voix dure, comme si elle l'avait blessé.

« Je vous permettrais de tout décider, Nathan, si c'était possible. Si je pouvais, dit-elle doucement.

– Je le pourrais, si je vous connaissais. Si je ne trouvais pas une inconnue chaque fois que je viens frapper à votre porte. Une nouvelle inconnue, pas même l'ancienne. Vous changez comme un caméléon.

– Ce n'est pas moi qui change, c'est vous. Chaque fois vous venez en attendant une réponse. Et il n'y en a aucune...

– J'espère trouver la réponse à Sally Hemings.

– A cela je dirai que c'est vous qui avez ma réponse. Vous me connaissez mieux que personne ne m'a jamais connue, Nathan. C'est seulement que vous en espérez trop. Vous attendez des explications que je ne peux donner. Je peux seulement partager ce que je sais de moi et que déjà vous connaissez. Un présent que je vous fais, pour tout le bonheur que vous m'avez donné.

– Du bonheur?...

– J'ai pour vous autant d'affection que pour mes fils.

– Pourtant vous ne leur avez jamais raconté votre – leur – histoire?

– Je ne la leur ai jamais dite, pour une bonne raison – c'est qu'ils courent moins de risques à l'ignorer, Nathan.

– Et je serais en danger?

– Vous êtes blanc, Nathan. Cela vous met à peu près hors de danger. Mais vous le seriez en voulant vous servir de ce que je vous ai appris. Vous êtes en danger si cela vous a changé.

– Bien sûr, cela m'a changé. Vous m'avez transformé.

– Je sais. C'est ce qui me rend triste.

– Changé en mieux.

– Quand on change, c'est rarement pour le mieux, j'ai appris cela. Je voudrais que vous soyez heureux.

– Pas à vos dépens.

– On aime toujours aux dépens d'un autre.

– Aimer c'est faire quelque chose pour cet autre. Changer les choses.

– Mais il n'y a rien que vous puissiez faire pour moi. Vous ne pouvez pas changer le passé.

– Je peux me changer moi-même.

– Mais ne voyez-vous pas que le danger est là? Vous changez, aussitôt ensuite vous cherchez à me changer, puis ceux qui vous entourent – votre famille, votre vie, le Sud, tout. Le danger c'est de contredire vos origines, ce qui est considéré comme “ juste ”, ce qui est accepté.

– Quand j'ai dit que vous étiez une femme dangereuse, vous avez ri.

– Je ne veux pas qu'on vous fasse mal, tout simplement. Ni moi ni personne. Cela fait des mois qu'il y a des remarques à notre sujet.

– Je sais.

– Et il faut penser à Madison et à Eston. »

Langdon sentit soudain Sally Hemings glisser hors de son emprise. Plusieurs fois déjà il avait eu de ces instants de panique.

« Au diable Eston et Madison ! dit-il. Et vous ? Que voulez-vous ?

– Je n'ai jamais eu ce que je voulais, Nathan. Jamais.

– Pourquoi ? demanda-t-il comme un enfant obstiné.

– Parce que... »

Sally Hemings n'alla pas plus loin, et elle sourit de ce dialogue puéril. Nathan avait quelque chose de naïf, d'émouvant. Une sorte d'innocence originelle que les Blancs semblaient acquérir, aurait-elle dit, « en buvant le lait maternel », si ce n'était que ce « lait » était noir. Certains jours, elle croyait que la peau blanche n'était qu'un revêtement protecteur – rien ne semblait jamais la pénétrer vraiment.

« Cette fois vous l'aurez », dit Nathan.

La violence qu'elle s'efforçait de cacher depuis toujours explosa en surface. Elle eut soudain envie de le gifler très fort, de s'enfoncer dans sa poitrine en lui hurlant des injures.

« Non, je ne l'aurai pas », répondit-elle avec passion. Elle voulait le blesser. « Cela finira, Nathan... et vous me manquerez.

– Il n'y a pas de raison au monde pour que cela finisse. »

Il y a toutes les raisons possibles, pensa-t-elle.

« Ne parlons pas de ça », dit-elle.

Ils évitèrent l'un et l'autre de se regarder. Évoquer avec des mots la fin de leur bonheur fragile, c'était tenter le sort. Le sort qui déjà les avait rapprochés, cette femme isolée et ce jeune homme solitaire. Langdon comprit qu'il devait dénouer la tension.

« De plus, ajouta-t-il d'un ton léger, si je ne venais plus vous voir, d'où auriez-vous votre ration hebdomadaire de potins et de médisances ? Madison n'a pas d'imagination, Eston est sans malice. »

Ils sourirent tous les deux. Ils plaisantaient souvent du bon naturel d'Eston et du mauvais caractère de son frère. Nathan sentit une bouffée d'affection : tout allait bien de nouveau.

Il sourit et se leva.

– Vous partez ?

– Il le faut. Je ne faisais que passer. » Il regarda sa montre. « Je vais manquer la poste.

– Oh, Nathan, je vous ai encore mis en retard.

– Non, protesta-t-il. Je voulais venir. Je ne vous avais pas vue depuis plus d'une semaine. Mais je n'ai plus de temps à moi depuis le début de ce nouveau procès.

– Comment cela va-t-il?

– Mal. J'ai affaire à un des menteurs les plus adroits et les plus éhontés que j'aie jamais eu le malheur de représenter. Tous les jours il change de version. Au moins je peux dire que son adversaire est conséquent – ses mensonges se tiennent...

– Nathan, comment pouvez-vous défendre quelqu'un qui ment?

– Cela peut se faire. On peut défendre brillamment des menteurs et détruire des honnêtes gens. Vous devriez le savoir – souvent vous avez vu perdre les hommes honnêtes... surtout en politique.

– Promettez-moi. » Sally Hemings tendit soudain la main et lui toucha le bras. Une étincelle de souvenir, comme un grain de sable, la fit cligner des yeux.

« Oui? dit-il à voix basse.

– Promettez-moi de me rapporter les derniers épisodes de l'épopée des Randolph au sujet " de ces poulets tous pareils qui reviennent chez eux! " »

Le jeune homme éclata de rire. Puis, doucement : « Je le promets.

– Sans faute...

– S'il vous plaît, ma'ame, suis-je homme à vous servir des excuses quand je peux vous offrir des horreurs et du scandale? A propos, la dernière blague sur Andrew Jackson : quand il met ses lunettes pour lire il éteint toutes les lumières! »

Sur ces mots il fut dehors. Elle le regarda descendre le raidillon vers son cheval, et resta jusqu'à ce qu'il eût disparu.

7

COMTÉ D'ALBEMARLE, AOÛT 1831

> Dans une telle épreuve le Tout-Puissant n'a aucun attribut qui puisse prendre notre parti. Mais il est impossible de rester modéré et de poursuivre cette question dans toutes ses conséquences à travers la politique, la morale, l'histoire naturelle et sociale. Nous devons nous contenter d'espérer qu'elles se fraieront un chemin dans les esprits de chacun. Je pense qu'il y a déjà une évolution sensible depuis l'origine de la révolution actuelle.
>
> THOMAS JEFFERSON, *Notes sur l'État de Virginie*, 1790

L'été s'en allait et les pensées de Sally Hemings restaient baignées dans un bonheur flou, fatigué. Lentement, comme un fleuve sans fin sortant d'une blessure à peine visible mais très profonde, les idées et les émotions jaillissaient puis s'écoulaient. Elle avait l'impression de flotter, prise d'une étrange excitation en répondant aux questions de Nathan, et d'être déchirée, même en parlant, entre le plaisir et la souffrance. Elle avait vécu sa vie, elle s'étonnait maintenant de la sentir. Comme si cette perception était restée enfermée dans un long passage souterrain qui faisait parfois surface au milieu d'événements formidables qu'on appelait l'Histoire. L'Histoire qui l'avait laissée seule au milieu d'un désert immense, inconnu, qu'elle n'avait pas désiré.

Elle lança un regard furtif à Nathan Langdon. C'était vraiment un homme très ordinaire, pourtant c'est seulement avec lui qu'elle avait ce nouveau sentiment d'exister. Lui avait-il apporté cela, l'avait-elle trouvé d'elle-même? C'était si difficile à savoir.

« A quoi pensez-vous? dit-il dans l'ombre.

– A mes pensées », répondit-elle.

Nathan sentit une résistance, un agacement même. Il connaissait cette humeur. Avec elle, depuis l'été, il marchait sur des œufs. Il ne dit rien et laissa passer l'instant. Il y en aurait d'autres, une longue série de moments pour déchiffrer le mystère Sally Hemings. Il attendrait son heure

Nathan soupira dans le silence de l'après-midi, semblable à tant d'autres qu'il avait passés auprès de l'ancienne esclave. Il se sentait glisser de plus en plus loin dans le compromis avec sa race et sa classe, de moins en moins enclin à se secouer et à sortir d'un engourdissement léthargique, d'une culpabilité insidieuse qui le faisait scruter les visages de ses esclaves, de ses domestiques, de sa mère, de ses frères, de sa fiancée. Pour y voir quoi? Il ne savait pas. Et vraiment il ne savait plus pourquoi il était revenu à Charlottesville. Il s'était mis à douter de son destin. Quand Esmeralda et sa mère l'avaient supplié de rentrer, c'est avec soulagement qu'il était redescendu dans le Sud assumer ses responsabilités familiales. A Boston il n'était pas allé très loin. Un homme du Sud sans grands moyens ni amis influents n'avait guère de chances de réussir au Nord. Il se savait aussi manquer de cette ambition âpre, énergique, qu'avaient la plupart de ses condisciples du Nord, mais il en avait accusé son côté « méridional ». Pourtant il n'avait pas fait mieux à Charlottesville, sans vraiment pouvoir se dire qu'il était un étranger. Il arrivait mal à reprendre des manières « virginiennes », le Nord lui avait donné des arêtes plus tranchantes. Du moins, c'est ce qu'il aimait se dire. L'élégante réserve des gens du Sud lui restait maintenant coincée en travers de la gorge. La seule chose qu'il avait menée à bien l'an dernier était son travail de recenseur. Maintenant que c'était fini, il n'avait réussi à étendre ni ses relations ni ses affaires. Il avait tenté une association qui n'avait pas très bien marché, son emploi de greffier du juge Miner avait pris fin et on ne lui avait pas demandé de rester. La vie publique le tentait depuis toujours; donner forme à la conduite de la nation était pour lui le type de réussite la plus achevée, pensait-il, mais il n'avait pas d'argent et devait partager les influences disponibles avec ses deux frères, qui avaient eux aussi des ambitions. Pas grand-chose de notable dans sa chambre de garçon, son bureau vide ou ses visites solitaires à Sally Hemings. Il ne pensait pas consciemment à son peu de bonheur ni au rôle que pouvait y jouer Sally. Sinon il aurait peut-être pu éviter ce qui se passa en ce paisible après-midi du mois d'août.

C'était plusieurs jours après l'éclipse de soleil tant attendue.

Ce fut ce même jour, le 31 août 1831, que l'esclave Nat Turner, appartenant à sa naissance à Benjamin Turner et ensuite à Putnam Moore, ainsi que son aide de camp, l'esclave Will Francis, appartenant depuis sa naissance à Nathaniel Francis, ravagèrent le comté de Southampton avec une petite troupe de soixante ou soixante-dix hommes et une femme, tous nés esclaves, pendant deux jours et une nuit, tuant chaque homme, femme ou enfant blanc qu'ils trouvaient sur leur chemin, et mettant systématiquement le feu à mesure qu'ils assassinaient. Cinquante-cinq hommes, femmes et enfants périrent en raison de la faveur divine qui leur était commune et qu'ils chérissaient par-dessus tout : celle d'être blancs. Turner avait pour objectif l'arsenal de Richmond. Il espérait y rassembler une armée, des centaines d'esclaves évadés, et organiser un soulèvement de tous les esclaves de Virginie au nom du Père, du Fils et du Saint-Esprit. Il échouerait.

« Si votre frère n'en veut pas, pourquoi ne prenez-vous pas cette affaire, Nathan? »

Langdon remua nerveusement sur sa chaise. Il n'était pas venu voir sa recluse pour être mis à l'épreuve. Confronté à une décision difficile. A l'opposé de son tempérament. Les Hemings étaient une chose. Les mulâtres en étaient une autre.

« Il n'a pas dit qu'il n'en voulait pas. Il a dit qu'on ne pouvait pas la gagner dans un tribunal de Virginie.

– Je sais que l'atmosphère est tendue, avec toutes ces lois nouvelles, Nathan, mais vous peut-être... »

Qui croyait-elle qu'il était, pensa Langdon, Thomas Jefferson?

« La cause, comme je disais, est in-gagnable. Ce sera un de ces procès au résultat décidé d'avance.

– Comme tous les procès concernant des mulâtres en Virginie », dit Sally Hemings. Elle avait presque oublié. Si les tribunaux de Virginie trouvaient des excuses au meurtre, le parjure ne les ferait pas même cligner des yeux.

« Oui, la plupart.

– Et vous ne pouvez pas l'aider?

– Je le ferais, si je pouvais.

– Quand il était jeune, une fois, Jefferson a essayé de défendre un mulâtre...

– Et il a perdu, dit Nathan non sans plaisir.

– Il a perdu, c'est sûr, mais il a essayé. » Sally Hemings tremblait. Elle demandait rarement quoi que ce fût. Elle n'avait pas vraiment compris à quel point c'était difficile.

« A l'époque, il fallait du courage », dit-elle en fixant intensément Langdon. C'était ce qu'il ne fallait pas dire.

« Du courage ou de l'imprudence? Vous devez savoir que dans la situation actuelle un mulâtre qui met le pied dans un tribunal va perdre pour avoir seulement osé le faire. »

Sally Hemings ne le quittait pas du regard. Il y avait dans ses yeux quelque chose qui irritait profondément Langdon. Quelque chose de puéril, d'obstiné. Ou n'était-ce que sa colère et sa terreur d'être comparé au grand Jefferson, d'être sans cesse renvoyé à lui comme à une pierre de touche, à une sainte relique?

« Mais cette affaire est différente, Nathan. Cet homme n'a jamais été esclave. Le premier point, c'est qu'il est né libre. Voyez-vous, le procès de Maître... Jefferson était celui d'un esclave qui réclamait sa liberté du fait que sa mère était blanche et que d'après les lois de Virginie un enfant hérite de la condition de sa mère. Mais cet homme est né libre, sa mère ayant été affranchie avant sa naissance et ayant quitté l'État. Son père l'a reconnu devant les tribunaux à Philadelphie et il devrait avoir les mêmes droits à l'héritage que n'importe quel citoyen des États-Unis, étant né hors de Virginie. L'héritage, dans son cas, c'est sa propre famille, des esclaves! Des frères, des sœurs et des oncles!

– Légalement c'est toujours un mulâtre, il ne peut donc pas témoigner dans cette affaire contre ses cousins blancs. Ce n'est plus la question de l'esclavage, mais celle d'un Noir témoignant contre un Blanc. »

Sally resta silencieuse. Nathan sentit l'amertume le prendre à la gorge. Les femmes. Elle voulait encore un héros. L'âge des héros était fini. L'ignorait-elle? Terminé, après James Madison. C'était maintenant l'époque de la médiocrité, de l'étroitesse d'esprit, des précautions et des calculs, l'époque des grippe-sous. L'époque de l'homme moyen, et qui méritait ce qu'elle avait reçu : un Jackson au lieu d'un Jefferson Puis il l'entendit dire :

« Pensez que ce pourrait être Madison ou Eston.

– Ce ne pourrait jamais être Madison ou Eston.

– Pourquoi pas?

– Madison et Eston, dit posément Langdon, sont blancs. Je les ai faits Blancs. Légalement. Ils peuvent témoigner contre qui que ce soit au monde

– Blancs?

– Au recensement. Je vous ai inscrits comme Blancs, eux et vous. »

Il y eut un silence stupéfait. Les bruits de l'été, dehors, c'était tout. « Il faut plus qu'un recenseur pour changer le Noir en Blanc. » Sa voix s'était empreinte de menace, un ton soudain glacial qui aurait dû l'avertir.

« Après tout, selon la définition de Thomas Jefferson, vous êtes blanche.

– D'après la vie de Thomas Jefferson, je suis une esclave.

– Pensez comme c'est plus facile pour vous, désormais, de rester en Virginie avec tout ce qui se passe... de ne plus avoir cette épée de l'expulsion au-dessus de la tête! J'ai... décidé.

– *Vous* avez décidé. » Il n'aurait pu dire si elle allait rire ou hurler « *Vous* avez décidé! Pendant cinquante-quatre ans j'ai été la créature de Thomas Jefferson, et maintenant . maintenant vous décidez qu'il est temps que je devienne la vôtre. La *vôtre*! » Elle se mit à rire. « C'est le jour du Jugement! J'étais noire, j'étais esclave, et me voilà libre, et *blanche.* »

Ses yeux avaient quelque chose de ce jaune blafard qui l'avait effrayé à sa première visite.

A ce moment, s'il eût été bon avocat, ou simplement compétent, Langdon aurait ri avant qu'il ne soit trop tard, il aurait essayé de tourner tout cela en plaisanterie. Ou il aurait menti, disant qu'elle l'avait compris entièrement de travers. Mais Nathan Langdon n'était pas un bon avocat. Il insista, expliqua, s'enfonça. Son front dégarni se couvrit de sueur. Il y avait des sous-entendus, des nuances et des secrets qu'il n'avait pas prévus et qu'il n'avait aucun moyen de sonder.

Le rire de Sally Hemings avait brisé ce qu'il lui restait de sang-froid. Au lieu de regarder son visage, où il aurait pu lire le reflet du choc, l'horreur et l'incrédulité en même temps qu'un appel à être détrompée, il continua de plaider une cause déjà perdue, se répétant, avec une sorte de désespoir enfantin. Elle le savait, qu'il avait voulu bien faire. Qu'il l'avait fait pour elle!

Le rire de Sally Hemings, si clair, était devenu un son rauque, violent, presque un rire d'ivrogne. D'un coup, il s'arrêta.

« Pourquoi a-t-il fallu me le dire? Pourquoi n'avez-vous pas pu vous taire? Qu'est-ce que vous pensiez faire – jouer à être Dieu?

– Je l'ai fait pour vous et vos enfants.

– Ne soyez pas stupide, Nathan. Vous ne l'avez pas fait pour moi. Vous ne me connaissiez même pas. Vous l'avez fait pour lui. Pour qu'il ne soit pas coupable. Pour le couvrir... qu'il n'ait pas eu une femme esclave! »

Ses yeux s'étaient assombris. Une boucle de cheveux noirs s'échappait du chignon. Il avait envie de se mettre à genoux et de se cacher une fois encore dans les plis de cette robe. Tout allait s'arranger, bien sûr. Il n'allait pas la perdre à cause de ça.

« Pardonnez-moi, je n'ai pas compris...

– Vous pardonner parce que vous n'avez pas compris... C'est pour ça que le peuple noir est sur cette terre. Pour pardonner aux Blancs parce qu'ils n'avaient pas compris. Pardonnez-moi. Pardonnez-moi. Mon père l'a dit. Mon amant l'a dit. Mes fils blancs le diront. Oui, je vous pardonne. A vous tous, et à votre intolérable arrogance. Mais je veux ne plus jamais vous voir.

– S'il vous plaît...

– Vous n'êtes plus le bienvenu ici

– Je vous supplie. .

– Si vous revenez, Nathan, je dirai à Madison de vous jeter dehors. » Elle continua avant qu'il pût l'interrompre de nouveau. « Je suis fatiguée, Nathan. Je suis lasse des hommes blancs qui jouent à être Dieu avec ma chair et mon esprit et mes enfants et ma vie, ma vie qui tire à sa fin. Je croyais que vous l'aviez compris. Vous ne m'avez rien laissé qui soit mien. Pas même ma couleur ! On m'a demandé de donner, de donner, de donner, et maintenant je ne peux plus donner. Je ne peux pas pardonner à un homme, une fois de plus, Nathan. Je regrette. »

Il venait de commettre une de ces erreurs aux conséquences énormes que seuls font les sots ou les très jeunes gens. Une de celles qui se répètent et se répètent en pensée comme le coup décisif d'une partie d'échecs longtemps après que la partie est perdue. Plus tard il lui semblerait incroyable qu'une erreur aussi minime, jetée nonchalamment sur l'échiquier, pût lui coûter la partie.

« Ô Dieu ! » Il gémit. « Dites-moi ce que je dois faire. Je ferai n'importe quoi. Paierai n'importe quel prix.

– C'est ce que disent tous les Blancs. » Une voix sourde, teintée de pitié et de mépris. « Vous êtes exactement comme tous les autres. Vous n'avez rien compris de ce que je vous ai raconté pendant des mois. Vous pensez encore que c'est grâce à vous que j'existe. Vous le penserez toujours. »

Son amertume le choqua. Ce qu'elle disait, elle le pensait. Il n'avait pas compris.

« S'il vous plaît, je vous aime.

– C'est ce que disent tous les hommes. C'est ce qu'il disait. C'est ce qu'il disait ! »

Soudain Sally Hemings n'existait plus. Ni Nathan Langdon. Il n'y avait qu'une rage noire et sans fond, incontrôlée. Une rage qui allait bien au-delà du jeune homme terrifié secoué de-ci de-là en surface comme un esquif saisi par la tempête.

Sally Hemings se dressa telle une déesse outragée dont le sanctuaire vient d'être profané. Comme le pur éclat du cristal, pensa-t-il, sa rage pouvait blesser ou tuer à volonté. Il y avait quelque chose de diabolique, de possédé, dans le cri qui poursuivit Nathan Langdon tout au long de sa fuite.

Un cri qui resterait un des souvenirs les plus durs et les plus amers de sa vie.

Longtemps, Sally Hemings regarda diminuer la silhouette de Nathan Langdon. Puis sa tête se redressa d'un coup. Elle sentait dans son crâne une pression qui semblait vouloir lui courber la nuque, lui faire plier le cou

Quand elle baissa les yeux il y avait des gouttes de sang sur son tablier. Du sang. Elle saignait du nez. Elle souleva le tablier blanc et y enfouit son visage. Elle fit demi-tour à l'aveuglette et rentra dans l'ombre. Puis laissa tomber le tablier.

Elle ne possédait rien, que son passé. Et maintenant on lui avait même pris cela. Un viol lui avait enlevé le seul bien d'une esclave : son esprit, ses pensées, ses sentiments, son histoire. De toutes les décisions de son existence, réfléchit-elle, aucune n'avait été prise pour elle-même.

Sally Hemings tremblait. Elle alla jusqu'au coffre en cuir vert. Elle avait su que ce moment viendrait depuis le jour d'avril où l'agent du recensement était apparu à sa porte pour interrompre sa solitude, déranger ses souvenirs, la changer de couleur. Elle sortit un petit carton entoilé, l'ouvrit et contempla la feuille jaunie, sans cadre, qu'il contenait. C'était un dessin au crayon, un portrait d'elle, toute jeune, à Paris. Elle n'avait jamais montré ce dessin – ni à ses fils, ni à Nathan Langdon, ni à Thomas Jefferson. Elle ne s'était pas donné de raison. Sinon que John Trumbull, sur ce morceau de papier, semblait d'une manière ou d'une autre avoir saisi quelque chose qui lui avait permis de se voir, elle, pour la première fois. C'était la seule image d'elle-même qui n'appartenait à personne d'autre.

Elle étudia longtemps les traits délicats sur le papier vieilli. Avait-elle jamais été si jeune? Pourrait-elle jamais croire, invisible comme elle était, trahie, noyée dans un océan de solitude, laissée de côté par les générations suivantes, qu'elle avait aimé?... *Avait aimé l'ennemi...*

Elle se retourna et marcha jusqu'à la cheminée. Le sacrifice. La souffrance, un instant, la fit hésiter, puis elle jeta son image au feu. Du sang. Un sacrifice de sang.

Ses yeux se portèrent un moment vers le petit paquet de tissu et d'argile posé sur la cheminée. Qu'est-ce que les dieux voulaient de plus? Elle revint à grands pas vers le coffre et regarda les cahiers jaunis de son journal.

« *Pour les brûler il me faudrait vous oublier.* »

Il y eut un léger sourire sur ses lèvres quand elle se mit à brûler les papiers. Elle y passa tout l'après-midi. Son journal disparut en dernier. A genoux, arrachant les pages une à une, ses yeux brillaient à la lueur des flammes comme ceux d'un chat, des larmes sillonnaient son visage. George... George. Comme George. Un sacrifice humain. Elle détruisit tout sauf le dernier cahier. Il lui restait encore quelque chose à faire. Elle voulut se lever. Ses longs cheveux noirs s'étaient dénoués et tombaient de ses épaules à ses genoux comme le chapelet d'une nonne. Elle n'avait plus la force de se relever et resta agenouillée comme en prière, son journal ouvert à la dernière page sur le tablier taché de sang. Là, sous ses yeux, d'une petite écriture précise, se trouvait le compte des heures : chaque visite, avec la date et la durée du séjour, qu'avait faite Thomas Jefferson à Monticello depuis qu'elle était revenue en Virginie avec lui. Qu'elle s'était remise en esclavage. Trente-huit années. Trente-huit ans faits de minutes, d'heures, de mois. Une certitude l'inonda soudain, celle que son destin dépassait le sort fait à sa personne.

Elle répéta chacune des dates comme une abbesse fait ses dévotions. Ce n'était pas celle de sa mort qui était inscrite en dernier, mais celle de son dernier retour à Monticello, vingt-six ans plus tôt.

Ce qu'elle allait faire, pensa-t-elle, serait de son fait à elle : ni d'une Blanche, d'une Noire, d'une esclave ou d'une femme libre, ni de qui aime ou est aimé.

Elle le brûla. Elle ressentit un grand calme. Désormais elle ne craignait plus rien, pas même la mort. Elle avait passé cette limite. Même s'ils la pendaient.

Quant à Nathan Langdon, il l'avait aidée à quitter sa vie.

8

JERUSALEM, 1831

Le courage du maître décline, celui de l'esclave s'élève de la boue, sa condition s'adoucit et prépare, je l'espère, sous les auspices du ciel, la voie d'une émancipation totale...

THOMAS JEFFERSON, *Notes sur l'État de Virginie*, 1790

Pas un Noir n'était en vue quand Sally Hemings, déguisée par son teint pâle, se mêla à la foule des Blancs, coude à coude avec des hommes et des femmes surexcités, venus comme elle à Jerusalem. Il leur avait fallu une semaine, à Eston et à elle, pour arriver jusque-là ; pourtant elle s'était sentie obligée d'être présente en cette frileuse journée de novembre. Un long manteau jadis élégant la couvrait de la tête aux pieds.

Les restes de l'armée de Nat Turner, vingt-huit en tout, avaient été exterminés ou capturés, et treize d'entre eux, la femme comprise, avaient été exécutés – nul n'avait avoué. Il ne restait que Nat Turner, il était seul à s'être confessé, et c'était son procès. A mesure que les nouvelles et les rumeurs de la révolte de Turner s'étaient répandues dans toute la Virginie, Sally Hemings en avait été touchée au point de venir en ce lieu, de courir un danger terrible, contre la volonté de ses fils, elle qui en près de trente ans ne s'était jamais aventurée hors des limites de Monticello.

C'était comme si la main géante de Nat Turner (car elle pensait à lui comme à un être immense) l'avait poussée dans cette foule épaisse qui semblait se tenir au creux d'une poitrine énorme, ensanglantée, aujourd'hui apaisée, bercée par la majesté d'un véritable massacre.

Elle sentait que cet homme lui avait pris la main pour la sortir de sa solitude après Nathan Langdon, après la destruction de son journal. Seule, désormais, elle affrontait la vérité de sa vie : elle avait aimé l'ennemi. Elle avait nié, nié encore et encore la violence magnétique de Turner et de ses vengeurs qui était depuis toujours autour d'elle, en face d'elle, en elle. Nat Turner, celui qui avait réduit sa vie à néant.

Il y avait un silence profond, sensuel ; elle sentait la peur, la haine et sa terreur de Noire comme deux vipères jumelles à son sein. Elle avait supplié, elle avait mendié, elle avait finalement forcé Eston à la conduire ici sans pouvoir lui donner de raison, mais elle savait maintenant qu'il y en avait une : rejeter à jamais son invisibilité, regarder sa vie en face. Le danger était immense. Dans toute la Virginie les Noirs se cachaient, esclaves ou libres, accroupis derrière des portes verrouillées ou abrités derrière leurs maîtres. Les représailles, très dures, avaient balayé des comtés aussi lointains que celui d'Alberdale, aussi méridionaux que la Caroline du Nord. Déjà plus de cent Noirs avaient été tués dans l'orgie vengeresse qui suivit les deux jours d'insurrection. Cinquante-cinq Blancs avaient trouvé la mort. Le chiffre brillait devant ses yeux. Des Noirs avaient été tués pour la couleur de leur peau, mais que des Blancs périssent pour la même raison, c'était la révolution !

Ils n'étaient pas invincibles !

C'était comme le jour où elle était debout à Paris dans le salon jaune et qu'elle écoutait son frère James décrire ce qui se passait dans les rues de la ville. Le sang bleu s'était montré aussi rouge que celui des paysans. Le sang blanc coulait aussi bien que le noir. La Virginie s'était mise à saigner. La blessure du jour était provisoirement pansée, mais il en naîtrait une hémorragie sans fin, telle une royale maladie. L'invincibilité, Sally le savait mieux que beaucoup, a son siège dans l'esprit. La tête lui tournait. Elle voyait maintenant la contradiction de sa vie. Le poids de chaque instant. La charge du pouvoir changeait de côté. De même que le droit de vie et de mort était passé des mains blanches aux mains noires pendant deux journées délirantes, de même le pouvoir de son maître aux siennes propres.

Cette idée la fit chanceler. Elle oscilla légèrement, et au même moment la foule frémit avec elle, la porte du tribunal s'ouvrait. La femme Hemings agrippa des deux mains le bras de son fils quand Nat Turner apparut, trébucha, fut à demi traîné sous la lumière tachetée du soleil.

Le bras d'Eston trembla sous la force de sa poigne. Ils étaient sans aucun doute les seuls Noirs témoins de ce moment terrible.

La femme au teint pâle debout contre son fils bâtard avait cru tout connaître du pouvoir. Sally Hemings avait passé quarante ans de sa vie au contact journalier d'un des hommes les plus puissants d'Amérique. Elle avait vu ses amis et ses ennemis se presser pour entrer dans sa demeure ou pour en sortir, en quête du pouvoir ou pour lui rendre hommage. Mais jusqu'alors elle n'avait jamais compris pourquoi les hommes le désiraient avec une telle férocité qu'ils se battaient, qu'ils tuaient, calomniaient, flattaient, mendiaient, adoraient et engendraient des fils en son nom. Tous les Burr, les Hamilton et les Washington qu'elle avait vus aller et venir ne lui avaient jamais fait sentir la vérité du pouvoir comme cet homme noir à qui on allait faire subir des choses horribles. On le traînait maintenant, on crachait sur lui, on le frappait à coups de pied. Il semblait à demi fou, blessé, un animal traqué puis capturé. Pourtant la dignité de cet homme était pour elle une force réelle. Il y avait quelque chose de presque obscène à le voir ainsi, dans une telle nudité. Cet homme avait tué ses ennemis. Pour elle! Il les avait défiés puis combattus jusqu'à son dernier souffle. Pour elle! Il s'était dressé quand elle n'avait fait que se soumettre pendant toutes ces années. Elle voulait couvrir le condamné de son manteau. Effacer une image d'elle plus terrible qu'elle ne l'avait jamais imaginé. Elle se sentit sombrer dans ce monde blanc comme dans une tombe liquide.

Elle leva une main au-dessus de sa tête comme quelqu'un qui se noie, mais en vérité c'était pour signaler à Nat Turner qu'il n'était pas seul. Sa main fut abaissée de force par son fils affolé. Dans ses yeux bleus elle vit des larmes de terreur et de dégoût.

Nathan Langdon se fraya un chemin dans l'horrible foule impatiente. Il lui avait fallu deux jours de cheval pour venir de Washington. Il était hagard, les gestes saccadés, le visage empreint du même trouble sauvage qui voilait ses traits depuis son départ précipité de la case Hemings, trois mois plus tôt.

Il tirait et poussait au hasard, mais c'était comme de vouloir faire bouger une montagne de chair. Les gens ne sentaient ni les coups ni la douleur. Les épaules et les coudes cognaient et enfonçaient les chairs sans aucune réaction des victimes. Langdon s'aperçut même qu'il bousculait des femmes dans sa fureur, pressé d'atteindre le tribunal avant qu'il ne recrache les criminels en fin de séance.

Il faisait un sale temps, avec à l'occasion des éclats de soleil. Un jour qui convenait à ce drame, au procès.

Lui aussi s'était senti forcé de venir là pour des raisons qu'il discernait à peine. Il savait qu'elles avaient un certain rapport avec Sally Hemings. Il était venu découvrir quelque chose sur elle, mais aussi sur lui, sur la Virginie, sur les esclaves, l'insurrection et le meurtre. Dans tout le pays Tidewater les gens disaient que la révolte de Turner était une aberration, mais les instincts de Langdon lui assuraient le contraire. Cet événement était logique, inévitable. Il n'y avait là aucun égarement meurtrier, mais un homicide systématique, résultat inéluctable et parfait de l'esclavage. On avait parlé d'armées entières d'esclaves, de milliers d'hommes marchant sur Jerusalem, tuant, violant et brûlant les gens par centaines. Le gouvernement de la Virginie avait même entrepris de lever des troupes pour affronter les insurgés et le bruit avait couru que l'armée fédérale venait de Fort Lauderdale, dans le Maryland. La capitale avait été prise de panique, et pourtant Turner avait été capturé à moins de quatorze miles de là où il avait lancé sa croisade.

Cette course depuis Washington, vouloir arriver à temps pour la condamnation de Nat Turner – on ne pouvait guère appeler ça un procès, puisqu'il avait avoué – cela aussi avait été une décision soudaine. Les paroles de Sally Hemings résonnaient dans sa tête comme le galop de son cheval sur la route de Jerusalem : « Vous n'avez rien compris ! Vous n'avez rien compris ! » Il respirait la foule tendue, agitée, l'odeur de mort comme des cheveux brûlés, les corps surexcités oscillant comme dans une sorte de danse primitive à l'heure de la vengeance...

Turner était fou ! Bien sûr. Langdon, athée, n'avait que mépris pour les fanatiques religieux. C'était Will Francis, l'aide de camp de Turner, qui le fascinait, car il y voyait une logique pure, sans mélange, libre de toute hystérie biblique. Mon Dieu ! Qu'était-il en train de penser ? Comment pouvait-il rationaliser l'insurrection ? Qu'était-il devenu ? L'éclat soudain du soleil lui fit plisser les yeux, mais bien vite les rayons disparurent derrière les nuages.

Pourtant Francis, ah ! Francis... Francis avait tué au moins vingt-cinq des cinquante-cinq personnes assassinées.

Langdon transpirait sous son manteau de cheval en se frayant un chemin vers le tribunal de brique rouge. Il n'avait maintenant plus l'espoir d'atteindre le bâtiment ou d'y pénétrer, bien qu'il eût fait jouer ce qu'il avait d'influence pour obtenir une place.

Il lui fallait voir Turner et Francis de ses propres yeux. Sa vie même en dépendait. Si Turner existait, alors tout ce qu'on lui avait appris à croire était faux.

Nat Turner, celui qui avait réduit sa vie à néant ! La confusion de son esprit semblait s'ajouter au flot plus ample du drame.

Nathan Langdon s'était représenté Turner comme un géant à la peau noire. Mais l'homme qu'on traîna sous leurs yeux était de taille moyenne, pas plus de cinq pieds huit pouces, mince et de couleur brun clair. Ce visionnaire avait pleinement avoué ses crimes. Des crimes commis au nom de la justice.

En Virginie, pensa Nathan, Dieu seul savait combien d'innocents les paieraient. Il fallait qu'il presse les Hemings de quitter l'État avec leur mère. Elle n'y était plus en sécurité.

Ce jour-là, Nathan passa si près de son ancienne amie qu'il aurait pu toucher son manteau Mais, même dans ses pensées les plus folles, il n'aurait pas imaginé qu'elle se trouvât dans cette foule démente, assoiffée de sang. On lui avait promis que cela ne pourrait jamais arriver, et c'est ce qu'il avait voulu dire aux fils Hemings. Maintenant il n'en serait plus capable. Il fixa intensément la silhouette sombre qu'on traînait dans la cohue. Des femmes et des hommes crachaient, criaient, le maudissaient – surtout les femmes. L'homme semblait n'être plus qu'un sac de chair; tout esprit l'avait quitté.

Plus tard Nathan apprit qu'on avait écorché le cadavre de Nat Turner; de sa graisse on avait fait de la pommade et de sa peau des bourses, en souvenir.

Eston avait compris que sa mère était proche de l'hystérie, et il jetait autour de lui des regards affolés pour trouver une issue. Ils se trouvaient coincés dans une marée humaine compacte, sans moyen d'y échapper. Sa mère criait que Turner l'accusait de quelque chose, qu'elle n'était pas coupable. Le vacarme l'empêchait de distinguer ses paroles. Exaspéré, il se mordit les lèvres. Il était terrifié, des crampes lui tordaient les intestins comme si on allait le prendre et le jeter avec les insurgés.

Dans son cœur il se savait aussi coupable que Turner. Tous, ils étaient coupables. Chaque esclave, chaque ancien esclave avait le meurtre au cœur autant que lui. Sa terreur lui échappa et se répandit parmi la foule, se mêlant aux miasmes de haine prisonnière qui montaient des corps entassés. La nausée l'envahit. Sa mère – il devait la sortir de là. Il devait se sortir de là. Pas seulement de cet endroit, mais de la Virginie, de tous les États esclavagistes. Madison avait raison. Tant qu'il y aurait des esclaves il y aurait des meurtres et les représailles pouvaient s'abattre sur n'importe quoi et n'importe qui n'étant pas à l'abri. Ce qui comprenait tous les Hemings.

Eston tourna le dos au tribunal et à Nat Turner et se plaça devant sa mère pour la protéger. Il mit ses bras autour d'elle et poussa en arrière de tous ses muscles pour lui ménager un espace où respirer. Elle avait le visage blême, pétrifié, le front couvert de fines gouttes de sueur. Elle s'enveloppa de son manteau, la bouche entrouverte, les yeux étincelants.

Eston comprenait maintenant pourquoi elle avait entrepris ce long et dangereux voyage jusqu'à Jerusalem. Qu'elle fût obsédée par la révolte de Turner, par son procès et son exécution – tout cela prenait son sens. Elle avait dévoré les moindres bribes d'information sur Turner avec le même acharnement qu'elle mettait à ne plus voir Nathan Langdon. Si Langdon avait donné un sens à la vie de sa mère, Turner le lui avait repris. Il doutait que l'avocat, maintenant, l'eût seulement reconnue. Il avait vu sa mère, de jeune qu'elle paraissait, devenir une vieille femme, ses yeux d'ambre virer au brun terne, ses cheveux de jais se strier de gris presque d'un jour à l'autre, son corps mince se racornir et se plisser comme du parchemin. Une fièvre continuelle la faisait luire de l'éclat des fanatiques, mais à qui ou à quoi était-elle consacrée? Elle restait assise pendant des heures, les yeux dans le vide. Elle se parlait à elle-même ou ne disait rien des jours durant. Elle avait accepté de quitter Monticello mais Eston craignait qu'elle ne survive pas aux épreuves du voyage vers l'Ouest. Il voyait cette femme orgueilleuse et passionnée, secrète, se vider de sa vie.

Eston continuait de lutter pour qu'elle pût respirer, mais sa mère semblait passée dans un autre espace, un autre temps.

« Ô Dieu! murmura-t-elle, pardonne-moi de l'avoir jamais aimé. » Et son fils se demanda de quel homme il s'agissait.

9

A BORD DU « GREENHELM », JUIN 1787

Je suis de plus en plus persuadée que l'Homme est une créature dangereuse et que le pouvoir est avide, jamais comblé, qu'il appartienne à peu ou à beaucoup, car il crie comme la tombe, donne, donne.

ABIGAÏL ADAMS

Je n'ai jamais attendu de pitié... et j'ai vécu plus de cinquante ans dans un pays ennemi.

JOHN ADAMS

Je me croyais heureuse. J'*étais* heureuse, encore enfant. J'ai grandi dans la Grande Maison de Monticello et j'aimais ceux qui m'entouraient : ma mère et mes oncles, Martha, Maria, Maître Jefferson. Comme à tous les esclaves on ne me disait rien de mes origines dont je rassemblais peu à peu les morceaux. Un jour que j'avais huit ou neuf ans mon frère James et Martha m'avaient laissée seule pour aller jouer. Je ne me souviens plus pourquoi, mais je me sentais abandonnée et je pleurais.

Maître Jefferson vint près de moi et voulut me consoler. Il me dit que la tristesse était une perte de temps et que la meilleure chose à faire quand on était triste, c'était d'écrire tout ce qu'on voyait de soi-même, jusqu'au moindre détail, puis de tout repasser point par point dans sa tête. Quand on en était à la moitié de la liste, dit-il, on ne se souvenait même plus d'où était venu notre chagrin. Puis il alla chercher une planche de pin bien lisse et un morceau de charbon de bois. Il s'assit près de moi et nous fîmes la liste de tous les arbres, les plantes, les fleurs et les légumes qu'on voyait dans le potager et au-delà; de tous les poissons qu'on pouvait imaginer dans la petite rivière au nord-ouest de la plantation, de tous les animaux qui pouvaient vivre dans les pins de la frontière sud-ouest. C'est le premier souvenir que j'ai de lui, un moment sans passé et sans avenir, où sa présence m'apporta seulement un calme immense et chaud posé comme un manteau sur mes épaules.

Quand Martha et James revinrent et nous trouvèrent ensemble, Martha, jalouse, se mit en rage et enleva sa botte pour m'en frapper. Le talon me cogna la tempe et me déchira la peau. Du sang, plus que la blessure n'en méritait, coula sur ma joue, mêlé à mes larmes de chagrin et de honte.

Du fond de ma misère je serrai les dents pour m'empêcher de pleurer et je relevai ma jupe jusqu'à l'oreille pour étancher le flot de sang. Mais il fut plus rapide. Il me prit la tête et pressa son mouchoir contre la blessure Puis il saisit Martha dans ses bras pour l'empêcher de me frapper encore.

Je me souviens de sa tête étincelante, tout là-haut près de la sienne, une flamme rousse. Il la bascula sur son épaule, mais ses yeux croisèrent les miens comme pour me consoler, moi aussi. Je méprisais Martha d'avoir été jalouse de ces quelques minutes qui m'avaient appartenu, alors qu'elle l'avait pour père depuis toujours... Depuis ce jour j'ai fait des listes. Et tenu un journal. Je n'ai jamais cessé.

A bord du *Greenhelm,* 17 juin 1787

C'était le 17 juin. Je me souviens de ce jour, nous étions à cinq miles de Norfolk et le navire, comme aurait dit le capitaine Ramsay, était « déventé ». Il n'y avait pas un souffle de vent, les grandes voiles carrées étaient toutes ferlées et carguées. Le soleil me chauffait la tête et même aujourd'hui, les yeux fermés, je vois encore le reflet du soleil sur cette mer plate, comme le champ de trèfle blanc qui descend par-derrière, vers la rivière qui borne Monticello. J'avais trouvé une cachette merveilleuse et j'entendais la garder pour moi seule. C'était en haut du mât d'avant, enfin peut-être pas si haut, mais c'était tout de même dangereux d'y grimper. Il y avait une petite niche d'où je pouvais observer ce qui se passait en bas sans que personne me vît. Je montai là-haut et j'ôtai mon bonnet. Je peux encore entendre la petite Polly criant qu'on ne lui enlève pas son bonnet parce que si le soleil lui donnait des taches de rousseur, lui avait écrit son père, il ne l'aimerait plus. En tout cas j'enlevai mon bonnet et je laissai tomber mes cheveux et je les sentis onduler jusqu'à ma taille. A la maison il fallait qu'ils soient attachés. Celle dont j'avais la charge, Maria Jefferson, qu'on appelait Polly, n'avait rien fait depuis dix jours que pleurer ou me donner des taloches. Nous, c'est-à-dire Jack Eppes, son cousin, Maîtresse Eppes et moi-même, l'avions attirée sur le navire par tromperie et elle ne nous le pardonnait pas. Elle n'avait pas voulu quitter sa tante Eppes pour rejoindre son père. Maintenant elle se trouvait avec moi sur un bateau inconnu, en route vers un pays étranger pour aller voir un père dont elle ne se souvenait pas et qui ne l'aimerait pas, disait-il, si elle attra pait des taches de rousseur ! Dès le moment qu'elle s'était réveillée, à plusieurs heures de l'appareillage, elle n'avait plus cessé de crier qu'on l'avait enlevée. Je venais d'avoir quatorze ans et Polly en avait neuf. Sur le navire on la laissait avec moi qui avais aussi peur qu'elle et me sentais pareillement abandonnée. Nous étions en route vers Paris, en France, et Thomas Jefferson, notre ambassadeur en ce royaume. Mais le pire était déjà passé. Elle s'était engouée du capitaine, Mr. Ramsay, qui l'avait prise en charge. Et elle ne le lâchait plus.

Nous étions les seules présences féminines à bord, et les cinq passagers mâles, en plus du capitaine, faisaient grand cas de nous. Pour moi, ce fut le vrai début de mon histoire. Dès l'intant où je posai le pied sur le pont comme gouvernante de Polly, tout ce qui m'était arrivé précédemment sembla s'éloigner et diminuer jusqu'à ce qu'il ne restât que l'étendue marine et ces journées pleines d'une paix et d'une liberté imprévisibles.

J'étais encore très enfant à cet âge, bien que je parusse plus que mes quatorze ans. Ma vie à Monticello – la petite école destinée aux enfants blancs et aux domestiques, tenue par Mrs. Carr ; les cuisines souterraines de la vieille cook avec toutes leurs intrigues dans le bruit et la chaleur – pâlit sous l'éclat du soleil marin. Ma mère me manquait. J'avais cru un temps qu'elle allait emmener Polly à Paris elle-même, mais elle décida finalement que ce serait moi. Un choix bizarrement fait.

C'était Mammy Isabel qui était censée partir avec Polly. Quand Maîtresse Eppes arriva pour l'emmener à Norfolk, on apprit que Mammy Isabel était en plein dans sa huitième grossesse et n'était pas en état de voyager. Maîtresse Eppes, déjà tourmentée à l'idée de perdre Polly et de l'envoyer si loin contre son gré, était hors d'elle. D'abord que Polly ne voulût vraiment pas partir, ensuite qu'il n'y eût personne pour l'accompagner.

Soudain ma mère s'était tournée vers moi, m'avait regardée, et elle avait dit : « Sally ira. Elle aura James pour s'occuper d'elle. » Et avant que Maîtresse Eppes eût repris son souffle pour demander si j'avais déjà eu la variole ou quel était mon âge, Maman m'avait évacuée du salon, fait traverser l'entrée et sortir par la cuisine en laissant le cook la bouche grande ouverte, prête à mettre son grain de sel mais sans en avoir le temps. J'étais hors d'haleine et j'avais peur. Je n'avais jamais été gouvernante ni cameriste ni rien. Ce que j'avais été surtout, c'était une enfant ! Mais maman, elle a continué tout droit. Je me souviens du bruissement de sa robe en montant l'escalier de service, puis dans la lingerie, puis dehors avec une malle d'osier et trois valises, enfin de retour à ses propres coffres à linge pour trouver des chemises, des jupes, des bas et des pièces de tissu pour les robes. Rien de ce qu'avait Isabel pour le voyage ne m'allait, pas même les sous-vêtements, et il fallut donc tout faire à neuf en moins d'une semaine.

Je partais, nous ne pouvions manquer le bateau qui attendait à Norfolk. Maître Jefferson n'allait pas tolérer un retard de plus. Je suppose que ma mère aurait pu trouver quelqu'un à qui auraient convenu les vêtements d'Isabel. Après tout, elle pouvait choisir entre trois cent soixante-quatre esclaves dont la moitié au moins étaient des femmes adultes. Mais quelque chose la pressa de me choisir. A ce jour, je ne sais pourquoi. Si c'était le destin, alors elle y aura mis la main.

« Ce sera Sally, en ce cas. Je ne peux plus penser à rien », dit enfin Maîtresse Eppes, un peu tard, car sa voix se perdit dans les préparatifs de mon départ.

Je quittais Monticello, le seul foyer que je connusse, pour un pays étranger.

Monticello, le plus bel endroit du monde. L'herbe était plus verte, plus vif le parfum des fleurs, plus grandes leurs corolles, l'air était plus clair, les bêtes plus vigoureuses, les tenues plus élégantes, les mets plus savoureux, les esclaves plus heureux, le maître – que je n'avais pas vu depuis mes dix ans – meilleur que partout ailleurs. Bien sûr, je n'étais jamais sortie des limites du domaine. J'étais née à Bermuda Hundred, la plantation de mon père, mais il était mort trois mois après ma naissance et l'année suivante j'étais venue vivre avec ma mère à Monticello, perché sur sa montagne, face à la chaîne des Montagnes Bleues. Ma mère s'y plaisait encore plus que moi. Il y faisait toujours frais, on y sentait la brise au plus fort de l'été, et la grande salle d'entrée distribuait la fraîcheur dans toute la maison. A cheval ou en voiture il fallait près d'une heure pour venir de la route au portail.

Maître Jefferson passait au loin une grande partie de son temps, à Philadelphie ou à New York, mais chaque fois qu'il revenait chez lui il démolissait ou construisait ou reconstruisait quelque chose. Il arrivait toujours muni de ses plans, convoquait mes frères James et Robert avec les ouvriers blancs, et ils se mettaient au travail.

Les cases des esclaves parsemaient la colline en face de la Grande Maison, escaladant la pente comme des volubilis affolés par la fumée des cheminées. Un passage couvert longeait tout l'arrière du bâtiment principal, donnant sur les cuisines, la boucherie, le fumoir, la glacière, les buanderies, les resserres, les logements des domestiques. C'était le domaine de ma mère. Elle surveillait vingt-cinq serviteurs, parfois plus.

Nous n'avons jamais eu autant de domestiques qu'en avaient les grandes plantations Maître Jefferson ne le désirait pas, et Maîtresse Jefferson, souvent malade, n'aurait pu les gouverner. Ma mere l'aurait pu, bien sûr, mais il n'y aurait guère eu de sens à avoir un valet de pied derrière chaque chaise et pas de maîtresse.

Et il y avait bien sûr les enfants de tout le monde, noirs et blancs, qui couraient partout. Un jour Maître Eppes entra en courant pour voir Maître Jefferson, trébucha dans le couloir contre un bébé et glissa plusieurs mètres sur le parquet qui venait d'être ciré ce jour-là pour la quatrième fois. Il s'est cassé une côte, je me souviens. D'habitude ma mère gardait tout son monde au fond de la maison et quand le maître était là elle s'arrangeait avec Martin et Gros George.

Ma mère était belle. Elle n'était pas très grande, mais bien faite, d'un teint acajou plutôt clair. D'un jour à l'autre sa peau changeait de couleur, elle tirait parfois sur le rose et parfois sur le jaune. Elle avait ses jours « sombres » et ses jours « clairs ». Elle disait que chaque matin mon père lui faisait remarque de son teint. Une fois je l'ai surprise dans les champs, immobile et dressée comme une statue au milieu des blés mûrs. Sa peau avait pris la couleur des épis, ses yeux brillaient et deux larmes coulaient sur ses joues, mais elle pleurait sans faire de bruit.

Un grand calme pesait sur le navire. Les jours passaient, toujours pas le moindre souffle, nous étions posés sur une mer paisible comme une tortue dans son écaille. Marins et passagers étaient pareillement bercés par le silence et l'absence de mouvement. On organisa des jeux, des promenades. Nous nous fîmes des amis parmi les marins et ils nous offrirent de petits animaux, de douces créatures faites avec du chanvre et de la ficelle. Polly et moi « pêchions » le long du navire au grand amusement des marins ; ils nous demandaient si nous avions pris des « poissons-chats ». L'un d'eux, petit et rougeaud avec une barbe blonde et des yeux verts me fabriqua un petit chien à l'image d'une certaine race qu'ils avaient en France. Il le fit en brins de chanvre, avec autour du cou, de la queue et des pattes un amas de bouclettes ressemblant à un buisson.

J'appris plus tard que cette race, le caniche, était à la mode dans le beau monde de Paris. Je nouai un ruban autour du mien et l'appelai George Washington. Je grimpais dans ma cachette, mon « Monticello », avec Washington, et là je restais assise à faire des listes au fil de ma solitude, pour passer le temps.

Bleu. Ciel. Mer sans vent. Pas de nuages. 16 voiles. 3 drapeaux. Oiseaux. 7 mâts. Le soleil. Une longue rambarde de cuivre poli. Dieu. Argent sur bleu 85 barreaux à la rambarde. 48 marins sur le navire. 3 cuisiniers. 1 médecin. 2 lieutenants. 1 adjoint. 4 officiers. 1 capitaine

Capitaine Ramsay. La cargaison : sucre, tabac, riz, orge, mélasse, cacahuètes.

Inventaire partiel des malles de Polly : 1 jaquette de soie empesée ; 2 robes de soie ; 1 manteau ; 8 jupons ; 8 paires de mitaines d'enfant ; 4 paires de gants ; 4 paires de chaussures en tissu ; 8 paires d'escarpins en cuir ; 6 paires de bas de fil ; 4 paires de bas de laine peignée ; 2 éventails ; 2 masques ; 4 paires de manchettes ; 7 ceintures, à savoir 2 blanches, 2 bleu marine, 1 rose, 1 jaune, 1 noire ; 6 pantalons de soie ; 13 chemises ; 1 miroir d'argent ; 16 poupées ; 1 flûte...

Inventaire de ma malle : 2 jupons de coton ; 1 jupon molletonne ; 6 robes, 1 paire de bas de laine ; 4 tabliers de lin ; 2 ceintures ; 12 chemises ; 1 paire de chaussures ; 2 chemises de nuit ; 1 crucifix en bois sculpté par John ; 1 châle de laine ; 1 flûte.

Nous repartîmes enfin. Le calme avait duré tout le jour. Polly et moi nous promenions sur le pont, quand soudain la brise fit claquer les rubans de nos bonnets. Il y eut des marins partout qui couraient et sautaient dans une danse bruyante et bondissante. Devant nos yeux les voiles se gonflèrent et le navire frémit, roulant sous nos pieds comme le galop d'un des chevaux bais de mon maître. En peut-être une heure nous avons pris de la vitesse, et quel beau spectacle que les vagues laissées par notre course, bouillonnantes sous le soleil couchant, les derniers rayons de lumière se chamaillant avec la nuit qui finit par venir, tombant comme un drap noir. A partir de là nous filâmes bon train. Pour moi, je commençai à envisager l'avenir au lieu de me languir du passé. Et ce soir-là nous fêtâmes les vents favorables.

Tout le monde s'habilla pour le dîner. Le capitaine Ramsay se mit en grand uniforme, ce qui nous coupa le souffle. C'était une veste en velours d'un bleu vif mais profond, avec aux épaules des glands dorés retenus par des cordelières dorées. Les revers étaient en satin rouge avec un gilet assorti, sa cravate et sa chemise d'un blanc de neige avec de la dentelle aux manchettes et sa culotte blanche également avec des bas bleus. Il avait les cheveux poudrés attachés par un ruban bleu et des souliers de cuir verni noir avec des boucles d'argent. Il avait des boutons d'argent, une montre d'argent, une grande épée dans un fourreau d'argent et au doigt un saphir bleu. Je n'oublierai jamais la splendeur du capitaine Ramsay. La petite Polly avait trouvé son premier amour Oh, c'était un homme superbe, ce Ramsay, et Polly l'adorait vraiment ! Je crois qu'en fait son père lui manquait

De ce père, je m'en souvenais très bien, mais Polly avait seulement quatre ans quand il était parti et elle n'en avait plus aucun souvenir. Tout ce qu'elle avait connu, en fait de famille et d'amour, elle l'avait laissé à Norfolk avec la famille de sa tante. Polly, je la plaignais. Je l'ai aimée comme je n'ai jamais aimé sa sœur Martha. Martha avait un an de plus que moi, pourtant j'étais sa tante, tout comme j'étais celle de Polly. Nous avions grandi ensemble à Monticello, nous nous étions battues, avions joué, ri et chevauché ensemble. J'étais avec elle quand Maîtresse Jefferson, ma demi-sœur, est morte. Un long après-midi pâle et chaud, fétide et plein de moustiques. Nous avons essayé d'écarter les insectes, l'éventant chacune à notre tour. A la fin le médecin est venu, mais Maître Jefferson ne l'a pas laissé la saigner. Pour soigner sa maîtresse ma mère avait entièrement abandonné la conduite de la maison. Maître Jefferson avait fait son bureau dans la pièce voisine de sa chambre, il ne l'a pas quittée tout le temps qu'elle a mis à mourir. Monticello, qui était depuis toujours une maison pleine de gens, de bébés, d'invités, de parents et d'animaux, a semblé se vider. Il n'y avait que ma mère, Maître Jefferson, Martha, Polly, et moi et le reste des domestiques. A la fin mon maître s'est tout bonnement évanoui. Il est resté si longtemps sans connaissance que sa famille a cru qu'il était mort, avec elle. La dernière chose qu'elle lui avait fait promettre, c'était de ne jamais se remarier.

Ce fut ma mère qui baigna son corps, fit sa toilette et la pleura. La maîtresse avait été comme une fille, pour elle, bien qu'elles eussent presque le même âge, comme Martha et moi. Quels que fussent les compromis qu'elles aient dû faire au cours de leur vie à cause du concubinage de ma mère, elles semblaient les avoir réglés depuis longtemps, parce qu'elles s'aimaient vraiment beaucoup. Maman peigna les longs cheveux, les disposa sur l'oreiller. Maman pleura et pleura, elle la lava et lui mit ses bijoux, elle drapa la chambre de noir et la remplit de fleurs fraîchement coupées, et elle pleura. Elle ne laissait personne toucher au corps, et s'occupait tout autant de Maître Jefferson qui semblait avoir perdu le sens et le désir de vivre. Elle lui prépara ses repas et pratiquement le fit manger, elle le soigna jusqu'à ce qu'il soit capable de monter de nouveau à cheval. Alors, pendant des jours et des jours, il a chevauché comme le vent jusqu'à épuisement complet. Parfois Martha l'accompagnait, mais le plus souvent il allait seul. Et le plus souvent Martha restait seule. Comme elle ne pouvait atteindre son père plongé dans sa douleur, elle se tournait vers moi. Ou plutôt nous nous sommes tournées l'une vers l'autre. Nous n'avons pas versé de larmes sur Martha Jefferson, car Maître Jefferson et Elizabeth Hemings pleuraient suffisamment pour nous tous. Martha et moi paraissions avoir conclu une sorte de pacte : pas de larmes. Nous étions choquées par la conduite des adultes. Sans savoir pourquoi, cela nous semblait manquer de dignité. Un jour Martha, qu'on appelait Patsy pour la distinguer de sa mère, leva un miroir devant moi et dit · « Tu lui ressembles plus que moi. Je ressemble à mon père. »

Dans sept jours nous allions atteindre l'Angleterre. Chaque jour qui passait ajoutait à mon bonheur. Tout ce qui était de ma vie précédente rapetissait à mesure que l'océan s'élargissait entre notre navire et la Virginie. Monticello s'éloignait de plus en plus.

Je me sentais briser une barrière, quitter l'enfance pour l'âge adulte. Je savais paraître déjà plus que mon âge, et il arriva quelque chose à bord qui me fit comprendre que je n'étais plus une enfant.

C'était le 19 juin. Polly s'occupait à jouer aux cartes et à apprendre des jurons avec le capitaine Ramsay. La mer était bleu sombre, à peine ourlée de dentelle par les vagues que caressait un léger vent d'est. Le ciel, sans un nuage, était d'un bleu éclatant. Nous n'avions eu que du beau temps. Je dis au capitaine que j'aurais bien aimé, moi aussi, voir une tempête en mer, une seule, alors il rit et répondit que les belles filles ne devraient pas souhaiter ce que les belles filles pourraient regretter, car habituellement les belles filles obtenaient de la vie ce qu'elles voulaient. Considérant ma place dans la vie je crus qu'il se moquait de moi et mes yeux se remplirent de larmes. Je voulus parler, mais il s'était déjà détourné, occupé de ses affaires.

Plus tard, ce même jour, un des cinq gentilshommes à bord, M. Lafaurie, un Français, me parla pour la première fois. J'étais ravie, car de moi-même je n'aurais jamais osé m'adresser à lui. J'avais très envie qu'il me parlât de Paris, des Français. A Monticello nous avions souvent des visiteurs français. Ces jours-là ma mère soignait particulièrement les repas, disant que les Français faisaient grand cas de la nourriture. Et Maîtresse Jefferson soignait particulièrement sa toilette, car les Français, disait-elle, comme pour ce qu'ils mangeaient, faisaient grand cas de ce qu'ils se mettaient sur le dos. Une maladie contagieuse, ai-je découvert, car nulle part ailleurs qu'à Paris je n'ai à ce point brûlé d'envie pour des vêtements et désespéré de ne pouvoir les posséder.

Il me parut aussi que les Français faisaient très attention à ce qu'ils disaient, car M. Lafaurie poussa des hum sur tous les tons pendant près d'une heure avant finalement de me demander : Pourquoi parlait-on de moi comme d'une esclave nègre? Puisqu'à l'évidence je n'étais ni nègre ni esclave. « Enfin, vous êtes plus blanche que moi », me souvient-il qu'il disait dans son étonnement.

J'aurais pu lui répondre que je n'étais pas une esclave à cause de ma couleur, mais parce que ma mère l'était et sa mère avant elle. Or, me découvris-je à mentir, j'étais une orpheline espagnole de La Nouvelle-Orléans (cela me parut suffisamment lointain, et exotique), engagée comme camériste de Miss Jefferson. Comme je voguais sur les sept mers, loin de Monticello, je laissais mon imagination retracer une enfance des plus convaincantes. A la maison, avec Martha, je m'étais longuement exercée à m'inventer des enfances imaginaires.

Mais plus tard, bien sûr, il s'adressa au capitaine Ramsay qui lui dit la vérité, ainsi que mon âge. Et le capitaine me tança de manière que je ne l'oublierai jamais. Après le cognac et les cigares de ces messieurs, il me fit appeler.

« Sally, je veux savoir pourquoi vous avez délibérément menti ce matin à M. Lafaurie et l'avez induit en erreur?

– Parce qu'il ne m'aurait pas crue si j'avais dit la vérité.

– Je ne puis croire qu'une esclave de Monticello ait été élevée dans le mensonge. Votre maître serait scandalisé, et quel exemple pour la jeune Miss Jefferson! » Il soupira, puis attendit que je dise quelque chose. Comme je restais muette il continua :

« Vous le savez, c'est très difficile d'avoir deux passagères sur ce navire. Bien sûr, Miss Jefferson est une enfant, mais vous ne l'êtes plus et vous devriez faire attention à votre conduite. Je sais qu'à la maison vous avez toutes sortes de libertés et de licences et que même on vous... on vous... encourage... mais il faut vous souvenir que dans les limites étroites d'un navire, vous ne pouvez... Je ne permettrai pas que vous... puissiez provoquer ces messieurs les passagers. Il se peut que vous paraissiez seize ans, mais je sais que vous en avez quatorze, et vous invitez à... ce à quoi vous n'êtes sûrement pas prête... Vous êtes une enfant et, pourrais-je ajouter, une domestique et une esclave pas trop bien élevée, et si on ne vous a pas encore appris à tenir votre place dans la vie, je vous consignerai dans votre cabine jusqu'au débarquement. »

Toutes mes prétentions à la féminité tombèrent comme autant de pétales. J'avais voulu impressionner M. Lafaurie parce que, bien que « noire », il ne m'avait en rien traitée différemment. Je supposais que les Français étaient bien ignorants.

« Je n'ai rien dit à Miss Jefferson, et je n'en ai pas l'intention. Non plus que de vous punir moi-même. Pour autant que vous vous teniez bien. M'a-t-on compris?

– Oui, Maître.

– Maintenant, autre chose, Miss Hemings. Vous avez l'habitude de vous asseoir sur la première plate-forme du mât d'artimon. Assise là, peut-être ne vous en rendez-vous pas compte, mais vous êtes en pleine vue des marins qui travaillent sous la passerelle. Vous ne les voyez pas, mais ils peuvent vous voir. Vous restez là des heures, vous défaites vos cheveux, vous les laissez flotter dans votre dos, et c'est la pire des provocations pour les marins qui vous appellent la " sirène ". Je sais que vous ignorez ce que cela veut dire mais, comment dirais-je, pour un marin, une sirène... est quelqu'un qui fait... qui provoque.

– Qu'est-ce que c'est?

– Provoquer... flirter... batifoler », dit-il.

De honte, je faillis m'évanouir. Le capitaine, qui rougissait de plus en plus, fit un silence et je me mis à sangloter. Je me sentais soudain seule et misérable.

Pour la première fois de ma vie je comprenais que j'étais vraiment seule au monde. Je n'avais jamais eu de père, je ne reverrais peut-être jamais ma mère. Je n'avais aucun droit devant la société, quoi qu'ait pu dire M. Lafaurie. Je n'avais pas même de droits sur mon propre corps qui pour moi changeait de façon anormale. N'importe quel homme blanc, pas seulement mon maître, pouvait me convoiter ou me punir au gré de son caprice. Nul de mon sang n'aurait pu me protéger, n'ayant lui-même aucun droit. Ce Blanc devant moi, horrifié, qui sentait le tabac, pouvait me battre, m'enfermer ou me prendre dans son lit, et je n'avais aucun recours : nul homme ne s'avancerait pour me défendre et je n'avais pas le droit de me défendre moi-même si j'en étais capable.

J'étais une esclave. Une femme esclave. Je me sentis mal.

Le pauvre capitaine Ramsay était anéanti. Il me fit asseoir. Puis me fit relever. Il me versa un verre d'une sorte de liqueur et me le fit boire. Mais cela ne put rien contre l'immense et noire désolation qui ce jour-là se blottit dans mon âme.

Nous irions à Paris, Polly retrouverait son père mais je ne trouverais pas le mien. J'étais une esclave. Le capitaine resta longtemps, très longtemps assis près de moi dans la cabine obscure. Il me dit comme il était navré d'avoir été si sévère. Il n'avait pas vu combien j'étais innocente, et si jeune. Il voulut me prendre dans ses bras mais un cri de terreur m'échappa. Nous restâmes donc assis comme deux pierres, avec les larmes qui continuaient de couler sur mes joues. Finalement il poussa un grand soupir qui sentait le tabac et se leva. Il marcha quelques minutes de long en large, alluma un cigare et regarda par le hublot, de sorte que je ne voyais plus que son large dos bleu.

Après un certain temps il sortit, disant qu'il allait chercher Miss Jefferson. Polly ne vint que beaucoup plus tard, apportant Washington, et elle me prit dans ses bras

Les deux jours suivants Polly et moi avons passé les après-midi à écouter M. Lafaurie nous raconter des histoires sur Paris. Il semblait impossible qu'une telle ville existât sur la même planète que Charlottesville, État de Virginie. Nous ne nous lassions pas d'entendre décrire les dames et leurs toilettes, les coiffures, les jardins des Tuileries et de Versailles, les palais du roi, le Palais-Royal, Marly, Fontainebleau. Je tremblais d'être renvoyée en Virginie une fois Polly arrivée saine et sauve à Londres. Elle dit qu'elle ne le permettrait pas, mais j'avais déjà appris à ne pas trop me fier aux promesses des maîtresses.

Le capitaine annonça que nous arriverions à bon port le lendemain, le 26 juin, et la petite Polly comprit qu'elle allait être séparée de lui, alors qu'elle s'y était tant attachée. Elle aussi fit rire tout le monde en proclamant qu'elle ne quitterait pas le navire sans avoir vu de tempête en mer. Qu'après avoir été pratiquement kidnappée sur ce navire elle se sentait volée de n'avoir pas eu de vraie tempête avec des vagues hautes *comme ça*. Le capitaine rit et dit qu'il allait demander au cuisinier de lui « mitonner » une tempête pendant la nuit.

Le dernier soir j'habillai Polly de mousseline blanche et lui relevai les cheveux. Moi-même je me vêtis de rouge avec une ceinture bleu foncé, les cheveux tombants noués d'un ruban rouge. Ces messieurs parurent fort satisfaits. Le capitaine parut soulagé de me revoir comme à l'accoutumée, et tous les gentilshommes et les officiers se levèrent quand nous sortîmes de table.

Le lendemain matin il y eut des oiseaux et l'odeur de la terre. Après un long voyage, même les novices peuvent sentir la terre. Tout le monde se leva tôt pour ne pas manquer de voir apparaître le rivage et les fameuses falaises de Douvres. Nous devions remonter la Tamise jusqu'à Londres, après avoir passé six semaines en mer. J'avais mis en réserve ces six semaines de liberté, où je n'avais eu à subir la loi de personne, en faisant des listes dans mon journal et des notes dans mon cœur. J'avais lu, j'avais écrit et j'avais rêvé. Et j'avais grandi.

Quand la terre fut en vue, tous ceux qui étaient sur le pont l'acclamèrent très fort et le capitaine Ramsay fit une apparition resplendissante dans un nouvel uniforme de gala. C'était un bel homme, et vaniteux ! Les marins, eux aussi, avaient mis leurs meilleures tuniques. L'orchestre du bateau commença à jouer un air fort gai quand les rives du fleuve se rapprochèrent, et nous glissâmes le long d'un chenal étroit vers le port de la Cité de Londres.

Je n'avais jamais vu un endroit pareil, avec tellement de Blancs que je n'aurais pas pu en imaginer autant. Pas un seul visage noir, nulle part

Pour moi c'était une impression nouvelle, étrange. Il n'y avait pas d'esclaves. C'était vraiment un autre monde.

Ce jour-là nous étions vêtues de blanc. Polly frémissait d'excitation et s'accrochait au capitaine qui nous fit descendre la passerelle de débarquement vers une voiture jaune vif attelée de chevaux magnifiques, devant laquelle se tenait un couple tout en noir. C'étaient Abigaïl et John Adams venus nous chercher. Un joli couple, nous sembla-t-il en approchant. Ils avaient l'air fort sérieux, bien plantés devant leur belle voiture où se perchait un splendide laquais en livrée cramoisie. Abigaïl Adams était petite mais cependant un peu plus grande que son mari, mince et vêtue de soie noire. Le mari, qui lui tenait le bras, était petit, rond, ventru, avec une grosse tête carrée qui paraissait d'autant plus chauve qu'il avait de luxuriants favoris. Il avait le teint rouge, la bouche sévère, le regard direct et l'air heureux.

Je marchai un peu derrière Polly et le capitaine Ramsay, et je me tins à l'écart pendant les salutations. Les Adams semblaient connaître le capitaine et l'accueillirent avec chaleur. A la façon dont elle se tenait, je vis que Polly était prête à fondre en larmes. Elle s'agrippait des deux mains au capitaine pendant que lui-même et le couple bien mis tentaient de l'attirer dans la voiture qui attendait. De terreur elle cria mon nom et Abigaïl Adams, d'un mouvement preste, tourna son regard vers moi.

Je l'examinai avec attention, moi aussi. Elle avait un visage ovale, un long nez droit, un menton pointu, presque décharné, et une bouche mince. Son visage tenait tout entier à ses yeux, qui luisaient comme des larmes : ils étaient étincelants, vifs et peu écartés, comme ceux d'un petit animal. Des boucles d'un roux éclatant jaillissaient de sous son bonnet. Elle avait les sourcils fortement arqués et tout son visage en prenait une expression malicieuse. C'était un visage sans âge, bien qu'à l'époque elle ne fût plus jeune. Elle avait le teint coloré, comme souvent les roux, et quand elle se retourna ses pommettes étaient rouges d'exaspération.

« Et qui êtes-vous, Miss ?

– Je suis l'esclave de Maîtresse Polly, ma'ame. »

Plusieurs expressions se succédèrent sur son visage et il en resta une que je connaissais déjà fort bien : celle d'une dame blanche et riche qui toise une pauvre esclave, une moricaude. Elle regarda d'abord son mari, stupéfait, puis le capitaine Ramsay qui tenait encore une des mains de Polly alors que j'avais pris l'autre dans la mienne.

« Quoi ! » s'écria-t-elle.

C'était la première fois, j'en étais sûre, qu'Abigaïl Adams voyait une esclave de son propre pays et qu'elle lui adressait la parole.

10

LONDRES, JUILLET 1787

Je ne peux que regretter que certains des sentiments les plus humains de la Déclaration aient été expurgés du texte imprimé. De sages raisons peut-être y ont mené...

ABIGAÏL ADAMS, 1776

J'ai eu pour une quinzaine une petite fille de Mr. Jefferson qui est venue ici avec une jeune fille nègre, sa servante en Virginie.

ABIGAÏL ADAMS, juillet 1787

« Une esclave blanche ! » Abigaïl Adams ne se remettrait jamais du choc d'avoir vu l'image de feu l'épouse de Thomas Jefferson descendre le pont d'embarquement sous l'apparence d'une esclave nègre.

« A ce qu'il semble. Puisque nous sommes ses hôtes.

– Je ne veux pas d'esclave, noire ou blanche, sous mon toit. Cela me fait... horreur.

– Je sais, Abigaïl, mais l'enfant est là, et nous n'y pouvons pas grand-chose en attendant de nouvelles instructions. Pour ça, si elle avait été noire et d'un certain âge...

– Oh, John. Ce n'est pas ça... ou peut-être si, je ne sais pas. Sa couleur me souligne l'horreur de sa condition parce que c'est notre couleur. Mais, plus grave encore, je ne puis en conscience confier la charge d'une enfant à une autre enfant. Cette fille est une enfant, certes très belle, mais qui n'a sûrement pas été instruite pour être gouvernante ou même bonne. Voyons, elle a besoin qu'on s'occupe d'elle plus encore que Polly !

– Elle semble très douce, propre et de bon caractère.

– J'insiste pour qu'elle retourne en Virginie. Elle ne peut me servir à rien et je ne vois pas le moindre usage qu'elle pourrait avoir pour Mr. Jefferson. »

John Adams agita son corps replet sur le mobilier anglais neuf, raide et inconfortable qu'ils avaient payé une somme exorbitante, et regarda sa femme. Elle était l'essence même de sa vie et de sa bonne fortune. Les longues années de séparation – d'abord quand il était parti pour le Congrès continental, à Philadelphie, puis pour l'Europe – étaient maintenant terminées, pour toujours. Il ne quitterait plus jamais Abigaïl. Depuis qu'elle était à Londres il avait enfin une vie confortable, heureuse, et parfaitement organisée. Il voulait surtout que rien ne vînt gâcher cette félicité. Abigaïl, il le savait, quand elle croyait voir une question de principe pouvait se montrer têtue. C'était une abolitionniste fervente, comme lui, mais sans rien de son penchant pour le compromis. Dieu ! L'enfant ressemble vraiment à Martha, l'épouse défunte de Jefferson, pensa-t-il. Plusieurs années plus tard, les Adams apprendraient que Sally Hemings était la demi-belle-sœur de Jefferson.

« Abigaïl, nous ne pouvons rien sans instructions de Thomas Jefferson. Lesquelles, à mon sens, ne vont pas tarder.

– Mr. Jefferson! Où est-il? Pourquoi n'est-il pas venu chercher sa fille? Je lui ai déjà écrit au sujet de Sally.

– Eh bien, nous devrons donc attendre la réponse.

– Le navire du capitaine Ramsay part bientôt. Elle devrait être à bord. »

Abigaïl se montrait particulièrement obstinée, pensa John Adams. Pourquoi? La pauvre fille venait de subir une longue traversée.

« En premier lieu, Abigaïl, si Sally part avant l'arrivée de Jefferson, Polly aura le cœur navré. Elle est très attachée à Sally qui est son seul lien avec ceux qu'elle aime et qu'elle a laissés en Virginie. C'est une enfant sensible. Elle serait bouleversée. Vous ne désirez pas cela, voyons?

– Je ferais tout pour le bonheur de Polly. Cette enfant a gagné mon cœur, John – si gaie, si fragile, si belle. Comme Nabby quand elle était petite. Mais lorsque Mr. Jefferson viendra...

– S'il vient. En attendant nous ne pouvons enlever Sally à Polly. Par ailleurs, je n'aime pas l'idée d'avoir à renvoyer Sally sans escorte, refaire une traversée dangereuse. Nous n'en avons pas le droit. Elle est après tout sous notre protection jusqu'à l'arrivée de son maître. Jefferson lui-même peut l'attendre, peut-être l'a-t-il fait venir, pour ce que nous en savons. Nous ne pouvons pas disposer d'elle. C'est sa propriété personnelle, dit Adams d'un ton pincé, et nous n'avons aucun pouvoir légal de modifier ses droits sur elle.

– Sa propriété ! » Abigaïl Adams retint son cri d'indignation. John lui tendait l'hameçon, de toute évidence, avec ses airs de juriste, mais elle ne put s'en empêcher, le mot fusa jusqu'au sommet de son crâne et y explosa comme un obus. Voilà bien le système le plus inique jamais inventé par Dieu ! Comme elle souhaitait qu'il n'y eût pas un seul esclave aux États-

Unis! Ils avaient combattu, ils avaient gagné, pour eux, ce dont ils dépouillaient quotidiennement des êtres qui avaient bien autant de droits qu'eux-mêmes à la liberté, qui avaient posé le pied sur le sol de leur nation bénie au même instant que leurs propres ancêtres et qui étaient tombés les premiers dans la bataille contre l'Angleterre!

« Savez-vous, ma chère, continua John Adams, que si Sally se rend vraiment à Paris avec Polly, elle devient libre, selon la loi française. L'esclavage est aboli sur le territoire français. En la renvoyant nous pourrions bien la priver de sa seule chance d'être émancipée. Elle n'a qu'à le réclamer. » John savait que cet argument l'emporterait et l'avait gardé en dernier. Sa femme avait un sens aigu de la justice, qu'il admirait et qu'il trouvait précieux, et l'esclavage lui répugnait tant moralement que physiquement. Elle sentait, comme lui, que cela venait non seulement corrompre la fibre morale des meilleures classes du Sud, mais aussi menacer l'existence même de la nation.

« J'ignorais cela, John. » Abigaïl était stupéfaite. Était-ce donc le destin qui avait choisi Sally, parmi les centaines d'esclaves de Monticello, en vue d'une grâce possible?

« C'est vrai, Abigaïl. Réfléchissez. »

Mais Abigaïl pensait à autre chose. Elle avait un étrange pressentiment, et l'origine évidente comme l'extraordinaire beauté de Sally Hemings n'étaient pas pour calmer ses alarmes.

Ces planteurs du Sud vivaient comme les patriarches de jadis. Au moment où cette idée lui vint elle comprit que ses propres motifs n'étaient pas entièrement purs. Ce n'était pas seulement la présence d'une esclave dans sa maison, si temporaire qu'elle fût, qui la dérangeait tant.

Abigaïl Adams était honnête avant toute chose. D'une honnêteté si complète et si suave qu'elle donnait à sa personne une sorte de transparence lumineuse qui faisait mieux que suppléer à son absence de beauté physique. La gouvernante était une enfant charmante et docile. Mais la jeune fille était aussi un affront à la féminité des Blanches, pensa-t-elle, la preuve vivante la plus criante de la duplicité des Blancs, des mâles. Le rapport de maître à esclave ne l'horrifiait pas seulement en ce qu'il détruisait la dignité de l'un et de l'autre, mais parce que l'exercice d'un pouvoir absolu sur d'autres êtres humains vivant avec les maîtres dans l'intimité la plus étroite provoquait le genre de sensualité réciproque qu'Abigaïl Adams craignait de sentir en elle-même, qu'elle reconnaissait comme une part de la nature humaine, et enfin qu'elle lisait sur le visage de Sally Hemings. Cette fille est à la fois le piège et la victime, pensa-t-elle. Dans sa personnalité encore à l'état d'ébauche se trouve l'arrogance innée de qui est totalement possédé une sorte de détachement insaisissable qui est en même temps une insulte et une invite. Comment expliquer à un homme des sentiments à ce point ambigus? Comment décrire l'impuissance absolue à qui ne l'a jamais éprouvée? Abigaïl Adams se mordit les lèvres et finalement leva les yeux vers son mari. « Pourquoi ne pas m'avoir dit plus tôt qu'elle avait cette chance?

– De fait, je n'y avais pas pensé. Il y a là quelque chose de déloyal envers Jefferson.

– Je sais. Et j'aimerais mieux me manquer à moi-même plutôt qu'à lui. Mais... ne devrions-nous pas la prévenir?

– Nous en reparlerons, Abigaïl. Nous n'avons rien à décider pour le moment. Nous pourrons le faire plus tard. Jefferson, de toute façon, connaît cette loi.

– Non, je pense que nous ne devrions pas en reparler, John. Laissons le sort en décider. »

Au ton de voix de sa femme, et à son expression, John Adams sut qu'il avait gagné. C'était le moment des concessions.

« Naturellement, vous faites ce que vous jugez préférable, dit-il. Ceci est de votre domaine.

– Elle est dévouée à Polly. Si nous pouvons améliorer son sort, nous en avons le devoir, maintenant que je sais ce que Paris peut signifier pour elle... » Abigaïl resta en suspens. Elle savait bien ce qu'elle éprouvait envers Sally Hemings. Mais elle ignorait les sentiments de Sally Hemings envers elle. Chez une esclave elle eût préféré une franche hostilité. Un sentiment d'injustice... de révolte... mais ce mélange d'amour veule, d'indifférence, de consentement aveugle, voluptueux plutôt, troublait son âme ordonnée. Cette adolescente trouvait à la soumission une satisfaction fatale, pensa-t-elle, bien plus que celle d'un serviteur. Pour une femme c'était dégradant, pour un homme attachant comme une drogue.

« De plus, ajouta son mari, c'est agréable d'entendre un accent américain parmi les domestiques. »

John Adams aimait bien Sally. Il aimait sa réserve et la bonne humeur limpide qu'il sentait chez elle. Et sa voix : il n'en avait jamais entendu d'aussi plaisante – fraîche, mélodieuse, adorable.

Abigaïl ne dit rien. Elle n'avait aucune envie de troubler la tranquillité de son ménage pour un détail si trivial.

Les neuf années de séparation d'avec John Adams l'avaient empreinte d'un fiévreux désir d'harmonie. Neuf années, dont six avec l'océan Atlantique entre eux, qu'elle avait passées seule à diriger la ferme et à élever les enfants... Après une aussi longue attente, pensa-t-elle, un tel dévouement au service public, et dans son cœur un attachement si passionné, elle n'attendait plus de la maturité que la paix et l'amour En outre elle discuterait elle-même de ce problème avec Jefferson quand il viendrait. Ils étaient de vieux amis, n'est-ce pas ? Ils se comprenaient l'un l'autre et elle avait pour lui une admiration sans bornes. Il faisait partie de ce qu'il y a de plus précieux sur terre. Elle repensa aux jours heureux qu'ils avaient passés ensemble à Paris, peu après qu'elle eut retrouvé John, et elle se souvint comme John Quincy, leur fils de dix-sept ans qui les avait accompagnés, avait été impressionné par le grand Thomas Jefferson.

L'affection qu'Abigaïl Adams prodiguait à Polly n'allait pas jusqu'à moi, bien que je fusse aussi d'un âge tendre et que moi aussi j'eusse laissé derrière moi tout ce que j'avais aimé. Elle se montrait bonne, mais chacun de mes efforts semblait l'impatienter plutôt que lui plaire.

C'était une Yankee, la première que je rencontrais. Elle ne savait rien de l'esclavage. Je doute qu'elle eût jamais vu un esclave. Elle savait seulement qu'elle n'en voulait pas « une » sous son toit. Quand je pus comprendre que c'étaient mes origines qui lui déplaisaient, non ma personne, j'en vins à la respecter et même à l'aimer, sachant pourtant qu'elle était décidée à me renvoyer en Virginie.

Maître Adams paraissait mieux comprendre. Je savais qu'il avait argumenté contre mon renvoi aux États-Unis. Mais Abigaïl était inébranlable. Je rentrerais en Virginie. Alors je passais mes journées dans la grande maison de Grosvenor Square sous un nuage d'appréhension. Le navire du capitaine Ramsay s'apprêtait à repartir pour l'Amérique et Maître Jefferson n'était pas encore venu pour sa fille et pour moi.

J'avais appris de l'esclavage à ne rien espérer, à ne jamais attendre et à ne pas résister, aussi je vivais au jour le jour avec les autres domestiques en tâchant de plaire à Maîtresse Adams – je m'occupais de Polly et me faisais toute petite. Je saisissais chaque occasion de sortir et d'aller voir Londres, qui me semblait à la fois terrible et merveilleux. Paris, pensais-je, ne pourrait surpasser cela !

Quand nous étions à pied les voitures et les chaises à porteurs des gentilshommes nous dépassaient pendant que nous marchions le long des grands immeubles, de vrais palais comparés aux demeures virginiennes.

Je n'avais jamais vu de gens, d'habits et d'équipages si beaux. Les dames de Londres marchaient beaucoup et très vite. A Monticello j'étais habituée aux longues marches ; aussi j'arrivais à parcourir des miles et des miles chaque jour dans des rues très sales, bordées de pierres plates, et toujours encombrées de gens qui riaient ou s'injuriaient.

Nous apprîmes enfin que Maître Jefferson ne venait pas nous chercher, Polly et moi, mais qu'il envoyait son valet de chambre, M Petit. Abigaïl

Adams devint folle de rage et Polly refusa de partir. Elle se mit dans un tel état qu'il n'était plus question de me renvoyer en Virginie. J'appris plus tard pourquoi son père ne s'était pas dérangé, mais Maîtresse Adams trouva cela impardonnable.

Abigaïl Adams se mit à penser à Jefferson. Que son sexe fût tyrannique par nature était une vérité si bien établie qu'elle ne souffrait pas de discussion, mais des hommes qui souhaiteraient le bonheur, murmura-t-elle intérieurement, devraient consentir à renoncer au dur titre de « Maître » et à tous ces pouvoirs de vie et de mort sur les âmes féminines.

Jefferson n'était pas un homme cruel, pensa-t-elle, loin de là. Il était particulièrement tendre et galant avec les femmes. Pourquoi donc cette attitude cavalière et sans cœur envers sa petite fille chérie, qu'il n'avait pas revue depuis l'âge de quatre ans? Pourquoi l'avoir exposée aux risques d'un long voyage en mer, l'avoir arrachée à tous ceux qu'elle connaissait et qu'elle aimait, pour ensuite l'insulter en l'envoyant quérir par un serviteur! Qu'est-ce qui pouvait le retenir à Paris?

« J'ai écrit à Thomas Jefferson pour lui dire à quel point je regrette qu'il ne vienne pas lui-même chercher sa fille. » John Adams essayait aussi d'apaiser la fureur de son épouse.

« J'ai souffert toutes sortes de déchirements pendant ces longues séparations, John. Des visites annulées, des maladies, seule et loin de l'ami de mon cœur, d'autres espoirs et d'autres plans cruellement déçus par le malheur ou par ce qui semblait un devoir... J'ai ravalé mon chagrin dans le silence et l'abnégation. Mais cela, je ne le supporterai pas!

– Je crains qu'Adrien Petit ne vienne la chercher.

– Eh bien, il lui faudra partir sans elle, si elle s'y refuse », dit Abigaïl avec obstination.

John Adams regarda sa femme sans rien dire. Voilà qui était excessif, par rapport aux épreuves de la petite Polly. Ne serait-ce pas une réaction exagérée, en compensation à ses propres blessures restées si longtemps muettes? Est-ce qu'elle reportait sur cette situation sa propre fureur secrète après qu'il l'eut « abandonnée » au nom du devoir et du sort des États-Unis nouveau-nés? Il l'avait laissée seule tant d'années... Avait-il gravement négligé ses enfants en faveur de son pays? Une chose était sûre. Il ne la laisserait plus jamais seule.

Maîtresse Adams tint sa parole et obligea M. Petit à faire le pied de grue pendant quinze jours, tandis que Polly refusait de partir avec un homme « qu'elle ne pouvait comprendre ». Mais aucun autre message ne vint de Maître Jefferson Et Petit était inébranlable sans nous il ne partirait pas. Il avait ses ordres. Finalement, grâce aux efforts combinés de Maîtresse Nabby, Maître Adams et moi-même, Polly Jefferson fut enfin décollée des jupes de Maîtresse Abigaïl Adams et enfournée dans la voiture qui allait nous emmener sur la route de Paris.

DEUXIÈME PARTIE

1787

Paris

11

PARIS, JUILLET 1787

Je laisse au temps le déroulement d'un drame. Je laisse à la postérité de réfléchir aux époques passées ; et je lui laisse des personnages à méditer.

ABIGAÏL ADAMS, 1801

Thomas Jefferson était debout devant la haute porte-fenêtre donnant sur ses jardins de l'hôtel de Langeac. Il se demanda l'heure qu'il était. Sa grande silhouette bougea dans la lumière tamisée et les doigts nerveux de sa main gauche cherchèrent sa montre à tâtons. Puis, après un instant d'hésitation, il baissa la main gauche et leva difficilement la main droite jusqu'à son gilet pour en extraire la montre. Il appuya un instant son poignet droit contre son cœur, un peu comme une salutation, puis remonta sa main gauche pour cacher de nouveau la main et le poignet droits légèrement tordus vers l'intérieur, la main ayant un aspect atrophié. Sa main gauche caressa lentement la main droite blessée, et il cligna de ses yeux pâles pour chasser la douleur. Un léger sourire jouait aux coins de sa bouche, fort belle. Il était presque cinq heures, comme il l'avait pensé.

Si Petit et Polly étaient partis assez tôt de Londres, ils devaient être à Douvres. Londres, cette idée le rendit pensif. Il n'y avait toujours pas de nouvelles de l'arrivée de Maria. Depuis combien de temps attendait-il un mot d'elle ? Des années, lui semblait-il. Il n'osait quitter Paris de peur de la manquer. Jefferson se détourna et s'éloigna des fenêtres dorées du salon qui encadraient les parterres colorés du jardin. C'était un homme mince, dont la raideur paraissait accentuée sur l'instant par la manière dont il soutenait son poignet douloureux. Ses yeux étaient ce qu'il avait de plus réussi. Des saphirs d'un bleu clair éblouissant qui semblaient contempler le monde de très haut comme deux pics jumeaux, froids et enneigés, teintés de mélancolie, avec des cils du même roux doré que ses cheveux. Il avait le teint clair, une peau fine et presque transparente sous une éruption de taches brun-roux qui lui donnaient un air d'innocente jeunesse C'était un beau visage aristocratique avec un long nez à peine relevé, une bouche sensuelle, un menton ferme et saillant. Il ne se croyait pas vaniteux mais il aimait fort la statue à son image que Houdon avait entreprise. Il en avait vu le plâtre pour la première fois quelques jours auparavant.

Thomas Jefferson entrait dans sa quarante-quatrième année, et depuis qu'il était à Paris il s'habillait presque comme un dandy, choisissant des dentelles crémeuses et des draps bleu saphir. Même sa blessure avait une certaine élégance romantique. Après la chute mystérieuse de l'an passé, qui l'avait privé de l'usage de sa main droite, il avait dû se rééduquer et il écrivait maintenant presque aussi bien de la gauche. Mais, ce jour-là il avait mal.

Ni son poignet ni son mal de tête lancinant ne lui laissaient de répit depuis la veille à midi. Ce soir, il s'obligerait à travailler. Il semblait impossible que Petit et Polly pussent arriver avant le surlendemain. Son valet de chambre lui était très sympathique. Il se sentait un peu coupable de n'avoir pas envoyé James à Londres quand il avait su que sa sœur Sally avait été choisie pour escorter Polly depuis la Virginie. Il avait hésité, connaissant l'attitude des Adams envers les esclaves nègres, et aussi le tempérament de James ; il avait jugé plus sûr d'envoyer Petit. Bien sûr, il aurait pu les faire partir tous deux, mais la dépense supplémentaire, uniquement pour faire plaisir à James, lui avait semblé excessive, surtout maintenant que l'ambassade et les frais qu'il se devait de faire absorbaient tous ses fonds officiels.

Il était debout, l'air absent, au milieu du magnifique salon ovale orné au plafond d'une peinture de Barthélemy, *L'Aurore*, éclairé à contre-jour par le soleil de fin d'après-midi – une silhouette vêtue de noir avec du linge blanc, un gilet bleu, des cheveux blonds noués en queue sur la nuque et légèrement poudrés.

Quand un domestique en livrée jaune pâle entra dans la pièce, il sursauta, oubliant qu'il avait demandé de l'eau chaude et ses médicaments pour cinq heures précises. Thomas Jefferson regarda les yeux de son esclave James Hemings comme s'il contemplait une équation mathématique.

James n'avait pas vu sa sœur depuis quatre ans. Elle avait dix ans et lui dix-huit quand il avait quitté Monticello comme valet de Thomas Jefferson. De toute sa famille, c'était Sally qu'il aimait le plus, et maintenant qu'il allait la voir d'ici deux ou trois jours, l'attente lui était insupportable. Elle lui apportait l'air parfumé de Monticello et tout ce que cela représentait pour lui – la famille et l'esclavage qu'il n'avait jamais oubliés

Il savait pouvoir rejeter sa servitude à tout instant, sur le sol français. Nul ne pouvait le maintenir en esclavage et maintenant pour elle aussi c'était vrai. Quelle bénédiction !

Se voyant à la veille de la liberté, il pouvait même regarder son maître avec une certaine affection. Une affection qu'il ressentait vraiment pour Thomas Jefferson. Son maître avait été un père pour lui plus que John Wayles, son vrai père, ne l'avait jamais été. Quand lui-même, ses frères et ses sœurs, au lieu d'être affranchis, comme l'avait promis Wayles, avaient été envoyés à Monticello, avec l'héritage de sa demi-sœur, il avait neuf ans. L'âge de travailler. L'âge de comprendre le rêve dont on les avait frustrés. Sa mère, malgré toutes ses ruses et son intelligence, malgré ses airs supérieurs et son concubinage, sa mère avait échoué. Elle avait echoué sur la seule chose qui compte pour une esclave : elle n'avait pas fait que son maître l'aimât suffisamment pour affranchir les enfants qu'il avait eus d'elle.

Quand James entra au salon, Thomas Jefferson était debout, immobile, comme s'il avait oublié quelque chose. Il était ainsi depuis plusieurs jours. James savait qu'il attendait un mot de Londres, lui annonçant la venue de lady Maria Cosway. Le serviteur ressentit une bouffée d'affection et de compassion pour son maître en le voyant bercer son poignet blessé. Thomas Jefferson n'est pas heureux, pensa James, malgré sa gloire, sa richesse et ses amis célèbres. C'est un homme seul. La mort de sa femme l'empêchait désormais de croire au bonheur ou à la chance. En outre son maître, plus qu'il ne l'admettait, avait le mal du pays.

Pour ce qui était de lui, James n'avait pas l'intention de jamais revoir Monticello, ni même la Virginie, mais il pouvait comprendre la souffrance et la nostalgie, surtout depuis la mort soudaine de Lucy, la troisième fille de Jefferson. Maintenant les deux enfants qui lui restaient allaient vivre avec leur père, et lui, James, retrouverait sa sœur bien-aimée. Jefferson lui jeta un regard étrange, comme s'ils pensaient à la même chose, puis sourit et lui serra le bras sans un mot. Jefferson s'assit dans un fauteuil et demanda à son serviteur de lui baigner et de lui masser le poignet.

Deux jours plus tard une voiture de poste se rangea devant le portail de l'hôtel. Petit, une petite fille et une très jeune femme en descendirent. Polly Jefferson fondit en larmes à la vue de son père, qu'elle ne reconnaissait pas, tandis que sa camériste pâlissait en voyant son frère. Les deux filles se tenaient l'une contre l'autre, et en fin de compte elles embrassèrent toutes les deux James Hemings, car Polly ne voulait pas lâcher sa servante.

James fut transporté de joie en voyant la pure beauté du visage de sa sœur. Elle était bien habillée, pensa-t-il, d'une soie noire et neuve qui faisait ressortir son teint pâle et ses cheveux noirs ; son corps n'était plus celui d'une fillette. Ses yeux étaient d'or liquide, sans mélange, d'une couleur qu'il n'avait jamais vue. Il la prit dans ses bras et observa son maître qui s'approcha timidement pour séparer sa fille de son esclave. James savait que la pâleur de Jefferson trahissait une grande émotion. Sa propre fille l'intimidait. Plus tard, il dit qu'à la rencontrer dans la rue il ne l'eût pas reconnue, et elle non plus.

Polly Jefferson allait lui faire payer ces quatre années, et Thomas Jefferson allait payer de bon cœur. Il gouvernait ses filles, comme il gouvernait tout le monde, avec une exigence tyrannique. Elle s'exerçait le plus durement sur Martha, celle qui l'aimait le plus, mais elles allaient toutes les trois éprouver le poids de cette exigence et l'acier de ses chaînes.

Ce jour-là il n'y avait qu'une famille heureuse d'être réunie. Martha, venue de son couvent, était éblouie par la beauté de sa petite sœur et de sa servante. Après maintes embrassades, Thomas Jefferson et ses deux filles entrèrent dans la maison. Le frère et la sœur restèrent en arrière, au soleil.

Petit fut seul à rester à l'écart de cette fête « familiale ». Quelles étranges façons que celles de ces Américains et de leurs domestiques, pensa-t-il. James avait expliqué au Français qu'ils n'étaient en fait qu'une seule famille, ce qui avait scandalisé Petit, le parfait serviteur : discret dans son service, correct, dévoué loyalement à la classe régnante et à ses privilèges.

Au milieu des baisers et des étreintes, Adrien Petit voyait plus clairement que chacun d'eux la farce et la tragédie de ces retrouvailles.

Avant la fin de la semaine Polly Jefferson avait rejoint sa sœur Martha à l'abbaye de Panthémont. Sally Hemings était installée à l'ambassade, suivait les leçons de M. Perrault, le précepteur de James, tandis que Petit l'instruisait dans l'état de camériste.

Jefferson se souvenait de tout et posait des questions sur tout le monde, Blancs et Noirs. Sally Hemings, grâce à sa mère, savait tout ce qui s'était passé pendant ces quatre années. Il fut ravi de ses récits et de ses rapports sur les récoltes et les jardins. Elle remplaça son frère dans son rôle d'infirmière ; chaque jour ses petites mains, étonnamment fortes, lavaient et massaient le poignet de son maître tandis qu'elle déversait un flot ininterrompu de bavardage avec son doux accent virginien, lequel reposait Jefferson de la dure beauté du français à laquelle il s'était habitué. Pour lui rien n'était insignifiant et il posait des questions sur tout.

« Raconte-moi tout, insistait-il. Qui est mort, qui s'est marié, qui s'est pendu de ne pouvoir se marier. »

La demeure où elle allait vivre, expliqua James à sa sœur, s'appelait l'hôtel de Langeac. James y avait emménagé avec son maître environ un an après leur arrivée à Paris, où Jefferson était envoyé comme ministre plénipotentiaire et ambassadeur auprès du roi de France, Louis XVI. L'hôtel de Langeac était à mi-hauteur des Champs-Élysées, une des principales routes qui sortaient de la ville. La rue montait puis redescendait jusqu'au pont menant à Neuilly et au-delà, vers Saint-Germain-en-Laye, Marly, et le palais de Versailles. L'hôtel (James lui dit que les Français appelaient ainsi une demeure particulière) n'était guère éloigné de la grille de la porte de Chaillot, un grand portail très beau en fer forgé et en bronze doré qui marquait les limites de la ville et où se payaient les droits d'octroi à l'entrée et à la sortie.

La maison elle-même était en pierre d'un blanc crémeux avec des frises sculptées. Le portail donnait sur une vaste cour, avec, à droite, le perron de l'entrée principale. A la gauche du vestibule un escalier de marbre rose s'envolait vers les étages supérieurs. Le rez-de-chaussée comprenait une salle circulaire éclairée par le plafond, puis un salon ovale, un des plus beaux de la maison, d'où on descendait au jardin par quelques marches. C'était le plafond de cette pièce qui était orné d'une peinture de Jean-Simon Barthélemy, *L'Aurore*, la préférée du maître.

James conduisit sa sœur ébahie à travers toutes ces élégances. Au premier étage se trouvaient l'appartement du maître, deux chambres spacieuses et ensoleillées, chacune aussi grande que le salon de Monticello et chacune avec cabinet de toilette attenant et salle de bains munie d'une baignoire en céramique et cuivre battu. Puis James, tout excité, montra à sa sœur les « lieux anglais », la dernière invention avec l'installation la plus moderne qu'on pût imaginer. La jeune fille s'émerveilla des plafonds peints et des murs tapissés de soie. Elle regarda par les hautes fenêtres rectangulaires. Penser que les Virginiens osaient dire qu'ils vivaient dans des « châteaux » ! Monticello. Elle éclata de rire en pensant à la Grande Maison, comme jusqu'alors elle l'avait appelée avec respect.

12

PARIS, DÉCEMBRE 1787

Pourtant resterai-je muette et silencieuse et n'ouvrirai-je pas ma bouche puisque Toi, ô Seigneur, l'as fait ainsi.

ABIGAÏL ADAMS

« En France l'esclavage est proscrit. Nous sommes sur le sol de la France. Cela veut dire que nous sommes affranchis. Libres.

– Je ne te crois pas, chuchota Sally Hemings comme si on pouvait les entendre dans cet office désert situé sous les cuisines.

– C'est vrai !

– Tu fais si souvent des farces, James, tu racontes tellement de drôles d'histoires...

– Pourquoi ne demandes-tu pas à ton maître, si tu ne crois pas la parole de ton frère ? Demande à un Blanc.

– Tu lui as déjà demandé ?

– Je n'ai pas à demander ce que je sais vrai. Il y a des Blancs à Paris, à Londres, à Boston et partout qui travaillent à libérer les esclaves nègres, mais Thomas Jefferson n'en fait pas partie.

– Cela paraît tellement incroyable.

– Ça ne l'est pas, pas si tu as le courage d'exiger ce qui t'appartient de droit.

– Il serait blessé, s'il savait que nous parlons ainsi. Nous n'avons que lui.

– Que lui ! » James Hemings la gifla. Ce fut un geste instinctif, dirigé plutôt contre sa propre fureur que contre l'incrédulité de sa sœur L'effet sur elle fut immédiat. Ses yeux se remplirent de larmes et elle cessa d'écouter.

L'énormité de ce qu'avait dit son frère l'avait heurtée aussi durement que sa gifle. Elle n'avait jamais envisagé d'être libre. La liberté, pour Sally, c'était une lueur vague et lointaine dont nul ne revenait dire qu'elle existât vraiment. Elle l'exprima tout haut, avant de s'en rendre compte : « Les gens " libres ", que font-ils ?

– Ils travaillent pour eux-mêmes et pour leurs familles, répondit James. Ils sont payés pour leur travail. Ils vont où ils veulent et font ce qu'ils veulent selon la nature et les besoins de leur métier. Ils sont propriétaires. Nul ne peut les emprisonner, les marquer, les battre, les tuer impunément, et nul ne peut les vendre. » James Hemings essayait de contenir sa colère et d'expliquer comme il l'aurait fait à un enfant, se souvenant que sa sœur n'était encore qu'une enfant.

« Les gens libres se marient et ont des enfants qui leur appartiennent, dont ils sont responsables et qui à leur tour prennent soin d'eux quand ils sont vieux. Les gens libres font ce qu'ils veulent sans demander la permission de quiconque. Beaucoup sont comme nous, des mulâtres, des métis ou des quarterons, mais il y a aussi des Noirs émancipés. Dans les Indes occidentales on peut acheter sa liberté en mettant suffisamment d'argent de côté. Même en Amérique il y a des esclaves qui l'ont fait. » James respira profondément et continua : « Les hommes libres défendent leur maison, leur foyer, leurs enfants et leur femme. Ils se réunissent avec leurs amis où et quand ils veulent. Ils choisissent de prendre des vacances et de voyager sans la permission de quiconque. Ils ont des droits et peuvent se défendre devant la justice. Les gens libres ont des noms de famille qu'ils se transmettent de père en fils. Ils ont des biens, et ils peuvent apprendre à lire et à écrire.

– Mais nous savons déjà lire et écire, et nous avons un nom de famille ! dit Sally Hemings, se raccrochant à la seule chose qu'elle comprenait.

– Pas le nôtre – le nom de famille d'un Blanc, et à quoi bon nous sert de savoir lire et écrire ? Écrire et lire, c'est pouvoir s'élever dans le monde, non pas distraire son maître ou sa maîtresse en récitant comme un singe savant, ou leur faire la lecture quand ils sont trop paresseux pour le faire eux-mêmes. Nous devons refuser de rentrer en Virginie et nous préparer au jour où on nous l'ordonnera.

– Rester en France ?

– Ou en Europe. Il y a d'autres pays que la France.

– Qu'est-ce que je ferais ?

– Laisse-moi m'occuper de ça.

– Ils ont vraiment des enfants qui leur appartiennent ? On ne peut pas les vendre ? Explique-moi encore. Depuis le début.

– Au début... » James sourit. Il sourit et la souleva dans ses bras. « Petite sœur, tu vas apprendre. Apprendre à marcher, puis à courir ! Et puis tu vas aussi apprendre autre chose. Tu ne parles pas trop mal français... Et ta voix ! »

Sally Hemings eut un sourire incertain. Elle avait du mal à suivre les sautes d'humeur de son frère. Les idées qu'il déversait dans un torrent de paroles, les remontrances, les jurons, les leçons, les silences, elle en avait toujours eu peur. Ses yeux de chat brillaient de méchanceté pour l'instant d'après se remplir d'adoration. Parfois il faisait jaillir un tel ouragan d'injures que l'air semblait frémir. Il avait fait de même à Monticello, provoquant le fou rire de son entourage. Sa mère avait été contente de le voir partir avec Maître Jefferson : à Paris en tout cas, à la différence du comté d'Albemarle, il risquerait moins de finir au bout d'une corde. Robert, son demi-frère, criait que James jurait comme un rat, comme une pute, comme une racaille puante et ordurière, et toute la famille éclatait de rire, le voyant ainsi injurier des injures. Puis quelqu'un s'interposait et le suppliait de faire une de ses imitations, car c'était le meilleur comédien qu'on ait vu à la plantation. James savait faire rire les gens tout en leur glaçant le sang. Il choisissait soigneusement ses mots jusqu'à se mettre dans un état de fureur maniaque. Et c'est ce qu'il était en train de faire avec Sally. Il la promenait dans les jardins de l'insurrection, pas à pas, lui faisant d'abord sentir telle fleur, puis telle autre, la menant doucement vers des parfums plus violents, des couleurs plus franches, vers la mandragore et le poison, la conduisant peu à peu où il voulait qu'elle aille. Parfois il s'arrêtait, le temps d'exposer une idée. Toutes, pour sa sœur, étaient des idées neuves, il fallait sans cesse qu'il lui répète ses explications.

Il la fit étudier sérieusement et elle se mit à lire tout ce qui lui tombait sous la main. Déjà ils préparaient ce qu'ils allaient dire à leur maître, le jour venu.

Sally Hemings était d'accord sur tout. Les visions passionnées de son frère l'emportaient comme une vague immense. Après une longue leçon elle retrouvait le chemin de sa chambre, s'allongeait sur son lit étroit et contemplait le plafond.

James Hemings savait que sa sœur se sentait seule à l'ambassade. Il n'y avait personne de son âge et elle n'avait officiellement aucun autre emploi que de baigner le poignet blessé de son maître. Sauf à l'occasion d'une course ou d'une visite au couvent, elle passait le plus clair de son temps à se promener dans le jardin et à lire.

Elle s'efforçait d'apprendre tout ce qu'elle pouvait, comme des rudiments de couture, de coiffure et l'entretien des vêtements. Au bout de quelques mois cette esclave venue d'un coin perdu parlait très bien français, et maintenant c'est dans cette langue qu'elle conversait avec son frère. Parfois ils mêlaient de français leur dialecte d'esclaves virginiens, se composant un langage secret. Mais avec Thomas Jefferson, Sally Hemings ne parlait que l'anglais, adouci par son accent du Sud. Le maître recherchait de plus en plus la compagnie de son esclave. Ils semblaient attirés l'un vers l'autre par des fils mystérieux qu'elle ne comprenait pas vraiment. Thomas Jefferson la traitait comme une enfant plutôt que comme une domestique, et riait aux remarques de Petit : peu importait qu'elle fût inutile à l'ambassade, c'était un tel plaisir de la voir et de l'entendre. Souvent, il la dévisageait, ses yeux ne la quittaient plus sans qu'il s'en rendît compte, et sans voir qu'on l'observait.

James Hemings et Adrien Petit regardaient tous les deux grandir cette inclination. Petit avec le cynisme de sa race et de sa caste, James comme un aveugle ; car il avait quitté depuis trop longtemps l'esclavage et la Virginie.

« James ?

– Oui ?

– Te souviens-tu un peu de notre père ?

– Maître Wayles ? Bien sûr, je m'en souviens, j'avais presque dix ans quand il est mort.

– Comment était-il ? Maman, il la traitait bien ?

– On pourrait dire qu'il la traitait bien. Il ne l'a jamais brutalisée et c'est elle qui dirigeait la maison, toute la plantation même. Il n'était jamais là.

– Qu'est-il arrivé à son mari ?

– Il est mort. C'est ce que je pense, en tout cas. Je n'ai jamais entendu maman dire un seul mot sur lui.

– Et ses autres enfants – ceux qui ne sont pas venus à Monticello avec nous ?

– Il y en a deux qui sont devenus la propriété de notre demi-sœur, Tibby Wayles.

– Et la mère de maman, notre grand-mère ?

– Je l'ai connue aussi, à Bermuda Hundred. Une Africaine, c'était. La plus belle femme de la plantation, et elle était vieille quand je l'ai vue. Elle s'était évadée souvent. Elle avait la poitrine marquée d'un R, pour renégat – il aurait dû être sur la joue, mais au dernier moment notre pere n'a pas eu le cœur de le faire.

– Maman ne parle jamais d'elle.

– Je sais.

– Et de l'autre côté, la mère de notre père ?

– C'était un vieil homme, notre père. Il est mort quelques mois après ta naissance. Je n'ai jamais vu personne qui ait eu l'air d'être sa mere.

– Étrange d'avoir du sang dans les veines sans savoir d'où il vient

– Oui. Pas comme dans la Bible, où on peut dire qui était le fils de.

qui était le fils de... qui était le fils de... C'est à cela que tu penses?

– Oui, dit-elle, oui, c'est cela. Si je pouvais savoir que le fils du fils de mon fils saura quelque chose de moi, possédera quelque chose... un portrait de moi ou une mère ou une grand-mère qui se souviendrait de moi... si quelque chose de moi, un objet ou un souvenir pouvait l'atteindre dans des années et des années et des années... Qu'il sache qui je suis. Qui j'étais. Que tout ne soit pas que du silence. »

Il y avait tant de ferveur dans la voix de Sally que James se retint de faire une remarque méprisante sur leurs ancêtres. En un sens elle avait raison. Le sang, c'était magique. Pouvoir remonter sa trace, c'était ce qu'ils avaient perdu de plus précieux. Il se remémora la plantation et les vieilles gens avec leurs fétiches. Ceux-là connaissaient la magie du sang, le lien avec le passé, héritage funeste ou béni pour les vivants, une magie terrible et forte. Même leur mère, Elizabeth Hemings, n'était pas entièrement dégagée du culte des ancêtres. Elle savait encore quelques incantations. Il eut un sourire amer. Si seulement elle s'en était servie au bon moment.

Aux Blancs il suffisait de savoir qu'ils étaient « fils de Dieu », descendus tout droit des cieux. Pas de générations intermédiaires qui pourraient ternir leur divinité ; leur sang était « pur ». Pourtant ils daignaient le mêler à du sang africain, un sang chargé de responsabilités millénaires.

Les deux jeunes gens se regardèrent, leurs regards unis par une compréhension fragile.

« Oui, dit James, c'est comme retrouver une part de soi que de se réclamer de ses ancêtres et d'espérer une descendance.

– Mais quand on ne les connaît pas – qu'on ne les retrouve pas, ni leurs tombes ni rien ?

– Alors c'est du très mauvais vaudou. Des esprits très méchants. Les dieux sont en colère et se détournent de nous.

– Et si nos dieux sont en colère, pouvons-nous aller vers leur Dieu?

– Il paraît qu'on est mal partis à cause de quelqu'un qui s'appelait Ham Et alors nous sommes condamnés à être porteurs d'eau et coupeurs de bois et domestiques parce qu'on se retrouve d'un seul coup avec un sang maudit. On vient au monde dans le malheur. Tous les autres arrivent avec une âme vierge, il n'y a que nous pour avoir au départ la malédiction de Ham autour du cou. Pour nous, pas de pureté. Le Christ ne s'est pas occupé de ça.

– Et les dieux d'Afrique disent la même chose ?

– Bien sûr que non. Ils n'ont même pas entendu parler de Jésus. Il n'est pas resté assez longtemps pour faire connaissance avec ces dieux-là. Franchement, si les gens ont les dieux qu'ils méritent, alors les Blancs ont reçu celui qu'il fallait : c'est le Dieu le plus méchant dont j'aie jamais entendu parler. Plus Il vous aime, plus Il est dur. Ça, Il doit vraiment nous aimer ! »

James releva la tête en rugissant de rire.

James Hemings avait l'énergie narcissique d'une bête de la forêt. Presque aussi grand que son maître, il était mince et musclé, avec un physique d'allure plus européenne qu'américaine : ses cheveux ondulés, noirs comme le jais, son nez mince aux narines larges, même son teint d'ivoire sombre semblaient moins exotiques ici, dans les intérieurs français, devant les soieries et les brocarts, que dans le décor plus simple de Monticello. Son visage était la réplique de celui de sa sœur, en plus dur. L'ombre de sa barbe drue et de ses sourcils lui donnait une sorte de violence tout à fait absente chez elle. Sa bouche généreuse était presque toujours occupée à se plaindre, les coins abaissés dans un mécontentement perpétuel. Pourtant son mauvais caractère, au lieu de lui donner un abord sombre ou même désagréable, le teintait d'une mélancolie romantique, grâce à quoi Blancs et Noirs lui avaient toujours beaucoup pardonné. Tout le monde disait qu'il était beau, avec de la noblesse dans le visage, malgré sa colère latente qu'un seul sourire charmant pouvait faire oublier. Ce qui lui avait épargné nombre de réprimandes et souvent même des coups.

Son arrogance et son tempérament aventureux convenaient fort bien à son métier de cuisinier et ses longues et belles mains s'étaient mises à élaborer des gâteaux et des pièces montées dignes d'un maître. Il était maintenant à mi-course de son troisième apprentissage. Le premier s'était fait chez un traiteur nommé Combeaux. Il était toujours calme et patient dans la cuisine. Méticuleux, d'un soin infini. Ne s'énervant jamais pendant le travail – la marque d'un vrai chef. Adrien Petit s'en était aperçu, et bien qu'il n'eût que de vagues lueurs sur le protocole et les commandements de l'esclavage à l'américaine, il avait déjà signalé à « Jim-mi » qu'il serait le bienvenu dans plusieurs maisons françaises lorsque « le temps viendrait », comme disait James.

Un jour, six mois après son arrivée à Paris, Sally Hemings passa devant le miroir doré à l'entrée de l'hôtel de Langeac et aperçut un reflet d'elle-même. Elle fut contente de ce qu'elle voyait. Elle s'était complètement remise d'une attaque bénigne de variole, une expérience qui l'avait terrifiée et pendant laquelle James, Petit et Maître Jefferson l'avaient dorlotée tout autant que soignée. Elle n'avait eu que peu de boutons sur le visage, mais ils lui avaient causé des souffrances indicibles. Le médecin l'avait bien traitée, et son épreuve ne lui laissait pas de marques sur le visage ni sur le corps.

Son allure provinciale et ses vêtements de campagnarde disparurent avec la fièvre, grâce à ses nouveaux talents de couturière. Ses yeux d'or pâle contemplaient calmement son image dans l'argent poli. Elle était satisfaite.

Ses lèvres se relevèrent dans un sourire et deux fossettes jetèrent un bref éclair de chaque côté de sa bouche. Abigaïl Adams avait eu raison. C'était un plus grand crime d'être démodée à Paris que de se promener nue. Ce à quoi ne répugnaient pas les Parisiens, comme l'avait aussi remarqué Maîtresse Adams...

Les dames de France, pensa-t-elle en se regardant dans le miroir, montraient tant d'art à jouer de la poudre, du fard, des perruques, des parfums et des toilettes recherchées qu'on ne savait plus si elles n'étaient pas les célèbres poupées de Mlle Bertin, la marchande de modes de la reine, qui parcouraient toute l'Europe de cour en cour, vêtues au dernier goût du jour.

Les dames françaises passaient beaucoup de temps à se faire belles, songea-t-elle. Les dames françaises possédaient aussi une pièce des plus voluptueuses destinée uniquement au bain, appelée une salle de bains. Elle prononça les mots à voix haute. Les dames françaises allaient même parfois jusqu'à y recevoir des visites ! Elles vidaient une carafe de lait dans l'eau pour la troubler et appelaient cela un bain de lait. Les dames françaises...

La jeune fille répéta les expressions françaises qu'elle venait d'apprendre, savourant chacune de nouveau. Elle éclata de rire. Elle était plus heureuse que jamais dans sa courte vie.

Maintenant elle apprenait à penser et à se conduire de façon nouvelle, plus personnelle. Ses yeux n'évitaient plus les regards des Blancs. Elle était capable de les regarder en face et même de s'adresser à eux sans hésiter en français ou en anglais.

Elle lissa les plis de sa robe neuve en chantonnant, se couvrit la tête avec la capuche de son manteau en laine moelleuse et sortit dans le froid coupant de décembre.

En décembre, un jeune peintre du Massachusetts nommé John Trumbull vint habiter l'hôtel de Langeac. Dès le premier jour il me fut sympathique. Il devait passer quelque temps parmi nous pour dessiner les officiers français qui avaient combattu pour notre révolution, et faire un portrait de mon maître pour un grand tableau célébrant la Déclaration d'Indépendance. Il était grand et maigre, avec des yeux ronds et noirs qui semblaient regarder toutes choses et brûler ce qu'ils voyaient. Les choses, me disait-il, étaient pour lui des lignes et des plans, des ombres et des lumières. Je lui demandai s'il me voyait ainsi et il me répondit en faisant plusieurs esquisses qu'il me montra.

« Cela ne peut pas être moi, lui dis-je.

– Mais si. Vous n'avez qu'à regarder dans le miroir. »

Je tâchais de plaire à tout le monde : à mon maître, à mon frère et aux filles, mais ce n'était pas toujours facile. James avait toujours été exigeant et emporté, et maintenant il avait pris tous les airs des domestiques français. Il m'avait prise en main et limitait mes contacts avec les autres domestiques. Polly aurait voulu que je l'accompagne au couvent, où on permettait aux jeunes demoiselles de garder leurs servantes, mais Maître Jefferson s'y opposa. Lui aussi exigeait de plus en plus souvent ma présence et me gardait jalousement contre le monde extérieur.

Pour me consoler de n'avoir pu demeurer au couvent – un endroit magnifique et calme que j'avais aimé au premier coup d'œil – il m'avait permis d'étudier avec M. Perrault, le précepteur français de James.

« Vous avez une voix adorable, Sally. Alliée à un français correctement prononcé, elle sera extraordinaire. Extraordinaire. »

C'était le premier compliment que je recevais hors de ma famille d'esclaves et j'avais rougi. Mais M. Perrault avait continué, apparemment sans le remarquer.

« Ce n'est pas tant dans le ton que dans le timbre. Comme un instrument de musique. Quel dommage que vous n'ayez aucune connaissance musicale. Je suis sûr que vous devriez chanter. Et vous, " Jim-mi ", vous avez du moins appris à la perfection comment jurer en français. Tout à fait nécessaire pour un chef. »

Le regard de M. Perrault m'avait quittée pour se poser sur James. Je savais qu'il aimait vraiment beaucoup « Jim-mi » malgré ses « sottises » et ses « mauvaises plaisanteries ». James se montrait horrible avec son précepteur, mais assidu dans ses études, se préparant à son « avenir ». Il ne disait jamais précisément en quoi consistait cet avenir. C'était un « secret » qui ne serait révélé qu'au « bon » moment.

Neuf mois seulement nous séparaient, et Patsy était préoccupée comme moi des changements qui prenaient place dans nos corps. J'avais presque quinze ans, elle seize. Polly était encore une enfant, mais elle avait toute la beauté et toute la grâce dont sa sœur était dépourvue. Martha s'était résignée depuis longtemps à ne pas être belle, mais elle était malheureuse de se trouver dans un pays et dans une société qui attachaient tant d'importance à la beauté. Plusieurs belles dames la prirent en amitié du fait qu'elle était si ordinaire et ne les menaçait donc en rien. Elle était à l'image de son père, presque aussi grande que lui, et dominait de sa taille la plupart des hommes qu'on lui présentait. Comme son père, elle avait les cheveux d'un roux éclatant, avec des taches de rousseur qui faisaient son désespoir. Elle gardait pourtant une sorte de grâce émouvante, et c'était une excellente cavalière. Elle avait ses admirateurs, mais sortait rarement en compagnie. Parfois elle revenait à la maison pour quelque fête ou un dîner mais, pendant les premiers mois de mon séjour à Paris, Maître Jefferson s'occupait avec la mystérieuse Maria Cosway et voyait rarement ses filles, sauf pour le dîner du dimanche et, à l'occasion, un thé chez la comtesse de Noailles. Alors j'allais souvent voir Martha et Polly au couvent où je leur apportais les derniers potins, dont j'avais les oreilles farcies par James et les autres domestiques. Martha était tourmentée par l'engouement de son père pour Maria Cosway, elle me le répétait souvent. Elle était d'une jalousie féroce, et plus tard j'en sentirais la dureté. J'étais tout aussi envieuse de Maria Cosway – ses manières exquises, ses toilettes superbes, sa hauteur condescendante et ses airs languissants. Elle venait voir Maître Jefferson avec une allure de propriétaire que James imitait derrière son dos et qui faisait hausser les sourcils aux autres domestiques. Seul Petit connaissait le fin mot de l'histoire, et il gardait bouche cousue là-dessus, tout comme le vieux Martin à Monticello.

« Je voudrais qu'elle retourne à son mari ! » On eût dit une explosion venue de l'âme même de Martha, et je compris que les potins parisiens ne s'arrêtaient pas aux portes du couvent.

« Elle est très belle.

– Mais si vieille ! Elle doit avoir au moins vingt-cinq ans ! »

Nous gardions un silence chargé de malveillance. Comment les hommes pouvaient-ils poursuivre avec tant d'ardeur des créatures à ce point décrépites? pensais-je. Elles paraissaient faites de quelque substance molle, comme du pudding, n'ayant rien de commun avec des muscles et des os. Que feraient-elles si elles avaient à courir?

Je me souviens de ma joie quand je relevais mes jupes pour courir aussi vite que je pouvais en bas des Champs-Élysées, à travers prés, vers le pont de Neuilly, regardant derrière pour être sûre que personne ne m'observait. Je courais jusqu'à avoir un point de côté puis je m'arrêtais, écoutant les battements de mon cœur et les martèlements de mon souffle...

Nous ignorions qu'à ce même moment l'objet de nos envies jalouses, Maria Cosway, était déjà en route pour aller retrouver son mari, ayant ce jour-là quitté Paris pour de bon.

Alors Martha se tourna vers moi et chuchota . « Il y a quelques jours un gentilhomme... tu sais, il s'est tué parce qu'il croyait que sa femme ne l'aimait pas. Ils étaient mariés depuis dix ans... Je crois que si chaque mari de Paris en faisait autant, il ne resterait plus que des veuves. » Et puis soudain, avec une émotion que sur le moment je n'ai pas comprise, elle dit : « Je souhaite de toute mon âme que les pauvres nègres soient tous libérés ! J'en ai le cœur navré ! » Puis elle se pencha et me prit dans ses bras.

13

PARIS, MARS 1788

On ne peut convaincre un scélérat, impossible. J'insiste donc là-dessus, que je ne te crains pas ni ne le puis-je.

ABIGAÏL ADAMS

J'ai peut-être toujours su qu'il me réclamerait. N'en avait-il pas été de même pour ma mère et pour mes sœurs ?

Je l'observais en secret pour voir s'il le savait, mais je compris qu'il ne le saurait qu'au moment venu. Je pouvais hâter ou retarder ce moment, mais je me sentais impuissante à l'empêcher.

Une fois j'allai avec Martha et son père à Notre-Dame entendre une messe célébrée par le cardinal Beaugrave. Martha et moi fûmes à ce point bouleversées par la beauté de l'église et de la messe que nous fondîmes en larmes. Quand j'accompagnais James dans ses incursions en ville, il parlait de ce que serait notre vie à tous les deux, une fois libres. Il parlait avec arrogance, d'une voix sauvage, comme si ses rêves pouvaient se réaliser d'un simple geste du bras. Cela se pouvait, mais comme de mourir un jour j'étais sûre d'appartenir à Thomas Jefferson.

Je m'écartais rarement de notre demeure sur les Champs-Élysées. Mes neuf premiers mois à Paris avaient été des mois heureux, et maintenant j'essayais de prolonger ce bonheur, de me plonger dans mes études, reconnaissante et croyant à peine en ma bonne fortune. J'aiguisais le savoir que j'avais acquis en oubliant l'épée suspendue au-dessus de ma tête.

A mesure que les jours humides et gris de Paris se suivaient en cortège monotone, nous avions tous le mal du pays. Même les fameux rats parisiens avaient disparu, gelés dans les égouts sous la Seine tandis qu'à la surface patinaient les nobles et les bourgeois. Aux confins de la ville les incendies succédaient aux incendies et des quartiers entiers de masures s'en allaient en fumée. Les hommes s'ennuyaient et des jours oppressants s'écoulaient à errer dans la demeure, chacun sur notre petite orbite. Je me souviens du silence de ces courtes journées où les chandelles brûlaient en plein midi

En janvier un froid jamais vu s'empara de la ville et nous fit garder la maison. Nous savions que les pauvres avaient commencé à mourir de froid et de famine.

Des officiers français aux airs hautains allaient et venaient ; Trumbull les dessinait pour son tableau, *La Reddition de Cornwallis à Yorktown.* James se faisait de plus en plus mystérieux, parlant de « délivrance », de « révolution » et de « liberté ». Chaque fois qu'il parlait ainsi je restais silencieuse. Un sentiment de fatalité s'était emparé de mon être. J'étais le centre d'un drame, pourtant nul ne paraissait le savoir. Seul Trumbull, le peintre, avec ses grands yeux noirs, semblait avoir le pressentiment de ce qui se tramait.

« L'aimez-vous ?

– Oh oui, Maître. C'est très beau. »

J'étais venue lui servir le thé. Il finissait le portrait de mon maître pour son tableau, *La Déclaration d'Indépendance.* Je contemplai la toile. Elle montrait un homme de maintien altier, jeune, avec un visage long et sérieux, le front haut planté de cheveux roux doucement bouclés, et une bouche grande et dénuée de sourire qui lui donnait une apparence plutôt sévère. La ressemblance était bonne.

Je recherchais souvent la compagnie de John Trumbull. C'était un homme plein de douceur. Parfois j'étais renvoyée d'un geste impatient. Plus tard, quand il eut terminé son travail à Paris et qu'il replia son chevalet en prévision de son départ, je me sentis plus seule que jamais. Je ne pouvais pas confier mes peurs à James. Je pensai à Petit, qui m'aimait bien, mais il était dévoué à son maître et peu enclin à le contrarier dans le moindre désir. Quant aux autres femmes de la maison, j'avais peur d'elles et je compris qu'elles n'auraient aucune sympathie pour une situation si banale et si recherchée. Avant tout c'est leur innocence qui me séparait de Polly et de Patsy. J'étais seule, dans un monde inconnu, et j'attendais un signe.

Le printemps vint.

Sur la Seine, la glace craqua et l'eau noire s'insinua dans la blancheur miroitante. Les jours se firent plus longs et les chandelles s'éteignirent Les rats revinrent et les pavés luisants de Paris brillèrent de nouveau sous le soleil pâle, timide, qui avait reparu.

J'avais quinze ans.

« Je m'en vais, Sally. A Amsterdam avec Mr. Adams puis en Rhénanie. Je serai absent six semaines. Je veux que tu étudies ferme quand je ne serai pas là.

– Oui, Maître. »

Parti. Je n'avais pas compté avec ça. Encore attendre.

« Ne prends pas l'air si triste, ma Sally. Ce n'est pas pour longtemps.
– Oui, Maître.
– Ton ami John Trumbull m'a chaudement recommandé le voyage. »
La haute et sombre image de Maître Trumbull me changea un instant les idées.
« Quand je partirai, tu habiteras chez Mme Dupré, près du couvent de la rue de Seine. Tu pourras rendre visite à Polly et Patsy, et je me suis arrangé pour que tu puisses passer les dimanches au couvent. M. Perrault viendra te donner tes leçons en semaine.
– Oui, Maître.
– Tu me manqueras, Sally.
– Oui, Maître.
– Sally, c'est tout ce que tu as à dire ?
– Oui, Maître.
– Sally, tu me manqueras. Je te promets...
– Promettez-moi ! »
Ces mots jaillirent de moi, un sanglot plutôt qu'une exclamation. Je ne supportais plus d'attendre. Je relevai la tête et le regardai longuement dans les yeux. Tout au fond se voyait un minuscule point noir. Mon reflet.
Oui, pensai-je, l'heure était venue.

Mille fois par jour la peur me submergeait. Le sang me montait à la tête et souvent je devais me rattraper au velours d'un rideau ou au dossier d'un fauteuil tapissé de soie. Je n'allais plus voir Polly et Patsy. Je n'osais plus quitter la maison de crainte qu'il ne m'envoie chercher. La nuit je m'endormais assise au bord de mon lit. Mon corps se détournait de la porte, mais ma tête et mes épaules se tournaient vers elle. Il n'y avait pas de serrure, et je n'aurais pas osé tourner la clé s'il y en avait eu une. Je ne voulais pas faire face à la porte de peur de l'inviter à s'ouvrir, pourtant je ne pouvais lui tourner vraiment le dos. C'est ainsi que chaque nuit je montais la garde.

Seigneur, empêche-moi de sombrer.
Seigneur, empêche-moi de sombrer.
Seigneur, empêche-moi de sombrer, me répétais-je.

Au petit matin, épuisée, je m'endormais.
Il m'envoya chercher la nuit précédant son départ, mais ne se montra pas. Je m'endormis dans sa chambre et, quand je m'éveillai, une ombre immense me bouchait la vue.
Je n'avais pas idée du temps qu'il était resté là, debout Maintenant

qu'il était venu je ne sentais nulle crainte, mais au contraire une tendresse débordante. Sa présence, pour moi, était déjà un ordre, et je pris l'initiative. Je m'inclinai et pressai un baiser sur les mains frémissantes qui enfermaient les miennes. Le contact de mes lèvres et de sa peau fut si violent que j'ai perdu tout souvenir de ce qui se passa ensuite. Je sentis autour de moi comme l'explosion d'une fleur, celle du désir et celle aussi d'une longue privation, une soif de gestes interdits, de nuit, de déraison, une rage passionnée contre la mort de celle à qui je ressemblais tant. De ce moment je ne fis plus qu'un avec elle et ce ne fut pas mon nom que laissèrent échapper ses lèvres, mais celui de ma demi-sœur.

Très vite il s'écarta, puis m'observa de haut comme un homme pris de vertige examine une vallée du sommet d'une tour. Alors son corps se raidit et se précipita vers moi comme s'il avait trouvé le moyen d'amortir sa chute.

C'est ainsi que Thomas Jefferson se remit à ma garde.

A mon réveil, j'étais seule dans le lit. Je quittai la couche désertée et fixai les rectangles de lumière grise tombant des hautes fenêtres quadrillées par l'ombre des balcons. Je rassemblai mes vêtements épars, que la violence de la nuit avait projetés aux quatre coins de cette pièce étrangère, imposante. Je regardai les draps et très vite, sans réfléchir, je rabattis la courtepointe. Mes faibles efforts pour partager le rêve de James avaient été effacés par la force d'un homme, celle de son corps et celle de son désir.

Une fois lavée puis habillée, je n'attendis pas et sortis de la maison par la grande porte. L'air matinal était frais, mais il ferait beau. Les arbres et les buissons du jardin étaient encore couverts de givre, mais on voyait déjà poindre des petites taches vertes.

Je marchai lentement vers le pont de Neuilly. J'avais mis l'épais manteau de mon frère, pourtant je ne pouvais m'empêcher de trembler, à cause du choc subi ou du froid, je ne sais plus. Devant moi, à ma surprise, je reconnus sa silhouette solitaire qui brisait l'un après l'autre les pans de lumière argentée. C'était l'aube, mais Thomas Jefferson s'était levé avant moi comme à l'avenir il ferait chaque matin, pour marcher dans l'air froid et coupant.

J'étais toute confuse. Devais-je faire demi-tour ? Me hâter à sa rencontre ? Rester là où j'étais, à cinquante pas derrière lui ? L'appeler ? Je le suivis un long moment, terrifiée à l'idée qu'il pourrait se retourner et me voir, mais il ne regarda pas en arrière. Il s'éloignait de plus en plus et ses longues jambes le portaient dans les prés qui s'étendaient devant lui. Le manteau de James, l'ourlet trempé de rosée, traînait par terre. Je fus prise d'une terrible nostalgie, pensant à ma mère et à sa mère avant elle. Rien ne serait pareil, désormais. Rien ne pourrait plus me libérer de lui. Rien n'effacerait jamais ces étranges mots d'amour que ma faiblesse m'obligeait à croire.

« Je t'aime », avait-il dit.

Dans sa terreur il avait usé de cette arme absolue, celle qui règne sur les puissants comme sur les faibles. Et j'avais répondu, sans que nous échangions d'autre parole : *« Merci, monsieur. »*

14

PRINTEMPS 1788

Rien n'échappe aux craintes de ceux qui ont tout à perdre.
ABIGAÏL ADAMS

James découvrit le concubinage de sa sœur le matin même en retournant la courtepointe sur le lit de son maître. Il avait attendu, d'abord derrière la porte de la chambre, puis dans l'ombre grise jetée par la courbe de l'escalier en marbre, aux premières lueurs de l'aube. Il avait vu Thomas Jefferson descendre les marches, déverrouiller soigneusement la grande porte et sortir dans la cour de l'hôtel de Langeac. Une lumière rosée découpa un instant l'arcade obscure puis la porte claqua. James n'aurait pu dire le temps qu'il était resté là quand il vit sa sœur descendre le même escalier. Elle se tourna, presque en face de lui, vêtue de son lourd manteau noir, et sortit par la porte principale.

Maintenant il était debout dans la chambre vide de son maître, sous *La Nuit* peinte qui ornait le plafond. Il avait vingt-trois ans. Il en avait passé quatorze à servir, aimer et soigner Thomas Jefferson. Comme un demi-dieu descendu des cieux pour se mêler aux mortels, il y remontait en laissant ses serviteurs nettoyer ce qui devait l'être. Son maître avait donc quitté Paris.

Une émotion puissante le tenaillait sans qu'il pût démêler ses sentiments. James Hemings était vierge. Son maître et sa sœur avaient dépassé les bornes de son expérience. A deux mains, il ramassa les draps tachés, paralysé par la complexité du sentiment qui l'agitait. La violence, comme une fièvre, le faisait trembler. Que devait-il faire? Comment devait se conduire un homme libre? Tuer?

« Aide-moi, murmura James. Dieu, aide-moi. » Il n'avait pas, n'aurait jamais, le courage de tuer Thomas Jefferson.

Depuis ce jour, James rêva de ces taches de sang. Dès qu'il le touchait, le lit entier s'ensanglantait, et il avait les mains souillées comme s'il les avait plongées dans les entrailles de quelque créature. Il s'efforçait d'arracher les draps mais ils se gonflaient, ils tournoyaient et il en sortait des sons qui lui soulevaient le cœur. Il reculait, terrifié, mais les draps le poursuivaient, lui sautaient à la gorge comme une bête féroce et le prenaient dans une étreinte gluante. Dans la lutte il se trouvait projeté dans les flammes de la cheminée. Ses mains et ses pieds, toujours empêtrés dans les linges visqueux, se mettaient à brûler. Puis ses bras et ses jambes. Puis ses parties intimes. Enfin il ne restait que son torse et une tête noircie, carbonisée, la bouche ouverte dans un cri d'horreur, un hurlement muet. De souffrance la tête se mettait à tourner jusqu'à ce qu'elle se dévisse littéralement du corps calciné et tombe dans les cendres. Celles-ci venaient remplir sa bouche, ses yeux et son nez, pour enfin l'étrangler, l'étouffer.

Ce même rêve allait revenir à maintes reprises, et ne le quitterait plus jusqu'au jour de sa mort. La première fois, il se réveilla en voyant Petit, pâle et terrifié par ses cris, qui le secouait.

« Jim-mi. Il n'y a rien à craindre. Réveille-toi, mon garçon. Ce n'est qu'un cauchemar. Réveille-toi, fils. »

« Non, pas comme ça ! Glissez. GLISSEZ ! Vous êtes censée ne pas lever vos pieds du sol !

– Je ne lève *pas* les pieds !

– Et pourtant si. Vous marchez comme un canard ! Regardez Sally. Elle le fait à la perfection, mieux que vous et moi.

– C'est parce que j'ai regardé faire le frotteur depuis un an ! Pensez seulement que vous cirez le parquet comme lui et ça ira.

– Cirer le parquet ! Imaginez-vous la reine de France surprise à cirer le parquet !

– Je n'y avais jamais pensé ! Marie-Antoinette, *La Frotteuse.* »

Les trois jeunes filles, en demi-déshabillé, couvertes de sueur, partirent d'un rire bruyant et s'écroulèrent sur le lit de plumes, dans une chambre de la pension Dupré.

Martha et Maria avaient ôté l'uniforme cramoisi du couvent, jeté en tas sur le parquet brillant. Quand elles étaient arrivées, Sally Hemings était en chemise pour essayer une robe neuve. Les filles s'étaient mises à rendre régulièrement visite à leur servante, qui avait deux pièces chaudes et confortables. Au couvent, elles n'avaient absolument aucune intimité, les cinquante pensionnaires dormaient dans deux salles immenses et sans rideaux, les autres pièces servant de salons et de salles de classe. Leur servante était ravie et leur faisait le meilleur accueil. Hors de l'atmosphère oppressante de l'hôtel de Langeac, à l'abri de la sensualité étouffante et violente de Jefferson comme de l'amertume de son frère, elle trouvait soulagement, joie et affection en compagnie des adolescentes. Oubliant son initiation à la féminité, elle jouissait d'un retour provisoire à l'enfance.

Elle sortait souvent de la pension pour aller, quelques pâtés de maisons plus loin, à l'abbaye de Panthémont, où elle entrait par la chapelle de la rue de Grenelle pour se retrouver dans la cour emplie de jeunes dames de la noblesse en uniforme cramoisi. Comme ce n'était pas seulement une école de filles mais une maison de retraite pour vieilles demoiselles, épouses abandonnées ou dames de la cour temporairement retirées du monde, les modes et les potins de Versailles y parvenaient très vite. Actuellement les filles s'essayaient au dernier jeu en vogue : imiter la célèbre démarche de la reine Marie-Antoinette, « la femme de France qui marchait le mieux ».

Avec la mode des volumineux vertugadins, qu'on appelait robes à paniers et qui dissimulaient entièrement la moitié inférieure du corps de ces dames, l'effet recherché, lorsqu'il s'agissait de se déplacer, était celui d'un flottement désincarné à travers les antichambres et les galeries des palais, évoquant plutôt la course d'un navire que la marche d'un être humain doté de pieds et de jambes. Cet effet s'obtenait en ne soulevant jamais les pieds du sol mais en les faisant glisser en avant, légèrement vers l'extérieur, comme fait le patineur, tout en maintenant droite et rigoureusement immobile la moitié supérieure du corps déjà fermement corsetée. Dames et gentilshommes de la cour de Versailles pratiquaient cette démarche, mais personne, dans le royaume de France, n'y réussissait comme la reine avec son port altier et sa poitrine épanouie.

« A Panthémont une dame a dit qu'elle n'avait jamais vu un spectacle pareil à celui de la reine traversant la galerie des Glaces. Dans la cohue des courtisans on ne voyait plus rien qu'une forêt de plumes dépassant d'un pied et demi la tête de ses suivantes », dit Martha.

« Tu te rends compte, Sally ? Oh, comme j'aimerais aller à Versailles, une fois seulement, pour voir la cour. A son retour, papa m'a promis de m'emmener aux galeries publiques. Tout le monde peut y entrer, vous savez, et les jardins aussi sont publics, on peut même y rencontrer la reine qui se promène avec ses dames. Ce sera possible grâce à une dame d'honneur de la reine, la comtesse de Tessé. Je la verrai glisser comme un cygne au milieu des bassins et des fontaines de Versailles, je ferai ma plus belle révérence, papa lui baisera la main et... Tu nous vois ! »

Martha Jefferson, d'un geste affectueux, secoua doucement les épaules nues de sa servante, et rejeta en arrière sa crinière de cheveux roux. Sally fit oui de la tête et laissa retomber ses jupons. En tout cas, à défaut d'autre chose, elle savait marcher comme une reine.

Elle feignit de glisser et tomba dans les bras de Martha en poussant un grand cri : « Sa Majesté vient de glisser sur son derrière royal. » Elles s'écroulèrent de rire une fois de plus et Mme Dupré parut à la porte de sa pensionnaire.

« Jeunes filles, mesdemoiselles, on croirait que j'ai chez moi un régiment de hussards! »

Mme Dupré possédait une petite maison meublée rue de Seine. On lui avait demandé de loger la servante des filles de l'ambassadeur américain pendant qu'il visitait Amsterdam et la Rhénanie. Elle avait accepté moyennant quelques livres par semaine, Sally Hemings devant aussi faire de la couture et du blanchissage. Cette fille aimable et douce, qui s'était présentée devant sa porte deux semaines auparavant, accompagnée par l'ambassadeur en personne, lui avait plu. Comme on ne lui avait pas donné d'instructions contraires, Mme Dupré la traitait comme n'importe quelle servante d'un aristocrate, c'est-à-dire comme une jeune fille de condition modeste, sans dot, entrée au service d'une grande maison comme camériste ou demoiselle de compagnie pour les filles de la famille contre le vivre, le couvert, et une protection. A l'évidence l'ambassadeur faisait d'elle assez de cas pour ne pas la laisser seule avec les autres domestiques lorsqu'il partait en voyage...

Mme Dupré ne pouvait savoir que Sally Hemings était une esclave. Elle n'avait non plus aucune raison d'imaginer qu'en Virginie le mot « servante » était une façon polie pour désigner une Noire. La peau de Sally ne lui apprenait rien, sinon qu'elle avait le teint mat. Elle aurait même dit basané, mais un peu spécial, car la jeune fille avait la peau d'une couleur singulière, différente de celle qu'elle avait vue aux Italiennes et aux Espagnoles. C'était plutôt un teint chamois inhabituel, et sans le duvet abondant dont sont habituellement dotées ces dames. Mme Dupré s'étonna un peu de lui trouver une garde-robe aussi réduite. Tout de même, pour se vêtir, quand on est pauvre, il faut apprendre à coudre – mais elle allait remédier à ce point faible et initier Sally à la couture, afin qu'elle possède au moins les vêtements de base d'une camériste. Certes ses manières, sa douceur et son français au délicieux accent trahissaient une certaine éducation, pensa Mme Dupré – une bonne présentation lui permettrait d'attirer un gentilhomme fortuné et d'améliorer sa condition selon un moyen consacré par l'usage, en devenant la maîtresse ou (pourquoi non?) l'épouse d'un membre de la petite noblesse. Certes elle n'avait pas reçu d'instructions en ce sens, mais Mme Dupré se prit d'amitié pour la jeune fille et décida qu'elle ferait tout son possible pour l'aider tant qu'elle serait sous sa garde. De plus, grâce à ses maîtresses, Sally Hemings avait accès à l'abbaye de Panthémont, où seules venaient se retirer ou s'instruire les dames et les jeunes filles les plus distinguées. Elle n'avait donc qu'à imiter ses supérieures, conclut-elle.

Quand Mme Dupré vit ce que faisaient les filles, elle rit de concert avec elles. La démarche extraordinaire de la reine était célèbre dans tout le royaume, et quand la petite *Sallie* montra sa version, elle dut admettre que c'était réussi autant que séduisant.

« Par exemple, mais c'est fort bien. Maintenant faites-moi donc une révérence, vous toutes – comme il faut. J'étais venue vous servir le thé, mais vous feriez mieux de remettre vos vêtements avant que les domestiques ne vous voient à l'état de nature. »

Les trois filles se mirent debout et Mme Dupré examina les corps virginaux assemblés devant elle. L'aînée, Miss Jefferson, était si grande qu'elle les dominait toutes. Certaines Américaines sont gigantesques, et celle-ci tenait certainement de son père. Elle avait une belle peau, un teint de lait et de rose gâté seulement par les mêmes taches de rousseur qui parsemaient le visage de l'ambassadeur. Des cheveux magnifiques, remarqua Mme Dupré, une lourde masse de cheveux auburn dont les vagues descendaient jusqu'à la taille. Elle avait les yeux incolores, dénués de cils et trop rapprochés, ainsi qu'un menton impossible : long et proéminent, annonçant ce tempérament opiniâtre qui rebute tant les hommes. Pourtant les boucles luxuriantes parvenaient à adoucir les traits de son visage et son nez trop long, tandis que sa bouche délicate, ferme, avenante, exprimait la justice plutôt que la générosité, et que son corps était mince, bien fait, débordant de santé.

Quant à la jeune demoiselle Jefferson, elle ressemblait étrangement à sa camériste. Mme Dupré continua son inventaire. Elles étaient toutes deux remarquablement belles, brunes, avec les yeux noisette, ceux de la servante tirant vers un jaune singulier mais fascinant.

Toutes les deux avaient ces fossettes bien marquées que prisent tant les Français et ces grandes bouches pulpeuses, un rien maussades, qu'on trouve chez les natures ardentes. La servante tenait les promesses qu'annonçait le corps de sa maîtresse encore enfant : une peau mate et parfaite, une chevelure noire longue et fournie, un corps fragile mais ferme avec une poitrine forte et des hanches pleines.

Oui, pensa Mme Dupré, avec un peu de chance Sally Hemings fera sa fortune à Paris... si elle a le bonheur de séduire un gentilhomme.

La première fois que James Hemings vint rendre visite à sa sœur chez Mme Dupré, elle tomba dans ses bras avec un cri de soulagement. Depuis ce jour de mars où elle avait quitté l'hôtel, près de trois semaines plus tôt, elle ne l'avait pas revu. James était encore sous le choc, après la séduction de sa sœur, mais il était décidé à ne lui montrer que tendresse et sollicitude. Il avait au plus trois ou quatre semaines pour la convaincre que son maître, de l'avoir forcée, n'avait plus aucun titre à réclamer son amour ou sa loyauté, et que le moment était venu d'exiger ses droits, en tant que femme libre sur le sol français. Le demi-dieu une fois de retour, sa présence irrésistible dominerait de nouveau leurs existences et ils auraient perdu leur unique chance, peut-être pour toujours.

Il lui apportait une lettre que lui avait envoyée son maître.

Elle s'était emparée de la missive, les mains tremblantes, mais sans la lire elle l'avait cachée dans la poche de sa jupe. Puis ils étaient allés se promener dans Paris, comme ils avaient fait si souvent. Sans livrée et sans même passer pour des domestiques, ils avaient parcouru les rues et les boulevards où se multipliaient les constructions nouvelles. Les idées de la révolution américaine étaient partout et ils les rencontrèrent sous une forme dont ils n'avaient pas encore l'expérience : le journal et le « pamphlet ».

Chaque jour voyait imprimer des journaux réguliers qui, malgré le bureau de la censure royale, étaient pleins de critiques et d'idées républicaines. En outre quiconque pouvait acheter ou louer une presse était libre d'imprimer et de distribuer à loisir. On appelait cela des pamphlets. Naturellement l'auteur pouvait se voir ensuite arrêter par les censeurs du roi pour crime de lèse-majesté, mais nul n'empêchait le pamphlet d'être imprimé ou distribué, même si son auteur était à la Bastille. C'était autour du Palais-Royal que se retrouvaient la plupart des vendeurs de journaux et là aussi, souvent, frère et sœur dirigeaient une partie de leur promenade, dans les magnifiques jardins autour du fameux canon méridien que, à midi, le soleil faisait partir.

Les jardins publics du Palais-Royal grouillaient de toutes sortes d'hommes, de femmes et d'animaux – depuis des dames nobles voilées courant à un rendez-vous jusqu'à des prostituées fardées du rouge criard et de la poudre blanche en vogue à ce moment. Il y avait des prêtres et des camelots, des victuailles et de la limonade, des cavaliers et des officiers des régiments du roi, des mendiants et des tire-laine, des orateurs déments et toutes sortes de personnages d'allure douteuse. Au milieu des jardins se dressait la coupole vitrée du nouveau cirque du duc d'Orléans, la dernière merveille parisienne. C'est là, dans ce mélange de pamphlets, de gravures, de journaux, d'affiches et de rumeurs, que le frère et la sœur apercevaient l'ombre des choses à venir.

Chaque semaine une lettre arrivait que James lui remettait et qu'elle cachait sans mot dire dans sa jupe avant d'aller se promener avec lui par les rues. Chaque semaine James cherchait à détourner de Jefferson l'esprit et le corps de sa sœur, tandis qu'elle n'écoutait qu'à moitié ses prières et ses avertissements, trop étourdie par la lettre pour penser à autre chose.

C'était la première fois de sa vie longue déjà de quinze ans que quelqu'un lui écrivait. Ces lettres, adressées à « Mademoiselle Sally Hemings », se chargeaient de magie. Elle n'aurait pu expliquer à James combien ces trois mots pouvaient la fasciner. Sur le papier blanc son nom se trouvait posé indépendamment d'elle-même ou de sa volonté. Elle repassait sans cesse ses doigts sur les lettres si noires sur la blancheur du papier, imaginant cette personne, « Sally Hemings », à qui elles s'adressaient.

Qu'elle fût empêchée de répondre à ces appels, puisqu'il ne faisait que passer de ville en ville, cela même semblait juste : l'emprise magique n'était pas rompue par l'effort de lui répondre et de se réclamer alors du titre qu'il lui donnait. Ainsi elle pouvait seulement attendre, recevoir, consentir.

Les lettres, qu'elle ouvrait en tremblant après le départ de James, étaient en elles-mêmes aussi ordinaires que celles qu'il envoyait à ses filles, une douzaine de lignes qu'elle lisait aussi quand Martha et Maria venaient la voir. Eût-elle espéré des billets doux, rien de tel. Un flot continu de conseils paternels, une bienveillance distante, un peu froide et qui prenait des airs de monologue, puisque personne ne pouvait lui répondre Pourtant la jeune fille lisait et relisait ces lettres. Elle les gardait dans une enveloppe de soie qu'elle avait cousue spécialement. Et sans savoir pourquoi elle ne les montrait pas ni ne disait mot de leur existence.

Sally Hemings sourit en lisant cette toute dernière leçon de géographie parsemée de « sois sage ». « Étudie... ne compte que sur toi seule... sors avec Patsy et Polly... aime-moi... » Elle était déçue par ces lettres paternelles. Étrange que ces billets laconiques lui viennent de villes allemandes, mystérieuses, si loin de ce qu'elle pouvait s'imaginer, pensait-elle.

Puis arriva un jour une lettre différente, consciencieusement remise par James et consciencieusement enfouie dans sa jupe jusqu'à la fin de leur promenade pour être seule au moment de la lire, consciencieusement ouverte et tenue à la lumière afin de déchiffrer l'écriture minuscule, presque illisible. Quand elle eut fini de lire, elle s'assit, prise de faiblesse, incapable de se tenir sur ses jambes, et posa sur ses genoux la feuille qui tremblait entre ses doigts. Elle se pencha de nouveau avec effort sur les lettres microscopiques, comme si sa vie en dépendait, puis enfin serra le papier sur son cœur avec un sanglot.

Le message était clair. Et pour Sally Hemings, puisqu'il était écrit, il s'imposait à elle comme un ordre divin.

15

PARIS, AVRIL 1788

> Mais puis-je demander si le même tempérament et la même sensibilité qui feront un poète ou un peintre ne sont pas capables de nous donner un amant et un débauché ?
>
> ABIGAÏL ADAMS

Thomas Jefferson s'éveilla, pris de frayeur, comme quelqu'un qui ne sait pas où il se trouve. Une frayeur physique autant que métaphysique. Un instant il avait oublié où il était et même qui il était. Tant de miles parcourus à voyager... Il soupira. Ses yeux fixaient *La Nuit*, le tableau de Barthélemy, le plafond ouvragé, il était sur son lit, dans sa chambre, dans son hôtel de Langeac, non dans quelque auberge prussienne enveloppé de lin blanc et allongé parmi des inconnus. Il s'accouda pour regarder la fille qui dormait près de lui. Dès son arrivée à Paris il était allé chercher son esclave à la pension. Elle reposait sur le côté, lui tournant le dos, ses longs cheveux noirs étalés. Les draps blancs lui faisaient la peau plus sombre, comme un ciel pâle fait les nuages plus noirs. Il souleva les couvertures et les écarta lentement de son corps. Puis il inclina sa tête rousse et fit courir sa langue le long d'une délicate épine dorsale. Un goût de miel et de pin lui saisit la gorge.

« Mon Dieu... », murmura-t-il, puis il retomba sur les oreillers de satin. D'un geste possessif il attira la fille près de lui et lui posa la tête sur sa poitrine découverte. Elle dormait. Sans la réveiller il caressa la toison emmêlée. Il y avait une petite cicatrice en forme de croissant dans le duvet soyeux qui marquait la naissance des cheveux. Un vague souvenir lui dit que cette marque avait quelque rapport avec lui, mais il ne savait plus lequel. Il frotta doucement du bout des doigts le léger relief blanc.

Les paysages défilaient devant lui comme s'il était encore secoué par les voitures et les carrosses de son voyage en Rhénanie.

Il avait décrit maintes fois à la jeune fille son long trajet solitaire vers le nord à travers les Pays-Bas jusqu'à la Prusse et finalement la Rhénanie. L'image d'une Forêt-Noire immense et magique avait transporté Sally dans un univers de dragons, de princesses et de contes de fées. Puis son carrosse imaginaire ralentit et il vit flotter majestueusement d'innombrables scènes d'une beauté rustique. Il était arrivé à Düsseldorf le 2 avril et était allé directement au musée. C'est là qu'il avait pu voir le tableau de Van der Werff qui l'avait tant ému : une scène biblique, Sarah offrant l'esclave Hagar à Abraham. Le même après-midi il avait écrit à Sally Était-ce vraiment un signe, se demanda-t-il ?

Il arrangea une boucle de cheveux noirs. Il était, lui, de tempérament rationnel. Quelle déraison, pensa-t-il, d'aimer pour une fois ce qu'il voyait et ce qu'il sentait sans en chercher la raison ni même le vouloir, sans même se soucier qu'il y en eût une. Parfois le visage de la jeune fille le ramenait à l'époque de ses plus grands bonheurs. Il baissa de nouveau les yeux sur l'esclave endormie, touché par sa jeunesse, par la profondeur de son sommeil paisible. Être si jeune... Jamais l'amour n'est une surprise pour les jeunes, mais pour lui ! Il rit presque, se souvint qu'elle dormait. Il bougea prudemment et l'attira plus près encore. Après Düsseldorf, il avait souvent pensé à elle avec un sentiment croissant de fatalité. N'était-il pas incroyable qu'elle fût seulement là, à Paris, dans ses bras ? Les circonstances de sa venue, de sa naissance même, n'étaient-elles pas étranges, inexplicables ? Cet héritage fatidique, celui de Wayles, mêlé de si près au passé, et maintenant au futur ? Le futur ? Quel futur pouvait bien les attendre sinon la haine et la culpabilité, se rappela-t-il.

Il ferma les yeux, dériva de nouveau sur la vallée du Rhin, remontant le large et plat ruban, de Cologne vers Hanau et Heidelberg. Après Düsseldorf son retour s'était accéléré comme le cours d'un rêve. A la mi-avril il était à Strasbourg, d'où il était rentré en France en repassant le Rhin. Puis il s'était hâté, se souvenant seulement alors des fatigues et de la misère des paysans allemands. Pourquoi s'était-il soudain ému d'avoir vu ces femmes échevelées, usées avant leur temps ?

Son esclave tressaillit, ouvrit les yeux. Le soleil à peine levé se prit aux prunelles dorées et les sema de paillettes vertes et brunes Il sentit battre son cœur quand elle lui tendit les bras.

Pour elle, le visage du maître était encore lourd de terreur. Elle s'écarta des lèvres qui venaient d'effleurer les siennes et scruta les yeux mélancoliques enfoncés derrière les sourcils clairs, puis la bouche large aux coins à peine remontés. Les cheveux bouclés de son maître tombaient en vagues sur ses épaules. Des poils roux tapissaient sa poitrine. Le regard de Sally se prit dans le chaume étrange de sa barbe, dans les rides ténues autour des yeux et de la bouche sévère. L'âge lui avait marqué la gorge, légèrement creusé la peau, et elle sentit soudain pour lui un élan de pitié.

16

ÉTÉ 1788

Le carême était fini et la promenade des Champs-Elysées se couvrait de plates-bandes multicolores. Tulipes et dahlias, muguets et crocus encadraient comme des tapis d'Orient les carrosses dorés et les chevaux fringants des nobles parisiens venus se montrer et saluer le printemps.

Du dernier étage de l'hôtel de Langeac je pouvais voir la place Louis-XV au bout des Champs-Élysées et au-delà les jardins des Tuileries remplis de minuscules silhouettes animées. Elles m'évoquaient des essaims de papillons voletant devant les parterres de fleurs et les façades de pierre.

Les voitures rehaussées d'or descendaient la célèbre allée ombragée de marronniers. Les changements de mon petit monde personnel me faisaient trembler. Bonne d'enfants au début, j'étais devenue la maîtresse adorée et choyée de Thomas Jefferson. Des nombreux secrets enfouis sous cette parade printanière, j'étais un des plus insignifiants.

C'est l'été de mes quinze ans que je vis Marly pour la première fois. De même qu'à Düsseldorf un tableau avait changé mon maître, Marly me transforma. Moi aussi je vis ce que je souhaitais voir. Pour moi, désormais, plus rien ne serait jamais pareil. Marly avait été la résidence favorite du Roi-Soleil, Louis XIV, son ermitage où il se retirait loin des fastes de Versailles. Le château semblait flotter au-dessus du sol, au milieu de son propre ciel, de sa propre nature, de ses eaux et de son soleil. Plus qu'aucune autre demeure des rois de France, c'était un séjour magique. Imaginez une jeune femme venant à Marly avec son amour, debout à son côté, et regardant pour la première fois toutes ces splendeurs.

Marly se dressait au milieu d'une forêt sauvage et bleue, celle de Saint-Germain-en-Laye. Jardins et canaux, terrasses et labyrinthes s'étendaient sur plusieurs kilomètres. Le pavillon royal figurant le soleil flanqué, en deux rangées de six, par douze pavillons d'été reliés par des tonnelles couvertes de jasmin et de chèvrefeuille, évoquant les signes du zodiaque. Les eaux tombaient en cascade du haut d'une colline derrière le château, et venaient former un bassin où nageaient des cygnes. Une fontaine s'élançait si haut que son jet échappait aux regards. Des chevaux de marbre luisant montés par des cavaliers de bronze caracolaient dans le grand canal, et on voyait ici et là de minuscules joyaux : les dames qui se promenaient par les allées et les jardins.

Pas d'autre bruit que l'eau et le vent ; les vastes espaces réduisaient au silence ou au murmure ceux que produisent les hommes. Sur la hauteur où se trouvait le réservoir des fontaines, ce jour offrait un arc-en-ciel. Tandis que les grandes roues de la mécanique élevaient les eaux du fleuve, il planait sur elles un arceau pâli qui se perdait dans les couleurs environnantes – la blancheur argentée des bassins, les mille couleurs des plates-bandes, le bleu des ombres sur les façades crémeuses, le gris perle du gravier sous nos pieds – des teintes pastel : rose et jaune citron, verts et bleus délicats, si loin des couleurs violentes et crues de la Virginie.

Ce jour me persuada que la Virginie n'existait plus. Ni l'esclavage. Quel que fût mon destin, j'en étais sûre, cet endroit en faisait partie, ce moment même, et Marly.

Je regardai la haute silhouette debout près de moi. Non. Pas haute, immense. Comme un aigle splendide et dominant Marly. J'étudiai le profil familier. Mon cœur de quinze ans éclatait de fierté. Je pouvais faire pâlir ce visage de désir. Je savais remplir ces yeux de souffrance ou de joie.

Je pensai à Martha et à ses pareilles, gloussant et riant dans leur gazes et leurs soies moirées, à leur impatience avide, à leur ignorance ! Se pavanant dans le rouge du couvent, échangeant des commérages, stupides petites filles ignorant tout des hommes. J'étais révoltée par leurs rêveries fiévreuses, leur orgueil écœurant. Je ne les méprisais pas, je ne les enviais pas. Je n'avais que pitié. Être une femme, que savaient-elles de cela ?

Je me souvins d'une scène à l'abbaye dont j'avais été témoin avec Martha, il y avait moins d'un an, une cérémonie mystérieuse et curieusement attirante, l'ordination des novices. J'avais regardé ces filles, dont la plupart avaient mon âge, presser leur visage et leur corps contre la pierre humide et froide, inflexible : c'était le jour de leurs noces, la belle et douce laine de leur habit se répandait sur elles comme du lait qu'on renverse. Elles épousaient Dieu comme on épouse un homme. Et si on aimait un homme comme on peut aimer Dieu, était-ce si différent ? Cela comptait-il vraiment que ce fût homme ou Dieu, tant que ce n'étaient pas les deux ?

Je me couvris le visage de mes mains et je pressai mes yeux voilés de rouge et d'or, comme si cette image m'aveuglait. Je rouvris les yeux et Marly n'avait pas disparu. Lui non plus. Il me souriait là-haut à travers l'espace énorme qui nous séparait.

A la veille de la moisson, le 13 juillet 1788, la plus étrange et terrifiante des tempêtes de grêle détruisit complètement les récoltes déjà gravement compromises par une longue sécheresse. On disait qu'à soixante lieues à la ronde le désastre était absolu. Les états généraux légendaires, qui ne s'étaient pas réunis depuis cent soixante ans, devaient se tenir au mois de mai suivant. Le roi l'avait consenti. Paris exultait. Martha et Polly revinrent du couvent et un calme de mauvais augure s'abattit sur la ville.

A l'hôtel de Langeac je n'avais aucune compagne de mon sexe. Ainsi, bien que je sentisse ne pouvoir me confier à elle, Martha devint pour moi dès son retour un refuge où fuir l'univers masculin de l'ambassade et le pouvoir de mon amant. Son caractère impulsif, son attitude vague entrecoupée de silences mélancoliques, ses élans inexplicables de passion, tout cela me submergeait et me troublait souvent. Plus tard j'aurais raison de ses humeurs, mais à cette époque je me tournais vers Martha. Elle était ce qui me reliait à ma mère, à chez moi, aux autres femmes peut-être. Cet été-là elle me rendit mon affection avec une chaleur qui n'allait plus jamais se retrouver. Je l'accompagnais dans les visites qu'elle faisait à ses compagnes de classe avant qu'elles n'aillent passer l'été dans leurs terres. Nous nous promenions dans la rue Saint-Honoré, bruyante et encombrée, en évitant les voitures de louage, ou bien sous les marronniers du quai du Pont-Neuf, en curieuses. Nous marchions côte à côte, nous donnant le bras. Une dame et sa suivante, une esclave et sa maîtresse, une tante et sa nièce, la vierge et la concubine.

Puis un jour l'ombre de ce qui allait advenir vint se mettre entre nous. Comme chez tous les aristocrates de l'époque, des coiffeurs venaient chaque jour remplir leur office à domicile. A Paris seulement il y en avait plus de trois mille. Celui qu'on voyait à l'hôtel de Langeac, après avoir coiffé mon maître, se rendait au couvent pour Polly et Martha. Un second coiffeur avait à s'occuper des domestiques. Il n'y avait pas à Paris une seule maison convenable qui n'employât chaque jour deux ou trois coiffeurs.

Or le coiffeur de mon maître se mit à me coiffer, muette consécration. Martha l'ignora jusqu'au jour où une amie lui chuchota que son coiffeur était aussi celui de sa servante, manquement inouï à l'étiquette.

« Est-il vrai qu'Antoine te coiffe? » Nous étions à la promenade. Ses yeux clairs étaient pleins de surprise, pas de colère. Je lui rendis son regard. Ce fut une des dernières fois que nous nous sommes regardées dans les yeux.

« Pierre s'est plaint d'avoir trop de têtes à coiffer avec l'accroissement du personnel, et Antoine a dit que cela ne le dérangeait pas de me coiffer, puisqu'il ne pouvait de toute façon aller directement chez vous. » Si Martha avait réfléchi, la chose était impensable. Les coiffeurs étaient plus attachés au rang et à l'étiquette que la reine elle-même.

« Je pense que ce n'est pas convenable, repondit Martha.

– En tout cas c'est commode, Maîtresse.

– Je le demanderai à père.

– A votre place, Maîtresse, je ne le ferais pas. Antoine l'agace déjà tellement qu'il le renverra sûrement, et comment trouver un aussi bon coiffeur?

– Je n'en ferai rien si Antoine cesse de te coiffer.

– Quel mal y a-t-il, Maîtresse? En outre il s'occupe aussi de James », mentis-je. Je voulais conserver mon coiffeur.

« Le fait-il?

– Oui.

– Oh... Dans ce cas... Je suppose que cela ira. Je m'étonne qu'Antoine... Si père le dit...

– Le Maître l'a dit », mentis-je de nouveau.

Ce fut le premier des nombreux mensonges que j'allais faire aux femmes blanches au cours de mon existence. A dater de ce jour je mentirais, à elle comme aux autres. Entre Martha et moi le pauvre Antoine fut un jalon de notre route.

« Ma chère... vous ne devez pas vous inquiéter si je vous semble parfois étrange... » La voix de Thomas Jefferson avait les mêmes hésitations familières que lorsqu'il parlait en public. « Ceci est tellement inattendu, et si imprévu pour moi. Et vous êtes... si jeune et pourtant si assurée... Pour moi, vous avez l'âge d'Ève, ma si sage. »

C'était en partie vrai, pensa-t-il, en partie un jeu. Il ne semblait vraiment pas y avoir de différence d'âge entre eux. Parfois il se demandait qui était le plus enfant. Il se sentait si jeune. Il avait le dos nu tourné vers le mur tendu de soie dans sa chambre de l'appartement côté rue. Son grand corps se découpait dans les rectangles grillagés des fenêtres à balcon.

Il tendit le bras, prit la tête de sa maîtresse dans ses mains géantes et la fixa, pressant de ses paumes le crâne fragile. Et comme chaque fois il fut ému par sa petite taille. Il eut un rire bref et rude.

« Je ne sais que faire de toi!

– Ne faites rien, Maître, répondit-elle, et ce sera fait.

– Ta volonté?

– La tienne. »

Thomas Jefferson caressa la peau douce de la nuque, sous les cheveux tressés de l'esclave. Elle lui appartenait vraiment De corps et d'esprit. Il l'avait lui-même façonnée, modelée, cette fleur sauvage, il en avait fait quelque chose de quasiment aristocratique – ou tout au moins unique, un hybride exotique et fascinant d'une exquise beaute. Sa formation et ses leçons commençaient à porter fruit, de même que son éducation musicale. Elle avait la voix grave, pure, chantante, d'une inoubliable douceur. Il était satisfait de la voir apprécier les belles choses. Elle avait même commencé à parler différemment sa langue maternelle, et son français était parfait. Il possédait là un être qu'il avait créé du début à la fin, sans ingérences ni corrections ni objections. En un sens il lui avait donné la vie. Tout autant qu'à sa fille. Il l'avait créée selon ce qu'il imaginait de la perfection féminine, ce grain de poussière, cette poignée de terre prise à Monticello.

« Je t'aime, dit-il.

– Je vous ai toujours aimé », dit sa maîtresse, mais il n'écoutait plus. Il l'avait déjà quittée, non de corps mais d'esprit, comme il faisait souvent.

Sally Hemings observait en secret les centaines d'expressions qui se suivaient sur ce visage orgueilleux, hautain, pour y lire une trace qu'elle aurait laissée, mais jamais ce visage qu'elle savait lui appartenir – passionné, affamé, blessé, si proche l'instant d'avant – ne se trahit au vu de tous. Cet autre visage, le visage public, c'était celui de son ennemi, celui de son maître. Mais celui qu'elle possédait...

Une fois, à l'abri dans sa chambre sous les combles, elle avait retiré son corsage et regardé sa peau lisse, s'attendant presque à voir un « C » pour concubine marqué au fer rouge dans sa chair, de même que la célèbre La Motte venait d'être marquée sur l'épaule d'un « V » pour voleuse, ou autrefois sa grand-mère d'un « R » pour renégate, sur le sein. Mais elle ne vit qu'une peau satinée.

Quand l'affranchirait-il? Elle s'interrogeait. Et si elle le lui demandait maintenant... ici?... Elle ne pouvait pas, elle avait honte. Sa pâleur, la douceur dans ses yeux, le ruban dénoué, la bouche amollie par leurs baisers... Il lui souriait paresseusement. Même alors, après ces moments de passion, il y avait en lui une violence et une tension qui la faisaient frémir. C'est là qu'elle comprit qu'il aimait qu'elle lui appartînt. Elle le regarda encore. Le visage qu'elle possédait l'instant d'avant s'était fermé. Maintenant il appartenait au monde.

Parfois mon amant inquiet me touchait ou me lissait les cheveux comme si j'étais une amulette, une relique de Monticello, le symbole vivant de tout l'amour et tout le bonheur qu'il avait investis dans son patrimoine. Tard dans la nuit, quand la maison se taisait et que Paris dormait, il me disait les nouveautés qu'il préparait pour Monticello, les transformations de la Grande Maison, le remodelage des jardins et des vergers, avec de la vigne allemande et française, des oliviers inconnus en Virginie

Pour lui la région des monts Blue Ridge était l'Éden ; et même Paris, la plus belle des villes, ne pouvait l'égaler.

J'entendais cela même quand il parlait de sa retraite, de son congé, de notre retour ultérieur à Paris. A ces moments-là il ne disait jamais clairement si j'allais rester l'attendre à Paris, rentrer en Virginie et redevenir esclave, ou être aussitôt affranchie de sa main. Je ne demandais pas encore quel choix il se proposait de faire, mais quand je lui exposais mes propres plans, établis avec James et fondés sur la liberté que nous avions en France, il devenait silencieux, morose, ou quittait brusquement la pièce.

De même qu'il souhaitait un cours pacifique à la révolution qui montait, il voulait me voir passer sans violence de la condition d'esclave à celle de maîtresse. Il voyait la révolution par les yeux d'un homme ayant trouvé un bonheur inespéré, décidé à éviter à tout prix une peine imprévue.

« Lui as-tu dit que je veux lui parler?

– Oui. » Je mentais. Je m'étais mise à mentir à James.

« Il sait que nous savons que, d'après la loi française, il ne peut pas nous garder contre notre gré? »

Nous parlions français. James avait un débit si abrupt, si passionné, qu'il semblait souligner un mot sur deux.

« Oui », mentis-je. J'ignorais s'il le savait ou pas.

« Lui as-tu *parlé* de la proposition du maître d'hôtel du prince de Conti?

– Oui.

– *Alors*, qu'est-ce qu'*il a dit*?

– Il a dit qu'il parlerait au prince à la première occasion.

– T'a-t-il dit, sœurette, qu'il a envoyé au Congrès une demande de congé pour rentrer en Virginie, et qu'il attend la réponse? » James était revenu à l'anglais.

« Oui. » Je mentais. J'étais ébranlée : il ne m'avait rien dit.

« Ne *penses*-tu pas qu'il est *temps* pour nous de réclamer notre *liberté*? » Il revenait au français.

« Tu veux dire demander à être affranchis? Ne vaut-il pas mieux attendre que la date de notre retour soit fixée?

– Pour qu'il *puisse* nous *emballer* avec le *reste* de ses *bagages*?

– Tu as dit que nous ne sommes pas des propriétés. Nous touchons des gages depuis janvier dernier. Il admet que ce n'est pas comme en Virginie...

– *Tu* peux *dire* que *ceci* n'est pas la *Virginie? Mon Dieu!* »

Je rougis, mais je tins ma tête haute. « Il m'a donné sa parole.

– Par écrit?

– Il a promis.

– Et *tu* vas *partir*?

– Je serai prête en même temps que toi. »

James me fixa de ses yeux gris et durs. « Et tu lui as *dit* que tu le *quitterais*?

– Oui. » Je mentais.

« Il ne te pardonnera *jamais*. Il t'*accusera* de l'avoir *trahi*.

– Je sais. » Cette fois je ne mentais pas. D'évoquer la fureur froide de mon maître, son indignation devant l'outrage, dont j'avais été témoin une fois ou deux, cela me glaçait de terreur.

« *Il...* ne te *ferait* pas de *mal*? »

Je réfléchis un instant aux emportements de mon amant. Oui, pensais-je, il était capable de me faire du mal.

« Bien sûr que non, répondis-je. C'est le plus doux et le plus bienveillant des hommes.

– Pourquoi, *pourquoi* ne *pouvait-il* pas *prendre* une... maîtresse blanche, s'il lui en *faut une*, comme tous *ses* amis?

– Je ne sais pas. »

Je reçus le choc brûlant, inattendu, de la jalousie. James et moi n'avions jamais parlé de ma situation.

« Comment saurais-je ce qu'il fait ou ne fait pas! Crois-tu qu'il me dit ce qu'il a dans la tête? Crois-tu que je partage ses secrets? » Je m'arrêtai net.

Cette émotion nouvelle était une souffrance, une douleur qui me prenait toute, me faisait presque tomber à genoux. Il était à moi! A moi. C'était donc ça, la jalousie. C'est avec ça que j'allais vivre, désormais.

« Le moment approche », dit James en anglais. Il semblait regretter ce qu'il venait de dire.

« Tu crois qu'il va y avoir une insurrection... une révolution? Notre maître dit que non.

– Il y aura une insurrection. Mais ce n'est pas ce que je voulais dire, répondit-il avec douceur.

– Je fais attention, dis-je en chuchotant.

– Demande à Marie-Louise de t'aider, en bas. Elle sait ce qu'il faut faire et elle t'aime bien... Il y a des moyens. »

Je regardai mon frère. Il n'avait plus rien d'un enfant. Son corps était mince et dur, une dureté faite de violence. Sous ses longs cils noirs il avait des yeux amers, sans illusions. Il avait quitté la Virginie à dix-huit ans. Était-ce à Paris qu'il avait connu une femme pour la première fois? Et quelle femme? Une comtesse qui l'aurait remarqué? Une prostituée? Quelle qu'elle fût, j'étais sûre que c'était une Blanche.

Je baissai la tête. Avant je ne pensais jamais à ces choses. Nous savions si peu l'un de l'autre – les hommes connaissent si peu des femmes et les femmes si peu des hommes. A quoi dépensait-il son argent, passait-il son temps libre, je n'en avais pas idée. Ni qui étaient ses amis. Nous nous étions à peine causé depuis que j'étais revenue à l'ambassade, et jusqu'alors nous n'avions jamais touché mot du seul événement important de ma vie.

Qui que fût mon frère, c'était un homme. Et quoi qu'il pût lui arriver, jamais il ne serait pris comme moi dans les affres d'un amour qui, maintenant, me possédait contre ma volonté. Pourtant, advienne que pourra, je la briserai, cette volonté, pensais-je. Je regagnerai mon corps, mon cœur, et je serai prudente... On ne m'enlèverait pas la seule chance de ma vie. Je n'abandonnerais pas mon frère, j'en fis le serment. Quand *l'heure viendra*, je *m'enfuirai.*

17

PARIS, AVRIL 1789

Dans les cuisines de l'hôtel de Langeac, James Hemings déficela le cochon de lait rôti et recula pour éviter le jus sombre et gras qui gicla de la peau brun doré sur le billot. L'animal avait été farci d'un mélange de viande hachée, d'herbes, de noisettes et de champignons. Il disposa autour du porcelet des fruits confits et des fleurs glacées au sucre. Julien, le chef français, hocha la tête. Son apprenti était un maître, désormais. James resta debout devant son plat.

Un an s'était écoulé depuis que Thomas Jefferson avait pris sa sœur pour concubine. Il était seul à voir le mauvais côté de cette situation : elle restait une esclave. Le maître avait repris sa vie politique et sociale comme s'il ne s'était rien passé, il avait simplement mis Sally Hemings dans son lit.

Lui, James, était devenu un maître cuisinier, et sa sœur une maîtresse putain, se dit-il avec amertume. Sans que nul s'en soucie, se dit-il encore. Ni son existence à elle ni son idylle ne pesaient du moindre poids dans le réseau de commérages tissé par les domestiques, les laquais, les coiffeurs et les cochers des grandes maisons parisiennes en ce printemps de l'an 1789. Un printemps où les seules nouvelles étaient celles de la situation politique. Émeutes, intrigues de palais, manifestes qui volaient des cours aux cuisines et d'un escalier de service à un autre, aussi efficaces que le réseau des esclaves en pays Tidewater.

Après tout, rien de plus commun qu'une liaison entre un aristocrate et une cameriste, pensa-t-il, rien de plus insignifiant, indigne même d'être remarqué par la plus humble des laveuses de vaisselle. De cette indifférence, de ce silence, James leur savait gré.

Bien sûr les domestiques de l'hôtel savaient tous que la belle jeune fille, soi-disant servante d'une des filles de Jefferson, était en fait sa maîtresse. Mais, pour autant que James pouvait en juger, cette évidence avait échappé à la clairvoyance des Américains blancs qui faisaient partie de la maison : Mr. Short, Mr. Humphreys et les demoiselles Jefferson. Le maître était plus que jamais le père aimant, le seigneur bienveillant, l'aristocrate bon et compatissant, le galant amateur de jolies femmes. Ses migraines fréquentes avaient disparu, sa mélancolie s'était calmée, et il semblait n'avoir pas conscience de la marée de mécontentement qui menait la France à sa ruine. « La révolution est achevée », aimait-il à répéter sans cesse.

Quant à la plupart des visiteurs qui allaient et venaient dans l'ambassade, ils n'avaient jamais posé les yeux sur sa sœur et n'avaient pas même vent de son existence. Une de ces élégantes françaises l'eût-elle remarquée, qu'elle aurait écarté d'un haussement d'épaule amusé le *divertissement* de son célèbre ami. L'espoir que son maître n'aurait eu pour Sally qu'un intérêt passager, « à la manière française », s'était révélé vain. Il peut bien jouer au Français, pensa James, mais il a le tempérament d'un Virginien : passionné, orgueilleux, possessif, tenace, avec des émotions violentes sous une apparence lisse et lointaine. Bien plus, il avait noté qu'au bout d'un an l'obsession de son maître pour Sally Hemings avait plutôt grandi que faibli. Il ne se montrait pas moins tyrannique et possessif et ne relâchait en rien le soin qu'il avait de la maintenir en sa dépendance. Dans cette maison, pensa-t-il, on eût dit une prisonnière. Et elle s'y complaisait, elle s'était épanouie sous ce pouvoir jaloux. Les derniers restes d'enfance avaient quitté son corps et on sentait couver le brasier d'une féminité de loin plus mûre que les seize ans qu'elle avouait. Son visage d'adulte avait maintenant des pommettes aux méplats saillants et des yeux très écartés qui le durcissaient et lui enlevaient un peu de son innocence. Un corps menu, exquis, aux seins lourds, était né de l'adolescente garçonnière et campagnarde arrivée un an plus tôt. Sa grâce innée et sa distinction naturelles s'étaient affinées à l'exemple des femmes les plus élégantes de Panthémont et de Paris, qu'elle épiait sans cesse avec insistance, et elle avait acquis une passion pour la toilette et un goût de la parure que n'auraient pas reniés ses modèles.

Elle prenait des leçons de français, de musique et de couture. Dans son isolement, Sally lisait plus que la plupart des grandes dames. Mais elle avait résisté à toutes les prières que James lui faisait d'user de son empire sur les sens du maître pour obtenir sa liberté et celle de son frère. Elle tenait pour dit que tout s'arrangerait en son temps. Qu'elle serait libérée par l'amour.

James savait à quoi s'en tenir. Les hommes ne libèrent pas ce qu'ils aiment. Il avait surpris plus d'une fois Jefferson la regardant, du même regard qu'il lui avait souvent vu porter sur certaines de ses pièces rares, celles qu'il tenait à conserver. Un regard de convoitise, celui d'un homme qui a les moyens de posséder ce qu'il désire. Combien de fois n'avait-il vu ce regard posé sur le flot continu d'objets précieux venus des salles des ventes et des ateliers parisiens étaler leur abondance inépuisable devant son maître? Un air avide et tendre passait sur son visage comme l'éclat d'un soleil, puis sa main se tendait pour toucher l'objet qui lui était présenté et l'attirer sous sa domination.

Il plaignait sa sœur, beauté captive, abusée. Elle était nubile, Jefferson était viril. Ce n'était qu'une question de temps avant qu'elle ne fût rejointe par son destin de femme.

James fit un signe distrait au laquais debout en face de lui qui attendait patiemment que le plateau fût prêt. C'était le sixième et dernier plat de viande du repas et James, comme les autres cuisiniers, se pressa de remplir les plats de légumes en calculant le temps qui lui restait pour finir les six desserts qui devaient être servis.

C'était la troisième fête importante et animée de la semaine. Il lui semblait n'avoir rien vu de toute la saison qu'une ronde ininterrompue de dîners, de thés, de soupers, de bals, d'opéras et de concerts. Tout Paris paraissait pris dans les convulsions d'une longue saison de plaisir, ignorant le sourd courant d'agitation sociale qui venait lécher les robes de brocart et de satin et les chaussures à hauts talons des aristocrates amis de son maître. « La révolution est achevée », répétait Jefferson chaque fois que les nobles lançaient quelque miette aux mécontents. Ce doit être à cause de ma sœur, pensa James. Le maître semblait nager dans le bonheur, décidé à ignorer toutes les informations politiques. Son assurance était sans bornes. L'élégance de ses dîners, grâce à sa cuisine à lui, James, l'avait fait connaître de la ville entière. Léonard, le valet de pied, venait justement d'apporter la liste de tous les invités actuellement assis à la table de son maître et qui dévoraient un repas qui avait demandé quatorze heures de préparation.

Il y avait La Fayette, un dandy fardé aux talons rouges, un héros pour les Américains qui avaient leur révolution derrière eux et pour les Français qui commençaient la leur. C'était sûrement l'invité d'honneur. Tout Paris discutait de son cas avec feu depuis que le roi lui avait repris son commandement. Il y avait Buffon, le savant célèbre, le favori des philosophes français; le baron et la baronne de Staël, arbitres du style et du goût dans la capitale. Il y avait l'abbé Morellet, qui, avec ses amis les abbés Chalut et Arnaud, préparait une édition française des *Notes sur l'État de Virginie*, de Jefferson. Un mathématicien renommé, le marquis de Condorcet – l'homme le plus blanc que James eût jamais vu – était venu avec sa femme Sophie, une beauté célèbre. Le duc et la duchesse de La Rochefoucauld complétaient la table.

James était déçu. Il manquait un de ses préférés, M. Latude, qui dînait de ses aventures, ayant passé trente-cinq ans à entrer et à sortir de la Bastille, du donjon de Vincennes, des prisons de Charenton et de Bicêtre et ayant survécu pour le raconter. La dernière fois on l'avait pris pour avoir fait des vers sur Mme de Pompadour. Il disait sa vie de prisonnier comme une bonne histoire plutôt que comme une tragédie, et ainsi son récit le faisait dîner souvent et fort bien.

James Hemings disposa les desserts sur les plateaux. Là-bas, dans la salle à manger, sous le haut plafond jaune pâle et doré, il y avait au moins quatre femmes ayant des liaisons illicites avec des hommes qui n'étaient pas leurs maris légitimes et qui étaient également présents. La jeune épouse du duc de La Rochefoucauld avait une aventure avec l'aimable mais ennuyeux Mr. Short, le fidèle secrétaire de son maître; Mme de Hunolstein avec le géneral La Fayette; le poète Saint-Lambert formait avec sa maîtresse, la comtesse d'Houdetot, et son mari un heureux ménage à trois... Du moins le dernier amant de Mme de Staël n'était pas des convives, pensa-t-il. Il compta sur ses doigts. La baronne Germaine Necker de Staël avait vingt-trois ans et était mariée depuis trois ans à l'ambassadeur de Suède. Son premier amant avait été Charles de Talleyrand, maintenant évêque d'Autun, son amant actuel était le comte Louis de Narbonne, qu'on disait fils illégitime du roi Louis XV et de sa propre fille, Mme Adélaïde. Et si sa sœur à lui, James, était entrée dans la salle à manger pour quelque tâche ménagère – ce qu'elle faisait souvent afin d'épier la brillante compagnie de son maître – il y aurait eu cinq concubines dans la même pièce, conclut-il amèrement.

Pourquoi ne quittait-il pas cette place? Qu'est-ce qui l'attachait à ce monde subalterne alors qu'au-dessus de sa tête le rang, les privilèges et les richesses se nourrissaient de son travail? Vingt-trois ans de servitude... Pourquoi ne pas jeter son bonnet empesé de chef, ôter son tablier, sortir et partir par une des quarante-sept portes de la ville? Pourquoi, pourquoi en était-il incapable? Pourquoi ne pouvait-il prendre sa liberté comme un homme, au lieu de ramper et d'attendre comme un esclave qu'on la lui donne? Non, pas comme un esclave, car James Hemings voulait que son maître reconnût son existence et sa dette, au lieu simplement de le laisser partir comme un vagabond. Il voulait que le maître rendît ce qu'il avait pris. Jusque-là James savait qu'il ne pourrait jamais partir, qu'il ne se « volerait » pas lui-même.

Avril était encore à son début, et c'était peu après une de ces élégantes soirées données par son maître. Ce dimanche-là était un des rares soirs où Thomas Jefferson n'avait ni dîner en ville ni invités chez lui. Comme à son habitude, il dînait en famille avec ses filles avant qu'elles ne rentrent au couvent.

James Hemings se tenait derrière la chaise de Martha, dans le petit salon octogonal qui servait de salle à manger pour les repas de famille. Il y avait eu maints rires et sourires et maintenant, alors que James servait à table – contrairement à l'usage français – les demi-tasses de café noir et qu'il en versait une à Martha, il étudiait discrètement la fille aînée de son maître.

C'est à elle que James offrait toujours ses services et sa sympathie, mais il ne la voyait plus guère. Ils avaient grandi ensemble, Martha et lui. Il avait sept ans de plus, et il était mieux placé qu'aucun des autres fils Hemings pour jouer le rôle de frère aîné, rôle qu'il avait très bien rempli, avec beaucoup d'amour. Ils avaient chevauché de concert par les prés et les forêts de la plantation, ils avaient exploré les bois autour de Monticello, ils avaient pêché, mangé ensemble des baies sauvages. C'est toujours lui qui l'aidait quand elle tombait – souvent – de son poney. Chaque fois qu'elle perdait quelque trésor, c'est lui qui le retrouvait pour elle. C'est lui et son oncle qui lui avaient construit sa maison de poupée, taillé les petits meubles. C'est lui qui conduisait sa carriole attelée d'un poney et la repeignait à neuf en bleu et blanc. Quand ils jouaient, il se laissait tourmenter, taquiner, embrasser et plus généralement utiliser, abuser autant qu'aimer par Martha, et le lui rendait bien. Même quand elle eut douze ans et que d'après les mœurs du Sud leurs rapports eussent dû prendre fin, ils avaient gardé leurs rôles de frère et sœur et conservé pendant quatre ans la même familiarité que depuis toujours.

Martha, comme sa jeune sœur, écoutait son père avec la plus grande attention.

« Ma chère Martha, ne voyez-vous pas venir avec joie les plaisirs tranquilles de l'Amérique, ne les préférez-vous pas aux vaines bousculades parisiennes ? »

Sally Hemings entra dans la pièce et se tint sans bruit à l'écart du groupe dont elle était exclue. Allait-il annoncer qu'il rentrait au pays ? Avait-il enfin reçu l'autorisation de partir ?

Thomas Jefferson offrit son sourire charmeur, sincère. « Car à quoi tend la bousculade ? »

Le petit groupe relâcha son souffle. Ce n'était pas encore l'avis que tous ils attendaient.

« A onze heures, chez Madame, le jour se lève. On tire les rideaux. Soulevée sur des traversins et des oreillers, on se fait démêler les cheveux, on lit les nouvelles des malades et les billets des bien portants. Madame écrit à quelques connaissances et reçoit la visite de quelques autres. Si la matinée n'est pas trop envahie, elle a faculté de sortir et de boitiller autour de la cage du Palais-Royal... Quant à la royauté et à la cour, il faut voir cela comme vous le feriez de la tour de Londres ou de la ménagerie de Versailles avec leurs lions, leurs tigres et autres bêtes de proie, ayant les mêmes rapports avec leurs congénères – il vous suffira de les connaître à peine pour distinguer sous un extérieur des plus imposants ce qu'il y a de plus faible et de pire dans l'espèce humaine... En outre il lui faut boitiller en toute hâte, car c'est le tour du coiffeur, et quel tour formidable ! Qu'elle soit heureuse si elle en sort avant que le dîner soit à moitié fini ! La torpeur digestive lui passe un peu et elle peut voleter une demi-heure par les rues, en guise de visites, puis courir au spectacle. Cela fini, encore une demi-heure à faire quelques tours devant les portes de ses amis sincères, et vite au souper. Après souper, les cartes, le lit, lever à midi le jour suivant et retracer comme au manège le même cercle sans cesse rebattu. Ainsi se consument la vie et les jours, l'un après l'autre, sans rien au-delà de l'instant présent, à fuir l'ennui tout en l'emportant avec soi, à poursuivre sans fin le bonheur qui se tient éternellement hors de portée. »

Martha laissa fuser son rire mélodieux, un de ses rares attraits, mais elle regarda son père d'un œil inquiet. Il y avait une touche de mélancolie dans ce récit amusant, l'affleurement d'un vague regret, voire une certaine amertume. Se lassait-il de la vie parisienne ? Avait-il le mal du pays ? L'éducation qu'elle recevait au couvent lui déplaisait-elle ? Pensait-il, Dieu l'en garde, qu'elle devenait comme ces femmes qu'il avait décrites ? Elle fronça les sourcils. L'ombre d'une désapprobation venue de son père suffisait à la traverser d'une vague de souffrance. Elle l'observait, sa tasse levée, mais il avait le visage presque dénué d'expression, sauf un léger plissement autour des yeux.

Il regarda James comme celui-ci versait le café de nouveau.

« Et si la mort ou la banqueroute nous font trébucher hors de ce cercle... pensez au pauvre M. Saint-James – cherchant asile à la Bastille pour fuir ses créanciers enragés. Enfin, la banqueroute du pauvre M. Saint-James ne fait que les cancans d'un soir, au matin elle est bien oubliée... comme le serait la mienne.

– Oh ! papa », s'écria Martha.

Était-ce possible qu'il fût las de ses belles et ensorcelantes amies qu'elle lui enviait tant ? Des femmes qui, justement, passaient le temps comme il venait de le dire ? Non seulement des maîtresses telles que Mme de Pompadour ou la Du Barry, mais des épouses comme Mme du Deffand et Mme Geoffrin, des dames à l'esprit éclairé tenant les meilleurs salons du jour, comme... Mme de Staël, Mme Sullivan, la duchesse d'Anville.

Il poursuivit son discours sous les regards de ses deux filles. Sally Hemings écoutait, espérant qu'on ne la ferait pas sortir.

« En Amérique, en revanche, la compagnie de votre mari, le soin des enfants, l'ordre de la maison, l'amélioration des terres remplissent chaque instant d'une activité utile et saine. Tout effort est encourageant car il porte en soi sa récompense, la promesse d'un bien futur. Les loisirs se passent avec vos vrais amis, dont l'affection ne se réduit pas à un fil, d'être tendue sur mille objets comme une toile d'araignée. »

L'adolescente fidèle et posée qu'était Martha se retint de sourire en pensant à la volage Maria Cosway. Enfin, se dit-elle, son père n'est plus engoué de cette dangereuse et séduisante créature.

« Voilà la situation telle qu'elle se présente à mon esprit. Voyons maintenant ce qu'il en est pour vous. Si nous ne sommes pas du même avis cette année, nous le serons l'an prochain, ou sinon un an ou deux plus tard. Vous voyez que je tiens à ne pas me croire dans l'erreur... »

Dans quelle erreur ? Martha s'inquiéta sans comprendre. Qu'essayait-il de lui dire ? Il semblait presque la supplier. Ignorait-il qu'il pouvait tout attendre d'elle ? Qu'elle n'avait sur terre d'autre souhait que de le rendre heureux ? Quel que fût le sacrifice demandé, elle l'acceptait d'avance. S'il voulait qu'elle abandonne ses amies aristocrates... s'il voulait quitter Paris cette nuit, elle etait prête.

« Papa ! Vraiment ! On croirait que vous pensez à tout lâcher pour vous faire ermite. Dieu merci, vous allez déjà si souvent dans votre ermitage de Valerian... vous ne voulez tout de même pas renoncer entièrement au monde, n'est-ce pas ? »

Martha parlait d'un ton léger mais son regard était inquiet. Elle jeta un coup d'œil vers Polly, qui regardait fixement son père, puis vers James. Qu'exigeait-il encore qu'elle acceptât, pensa-t-il, amer, sentant plus qu'il ne la voyait la présence discrète, silencieuse et légère de sa sœur.

Martha devint plus pâle encore sous la poudre blanche qui recouvrait ses taches de rousseur, celles que James connaissait depuis l'enfance au point quasiment de les avoir comptées. Elle va donner tort à son père, se dit-il, et il retint son souffle.

« J'admets, père, que les occupations mondaines des Parisiennes sont bien souvent frivoles et n'ont plus d'intérêt pour qui veut réfléchir... mais le portrait que vous nous en avez fait, très cher papa, est à coup sûr trop chargé. Vous jetez sur les ridicules et les travers une lumière si crue qu'elle rejette dans l'ombre toutes les qualités. Ces femmes, vos amies, ne sont pas des femmes ordinaires. Elles sont d'une race à part, elles en ont le détachement, l'ironie, le sens inné de la mesure et de la proportion. Pour chaque pays l'état de la société requiert différentes façons et différentes qualités. Celles des femmes françaises ne sont nullement calculées pour le méridien américain... »

Martha s'interrompit. Elle choisissait soigneusement ses mots. Que voudrait-il entendre? se demanda-t-elle. Prenant conscience du silence qui régnait et voyant l'expression impénétrable de son père, elle reprit aussitôt :

« Vous devez admettre, père, que les dames françaises sont plus accomplies et mieux à même de comprendre le commerce du monde que celles de tout autre pays. Leur éducation est d'un plus haut niveau. En vérité, les femmes, en France, interviennent dans la politique du royaume et souvent même infléchissent le cours de l'Histoire... Elles ont obtenu de la société le rang et la considération auxquels notre sexe a droit et qu'elles envient sans espoir dans les autres pays... le nôtre y compris! Peut-être, ajouta-t-elle timidement, est-ce aller trop loin. »

A ces mots son père éclata de rire. « Ma chérie, je n'ai jamais entendu meilleur discours qui défende les droits des femmes. Bravo! Mrs. Bingham ne l'aurait pas mieux tourné! »

Jefferson faillit jeter un coup d'œil involontaire en direction de Sally. Bien que le visage de son maître ne trahît nulle émotion et que son teint naturellement coloré fût plus rouge encore à la lumière des chandelles, James savait que la sortie de Martha ne lui plaisait en rien. Elle, par contre, était visiblement terrifiée.

Martha soupira. Elle était soulagée qu'il eût pris de cette manière son éclat inexplicable, mais elle savait qu'il n'était pas d'accord. Comme à l'ordinaire, il cachait son déplaisir sous un air bienveillant, qu'elle connaissait trop bien. Pourquoi s'être ainsi emportée? Était-ce à cause de cette curieuse insistance dans la voix de son père? Il lui cachait quelque chose, et la seule idée d'un secret la brûlait de jalousie. Si seulement il la traitait en femme et non comme une enfant... ou au moins comme il traitait ces Françaises frivoles qu'il tenait tant à condamner. Elle n'en demandait pas plus. Elle ne voulait plus qu'il la tînt à l'écart, dans l'ignorance de ses pensées les plus intimes.

L'élégant trio se leva et passa dans le petit salon. Tout le monde se déplaça, sauf Sally. A cet instant elle éprouvait pour Martha beaucoup d'admiration. James tira la chaise de Martha qui se retourna, et son regard égaré rencontra celui de sa servante. Les deux jeunes filles ne se quittèrent pas des yeux jusqu'à ce qu'un regard plein de bonté jeté par Jefferson vînt les séparer.

Une semaine plus tard Martha se retrouva debout dans la chambre de sa cameriste, sous les combles de l'hôtel de Langeac. Ne trouvant pas Sally Hemings, elle avait grimpé les hautes marches de l'escalier de service jusqu'aux logements des domestiques avec dans les bras une douzaine de chemises et de culottes à repriser. Maintenant, elle était au centre de la petite pièce encombrée, un peu courbée sans s'en rendre compte à cause de son chignon extravagant qui touchait presque le plafond. La chambre était envahie de robes de soie, de mousseline, de jupes, de jupons. Dans un coin une chaise était surchargée de fichus, de gazes et de dentelles. Un instant plus tôt, elle avait ouvert un grand coffre marocain en cuir vert placé au pied du lit étroit. Elle y avait trouvé des paires de bas de soie par douzaines, des gants de chevreau, des rubans, des plumes, des dessous et des jupons de batiste délicatement brodés, et encore des paires et des paires de souliers en soie et en cuir.

Elle se détourna pour tâter la robe la plus proche. Une soie légère, jaune avec de fines rayures blanches et des roses blanches brodées. Elle était à ce point médusée qu'elle n'avait pas senti la présence de sa servante derrière elle, et qu'elle était restée plantée sur place, muette et consternée. Martha se retourna, écartant d'un geste une robe qui pendait, et contempla sa camériste. D'un coup d'œil elle nota les cheveux coiffés de frais et la robe de soie bleu pâle sur le jupon vert. Encore une robe neuve, qu'elle n'avait jamais vue.

« Où as-tu trouvé tout cela ? » demanda-t-elle avec une sorte de crainte respectueuse.

Sally Hemings pâlit mais ne répondit pas immédiatement. De voir son amie dans sa chambre, sans y être invitée et sans sa permission, la colère l'avait inondée. Puis elle se rappela que Martha n'était pas son amie mais sa maîtresse, et qu'elle avait parfaitement le droit d'entrer à sa guise dans la chambre de son esclave – de palper et de manier les objets précieux qu'elle y trouvait puisqu'ils lui appartenaient de droit.

« J'ai dit, où as-tu trouvé tout cela ?

– C'est... c'est à moi. Cela m'appartient, Maîtresse. Cela ne vous concerne pas.

– Ne me concerne pas ! Ne me concerne pas ! Depuis quand le fait que *ma bonne* a une garde-robe de grande dame ne me concerne pas ? Je t'ai demandé où tu as eu toutes ces choses. Les as-tu *volées* ?

– Non.

– Non qui ?

– Non, Maîtresse.

– Alors quelqu'un te les a *données* ?

– Oui, Maîtresse.

– Qui ?

– Je ne puis le dire, Maîtresse, je vous en prie. . ne me demandez pas... J'en ai acheté certaines avec mes gages...

– Des gages ?

– Oui, Maîtresse.

– Depuis quand reçois-tu des gages?

– Depuis l'an dernier... Vingt-quatre livres par mois.

– Un siècle de salaire ne pourrait pas payer ces.. ces choses exquises. Dis-moi ». Martha pinça les lèvres; les mœurs françaises n'avaient plus pour elle de mystère – « c'est un amant, n'est-ce pas?

– J'ignore ce dont vous parlez, Maîtresse.

– *Tu sais parfaitement de quoi je parle! Je dis qu'un homme est ton amant.* Tu as attiré le regard d'un gentilhomme et tu es devenue... sa maîtresse!

– Je...

– Tu crois que je ne connais pas ces choses! Après avoir passé quatre ans à Panthémont. Dis-le-moi ou je te bats jusqu'à ce que tu parles!

– Oui. » Sally avait les yeux secs et brûlants. Sa peur avait fait place à la révolte. Si Martha la frappait elle était prête à rendre les coups, et l'indignation lui fit serrer ses poings menus.

« J'exige de savoir qui c'est. »

Martha Jefferson avait soudain repris les grands airs et le débit traînant, si longtemps oublié, d'une planteuse virginienne. Elle prit sa bonne par le menton et lui releva la tête pour la regarder dans les yeux. « J'exige de savoir qui est ce gentilhomme... ou plutôt cette canaille!

– Je ne peux pas vous le dire. » Elle tourna la tête pour éviter le contact révoltant de cette main féminine.

« Alors je vais le dire à père. »

A ces mots la servante tourna de nouveau la tête vers sa maîtresse et la regarda une dernière fois dans les yeux.

« Si j'étais vous, je ne ferais pas ça. »

Quelque chose dans la voix de la jeune fille figea le geste de Martha. Elle dévisagea longuement sa servante.

« *Mon Dieu!* Que dirait ta mère, Sally Hemings!

– Ce n'est pas ce que dirait ma mère, Maîtresse, mais ce que dirait la vôtre. »

Sally attendit que l'orage éclate au-dessus de la tête. Martha était forte, elle dominait son esclave de toute sa taille. Sally faillit lever les bras pour se protéger. Son orgueil seul lui fit tenir tête à celle dont elle était la propriété. L'orgueil encore lui permit de retenir les tremblements de son corps et de se laisser gagner par une indifférence glacée proche de la haine. Pourquoi, pensa-t-elle, me donnerais-je la peine de mentir à cette femme blanche? Simplement parce qu'on attend de moi que je la rassure, pour qu'elle se calme? Vois comme elle trébuche à la moindre résistance.

Martha attendit le nom de cet amant, et la servante resta sans mot dire.

Pour cette fois, cette fois seulement, faites qu'elle se mente à elle-même Ensuite Sally tourna le dos à l'intruse qui avait violé son sanctuaire, le seul refuge de son intimité. Même cette chambre ne lui appartenait pas. Qu'elle se mente, se dit-elle. Et elle laissa Martha debout au milieu de ses trésors, la main crispée sur une paire de mules en satin blanc:

18 avril 1789, à l'abbaye royale de Panthémont

Mon très cher et très adoré papa,

Je vous prie respectueusement et solennellement de m'autoriser à entrer dans les Saints Ordres de l'abbaye de Panthémont comme suppliante et novice dans l'intention de prononcer mes vœux de religieuse au sein de l'Église catholique et romaine et d'entrer au couvent de Panthémont.

Je comprends que vous puissiez en ressentir un choc; mais je vous assure, très cher papa, que je n'ai pas pris cette décision à la légère, que j'ai correspondu quotidiennement avec le nonce du pape, le comte Duganani, que j'ai passé chaque jour en prières et en consultations sur ce sujet avec la supérieure, Mme Mézières. Je ne puis ni ne veux concilier ce que j'ai appris du monde, de ses attitudes frivoles, irrévérencieuses et peu chrétiennes, avec ce que je *sais* être les préceptes et les Saints Commandements de Dieu et de la Vertu. Je préfère ne pas *vivre* dans un monde où je dois soit être témoin de telles transgressions et les excuser par la complaisance, soit les connaître et ne pouvoir empêcher le châtiment d'un mépris si cruel pour Ses enseignements.

Je vous embrasse d'un cœur plein de joie et d'allégresse et je prie avec ferveur pour votre consentement et pour le bonheur de mon papa chéri...

Votre fille qui vous aime

James Hemings connaissait le contenu de ce billet. Il l'avait apporté à l'hôtel de Langeac quelques semaines après la dernière visite de Martha. Il n'avait pas lu la lettre et ne pouvait donc savoir si sa sœur était citée par son nom ou par sa qualité. Il savait seulement ce qu'avait décidé Martha Jefferson, ce qu'elle lui avait dit avec une passion qui lui faisait venir aux yeux des larmes de joie : qu'elle voulait se faire nonne et entrer au couvent de Panthémont. Il l'avait écoutée faire cette déclaration et en était resté muet de saisissement.

Quand James était entré dans le bureau de son maître il avait vu Thomas Jefferson lire négligemment la lettre de sa fille. James attendit en silence, mais Jefferson ne laissa voir aucune émotion. Il s'assit à sa table de travail, écrivit rapidement puis sonna pour Petit. L'ordre fut donné d'atteler les chevaux et de faire venir le carrosse dans la cour. Il fit signe à James de le suivre. Ils traversèrent Paris ensemble jusqu'à la rue Royale, où ils allèrent de boutique en boutique acheter du linge pour Martha Jefferson. A la fin de la matinée, James suivait son maître en portant à pleins bras soieries, dentelles et chiffons. En prévision de l'anniversaire de sa fille, Jefferson acheta même un saphir monté en bague. Il choisit aussi un médaillon d'argent pour Sally Hemings. Ils avaient dépensé en une matinée deux cent soixante-quatorze livres.

Deux jours plus tard, James accompagna son maître à l'abbaye de Panthémont, l'arrière du carrosse rempli par les emplettes. James sur ses talons, Jefferson alla droit dans la cour intérieure du couvent où il fut accueilli par une Martha pâle et tremblante. James voulut la réconforter d'un signe, mais elle n'avait d'yeux que pour son père. Jamais son maître n'avait eu tant de bonté dans le sourire, tant de tendresse et de charme dans les gestes, jamais il n'avait eu en public une attitude si paternelle envers sa fille aînée, pensa-t-il. Thomas Jefferson lui baisa la main, puis la joue, avant de se tourner vers l'abbesse qui venait d'entrer dans la cour obscure et de disparaître avec elle dans ses appartements. Martha et James attendirent devant les portes en chêne du bureau de la supérieure. Quand Jefferson en sortit, il souriait. Il dit à Martha qu'il était venu la chercher.

La jeune fille leva les yeux sur l'homme souriant et de belle apparence qui était son père. Ses cheveux auburn se parsemaient de blanc et prenaient, lorsqu'ils n'étaient pas poudrés, une couleur de sable. Ils étaient noués sur la nuque par un ruban bleu et tombaient sur le drap bleu de Prusse d'une redingote qui s'ajustait parfaitement à ses larges épaules. Les jambes longues et puissantes étaient moulées de chamois ivoire ; lui aussi portait les souliers vernis à talons rouges de l'aristocratie. Il avait le menton levé, le regard clair et sincère comme un matin d'été, et l'attitude d'un soupirant plein d'attentions, mais décidé. Il sourit, montrant des dents petites, blanches et régulières. Sans un mot Martha prit le bras que lui offrait son père et monta les deux marches du carrosse dont James lui tenait la portière ouverte.

James Hemings referma la portière et monta près du cocher. L'élégante voiture anglaise, lilas et jaune avec des filets gris foncé, vira sur les pavés de la cour déserte et sortit avec fracas dans la rue de Grenelle. Martha, derrière les rideaux de dentelle blanche, se laissa aller contre le rembourrage en soie couleur de soufre. Elle s'émerveilla de voir les cadeaux et les paquets amoncelés près d'elle sur les coussins. Elle ne devait jamais, jusqu'au jour de sa mort, parler de cet incident. Elle écarta les franges de soie et jeta un dernier regard sur la façade en pierre blanche de l'abbaye de Panthémont où ruisselaient les rayons rosés du soleil printanier.

L'éducation de Martha Jefferson était terminée.

18

ÉTÉ 1789

Le 12 juillet 1789 tomba un dimanche. Il y avait eu des émeutes et les vivres se faisaient de plus en plus rares. Le renvoi du ministre, la défiance de l'Assemblée nationale, l'obstination du roi, tout, en ces premières semaines de juillet, faisait pressentir un désastre imminent. Maintenant toutes les rues étaient placardées d'énormes *De par le Roi* invitant les citoyens pacifiques à rester chez eux.

De ma fenêtre je voyais l'enfilade des Champs-Élysées – huit cent vingt toises [1] d'après mon maître – jusqu'à la place Louis-XV. Je voyais aussi, autour de la statue en bronze du Bien-Aimé, se rassembler les dragons et les hussards vêtus de leurs uniformes rouge-blanc-jaune. Il courait toutes sortes de rumeurs et James allait chaque jour au Palais-Royal voir ce qu'il pouvait apprendre. A midi, comme d'habitude, le canon tonna quand le soleil passa le méridien, mais ce dimanche-là son tonnerre étouffé apporta la tristesse et la crainte dans presque tous les cœurs.

Dans la lunette de mon maître je vis grossir au loin une foule fleurie de cocardes vertes qui vint envahir la place Louis-XV comme un vol de sauterelles. Des gens s'étaient munis de haches, de gourdins, d'autres de fourches ou de pioches. Je savais James quelque part en ville. Peut-être même dans la foule qui à ce moment entrait dans les jardins. Je les vis se faire charger par les hussards du Royal-Allemand, j'entendis des coups de feu, je vis l'éclat des sabres et les bouffées de fumée des fusils qui s'élevaient comme de petits nuages au-dessus des visages. Puis la foule explosa dans les rues et les ruelles qu'elle trouva, les jardins se vidèrent d'un coup avec les soldats poursuivant indifféremment dans les allées agitateurs et promeneurs du dimanche. Le spectacle était fascinant et je passai la journée assise à la fenêtre.

Quand le soir tomba toutes les routes sortant de la ville, y compris nos Champs-Élysées, étaient closes par des barrières et des piquets. Il y avait des carrosses et toutes sortes de véhicules immobilisés, roue contre roue, en longue file depuis l'octroi jusqu'à la place Louis-XV.

1 1 toise = 1,949 mètre

Le lundi Paris était comme une tombe. Quand James et mon maître sortirent aux nouvelles, ils trouvèrent que personne ne s'était présenté à son travail : tous avaient rejoint la rébellion. Tout était fermé, sauf pour acheter du pain et du vin. James fut envoyé rôder au Palais-Royal qu'il connaissait si bien pour revenir nous faire son rapport. Quand il rentra, tard dans la soirée, il raconta que les gens s'empressaient de coudre des cocardes : non plus le vert d'Artois, mais le rouge et le bleu de Paris sur un fond blanc. Ils les appelaient les *Tricolores*. Notre ambassadeur était en extase. Le peuple de Paris avait choisi les couleurs de la révolution américaine.

Autour de la maison les rues étaient désertes et silencieuses. Cette nuit-là un édit spécial ordonna que chaque fenêtre de chaque maison fût éclairée. J'essayais d'imaginer Paris, un labyrinthe de rues étroites et tortueuses, vides, traversé de grands boulevards vides eux aussi sauf les ombres de la garde nationale qui patrouillaient, munies de torches et de pots-à-feu. Toutes ces lumières de Paris ne faisaient qu'un simple vol de lucioles comparé aux illuminations de Versailles où l'Assemblée nationale siégea toute la nuit. Nous ne dormîmes guère et à l'aube de mardi James et Thomas Jefferson avaient quitté la maison.

Une fois l'hôtel de Langeac verrouillé et barricadé, le soleil brûlant de juillet se leva, et la garde nationale s'apprêta à marcher sur l'hôtel des Invalides. A la tombée du jour la Bastille, cette forteresse-prison qui symbolisait le pouvoir absolu du roi, avait été prise d'assaut et envahie.

James fut témoin de cet événement, qui marqua un tournant de la révolte, et plus tard, comme avait fait M. Latude, il se ferait souvent offrir à boire et à dîner grâce à son récit de la prise de la Bastille. Mais cette nuit-là, dans le salon ovale, maîtres et domestiques étaient semblablement esclaves des événements. Même l'imagination si fertile de James était incapable d'embellir les péripéties de ce siège. Ce qu'il vit réellement et ce dont il entendit parler, je ne le saurais jamais, ni personne, mais son récit nous fit pleinement sentir la dimension du drame. Nous sommes tous restés assis, suspendus à ses lèvres, Martha, Polly, Mr. Short, Petit, nos professeurs et les autres domestiques, pendant que, dans son français bizarrement accentué, il nous racontait le Quatorze Juillet.

Au milieu de la nuit il s'était glissé hors de la maison et avait rejoint ses camarades dans un des cafés près du Palais-Royal. Il avait dormi par terre jusqu'au jour et s'était levé à six heures. On leur servit du rhum chaud. Quelqu'un lui épingla une cocarde tricolore – depuis la veille les femmes n'avaient pas cessé de coudre. Avec pour seule arme un couteau de boucher pris dans sa cuisine, il alla se joindre à la foule des miliciens qui remontaient les Champs-Élysées. A mi-hauteur ils tournèrent vers les Invalides, où quelqu'un avait dit qu'on trouverait des armes. James, toujours dans sa livrée jaune pâle de l'hôtel de Langeac, pas lavé, grisé comme les autres par le rhum du matin, se fondit parmi les milliers d'hommes et de femmes en marche. Il se sentait inondé d'une joie étrange, nous dit-il, son cœur battait au rythme du voisin comme s'ils formaient ensemble un animal unique, énorme et rampant, dont il sentait chaque parcelle de peau et chaque cheveu séparément.

La foule arriva aux remparts des Invalides. La garnison ne tira pas lorsqu'ils escaladèrent les murs et ouvrirent le portail. Ce fut un fleuve humain qui se répandit dans les couloirs et les salles de l'immense bâtiment. Un hurlement s'éleva lorsqu'on trouva la salle d'armes et qu'on l'investit. Les plus proches s'emparèrent des fusils, se les arrachèrent, s'y agrippèrent. Aucun ordre, pas de chefs, pas d'officiers. James vit autour de lui des milliers d'épaules surmontées de milliers de fusils, au cri de « A la Bastille! ». Cette prison-tombeau terrifiante aux murs épais de neuf pieds qu'était la Bastille avait été violemment assaillie, et depuis dimanche le pont-levis était relevé et tenu par un canon. « A la Bastille! » Ce cri résonnait dès l'aube et quand il reprit c'est tout le faubourg Saint-Antoine qui se mit en marche comme un seul homme. Le peuple, armé maintenant, se retourna comme un vol d'oies sauvages vers les huit tours sinistres qu'on voyait dépasser les toits de presque chaque point de la ville. La nouvelle armée arriva au pont-levis vers une heure. A cinq heures, tous ses soldats étaient couverts de sang. On emportait les blessés et les morts dans les maisons de la rue de la Cerisaie. Pendant quatre heures la foule gronda devant le portail.

Depuis les tours, canons et fusils frappaient au hasard. Hommes et femmes s'effondraient pour être aussitôt écrasés par le poids de ceux qui poussaient en avant. La multitude augmenta au point de déborder sur les quais du Pont-Neuf. Alors, sans qu'on s'y attendît, un cri roula comme une vague sur le moutonnement des têtes en sueur... la Bastille s'était rendue.

La Bastille était prise. La Bastille était tombée.

James lança ses bras en l'air. Nous buvions la moindre de ses paroles. La foule en mouvement déferla vers son but comme une tempête et il fallut que la garde nationale fasse demi-tour et braque ses fusils sur les siens, sinon des milliers d'entre eux eussent fait un plongeon suicidaire dans les fossés de la prison. Le gouverneur de la Bastille tenta de se tuer mais fut fait prisonnier. Ceux qui l'avaient pris voulurent l'emmener à l'Hôtel de Ville à travers la foule hurlante, les bras tendus pour le saisir. Seule sa chevelure sanglante, brandie par une main victorieuse, arriva au but, tandis que sa tête parcourait les rues au bout d'une pique. Son corps avait été mis en pièces.

Le soleil se couchait. James, fiévreux, épuisé, sale et meurtri, se fit aussi muet que son public ébahi. La nouvelle de la chute de la Bastille se répandait dans la ville et nous entendions de la musique se mêler aux fusillades. Le peuple de Paris dansait dans les rues.

Nous avons mis James au lit. En dépit d'un bain, une odeur de poudre planait autour de lui. Il continuait de sourire, adossé aux oreillers, et ses yeux semblaient dire : aujourd'hui cet esclave de Virginie a fait l'Histoire. Cet esclave a couru avec la Révolution! Ses yeux me disaient : je m'appartiens. Nous allons prendre notre liberté. Si Dieu m'a laissé agir ainsi, alors Il nous laissera prendre notre liberté sans nous enfuir. Nous prendre nous-mêmes, sans nous voler. Nous allons être libres. Tout a changé.

Il me souriait, je lui souriais en retour.

19

SEPTEMBRE 1789

Ce fut pendant les fêtes et les défilés qui suivirent la prise de la Bastille que je sus que j'attendais un enfant.

« Tu es enceinte », me dit Marie-Louise. Elle me jeta un regard à la fois bienveillant et exaspéré, alors que je la fixais d'un air incrédule. Elle m'avait prévenue, et maintenant elle craignait que toutes ses concoctions de persil, de saxifrage et de camphre ne soient d'aucun effet, non plus que ses autres remèdes.

Je parcourais les rues, stupéfaite, affaiblie par des crampes d'estomac et une nausée incessante. Notre-Dame était comble chaque jour pour les Te Deum, les processions se suivaient les unes les autres et des jeunes femmes rieuses vêtues de mousseline blanche et ceintes d'écharpes tricolores se mêlaient à la foule. Les défilés se faisaient de plus en plus longs, comme les queues pour le pain. Un jour je décidai de ne jamais rentrer.

Je me réfugiai rue de Seine, chez Mme Dupré.

Elle devina aussitôt ce qui s'était passé. Elle me prit dans ses bras et me pressa d'aller retrouver le confort et la sécurité de l'hôtel de Langeac.

« Tôt ou tard, dit-elle, vous serez forcée d'abandonner votre enfant. Paris est connu pour ça. » Elle se tut un instant. « A Paris il y a tous les ans trois mille enfants abandonnés. Vous ne voulez sûrement pas augmenter ce chiffre lamentable?

– Mais vous ne comprenez pas, répondis-je, ce ne sera pas seulement un bâtard, ce sera un bâtard esclave. Cet enfant appartiendra à mon maître, M. Jefferson.

– Mais bien sûr c'est le sien!

– Non, madame, ce n'est pas ce que j'entends. Je veux dire qu'il est non seulement de son sang, mais sa propriété. L'enfant lui appartient pour en faire ce qu'il veut, de même qu'il peut le faire avec moi. Je ne suis pas libre, madame. »

Il y eut un long silence tandis que Mme Dupré tâchait d'assimiler ces informations.

« Vous dites que vous êtes une esclave, comme les Africains à la Martinique et à Saint-Domingue?

« Pas *comme* les Africains. Je *suis* africaine. Je suis noire. »

A ces mots Mme Dupré m'empoigna et me traîna au jour près de la fenêtre. Elle scruta mon visage et mon corps, mes mains et mes ongles. La texture de mes cheveux.

« Alors, tu es métisse?

– Oui.

– Retourne le voir. Va le voir et demande ta liberté et celle de ton enfant. Demande-lui, par écrit, et reste ici, à Paris. Tu trouveras un protecteur. Je te le promets. Sur le sol français tu es libre et tu resteras libre. Mais retourne le voir. Donne-lui une chance d'exprimer ses instincts de père et d'amant. Peut-être seras-tu étonnée. Il t'aime.

– Je ne veux pas être aimée. Je veux être libre.

– Le veux-tu vraiment, mon enfant? Tu l'aimes, toi aussi, et il n'y a là aucune liberté. »

Elle me lança un dernier regard plein de sagesse et de cynisme et me secoua doucement les épaules.

« Rentre à la maison, me dit-elle. Rentre chez toi. Tu veux rentrer, n'est-ce pas?

– Oui, répondis-je, je veux rentrer chez moi. »

Une semaine après je retournai à l'hôtel. J'avais volé ma propre personne et maintenant j'essayais de replacer sans bruit l'objet volé, comme si on ne l'avait jamais pris à son propriétaire. J'entrai par la cour et les logements des domestiques en tremblant à l'idée de rencontrer mon frère James, mais ce fut Petit que je trouvai dans l'entrée. Il me regarda sans surprise, mais d'un air de feinte contrariété. Quelle tempête avais-je dû soulever dans la maison pour faire naître une expression, presque un air de colère, sur ce visage glacial... Je le dévisageai en cherchant un indice du sort qui m'attendait, quand une expression chaleureuse vint détendre ses traits.

« Ne vous alarmez pas, mais... il est malade. Une migraine l'a saisi depuis bientôt une semaine, sans une rémission... James est encore allé chercher le Dr Gem. »

Depuis Monticello je me rappelais la violence de ces maux de tête subits, assez forts pour priver mon maître de tout sentiment. J'essayai de me souvenir des remèdes employés jadis pour le soulager.

« Petit, dis-je en oubliant ma propre infortune, est-il possible d'avoir du camphre, de la glace et...

– Nous avons tout essayé... mademoiselle... sauf votre retour... Je souhaite qu'il en soit apaisé.

– Pourquoi ne m'a-t-il pas recherchée?

– Je ne sais pas.

– Et James?

– Il a fouillé Paris pour vous trouver.

– Mais j'étais chez Mme Dupré!

– Elle a juré que vous n'y étiez pas. Elle l'a même laissé entrer et fouiller les chambres. »

Je souris. Comment avait-elle pu duper mon frère alors que j'étais installée dans son grenier?

« Venez, me dit-il, non sans bonté. Il faudra bien, à un moment donné, que vous lui fassiez face. » Puis, arrivé devant l'appartement du maître, il se retourna et me dit, comme pour expliquer l'état où j'allais le trouver : « Vous lui avez porté un coup que je n'aurais pas cru possible. » Puis il me prit doucement par les épaules et me tourna vers la porte.

J'entrai dans l'appartement. Les rideaux étaient tirés et mes yeux ne s'étaient pas habitués à l'obscurité. Il flottait dans la chambre la même odeur indéfinissable de poudre qu'il y avait trois semaines plus tôt dans les rues de Paris. Le choc me fit reculer, et je fis demi-tour pour m'enfuir. Sa voix me retint.

« Pourquoi m'as-tu fait cela? »

La longue silhouette grise se redressa sur le lit, tout habillée, et je vis une telle désolation sur son visage que mon cœur faillit cesser de battre. Il avait une voix rauque, voilée. Une fureur à peine contenue.

« Pourquoi m'as-tu fait cela? répéta-t-il du même ton.

– J'attends un enfant. C'est pour cela que je me suis sauvée. »

Je lui lançai ces mots en voulant lui faire sentir pleinement le désespoir et la solitude de ma révolte d'une semaine, au lieu de quoi je fus prise d'une joie féroce.

« Sally...

– Je ne veux pas donner le jour à un esclave! Maintenant je suis libre. Jamais je ne donnerai le jour à des esclaves! »

Un flot de sang vint colorer son visage cadavérique. Je restai loin de lui – à quelque deux toises – craignant d'approcher, butée, prête à m'enfuir. C'est lui que la souffrance fit retomber en arrière. Je vacillai, mais je tins bon.

« Je sais... que je ne peux te retenir contre ton gré. Notre... ton enfant, je le considère comme libre et il en sera toujours ainsi. Tu as ma parole. Je reconnais que tu es libre, aussi libre que ton cœur te le permet. »

J'étais perdue. Mon cœur était à lui, et il le savait. J'hésitai, acculée, faible soudain.

« Je veux qu'il naisse sur le sol français...

– Nous devons rentrer chez nous, Sally, mais ce n'est que temporaire. Nous reviendrons.

– Ce n'est pas assez... Je veux... »

Il se mit à me parler tout bas, m'attirant de plus en plus près, me forçant à tendre l'oreille jusqu'à ce que je fusse agenouillée près de lui. Il avait la voix suave et douce, comme pour mener au perchoir un jeune faucon sauvage. Des larmes coulaient de ses yeux et des promesses de ses lèvres.

Dans l'ombre étouffante ses promesses se mêlèrent aux miennes. Non, je ne le quitterais plus jamais. Non, je ne mourrais pas en couches. Non, je n'exigerais pas ma liberté.

Oui, tous mes enfants seraient libres. Quand? A l'âge de vingt et un ans. Vingt et un ans. Cinq ans de plus que je n'avais passés sur cette terre.

Son visage et sa voix planaient sur moi, me dominaient tout entière. Sa souffrance et sa terrible solitude me touchaient et me poignaient. Plus jamais je ne le ferais souffrir ainsi. Mes exigences, ma propre solitude n'étaient plus rien à côté des siennes – ses besoins semblaient si grands à côté des miens, si mesquins, sa place dans l'univers tellement plus vaste et plus importante que toute celle que j'aurais pu imaginer pour moi. Lentement je succombai devant sa volonté.

« Promets que tu ne m'abandonneras plus.

– Je le promets, Maître.

– Je jure de te chérir et de ne jamais t'abandonner.

– Oui, Maître.

– Je te promets solennellement que tes enfants seront affranchis, dit-il.

– Devant Dieu pour témoin?

– Devant Dieu pour témoin. Mets le verrou », dit-il.

Nous retournâmes une fois de plus à Marly, mon maître et moi. Debout côte à côte en haut de la colline nous avons laissé une dernière fois nos yeux s'enchanter du spectacle. L'automne donnait au paysage un calme profond et j'essayai de le fixer dans mon souvenir en me jurant d'y revenir un jour. Ici, croyais-je encore, tout est possible. Je me promis de conserver ce rêve.

Je sentis une même langueur nous prendre tous les deux, comme le bruissement des feuilles, grave, ininterrompu, à peine audible, sinon, par l'âme, une douceur qui nous surprit également – car je savais qu'il la sentait mais il ne nous vint pas à l'esprit d'en parler. Il y aurait toujours de tels silences entre nous, venus en partie de notre pruderie ou de nos tempéraments, en partie de ce que tant de choses ne devaient pas se dire. Toute notre vie. Je me tournai vers la haute silhouette vêtue de bleu sombre debout en silence près de moi, entre le monde et moi. Je commençais à comprendre cet homme étrange, impulsif, mélancolique, plein de secrets et de contradictions, cet homme à qui j'appartenais, ainsi que ma famille et mon enfant à naître.

Quelle importance y avait-il qu'il fût le maître et moi l'esclave? Qu'il m'aimât tant et prît pour moi tant de risques? Qu'il occupât dans le monde plus de place que la plupart des hommes ne me concernait pas, non plus que sa gloire ou que ses pouvoirs. Je le chérissais.

Ma main fut dans la sienne. Je la laissai où il l'avait mise. L'avenir et notre bonheur s'étendaient devant moi comme le paysage de Marly, sans limites et sans rivages. Les parfums du moment me grisaient et me faisaient oublier ce qui m'attendait tout près, à peine hors de ma vue.

20

LE *WAYWARD*, OCTOBRE 1789

> Je ne me sens pas d'ambition... Je sais que la voix de la renommée n'est qu'une girouette instable comme l'eau et fuyante comme l'ombre. Pourtant j'ai de l'orgueil, je sais que j'en suis largement pourvue.
>
> ABIGAÏL ADAMS

On nous avait remis les passeports signés par le roi. Thomas Jefferson rentrait chez lui avec ses deux filles et ses deux serviteurs. Tout le monde devait partir dimanche pour Le Havre par le coche d'eau.

Petit vérifia la liste une fois encore. S'il avait bien compté, il y avait quatre-vingt-deux caisses. Et son maître qui prétendait ne faire qu'une simple visite! Petit haussa les épaules. Il était responsable de l'arrivée des bagages au Havre, pas des plans d'avenir de Mr. Jefferson.

Il se faufila vers le coin sud de la cour, là où trois charpentiers fabriquaient les caisses dans lesquelles on expédierait le grand phaéton. La voiture elle-même, qui gagnerait Le Havre par la route, attendait, splendide et solitaire, derrière la porte de l'étable. Pauvre Trumbull, pensa Petit. Cette voiture avait failli lui faire perdre la tête. C'était grâce à ses bons offices que le maître l'avait commandée à Londres.

Il avait fallu plus d'un an pour la fabriquer, tant il y avait eu de rajouts et de transformations, mais c'était sans nul doute une des voitures les plus belles et les plus originales du royaume, et elle ferait sûrement sensation en Virginie. Petit, dans l'admiration, tourna autour du phaéton. Il chassa un grain de poussière sur la caisse vernie couleur lilas. Aussitôt le cocher se dressa en grondant. Petit se contenta de sourire et de saluer bien bas. Il n'était pas censé toucher à la voiture... L'avant était d'un dessin nouveau, en col de cygne. Splendide. Petit s'en retourna, non sans fierté, pour observer les casiers de vin qui partaient pour l'Amérique.

Il frémit à l'idée de l'interminable traversée. Toute étendue liquide plus grande que les bassins miroitants de Versailles le terrifiait. Discrètement, il se signa.

Il jeta encore un coup d'œil à James Hemings, occupé à surveiller la fermeture des casiers, s'assurant que nulle bouteille ne disparaissait des paniers pour se retrouver dans la blouse des ouvriers. James était en manches de chemise et s'affairait autour des caisses et des malles qui s'empilaient bruyamment dans la cour. L'hôtel de Langeac, ce jour-là, n'était pas la seule bonne maison parisienne à être secouée par un tel remue-ménage. Les événements récents avaient donné le signal du premier départ en masse des aristocrates vers l'Angleterre, les Flandres et l'Autriche.

Petit hocha la tête. Dommage que « Jim-mi » rentre en Virginie. Tant de flamme et d'intelligence gâchées dans la servitude. Petit savait qu'il était lui-même un excellent second, un peu comme l'aide de camp d'un général. Il s'estimait à sa juste valeur. Incorruptible et muet. Voilà tout, et c'était pour la vie. Mais James était d'une autre espèce, un pur-sang qui ne survivrait pas à la servitude, à l'esclavage. En outre, c'était maintenant un chef cuisinier de premier ordre qui pouvait prétendre aux meilleures places et aux plus hauts salaires. Or James, pour des raisons mystérieuses, avait décidé de rentrer en Virginie avec sa sœur, qui, d'après Marie-Louise, était enceinte des œuvres du maître. Petit était sûr que James ne reverrait jamais la France.

A l'une des fenêtres donnant sur la cour, dans les étages supérieurs, il aperçut Martha Jefferson. Elle appelait James, lui faisant de grands signes pour qu'il entre immédiatement dans la maison. Petit, une fois de plus, hocha la tête. Ce n'était qu'avec le retour de Sally qu'il avait appris les liens réels entre les familles Hemings et Jefferson. James était l'oncle de Martha ! Toute l'histoire byzantine de cette étrange famille américaine lui avait finalement été décrite avec force détails par « Jim-mi ». Petit, pourtant blasé quant aux bizarreries des aristocrates français, avait été profondément choqué de cette généalogie boiteuse.

Que sang bleu et sang noir se mêlent était dans la nature des choses, rien de plus, mais que cela se poursuive à la génération suivante, et à une autre encore, voilà qui lui semblait au-delà de toute décence, même aristocratique !

Il voyait là quelque chose de barbare, de grossier, de brutal. D'un côté ils haïssent et méprisent les Noirs, d'un autre ils en font l'objet de leurs désirs les plus violents, de leurs obsessions les plus intimes...

Qu'un homme comme Thomas Jefferson pût être abattu par l'abandon d'une femme de chambre... Petit plissa les lèvres de dégoût.

Jamais il ne pourrait comprendre ces Américains.

James avait le sentiment d'avoir été violé. Son visage était vidé comme par une même défaite. Les hommes violent des hommes, pensa-t-il, aussi bien que des femmes...

Il s'était bien « expliqué » avec son maître et s'était retrouvé humilié, dépassé. Face à son ennemi toutes ses forces s'étaient évanouies ! Comme diplomate, son maître avait autant d'invention, de ressources et d'imagination que les courtisans les plus accomplis du Vieux Monde, et il était aussi tenace. Il lui avait renvoyé ses arguments, avait retourné ses raisonnements contre lui et l'avait laissé sans voix. Comment James avait-il pu être si lâche ! Il avait pratiquement remercié Thomas Jefferson quand celui-ci lui avait dit qu'il lui ferait la grâce de l'affranchir une fois qu'il aurait instruit un des cuisiniers de Monticello pour lui succéder. C'était le moins qu'il pouvait faire, lui avait démontré son maître, pour s'acquitter de l'éducation qu'il avait reçue ces dernières années. Et il avait accepté. Il aurait été un « monstre », « un serpent sur mon sein », un « traître », s'il avait refusé. James était maintenant prisonnier, comme sa sœur, s'étant promis à la servitude pour des années encore. Mais il s'accrochait obstinément à un lambeau de sa dignité, à ses yeux fondamentale.

Jamais je ne me volerai ! pensait-il. Il n'a pas le droit de m'y obliger... de faire de moi un criminel, un hors-la-loi, alors que je le sers depuis si longtemps, avec tant de dévouement. Il doit me libérer ouvertement, légalement.

La poitrine lui brûlait de cette déception, de ce retour forcé. Soudain des larmes éclaboussèrent la grande malle de cuir qu'il bourrait d'argenterie. Il se jeta derrière les caisses avec un sanglot convulsif.

Mais deux personnes l'avaient vu pleurer : Petit, de son œil discret et toujours vigilant, et Martha, du haut de sa fenêtre.

Ni James ni Sally ne pouvaient se défaire d'un sentiment de fatalite quand le petit groupe se mit en route pour Le Havre et l'Angleterre. Par contre leur maître était plein d'entrain et d'optimisme en donnant à William Short ses instructions pour son retour en France, d'ici quelques mois. Les quatre jeunes gens restaient debout, silencieux, chacun muré dans sa propre détresse. Martha parce qu'au bout du compte son père semblait disposé à la quitter ainsi que Polly et à revenir seul en France. James parce qu'il s'engageait dans une servitude prolongée, bien qu'il se fût juré le contraire. Et Sally, déjà inquiète à l'idée de rentrer en Virginie, doutait des promesses de son amant selon lesquelles ils reviendraient ensemble à Paris.

Avant même d'être rendus au Havre, deux jours plus tard, un mauvais présage les visita : l'essieu du phaéton se brisa et ils furent immobilisés plusieurs heures sur la route.

Le lendemain de leur arrivée une tempête éclata qui fit rage pendant six jours. Une pluie cinglante, des averses de grêle et de neige fondue, glaciales, renforcées d'orages hors de saison – tout ce que les cieux pouvaient contenir se déversa sur leurs têtes. Le vent qui sifflait nuit et jour sans jamais faiblir les mettait à bout de nerfs. Thomas Jefferson, seul, restait calme et d'humeur joyeuse, et il profita d'une accalmie, le 4 octobre, pour faire embarquer leurs bagages sur le courrier allant en Angleterre. Mais un regain de tempête leur imposa une nouvelle attente.

Deux jours plus tard, dans le vent et la pluie qui faisaient rage, Jefferson sortit avec James à la recherche d'un couple de chiens de berger qu'il voulait rapporter en Amérique. Presque comme des maniaques, ils pataugèrent plus de dix miles par un temps épouvantable, escaladant des falaises, grimpant par des sentiers de chèvres, explorant des grottes et des masures pour trouver des bergers qui leur vendraient des animaux. Il ne venait pas à l'esprit de son maître, se dit James, que par un temps pareil ils ne trouveraient dehors ni berger ni personne ayant le sens commun. Pourtant Jefferson continuait, insouciant, chantant sous la tempête avec sa voix claire et posée de ténor. James, les vêtements trempés, les yeux rougis par le vent, les pieds endoloris par les rochers et les cailloux du terrain accidenté, clopinait derrière lui : maigre Sancho pour un nouveau Quichotte. Puis ils le virent. Un tas de loques, fouetté par la pluie et le vent, qui avait la forme d'un corps humain. Ils s'approchèrent et James, qui avait meilleure vue, eut un haut-le-corps. C'était bien un corps humain, un mort, leur fut-il confirmé, quand ils furent devant le cadavre détrempé, boursouflé. Un homme, un homme qui s'était tué d'un coup de feu peu avant leur arrivée. Le corps était encore chaud, le visage déchiqueté au point de rendre toute identification impossible. Les mains et les ongles étaient ensanglantés, presque comme si le mourant s'était griffé le visage dans son agonie, ou alors, pensa James, comme s'il avait voulu rester anonyme, effacer son existence de la surface du globe et ne laisser en ce monde aucune trace de son identité.

Jefferson et James restèrent pétrifiés devant le paquet de chairs et de chiffons gorgés d'eau. James, blanc de terreur, tremblant, vit à nouveau devant lui se dresser son rêve familier, et il eut comme un râle. Pourtant, se dit-il, il fallait porter ce cadavre à l'abri et au sec. Il jeta autour de lui des regards paniqués sous les rafales dans l'espoir d'une grotte ou d'un surplomb où ils pourraient transporter le mort. Mais son maître, horrifié, s'était jeté en arrière et ses longues jambes lui faisaient déjà descendre la pente, presque en courant. James l'appela mais le vent ou sa propre peur l'avaient laissé sans voix. Alors il se détourna et laissa les restes pitoyables aux bergers qui le trouveraient certainement dès que la tempête prendrait fin. Il redescendit la côte et rattrapa son maître qui se pressait. Ils n'avaient pas trouvé de chiens. A ce moment James fut repris par son rêve, et c'est raidi par la peur qu'il se fraya un chemin avec son maître jusqu'à l'auberge, le souffle coupé par les rafales. Quand ils arrivèrent à bon port, Jefferson traînait derrière lui son esclave hystérique et le portait à moitié. Une fois dans leurs chambres, à la chaleur du feu, Martha et Sally s'alarmèrent visiblement de sa condition. Secoué, mais pourtant joyeux, Jefferson regarda les deux femmes se jeter sur James, pâle et tremblant, lui arracher son habit, lui sécher le visage et les mains de leurs jupes et lui retirer ses bottes mouillées.

« Nous n'avons pas trouvé de chiens... », commença Jefferson, stupidement. Puis il tourna les talons et sortit de la pièce. Il se déshabilla seul, sans l'aide de son domestique ni de sa maîtresse. Ce ne fut que tard dans la nuit, quand l'excitation de la découverte macabre fut retombée et que James eut réussi à contrôler sa peur, qu'il raconta à sa sœur le rêve qui le hantait. C'est un mauvais présage, répétait-il sans arrêt. Ils ne devraient pas quitter le sol français. Et pourquoi... pourquoi partir avec lui? A cause d'une loyauté mal placée, d'un orgueil les poussant à leur perte, d'une confiance injustifiée dans les promesses d'un maître qui n'hésiterait pas à les vendre, si nécessaire. Dans la chambre de son frère, Sally restait assise, le regard perdu dans les flammes de la cheminée. Elle avait promis de ne pas le laisser seul cette nuit-là. Elle avait cru jusqu'à maintenant qu'ils reviendraient en France, mais tous les doutes des semaines passées lui étaient revenus. Elle n'osait pourtant les exprimer devant James, de même qu'elle ne lui demandait pas quand avait commencé son terrible cauchemar.

Le gros temps prit fin le 8 octobre et le navire quitta Le Havre pour Cowes où nous devions embarquer pour l'Amérique. Nous n'arrivâmes à bon port que le 17, en raison de vents contraires, et nous rencontrâmes aux abords de l'île de Wight une véritable armada en partance, immobilisée au même endroit par la tempête. Plus de trente navires étaient à l'ancre quand notre paquebot approcha du rivage.

Nous fûmes accueillis par John Trumbull, qui attendait notre arrivée depuis quinze jours. Il avait pour notre maître des lettres de ses amis de Londres et pour nous tous des cadeaux d'adieu. Nous restâmes ensemble à contempler tous ces navires posés sur une mer sombre et grise. J'étais à côté de John Trumbull, silhouette mince aux yeux et aux cheveux noirs. L'habit noir qu'il affectait en tous lieux, taillé par contre dans les draps les plus riches et les plus élégants, tranchait sur les velours et les satins multicolores des nombreux passagers qui attendaient sur la rive. Comme s'il sentait le tourment qui m'agitait, Maître Trumbull posa sur moi un regard tendre, un peu inquiet. « Vous rentrez chez vous, *Sallyhemings*? » Nous sourîmes tous les deux. Sa manière de prononcer mon nom était entre nous une plaisanterie. L'autre hiver, deux ans plus tôt, quand il m'avait demandé mon nom, j'avais répondu comme me l'avait appris ma mère, en disant mon prénom et mon nom de famille. Maître Trumbull crut que ce n'en était qu'un et continua de m'appeler ainsi même après que je l'eus corrigé en riant. Et maintenant l'affection qu'il faisait remonter en moi se changeait en une sorte d'apitoiement sur mon propre sort.

« Nous reviendrons, dis-je.

– Vraiment?

– Oui, c'est promis. La Virginie n'est... qu'un intervalle.

– J'espère que vous avez raison », dit-il, les sourcils froncés. Je savais ce qu'il pensait.

« Et vous? demandai-je.

– Oh! je doute que je revienne à Londres. Je dois faire mon chemin dans mon pays. » Et il poursuivit, toujours aussi prolixe : « Pour un artiste, gagner sa vie n'est pas chose facile. Si mes affaires allaient à ma guise, je resterais et j'accepterais, comme l'a offert votre employeur, de remplacer Mr. Short comme secrétaire particulier. Rien ne pourrait me faire plus d'honneur, mais un artiste a besoin d'être encouragé par ses concitoyens – du moins si je puis jamais continuer mon travail. Mon avenir dépend de l'accueil que va me faire l'Amérique, et selon qu'il sera froid ou cordial je pourrai choisir, et seulement alors, d'abandonner ou non mon pays, et peut-être ma profession. J'espère un sort meilleur que l'exil perpétuel, même volontaire. J'espère vraiment que l'Amérique m'encouragera à lui donner des monuments, non seulement pour ses héros mais pour les événements où se fonde leur droit à la reconnaissance de la nation. »

J'avais beaucoup d'amitié pour cet homme. C'était un jeune artiste rêveur et sentimental, d'un orgueil aussi raide que celui de mon frère James. Ils s'accrochaient tous deux à leurs petites excentricités, à leurs obsessions. Il faut beaucoup de courage, pensais-je, pour se dresser seul face au monde, armé seulement d'un petit pinceau de martre. Et les croquis qu'il avait faits de moi, j'aurais donné ma vie pour les défendre.

« De toute façon, *Sallyhemings*, juste au cas où nous ne nous reverrions pas, j'ai quelque chose pour vous, que j'ai fait ces derniers temps. »

Maître Trumbull baissa les yeux sur moi.

« Mr. Short m'a suggéré qu'il serait aimable d'offrir à Martha une réplique du portrait que j'ai fait de son père, ce que j'ai fait comme je l'avais déjà fait pour d'autres... dames de Londres. Et un après-midi, pour me faire plaisir, j'en ai fait une autre. »

Il sortit un objet de sa poche et me le tendit. Je n'en croyais pas mes yeux. C'était une réplique de la miniature donnée à Martha, un portrait de Jefferson repris sur *La Déclaration d'Indépendance*, le tableau de Trumbull. Je n'osais prononcer une parole.

« *Sallyhemings,* n'aurai-je pas même un " Ah " ou un " Oh " à propos de l'extraordinaire ressemblance, de la délicatesse des nuances, de la douceur des ombres, de l'expression inimitable? » Il souriait.

« Dieu vous bénisse, John Trumbull.

– Je l'espère sincèrement, *Sallyhemings...* et qu'il vous bénisse vous aussi », murmura-t-il doucement. Puis il s'en alla.

Je serrai le tableau minuscule sur mon cœur et regardai en direction du port. La mer, plus loin, insondable, déroulait ses vagues. En attendant le vent, tous les navires du port avaient déployé leurs voiles immenses, à l'image des ailes des mouettes attroupées au-dessus d'eux et dont les cercles assombrissaient le ciel.

Ce fut par beau temps, le 23 novembre 1789, que nous arrivâmes à Norfolk, en Virginie. Mon enfant s'agita, et James lança une bordée de jurons quand nous descendîmes du navire dans l'esclavage retrouvé. Les quais étaient encombrés de dockers de toutes nuances, du jaune au noir d'ébène, dont les corps couverts de sueur se bousculaient sans trêve. Tous esclaves. Les Blancs vêtus en provinciaux qui se mêlaient à eux avaient l'air de pustules sur un océan de peau noire. Les voix basses et coulantes du dialecte me parvenaient sans avoir de sens et l'accent virginien semblait rude et grossier à mes oreilles habituées depuis si longtemps au français.

Je restai quelques instants immobile, désorientée, étrangère dans mon propre pays. Mon maître fut seul à paraître s'apercevoir de mon trouble. Il me prit doucement par le bras et me conduisit à travers le tohu-bohu d'ordres et de cris provoqué par le déchargement des vaisseaux, vers une auberge où j'aurais pu me reposer. Mais au bout de vingt pas à peine il fut accosté par une délégation de citoyens de Norfolk, surexcités, qui l'accueillirent comme le nouveau secrétaire d'État des États-Unis d'Amérique. Je fus abasourdie, et bien vite laissée de côté. La première promesse avait été brisée.

Les regards qu'on me jetait restèrent curieux et polis jusqu'à ce qu'on découvrît que j'étais la servante des filles de Jefferson. Alors les regards ne furent plus ceux qu'on adresse à un être vivant, mais ceux qu'on jette sur une caisse ou sur un sac de farine. Des regards dont je me souvenais si bien et que j'avais si bien oubliés. Sur le coup je me sentis faiblir. Ce fut Polly qui me prit la main et la tint serrée jusqu'à ce qu'on eût apprêté nos chevaux et nos voitures et que nous fussions en sécurité à l'intérieur. Je tremblais. James me fit monter dans le phaéton de louage, tandis qu'il dirigeait avec énergie le chargement de nos bagages à main, noyant sa propre détresse dans un flot d'activité. Mon maître était toujours retenu par la foule des délégués impatients et bruyants.

Dans l'obscurité de la voiture je ramenai ma voilette devant mon visage et Polly posa sa tête sur mon épaule. Nous avons dormi, semble-t-il, car il se passa des heures avant que les voitures ne partent pour Monticello.

Il nous fallut un mois pour arriver. Le télégraphe noir, je le savais, n'annoncerait pas seulement notre venue mais chaque détail du voyage – nos arrêts, nos bagages, notre état de santé... y compris, par-dessus tout, l'accouchement imminent, que je ne pouvais dissimuler plus longtemps. Ma mère le saurait longtemps avant mon arrivée.

L'avis officiel de sa nomination, envoyé par le gouvernement des États-Unis, attendait Thomas Jefferson à Eppington. Puis, au bout de quatre semaines, à Shadwell, la plantation la plus proche, les esclaves de Monticello dégringolèrent la montagne à notre rencontre. Je me souviendrai toute ma vie de cette scène. Le rêve de Marly avait disparu. Je savais que je ne reverrais jamais Paris.

Les esclaves, qui avaient découvert nos voitures dès notre arrivée à Shadwell, étaient venus en troupe – un fleuve de corps noirs, bruns, cuivrés, jaunes et blancs, recouverts de joyeux haillons, se déversa sur nous. Je reconnus les chemises tissées de laine écrue des valets de ferme de Monticello, les coiffes de guingan rouge et bleu des domestiques, les robes de lin noir et brun des femmes de chambre avec leurs tabliers blancs empesés, les grosses robes informes en indienne des filles de ferme ponctuées ici par un lainage rouge ou bleu, là par un manteau teint de couleur vive.

On lança dans les airs de vieux chapeaux informes de feutre et de castor, on les agita à grands gestes, jupes et jupons s'envolèrent, laissant voir des pieds nus. Comme il faisait chaud et que le soleil brillait, la plupart des hommes n'avaient pas de manteau. Tous ces esclaves criaient. Certains chantaient et brandissaient des mouchoirs ou des foulards écarlates. Les cris et les acclamations faisaient comme un matelas sonore qui nous suivit jusqu'en haut de la côte. On détela les chevaux, on ouvrit les portières et nous tombâmes dans les bras de ces gens qui chantaient, les serviteurs de mon maître, mes compagnons de servitude. J'étais figée d'horreur. Maria et Martha furent prises elles aussi dans ce vacarme, soulevées hors de la voiture et emportées dans la foule par des bras vigoureux.

Ils étaient heureux. Mon maître était content de se voir aduler. Le raffinement français n'était plus qu'un vernis qui s'effaçait au contact de la chair vivante.

James et moi fûmes les seuls à rester extérieurs à cette cérémonie. James à cause de sa honte, de sa rancœur. Moi parce que j'avais peur. Une vague de nausée me submergea, issue de ma défaite autant que de ma grossesse.

Dans la cohue je reconnus des Hemings. Et, debout dans l'embrasure de la porte, dressée comme un doigt gigantesque et accusateur par-dessus les cris et le tumulte, il y avait ma mère, les poings sur les hanches, qui remplissait l'entrée de la demeure comme les bas-reliefs en pierre sur la façade de l'hôtel de Langeac.

Soudain des mains avides vinrent me prendre à l'intérieur de la voiture. J'allais devoir faire face à la multitude. Je cachai dans ma robe la miniature qui pendait à mon cou, retenue par un ruban de velours noir, de peur qu'elle ne soit arrachée dans toute cette fièvre. Je sentis le velours presser ma peau d'une douceur singulière... comme s'il me parlait tout bas. J'avais honte de rentrer chez moi, mais personne n'en saurait rien. Je me montrai à la portière de la voiture, mon voile relevé, le visage souriant. Des larmes coulaient sur mes joues. Un murmure de « ah » monta vers moi comme sur l'eau les rides faites par un caillou. « Dashing Sally » était de retour ! Je fus portée doucement de bras noirs en bras noirs, mon vaste manteau jaune serré autour de moi pour cacher la vie nouvelle que j'abritais. La joie de revoir Monticello m'envahit soudain.

Alors je vis la silhouette menue dans l'embrasure de la porte se retourner et rentrer dans la Grande Maison. Le vent tailladait mon visage tandis que je passais d'esclave en esclave et je fus déposée dans l'ombre de la porte, maintenant déserte.

« Maman ! » criai-je par-dessus les cris et le vacarme. Elle m'entendit peut-être, mais ne se retourna pas.

« Maman ! » Je hurlais sans pouvoir m'arrêter.

Des années passèrent avant qu'elle ne répondît à mon appel.

Dans les trois mois j'eus mon premier enfant que j'appelai Thomas ; mon maître était allé avec James à New York prendre son poste de secrétaire d'État ; Martha avait épousé son cousin, Thomas Mann, et quitté la maison ; Polly était allée vivre avec sa tante Eppes qu'elle aimait tant, à cent miles de là ; et venant à peine d'avoir dix-sept ans, je restais seule, maîtresse de Monticello.

TROISIÈME PARTIE

1833

Le recenseur

21

WASHINGTON, 1833

Et par conséquent, qu'est donc exactement la loyauté, l'âme de toute société, sinon l'émanation du culte du Héros, la soumission admirative devant la vraie grandeur ? La société est fondée sur le culte du Héros... Ce que nous pourrions appeler Héroarchie – le gouvernement des Héros.

THOMAS CARLYLE, conférence sur « Héros et culte du Héros », Albemarle Street, Londres, 1840

John Quincy Adams regarda longuement une fois encore le grand jeune homme blond aux yeux clairs et innocents. Certes, pensa-t-il, il en sait beaucoup, et le voilà sur le sentier de la guerre en l'honneur de sa dame... Quincy Adams était encore indécis. Jefferson et son père avaient finalement apaisé leur vieille querelle, devant la mort qui s'approchait, mais Abigaïl, sa mère, n'avait jamais pardonné à Jefferson à cause de Sally Hemings, à cause aussi des attaques contre son mari d'un certain James Callenger. Devait-il se laisser aller à l'envie soudaine d'exprimer vraiment ce qu'il pensait de Jefferson, alors qu'il ne se lançait jamais dans les commérages ? Il se demandait si cette fois l'occasion l'emporterait sur ses principes et s'il raconterait une des prodigieuses anecdotes démontrant la duplicité de Jefferson.

Nathan Langdon ajoutait un étrange post-scriptum, presque biblique, à l'histoire de Sally Hemings. Le cercle se fermait, et cette ultime contradiction d'en faire une Blanche au nom de l'Histoire... Sally, se dit-il, doit mieux que quiconque en apprécier l'ironie. Son premier apprentissage de la vie, celui de paysanne et d'esclave, se sera bien allié au cynisme français de son éducation parisienne. S'il racontait à ce jeune homme ce qu'il ne trouverait jamais dans les archives fédérales, il ne ferait que confirmer les révélations de Sally Hemings. Extraordinaire, pensa-t-il, qu'elle ait rompu le silence.

« Enfin, je ne prétends pas connaître toute l'histoire, mais notre famille était au plus près de sa vérité. Ce que je sais, pourtant, reste confidentiel, et je devrais tout démentir, catégoriquement, si c'était répété. »

Soudain cet homme d'aspect rude et pesant eut l'air d'un gamin espiègle. « L'énigme de Sally Hemings et de Thomas Jefferson ne sera jamais entièrement élucidée. Mes parents étaient très proches de Jefferson. Ce que je sais, et je sais que c'est vrai, je l'ai appris d'eux. A l'époque, malgré leurs différends avec le président, ils essayèrent autant que possible de rester en dehors du scandale. La campagne de presse fut tragique...

– Je sais, certains articles, et les pamphlets, ont été d'une violence inexcusable. »

Était-il possible que Nathan fît allusion à ses essais de pornographie poétique ? Sa pauvre ballade citant Sally Hemings avait même été exagérément montée en épingle lors de sa propre campagne électorale de 1828. Quincy Adams ne reprit pas immédiatement la conversation. Le scandale Sally Hemings avait éclaté quand il était jeune, et encore assez scrupuleux pour croire que la vie des hommes publics devait s'accorder avec les opinions qu'ils professaient... comme son père avait vécu, se dit-il, en grande partie grâce à sa mère. Il pivota sur son fauteuil et contempla le pré à vaches qui s'étendait depuis Pennsylvania Avenue, inachevée, non encore pavée, jusqu'au Potomac. Cet horrible poème lui faisait affreusement honte.

Il allait admettre avoir beaucoup admiré Jefferson, rumina-t-il, pour son érudition et l'intérêt qu'il portait aux sciences et aux lettres, mais s'être toujours méfié de ses principes politiques et avoir trouvé déplaisantes nombre de ses particularités, par exemple sa manière de faire violence à la vérité au profit d'une phrase bien tournée ou d'une maxime élégante. L'agaçait aussi la fausse simplicité de Jefferson, alors que chacun le savait fort riche (si on pouvait décemment compter comme des richesses les esclaves qu'on possédait). Et cependant, se dit-il encore, cette tendance à vivre au-delà de ses moyens, déjà si larges, offensait en lui l'esprit économe du Yankee ; enfin, il méprisait un peu tout homme incapable de faire clairement la synthèse de ses idées. Jefferson avait semé les siennes dans la correspondance la plus volumineuse du siècle, et dans tout ce marécage verbal, pensa-t-il, il n'avait jamais énoncé clairement ses principes moraux ou politiques dans un sens qui correspondît aux actes de sa vie publique ou privée.

Quincy Adams poursuivit son monologue intérieur. Pourquoi donc Thomas Jefferson, abolitionniste fervent jusqu'en 1790, perdit-il soudain tout intérêt pour cette cause ? Lors de sa présidence, pendant le second mandat en tout cas, il avait certainement le pouvoir moral et politique de faire sur ce point basculer le pays. Or depuis cette époque il n'avait cessé de s'enfoncer dans le compromis avec ses propres convictions et dans une léthargie qu'on ne pouvait entièrement attribuer au soleil de la Virginie. Sally Hemings ? Était-ce son existence qui en avait fait un réformiste hypocrite, sans le moindre plan pour faire place à l'autre race qui peuplait l'Amérique ?

Nathan Langdon fit un geste. Quincy Adams ne s'en soucia pas et continua d'écouter sa voix intérieure.

Que Jefferson eût aimé Sally Hemings, il n'en doutait pas. Que Sally l'aimât était moins clair, puisqu'elle n'avait pas eu le choix. C'était cela, la tragédie. Qu'un amour si anormal ait changé le cours de l'Histoire, qu'il ait sans aucun doute empêché Jefferson d'employer son pouvoir et son génie à faire pencher la balance contre l'esclavage au lieu de se faire complice de ses aspects les plus ténébreux, les plus passionnés, voilà bien qui était tragique... Pourquoi Jefferson avait-il cessé de s'opposer à l'esclavage après son retour de Paris ? Qu'est-ce qui l'avait enchaîné à une contradiction si profonde et si durable ? Il ne croyait pas en Dieu, ses idées d'obligation et de rétribution se bornaient donc à ce monde. Ses devoirs envers autrui n'étaient assurés par rien de plus que les lois du pays et l'opinion du monde. Et cela avait tendance à engendrer dans un grand esprit la mauvaise foi et la duplicité. Cette duplicité qui était finalement la plus grande faiblesse de Jefferson.

Nathan Langdon décroisa les jambes et tourna son regard vers l'ancien président toujours silencieux. Il avait fait beaucoup de chemin à Washington depuis ses premiers pas timides, moins de deux ans plus tôt. Sa rupture avec Sally Hemings l'avait laissé complètement désorienté. Le souvenir humiliant d'avoir vu briser ses fiançailles et d'avoir quitté sa famille et sa maison était presque effacé par sa joie de vivre à Washington. Tout, dans son existence, était maintenant résolu. Ne restait qu'un point obscur : Sally Hemings. Elle seule l'obsédait, le hantait. C'est seulement aujourd'hui, alors qu'il travaillait avec Adams depuis plus d'un an, qu'il avait osé soulever ce sujet — un sujet qui après tant d'années avait resurgi jusque dans la campagne présidentielle d'Adams. Il voulait que cette histoire, celle qu'on lui avait contée dans une case solitaire au pied d'une montagne, fût confirmée. Il y était décidé.

Nathan attendait. S'il avait appris une chose, depuis dix-huit mois, c'était que lorsqu'un politicien commence par se désavouer, on pouvait s'attendre à une vérité sans fard. Il faisait face à Quincy Adams et ne disait mot, se tenant à la technique qu'il avait mise au point, celle de ne jamais interrompre le silence d'un autre.

« Sally Hemings a bien passé environ deux ans à Paris avec Jefferson... », commença John Quincy.

Nathan Langdon écouta, à la fois, plein d'espoir et de crainte.

« ... Mais ce que ma mère redoutait le plus se réalisa, j'en ai peur, quand James et Sally rentrèrent tous deux en Virginie avec Jefferson au bout de ces deux ans. A Monticello, elle et ses enfants avaient un statut bien supérieur à celui des autres esclaves. Quand j'ai visité la plantation, je fus frappé d'en rencontrer plusieurs, car ils étaient tous affectés à la maison et affichaient pratiquement leur filiation. C'étaient surtout des gens du Nord comme moi qui le remarquaient. Pour ceux du Sud, particulièrement les dames, cela semblait aller de soi. Ou bien dirais-je qu'ils étaient à ce point habitués à ce genre de situation qu'ils ne cillaient même pas ? J'admirais beaucoup leur sang-froid... mais vous devez connaître tout ça, ayant été élevé là-bas.

« Pour Jefferson, il n'avait absolument aucune gêne, pas plus que n'en montraient ses filles ou sa famille. Il semblait que les enfants étaient élevés tous ensemble. Il était à ce point maître en l'art de s'abuser lui-même que je doute qu'il ait même remarqué les regards appuyés de ses hôtes – ceux en tout cas qui n'étaient pas au fait des mœurs du Sud – sur la ressemblance entre ses enfants esclaves et ses petits-enfants. Et pourtant, vous le savez, les liens du silence autour de ce tabou méridional sont si solides, si féroces les sanctions infligées à qui reconnaît même *en famille* le concubinage des gentilshommes du Sud quand leur partenaire fait partie de la race obscure, que le scandale n'éclata pas avant que Jefferson eût brigué une seconde présidence. Donc, comme je le disais, les Virginiens avaient de bonnes raisons pour laisser en paix Jefferson et Sally – ayant eux aussi de ténébreux arrangements... le cousin et l'ennemi de Jefferson, le président de la Cour suprême, John Marshall, par exemple... »

Nathan Langdon sourit. Adams s'échauffait sur son histoire qui tendait à devenir plus politique que sentimentale. Nathan n'avait rien su du président Marshall.

« Ma mère et mon père gardaient le silence par embarras, par loyauté et, dans le cas de mon père, par une profonde affection. Mais ma mère ne pouvait pardonner à Jefferson – en privé comme en public – ce qu'elle considérait comme la trahison de Sally, de ses filles et d'elle-même. Car vous devez vous le rappeler, l'éclat public, quand il vint, dut être supporté non seulement par Jefferson mais par ses amis, sa famille, ses filles. Ce fut un suicide politique. Un suicide politique », répéta-t-il en secouant la tête. Puis il continua.

« Mon père jetait le blâme de cette extraordinaire et tragique histoire sur l'esclavage domestique et il avait raison. Rien n'est plus important pour la survie ultime de cette nation que d'abolir l'esclavage. J'ai introduit à la Chambre, pour le compte des Quakers de Pennsylvanie une pétition pour l'abolition de l'esclavage et du commerce des esclaves. J'ai l'intention de recommencer encore et encore. De forcer le gouvernement à regarder en face cette abomination et à la discuter. Le commerce des esclaves et l'esclavage prendront fin inévitablement. Ce qui est en jeu, c'est de savoir si cela se passera pacifiquement, légalement ou dans des flots de sang, dans un avenir pas tellement éloigné. Vous, mon ami, sans aucun doute, vous le verrez de votre vivant. De même les enfants de Sally Hemings. J'ai horreur de l'esclavage mais on ne peut imaginer à quel point c'est mal si on n'en saisit pas les détails.

– Je sais », dit doucement Nathan Langdon. Toutes les voix de femmes qu'il avait entendues le jour du procès Turner se mirent soudainement à lui emplir la tête, à emplir la pièce.

« Ce sujet de l'esclavage, continua Quincy Adams, à ma grande tristesse et mortification, absorbe toutes mes facultés ! » Adams eut un regard mélancolique. Il n'avait pas eu l'intention de parler avec tant de passion. L'histoire qu'il venait de raconter avait déterré des émotions et des passions qui le bouleversaient. Mais il ne s'en déferait pas. Et qu'est-ce que ça pouvait faire maintenant, trente ans après ? On ne soigne pas les maux de ce monde en les ressassant. Il était président quand Jefferson mourut. Aujourd'hui, ce que voulait probablement Sally Hemings, c'était qu'on la laisse tranquille, mourir en paix, dans l'anonymat. C'est avec une certaine anxiété que Quincy Adams rencontra le regard surpris, presque puéril, de Langdon.

« Vous savez, Nathan, vous devriez lire l'autobiographie de Thomas Jefferson. » Adams s'adressait de nouveau au jeune homme. « Il est regrettable qu'elle se termine le 21 mars 1790, le jour où il est arrivé à New York pour y prendre le poste de secrétaire d'État. C'est alors qu'elle aurait dû commencer... Il semble que Jefferson se soit promis par une sorte de pacte avec lui-même de ne pas parler de lui. Tout homme, grand ou petit, a besoin d'une place où il puisse s'expliquer.

« De 1790 à la fin de sa présidence, son ardente passion pour les droits de l'homme, son patriotisme, la profondeur de sa compréhension, l'étendue et la variété de ses connaissances, son intuition constante de l'opinion publique, et finalement la souplesse des principes qu'il pliait à ses desseins – tous ces éléments de son caractère ont émergé durant ces vingt années. Et avec eux se combinait un rare mélange de philosophie et de morale épicurienne, d'ambition brûlante et de stoïque maîtrise de soi, de profonde duplicité et de sensibilité généreuse ; et grâce à ces qualités, ainsi qu'à une mémoire traîtresse et inventive, sa conduite paraît un tissu de contradictions. »

Adams repensa à la conclusion appropriée qu'il avait écrite dans son journal intime. « Quand le génie sert à justifier le bon plaisir, tromper les autres signifie qu'on doit avoir commencé par se tromper soi-même. »

C'était le pouvoir qui était le grand trompeur et ceux qui l'exerçaient étaient les premiers à être abusés. Il le savait trop bien. Jefferson avait été le premier à s'illusionner. Il s'était abusé en croyant qu'il pouvait aimer une femme qu'il tenait en esclavage. Il avait trompé Sally Hemings en lui faisant croire qu'un homme qui la gardait dans une telle servitude pouvait l'aimer. Adams se demanda tout à coup si finalement elle s'en était rendu compte ou si elle l'avait aimé jusqu'à la fin.

Langdon avait eu ce qu'il désirait. Mais il ne pouvait s'empêcher de chercher plus loin encore.

« Mais — à ce que j'ai lu — il doit y avoir eu un terrible vacarme à propos de Sally Hemings pendant sa première présidence. Pourquoi Jefferson a-t-il risqué de perdre un second mandat ? »

Il eut soudain comme une vision fugitive de ces yeux dorés, et pour une seconde il rêva à ce que, pour eux, il aurait pu faire. Malgré lui il rougit violemment.

« Pourquoi a-t-il persisté devant une telle humiliation ? » demanda Langdon. Quincy Adams sourit.

« Tout se passait en famille, pourrait-on dire, Nathan, sans que jamais on s'en mêlât de l'extérieur. C'est l'écrivain Washington Irving qui a le mieux décrit ça. " Dans une grande propriété virginienne, le manoir est le siège du gouvernement, avec de nombreuses dépendances, telles que les cuisines, les séchoirs, les ateliers et les étables. Dans ce manoir le planteur est le souverain ; l'intendant est le premier ministre ; il a une légion de serviteurs noirs pour le service domestique, une quantité de nègres des champs pour armée permanente, un trésor national : la culture du tabac et du coton. Tout cela fait un royaume. Une plantation produit à elle seule tout ce qui sert à l'usage courant ; le luxe, les articles de mode, l'élégance, viennent de Londres ou de Paris par le Potomac, c'est le commerce extérieur... Tout, comprenez-le, vient de la plantation. " » Quincy Adams fit une pause. « Le pouvoir absolu de vie et de mort sur les autres mortels, c'était l'air qu'il respirait. Cela lui donnait, à ce grand démocrate, une vue dominatrice du monde. Par conséquent, mon cher garçon, rien ne pouvait humilier Thomas Jefferson. Il était, pourrait-on dire, olympien. »

22

NEW YORK, 1834

Le culte du héros est la racine la plus profonde de toutes... J'affirme que les grands hommes sont toujours admirables : j'affirme qu'au fond il n'y a rien d'autre d'admirable... A cette époque comme à toutes, c'est ce qui vient vivifier la vie de l'homme.

THOMAS CARLYLE, Conférence sur « Héros et culte du Héros »,
Albemarle Street, Londres, 1840

Que désormais Sally la Noire
porte le nom d'Isabella
et que la montagne de sel
soit appelée Monticella

JOHN QUINCY ADAMS, 1803

« Tout ce que je sais de Sally Hemings, c'est qu'à une époque elle a été la dame de couleur la plus célèbre des États-Unis. »

Nathan Langdon louchait à travers le nuage de fumée bleue d'où sortait la voix d'Aaron Burr. Maintenant qu'il était là, en présence du légendaire vice-président, muni de ses messages, ses lettres, ses introductions, Nathan Langdon n'était plus du tout sûr de vouloir vraiment lui parler de Sally Hemings.

Il y avait plus d'un an qu'il avait causé avec John Quincy Adams et maintenant il avait impulsivement recherché son vieil ennemi, Burr. Langdon, qui s'était creusé un abri sûr au cœur de la machinerie politique qui dirigeait le pays, était « un juriste de Washington », prêt à servir le parti ou l'homme politique, quel qu'il fût, qui le paierait le mieux.

Aaron Burr, qu'il avait déjà rencontré plusieurs fois, l'avait salué comme un fils depuis longtemps perdu : « Eh ! Nathan, mon garçon, qu'est-ce qui vous amène à New York ? »

Il y avait quelque chose de repoussant dans ce petit vieillard alité, adossé à ses oreillers, au milieu de ses livres. Comme d'habitude, Burr était empêtré dans des controverses retentissantes – c'était cette fois, à soixante-dix-huit ans, son divorce d'avec sa femme de cinquante-huit, épousée un an plutôt – pour adultère et tromperie.

« Vous ne lui êtes pas apparenté, n'est-ce pas ? » demanda Burr en abaissant ses lunettes sur son nez pointu et le regardant au travers.

Irrité contre lui-même, Nathan Langdon se sentit rougir. Aaron Burr avait toujours le chic pour dénicher un motif. Et maintenant il s'apprêtait à lui donner le coup de grâce.

« Ne me dites pas que vous êtes un fils de Thomas Jefferson !

– Colonel Burr ! Monsieur !

– Comment puis-je deviner ? répondit-il d'un ton revêche, quand inévitablement un côté de la couverture ressemble à l'autre... je devrais le savoir.

– J'ai rencontré... deux des fils de Sally Hemings, je crois qu'il y en a un troisième quelque part à New York. J'espère en retrouver la trace, pour le compte de sa mère.

– Pour le compte de sa mère ? Alors vous connaissez Sally Hemings ? J'ai entendu dire qu'elle avait été vendue aux enchères avec sa fille après que Jefferson mourut en pleine faillite.

– Non, elle a été affranchie en 1826 et est restée en Virginie où elle demeure encore avec deux de ses fils. Je... j'ai rencontré la famille en qualité d'agent officiel du recensement dans le comté d'Albemarle.

– Vraiment ? Quel âge a-t-elle maintenant ?

– Elle avait cinquante-six ans la première fois que je l'ai vue, ce qui lui en fait soixante maintenant.

– Pas plus ?

– Non.

– Mon Dieu ! Quel âge aurait Thomas Jefferson maintenant ?

– Quatre-vingt-treize.

– L'âge que je me sens aujourd'hui.

– Vous avez très bonne mine, monsieur.

– Et vous êtes le pire menteur que j'aie jamais rencontré. Comment vous arrangez-vous pour tirer vos clients d'affaire ?

– D'habitude, monsieur, je n'y arrive pas. » Langdon riait. Malgré lui il commençait à se plaire avec ce vieillard qui, même maintenant, était nimbé d'une aura sulfureuse et dangereuse.

Dans la façon dont il avait prononcé le nom de Sally Hemings, il y avait quelque chose qui fit hésiter Langdon à insister sur ses relations avec elle. Après tout, Aaron Burr n'était pas John Quincy Adams. Un visage d'elfe plein de vivacité, un corps mince, émacié, une réputation encore intacte, il y avait sûrement là de quoi être intimidé.

La veille, Langdon avait apporté à Burr un paquet de lettres de ses amis de Washington et passé avec lui la plus grande partie de l'après-midi.

Burr avait dit à Langdon, quand l'ancien recenseur l'avait dirigé sur le sujet qui l'obsédait, qu'il n'avait vu Sally Hemings qu'une fois, à Philadelphie, quand Jefferson avait inauguré sa vice-présidence. Il n'avait jamais été assez intime (c'est le moins qu'on pût dire) avec le président pour être invité plus d'une ou deux fois à Monticello et là, elle n'avait pas été en évidence.

« Mais avec tout le fouillis que j'ai trouvé en entrant dans la maison, je peux l'avoir manquée – entre un élan empaillé et une statue de Cléopâtre. Entrer dans l'antichambre, c'était comme pénétrer à l'intérieur de sa tête. Envahi par un mélange de vieux restes de conjectures sur des sujets dont il ne savait rien, de propos décousus et de marbre bien dur. Il y avait des reliques indiennes, de mauvais tableaux, y compris une Crucifixion chez un homme qui ne croyait pas à la divinité de Jésus, des têtes et des bois d'élan, de daim, une carte du Missouri dessinée par les Indiens (avant que lui et Meriwether Lewis le leur aient volé), des peaux de buffle, des arcs et des flèches, des lances empoisonnées (mieux qu'un procès pour trahison), des calumets de la paix, des ceintures de wampoum, plusieurs costumes indiens avec des ustensiles de cuisine, et un colossal buste de lui-même sur une colonne tronquée, ce qui lui donnait dix pieds de haut – en face on avait l'impression d'être une souris. La colonne, je m'en souviens, portait les douze tribus d'Israël et les douze signes du zodiaque ; et à côté de la statue grandeur nature de Cléopâtre allongée (après la morsure de l'aspic), il y avait les bustes de Voltaire, de Turgot, de l'officier de marine John Paul Jones, de Washington, du général La Fayette, et la maquette d'une des pyramides !

« Dans le salon, je me le rappelle, il y avait le buste d'Alexandre le Grand, de Napoléon, qu'il professait mépriser, et, fort à propos, une *Vénus endormie* (blanche, pas noire). Cela, naturellement, quand j'étais son vice-président. Mais si je ne l'ai pas vue, elle, cette fois-là, j'ai certainement assisté à des spectacles intéressants ! L'invité qui était à côté de moi est pratiquement tombé de sa chaise quand il a vu l'image de Thomas Jefferson tout craché entrer en apportant la soupe ! Mais ce ne pouvait être le fameux " Tom ", il était trop vieux. Je crois que je l'ai entendu appeler James ou Jamey. En tout cas, la place fourmillait littéralement d'esclaves blancs dont beaucoup étaient de très jeunes enfants, ils paraissaient diriger complètement la maison. Comme vous le savez, après cette époque, il y eut entre le président et moi un léger différend... »

Nathan Langdon sursauta, même après tout ce temps. Parler d'une accusation de trahison comme d'un « léger différend »...

« Vous avez un air scandalisé, mon garçon. » Aaron Burr aimait choquer les gens et les apaiser ensuite. « Prenez mon point de vue, vous verrez que j'étais simplement de vingt ans en avance sur mon temps. Il nous fallait chasser les Espagnols, annexer la moitié du Mexique et faire une guerre pour que la question soit réglée. Tout cela a été entrepris par notre illustre président Jackson, vingt ans après... que j'en eus fait le plan. Et pas un mot pour le reconnaître... ou me dire merci ! »

Nathan Langdon riait. Ce vieil homme était irrésistible !

« Je n'appellerai pas un procès pour trahison un léger différend !

– Ce fut un procès, non une condamnation, mon garçon. La première fois le jury est revenu avec le verdict : " non coupable, faute de preuves ", et au second procès, pour simple fraude, ils ont simplement dit " non coupable ". Il semble qu'on l'oublie. Le gouvernement avait un dossier vide. Tout le monde le savait. Même Hay a reconnu qu'il ne pouvait pas me pendre. En Ohio, ensuite, il a voulu obtenir d'autres inculpations. Et Jefferson, tôt ou tard, avec l'aide d'un juge complaisant et bien récompensé, aurait eu son verdict de culpabilité. Après tout, John Marshall ne pouvait pas me faire des procès dans les dix-sept États de l'Union. Aussi, craignant l'obstination de Jefferson à me poursuivre, je me suis caché. Eventuellement, je suis retourné en Europe d'où je suis revenu pendant la guerre pour reprendre mon métier de juriste. Quand j'étais à Londres, je suis tombé sur John Trumbull, le peintre, et sur sa pauvre femme. »

John Trumbull, pensa Nathan. L'homme qui avait dessiné Sally quand elle avait quinze ans.

« Est-il à New York en ce moment ? demanda-t-il.

– Oh oui, vous savez qu'il est devenu un fédéraliste endurci. C'est le président de l'Académie américaine et il s'est arrangé pour que ses peintures soient accrochées dans tous les bâtiments fédéraux de Washington. » Aaron Burr repoussa ses lunettes sur son front hautement bombé. « Aimeriez-vous le rencontrer ?

– Oui, monsieur, répondit Langdon, si ce n'est pas trop de dérangement. »

Aaron Burr fut ravi de donner au jeune homme une lettre d'introduction. Parler de Sally Hemings avait réveillé sa haine toujours vivace pour Thomas Jefferson et lui avait rappelé une des grandes erreurs de sa vie : s'être fié à la parole de Jefferson. Ce qu'il avait toujours haï chez Jefferson, c'était l'hypocrisie. Cela lui avait coûté la présidence, à lui, Aaron Burr, pensait-il. Jefferson aurait couché avec la putain Politique, serait sorti du lit en criant qu'il avait attrapé la vérole et aurait refusé de payer

« Que voulez-vous réellement savoir sur Sally Hemings et pourquoi ?

– Tout. Rien. C'est quelque chose à quoi j'ai achoppé, et maintenant... » Nathan Langdon s'arrêta, pris de confusion.

« Étrange. J'avais une sœur bien-aimée nommée Sally... qui m'a protégé de bien des raclées de mon tuteur. La première fois que je me suis enfui de la maison, j'avais quatre ans et elle six. Elle s'est jetée entre moi et les verges, attitude qui devait durer toute notre vie. Nous n'avions alors chacun l'un que l'autre, ayant perdu et nos parents et nos grands-parents. Mais si jamais une femme m'a laissé froid, et il n'y en a pas eu beaucoup, c'est bien Sally Hemings. Belle, oui. Je l'ai vue dans sa fleur. » Aaron Burr regarda Langdon qui était suspendu à ses paroles. « Elle était peut-être la plus belle femme que j'aie jamais vue, blanche ou noire, esclave ou libre, duchesse ou servante, à l'exception de ma fille Theodosia. Mais elle avait un air blasé, content d'elle-même, que j'ai détesté. Une hypocrisie qui valait celle de son amant. Il n'y avait que Jefferson pour trouver la seule femme du Sud capable de pharisaïsme dans le concubinage...

– Oh! monsieur, Jefferson, étant un ascète, n'a pas dû se plaire dans le rôle d'un débauché.

– Cher monsieur, grattez un ascète, vous trouvez un sensuel ! Il aimait les mots et s'en servait en artiste ; il aimait le vin, la musique, la bonne chère, les fleurs, la peinture, les beaux objets, le luxe, les livres précieux, les tapisseries, les tableaux, les chevaux, la terre. Que manque-t-il à la panoplie classique du jouisseur ? Si vous ajoutez sa vie amoureuse aux bâtiments, aux jardins, aux instruments scientifiques, je dirai que c'est lui le libertin, et non moi. Peut-être ne resterai-je dans l'Histoire qu'en duelliste, un pistolet fumant à la main ; mais en réalité je suis un être sans passions. Lui, derrière sa façade glacée, c'était un passionné. Sa haine pour moi et pour tous ses ennemis politiques était sans limite, presque féminine. On pourrait dire qu'il a été un homme politique consumé, plutôt qu'un homme politique consommé. Et tout cela... toute cette ardeur s'est consumée, si vous voulez, dans le plus extraordinaire document politique du siècle : la Déclaration d'Indépendance. Voilà son grand moment de passion – ni Sally ni une autre femme. Sa haine pathologique contre les Anglais, contre tout ce qui est anglais, y compris l'Anglais qui était en lui, lui a donné un bonheur d'expression qu'il n'a jamais retrouvé. Relisez-le, Nathan. Dans sa version originale, ce document vous empoigne comme ferait une femme. De la passion à l'état pur. C'est pourquoi cela chante, c'est pourquoi cela émeut le peuple. Quel Américain avec du sang dans les veines pourrait résister à une image aussi entraînante, aussi virile de lui-même ?

« Pur génie, mon garçon. Moi, sans grande imagination, j'en suis resté aux femmes. Quant à Sally Hemings... elle venait avec la plantation.

– Monsieur, vous oubliez qu'elle était esclave. Elle n'avait pas le choix.

– Allons, Nathan, c'était la Virginie, non le Mississippi. Et c'était un gentleman virginien, pas un intendant *de vulgum pecus*. Un geste de résistance aurait suffi. Si elle était bien la fille de sa mère, c'est probablement elle qui l'a *séduit*. Alors, là, *c'était* une femme, Elizabeth Hemings. Elle devait avoir près de soixante ans quand je l'ai vue, elle en paraissait vingt-cinq : superbe, une reine de Saba avec la *vraie* trace de l'Afrique sur son front et un port digne d'une reine. Elle vous rendait heureux d'être un mâle, quoique j'aurais tremblé dans mes bottes si j'avais eu à le lui prouver ! Non, Sally Hemings était trop snob, trop glacée, trop occupée à jouer les Jeanne d'Arc et à se donner des airs pour me convenir. Quel âge avait-elle à Paris ?

– Quinze ans, répondit Langdon.

– Alors, sûrement, c'est elle qui l'a séduit. Quel homme de bon sens, à quarante ans, peut résister à une fille de quinze ans en bonne santé ? » Aaron Burr sourit intérieurement. Le trouble profond, visible sur le visage de Nathan Langdon, lui disait ce qu'il voulait savoir. Ce jeune homme s'était lié à Sally Hemings sur le plan affectif, et cela devait avoir quelque rapport avec Jefferson, sans doute en tant qu'image paternelle. Il avait ce regard de chien couchant de l'amoureux éconduit. Pourquoi ? Si elle avait commencé par l'accueillir ? Aaron Burr était intrigué. Qu'est-ce que quelqu'un d'aussi fier, d'aussi hautain, d'aussi jaloux de ses prérogatives que Sally Hemings et, de plus, aussi célèbre, avait pu trouver chez une nullité comme ce Langdon ? Il décida d'un nouveau gambit.

« Elle n'est pas en danger ou dans une situation difficile à cause de ce qui s'est passé jadis ? Il y a sûrement quelqu'un pour la protéger ?

– C'est justement ce que j'ai voulu faire ! La protéger ! Je n'étais pas même sûr qu'elle ait le droit d'être en Virginie et c'est pourquoi je l'ai déclarée blanche... Vous voyez... »

Aaron Burr ne voyait rien du tout mais il avait l'intention de voir. Il se souleva sur ses oreillers, dans le lit en désordre jonché de livres où il était confiné depuis sa seconde attaque. Comment s'était-il arrangé pour la faire déclarer blanche ? L'avait-il fait lui-même ? Pour absoudre le grand homme du « crime » de métissage, supposa-t-il. Fascinant ! La nullité avait joué au bon Dieu et Sally Hemings (qui connaissait Dieu assez bien après avoir vécu trente-huit ans avec lui) l'avait démasquée. Fascinant !

Sur les bâtards, Aaron Burr en connaissait un bout, pensa-t-il, en ayant engendré plusieurs, mais il s'agissait là d'une bâtardise spéciale. Qui allait plus loin que l'illégitimité. Bien des grands hommes, lui-même y compris, avaient eu des enfants illégitimes, mais le sacrifice d'un fils ou d'une fille à une autre race avait quelque chose de mythique. Que cette histoire était fatale et touchante ! et quelle ironie que ce fût celle de Jefferson, lui qui avait fait l'image de l'Amérique, lui avait donné sa forme, prêté sa voix !

Aaron Burr retomba sur ses oreillers. Nathan Langdon restait silencieux. Ils se regardèrent pendant un moment qui parut durer longtemps. « N'est-ce pas Voltaire, mon cher garçon, qui a dit : " L'Histoire n'existe pas, il n'y a que des fables plus ou moins plausibles. "

« Ici la fable est vraie. Si seulement nous pouvions dégager sa beauté de la grossièreté et de la honte dont sa révélation a été entourée... Je me rappelle les journaux...

– Vous y voyez de la beauté ?

– Oui, dit Burr A cause de ça, je peux beaucoup pardonner à Thomas Jefferson. »

Nathan Langdon plongea son regard dans les grands yeux sombres qui avaient toujours été célèbres pour leur intensité et qui maintenant, à leur crépuscule, paraissaient en quelque sorte plus terribles que jamais. Sally Hemings en avait parlé. « Ce que je me rappelle le mieux de lui, avait-elle dit, ce sont ses yeux, si grands et si noirs qu'ils terrorisaient tous les cœurs, sauf les plus braves. Il y avait quelque chose d'impudique dans leur pouvoir. » Maintenant Burr étudiait de près le jeune avocat de Washington.

« Oui, dit Burr, en un sens il a eu de la chance. Si un homme arrive à aimer, peu importe comment, qui ou pourquoi – d'un amour au-delà des conventions – alors il a bien vécu. Est-ce que tout homme ne rêve pas de quelque amour envahissant, insondable ? Mais peu ont le courage de le risquer, de s'y tenir ou de l'honorer. S'il l'a fait, Jefferson m'aura étonné une fois de plus. »

Nathan Langdon détourna les yeux de ce regard brûlant et nostalgique. Il baissa la tête. De la chance. Il n'avait jamais pensé que Thomas Jefferson avait été « chanceux ». Son propre sentiment d'échec l'oppressait. Il considérait, non sans amertume, son manque de fortune, sa médiocrité professionnelle et peut-être, oui, personnelle. N'avait-il pas perdu les deux femmes qui comptaient réellement pour lui ? N'avait-il pas perdu tout sens des proportions ? pensa-t-il. Pour la satisfaction d'effacer une paternité illégale d'entre les crimes d'un homme célèbre, il avait supprimé son propre sens de l'équité. Il se répéta que les biographes de Jefferson étaient déjà à l'œuvre. Il émergerait deux cents ans plus tard, d'une pureté éblouissante, nettoyé même des quelques rares parcelles d'humanité qui étaient restées attachées à lui, en dépit de tous ses efforts pour les cacher à l'œil du public... Quant à la famille Hemings dont la moitié s'était déjà jetée dans les bras d'une Amérique blanche et imprudente, personne ne saurait jamais ce qu'ils avaient réellement pensé de leur vie...

Nathan promit de faire à son hôte une autre visite, mais Aaron Burr savait qu'il ne la ferait pas. Cela n'avait aucune importance.

« Dites à mes amis que je vais transmettre leurs messages à leurs chers disparus, à condition qu'ils se trouvent dans le même lieu que celui où – comme chacun sait – je vais bientôt me rendre... »

Nathan Langdon sourit.

« Dès mon arrivée là-bas, je présenterai vos devoirs à Thomas Jefferson », ajouta Burr avec un sourire ironique.

23

NEW YORK, 1834

> Nous aimons tous les grands hommes : que l'homme d'une façon ou d'une autre rend un culte aux héros : que nous tous révérons les grands hommes et devons toujours le faire : voilà pour moi le roc vivant au milieu des torrents – le seul point fixe de l'histoire révolutionnaire moderne, par ailleurs sans fond et sans rivage.
>
> THOMAS CARLYLE, Conférence sur « Héros et culte du Héros », Albemarle Street, Londres, 1840

« Mr. Nathan Langdon pour le colonel Trumbull, monsieur. »

Nathan, au sortir de sa rencontre avec Aaron Burr, se fit présenter à John Trumbull, « artiste et patriote », devenu peintre célèbre et homme à la mode. Il avait été annoncé par un domestique au visage du même gris que celui de sa livrée et qui s'inclina comme devant une personne royale.

Nathan, devant l'imposant personnage qui parut devant lui, se mit presque au garde-à-vous. Trumbull était élégant, mince et droit, l'allure militaire, rayonnant d'une arrogance amère et de confiance en soi. Nathan eut presque le sentiment de se présenter aux Pères fondateurs de la Nation, car Trumbull était flanqué de copies de ses deux œuvres les plus célèbres : *La Déclaration d'Indépendance* et *La Démission de Washington*. Il avait sous les yeux non seulement le vieil ami de Sally Hemings au temps de l'hôtel de Langeac, métamorphosé en monument historique, mais George Washington, John Adams, Thomas Jefferson, Benjamin Franklin et autres personnages de l'Histoire. John Trumbull semblait se confondre avec eux, faire partie de la fameuse assemblée de ses tableaux, et dans le rayonnement des immenses baies vitrées de son appartement à l'Académie, l'effet était impressionnant, ce qui n'était pas une coïncidence. John Trumbull, en fait, sentait qu'il était à sa place au milieu de ses portraits. Il avait voué sa longue vie à peindre les glorieux exploits et les héros célèbres de la révolution, il se le rappelait tous les jours. Bien qu'il n'eût passé en tout que dix-huit mois dans l'armée révolutionnaire et dix-neuf jours comme aide de camp du général Washington, il avait tiré profit de sa carrière militaire dès son retour aux Etats-Unis. Il insistait pour qu'on s'adressât à lui en l'appelant, selon la mode virginienne, par son grade militaire, grade qui lui était venu sur le tard et non sans de considérables vexations et humiliations, se rappelait-il. Nathan, à qui Sally Hemings avait décrit un portraitiste aimable et romantique, se trouva pris de court.

« Colonel, je vous prie d'excuser mon étonnement... mais je passe tous les jours dans la Rotonde du Capitole devant les originaux de ces tableaux. Ils me sont si familiers qu'ils me semblent faire partie de ma vie. Tomber dessus à New York est vraiment un choc.

– Eh bien, monsieur Langdon, quand on entre dans l'atelier d'un artiste, il faut s'attendre à être surpris. Sinon vous n'êtes que chez un médiocre. »

John Trumbull le fixa de son regard sombre, étrangement asymétrique. « J'ai fait plusieurs répliques de mes grandes machines de la Rotonde. Au fait, est-ce qu'elles se conservent bien ? » Sans attendre la réponse de Langdon, il poursuivit : « Oui, c'est vrai, j'ai consacré cinquante-cinq ans de ma vie et toute ma carrière artistique à commémorer notre glorieuse révolution et ceux qui y ont pris part. Naturellement je me trouvais en excellente position pour le faire, étant aide de camp du général Washington... »

Nathan pensa que, même au risque de paraître impoli, il ferait mieux d'entrer tout de suite dans le vif du sujet, car la carrière de John Trumbull, aide de camp du général Washington, allait, c'était évident, faire partie de la visite de l'atelier du peintre.

« Colonel, quel était le tableau que vous peigniez quand, en 1788, vous êtes allé à Paris pour faire le portrait de Thomas Jefferson ? » demanda-t-il.

John Trumbull fut surpris du tour inattendu que prenait soudain ce qui était d'ordinaire une récitation bien au point.

« Eh bien, je travaillais à la *Déclaration*, naturellement, mais aussi à la *Reddition de lord Cornwallis à Yorktown* et j'avais besoin des portraits de tous les officiers français qui avaient pris part à cet événement. C'est en décembre 1787 que je suis arrivé à l'hôtel de Langeac, où vivait le président Jefferson. J'avais emporté la toile de *Yorktown* et j'ai peint une douzaine de portraits d'officiers français pendant que j'étais là-bas. Ceux qui avaient participé au combat ou qui étaient présents à la reddition. Je me rappelle que je n'ai pas terminé avant la fin de février. »

Nathan Langdon, stupéfait, écouta ce grand vieillard pompeux lui réciter sans erreur les noms de tous les officiers. S'il s'en souvenait si bien, il se souviendrait sûrement de ce qui s'était passé cet hiver-là à l'hôtel de Langeac.

« C'est, monsieur, à propos de cette visite à l'ambassade de Mr. Jefferson que je suis venu vous voir.

– Vraiment ? Êtes-vous parent d'un des officiers du tableau ? Aimeriez-vous avoir son portrait ? Je fais beaucoup de miniatures d'après mes tableaux historiques, pour les familles et les amis. » John Trumbull attendit poliment en essayant de deviner, d'après les manières et les vêtements de ce gentleman, combien il pouvait raisonnablement demander pour le portrait d'un oncle, d'un père ou de qui que ce soit. Il avait fait fuir bien des clients avec ses prix. Mais qu'est-ce qu'ils croyaient ? Que les artistes vivent de l'air du temps? Il n'avait reçu, de ce Congrès près de ses sous, que douze mille dollars par tableau pour ses peintures du Capitole et il avait dû par deux fois les restaurer complètement et les réinstaller. Quel martyre, ces tableaux, pensa-t-il... quelles souffrances. Rien que leurs dimensions, douze pieds de haut et dix-neuf de long, l'avaient presque tué, avec sa vision réduite à un seul œil. Là-dessus, l'humidité et la moisissure d'un bâtiment neuf et le climat marécageux de Washington... Ces peintures étaient supposées durer aussi longtemps que la République ! Dieu sait si ce sera vrai, tant elles sont maltraitées. Il revint à son jeune visiteur. Normalement il demandait cent dollars pour une tête, cent cinquante pour la tête et les mains, deux cent cinquante pour un portrait à mi-corps et cinq cents pour un portrait en pied. Bien cinquante pour cent de moins que son fameux rival...

« Le sujet que j'ai en tête, colonel Trumbull, a bien peu de rapport avec votre travail à Paris et, je l'imagine, ne vous a touché que fortuitement. Je crois qu'à cette époque, vous avez fait une aquarelle et quelques esquisses au crayon d'une jeune personne qui était servante auprès des dames Jefferson... une certaine Sally Hemings. »

Nathan eut un regard nerveux vers les yeux bleus aux lourdes paupières de Thomas Jefferson, dirigés sereinement non sur lui, grâce à Dieu, mais sur la vénérable figure de John Hancock.

Puis il entendit la réponse de Trumbull :

« Des esquisses ? d'une servante ? à Paris ? à l'hôtel de Langeac ? Pas de Jefferson ? »

Bien sûr qu'il se rappelait la petite servante de Virginie, pensa John Trumbull, l'exquise jeune fille, son ossature superbe et son teint extraordinaire, la petite Sallyhemings... Mais cela ne voulait pas dire qu'il allait l'admettre devant ce jeune homme. Tant d'années passées ! Elle devait être une vieille femme maintenant. Mais toujours belle, si l'œil de l'artiste ne l'avait pas trompé. Oui, elle s'était embarquée pour la Virginie avec Jefferson le jour où il s'était embarqué lui-même pour New York. La dernière fois qu'il l'avait vue, où était-ce ? A Cowes où il lui avait donné la miniature de Jefferson. Ah ! il était bien romanesque à l'époque. Voyons, que fallait-il en reconnaître devant ce jeune homme ? Et qui était ce Langdon ? Et que voulait-il, avec ses croquis de Sally Hemings ?

« Je me rappelle maintenant. Parfaitement. J'ai fait plusieurs croquis d'une fille exquise, dans l'ambassade de Jefferson. La femme de chambre de Polly Jefferson. Je lui en ai donné un. »

John Trumbull observait son visiteur. Qui était ce Nathan Langdon et qu'est-ce qu'il voulait ?

« Asseyons-nous, monsieur Langdon. Je vais nous faire servir le thé. Vous dites que vous aimeriez commander une miniature. Pourquoi ?

– Disons que je représente un simple particulier, lequel voudrait un portrait de... sa mère. »

Langdon retint sa respiration. Il s'était payé d'audace. Ou bien ce vieux monsieur feindrait l'ignorance ou bien la perspective d'une commande l'amènerait à parler. Il n'avait pas eu l'intention de commander un tableau, mais il se demandait pourquoi il n'y avait pas pensé plus tôt. Il serait très content d'avoir un portrait de Sally Hemings. Pour lui.

« Si cela peut vous être agréable, monsieur Langdon, vous pouvez me dire ce que vous savez, et comment vous en êtes venu à le savoir. Mais d'abord vous devez me donner votre parole de gentleman que vous n'êtes pas de la presse. »

Encore un désaveu, pensa Langdon, toujours ce désaveu.

« Je vous en donne ma parole.

– Et que cette conversation ne sera jamais répétée, à âme qui vive. Votre parole de gentleman.

– Vous avez ma parole. »

Nathan se sentait un peu comme à sa première visite chez Sally Hemings, sinon qu'il n'y avait pas d'ombre, pas d'obscurité. De la lumière partout – un atelier immense dans la prestigieuse Académie américaine, élégant, lumineux, immaculé, rempli de portraits des grands de ce monde. Une odeur subtile, pas désagréable, de térébenthine et de peinture se mêlait à celle du thé anglais qui fumait dans les tasses en porcelaine de Sèvres servi par un domestique en livrée. Le vieil homme s'installa dans un confortable fauteuil anglais pour écouter l'extraordinaire récit du jeune juriste.

Quand Langdon eut fini, John Trumbull resta assis, immobile comme un grand aigle et conscient du plus léger mouvement. Son regard étrange, presque comme s'il louchait, venait de ce qu'il était borgne depuis l'enfance.

« Vous êtes un homme du Sud, monsieur Langdon ?

– Oui.

– Et abolitionniste, je suppose ? »

Nathan rougit. Avait-il jamais formulé sa pensée en ces termes ?

« Naturellement, dit-il.

– Vous connaissez certainement ma position. Il est étrange que l'anti-esclavagisme soit identifié à un parti politique et, pourrait-on dire, aux conservateurs. C'est nous qui avons fait mettre hors la loi la traite des esclaves, même s'il y a encore de la contrebande et que des Africains débarquent toujours sur nos rivages. Réduire en esclavage les habitants de l'Afrique au nom du christianisme, spécialement au nom du christianisme, n'est pas seulement criminel, c'est intolérable en ce pays. " Faire de ces gens des esclaves, n'est-ce pas l'acte le plus charitable du monde ? " Son amère parodie singeait les intonations pieuses qu'il avait entendues sur tant de lèvres. " Sans autre but que d'amener ces pauvres créatures en terre chrétienne et leur faire entendre l'Évangile, nous n'épargnons ni temps ni argent, nous lançons nos bateaux sur des milliers de miles par des mers dangereuses et nous nous trouvons bien récompensés de nos labeurs et de nos peines. Nous endurons les plus grandes fatigues du corps et bien des troubles de conscience inévitables en accomplissant notre pieux dessein. Nous les privons de leur liberté, nous les arrachons à leurs amis, à leur pays, à tout ce qui leur est cher... Est-ce que la gratitude ne les force pas à dévouer leur vie entière à notre service, seule récompense qui puisse répondre à notre abondante charité ? " Ah ! tonna-t-il, je pourrais pardonner n'importe quoi, mais pas de faire ce que nous faisons au nom du christianisme ! Au moins on ne peut pas accuser Jefferson d'hypocrisie, n'est-ce pas ? Il ne croyait pas au christianisme. »

Tout d'un coup John Trumbull se leva et s'en alla au fond de l'immense atelier. Il resta longtemps absent et, quand il revint, il avait à la main quatre petits feuillets de papier. En silence, les deux hommes regardèrent les délicates esquisses au crayon d'une jeune fille vêtue à la mode d'il y avait quarante ans. Le trait était rapide, presque léger. Sans rien du pompiérisme que Langdon haïssait tant dans les grands tableaux de John Trumbull.

Sur le premier croquis, la jeune fille, dans une pose ingénue, les cheveux dénoués, avait le visage sur une main, les coudes appuyés sur les bras de son fauteuil. Elle regardait au loin avec d'immenses yeux clairs, largement espacés. Sur la seconde feuille il y avait un portrait à mi-corps, vu de trois quarts, où flottait l'ombre d'un sourire sur des fossettes symétriques. La troisième montrait la jeune fille de profil, debout devant un bouquet de fleurs. Le cou était un peu tendu en avant, courbé, et ses mèches de cheveux noirs s'étaient échappées du chignon noué sur le haut de son crâne. La dernière esquisse, plus petite que les autres, était une fraîche et délicate aquarelle. La main de la fille, minuscule, allait toucher ses cheveux d'un geste machinal tandis que son regard se portait hors du cadre.

Nathan avait la main qui tremblait chaque fois qu'il prenait un feuillet. C'étaient des œuvres d'une tendresse et d'une délicatesse presque insoutenables. Sa gorge se serra. Comme elle avait été jolie ! Il tourna le dos à Trumbull.

Le peintre, qui avait passé sa vie à regarder des visages et à en tirer des leçons, se détourna quand il vit l'expression du jeune homme. John Trumbull avait choisi son camp, celui du pouvoir et de la renommée, dans tous les domaines sauf un seul. Comme Jefferson, il n'avait trahi sa classe que dans le secret de son cœur... mais personne ne l'apprendrait de ses propres lèvres, pensa-t-il. Il se demanda ce que Langdon, n'ayant entendu que Sally Hemings, pouvait savoir sur les souffrances d'un homme amoureux d'une femme interdite. Impuissant à la protéger... et à cause de cela toujours un peu lâche à ses yeux... Trumbull avait aimé sa belle Sarah, son épouse illettrée, socialement inacceptable, et maintenant morte. Il avait bien connu cet amour pour une femme sans défense contre les blessures de la société.

Même Jefferson ne s'était pas montré capable de protéger Sally, pas plus que lui n'avait su protéger Sarah, pensa-t-il. Et leurs enfants ? Maintenant son propre fils illégitime le haïssait. Trumbull l'avait à jamais perdu, comme Jefferson avait perdu les siens. Certes, il n'avait aucune tendresse pour cet homme. L'athéisme de Jefferson, son manque de probité, sa stupidité dans le domaine militaire, son embargo anticonstitutionnel, avaient depuis longtemps effacé leur amitié. Mais, pour l'amour de Sarah, par égard pour Sally, il ne dirait pas un mot de cette affaire de cœur, certainement pas devant un jeune freluquet comme ce Langdon.

Que savait-il de l'amour et du risque ? Du vrai risque ! Jefferson avait tout risqué pour elle... Qu'est-ce que Langdon avait jamais fait pour Sally Hemings, sinon, en tremblant, de la faire passer pour blanche ?

Nathan, comme s'il avait senti les pensées de John Trumbull, comprit soudain le pouvoir terrifiant qu'une femme peut exercer sur un homme. Il se rappela la force, la toute-puissante sensualité qui l'avaient jeté, ce jour-là, dans les bras de Sally Hemings...

« J'ai peur, monsieur Langdon, de ne pouvoir me charger de faire une miniature de cette... personne pour... heu... son fils.

– Mais monsieur... », s'alarma Nathan Langdon...

Un sourire de mépris passa sur le visage orgueilleux du vieillard. Une attitude si peu militaire ! « Avant tout, je suis sûr que le modèle de ces croquis n'est pas la femme dont vous parlez. Ce n'était pas une esclave. Je me refuse à tout commentaire sur votre incroyable histoire et naturellement je me refuse à la confirmer. »

Nathan Langdon restait sidéré.

Pour un avocat, quel imbécile, pensa John Trumbull.

« Monsieur Langdon, le plus grand motif que j'ai eu, que j'ai, pour continuer mon travail de peintre, c'est le vœu de commémorer les grands événements de la révolution de notre pays, conserver et diffuser la mémoire de la plus noble série d'actions qui se soient déroulées dans l'histoire de l'humanité. C'est une responsabilité énorme, monsieur Langdon, et je la poursuis au mieux de mes capacités d'artiste. L'histoire des passions privées n'a pas sa place dans l'histoire publique. » Il fit une pause. « Un portrait de Sally Hemings par John Trumbull est tout simplement impossible.

– Je serais prêt à l'acheter non signé. Il ne serait pas enregistré dans le catalogue de vos œuvres.

– Monsieur Langdon, j'ai passé un accord avec l'université de Yale. Toutes mes peintures sont achetées par elle moyennant une annuité.

– Même un John Trumbull non signé ?

– Une peinture non signée n'a pas de valeur, sauf pour nous. »

John Trumbull eut presque pitié de Langdon.

« Je regrette, monsieur. Ce que vous demandez est impossible. Il ne peut y avoir de portrait de Sally Hemings. »

Il se leva. « Je vous remercie de votre visite. »

Quand Langdon fut parti, le peintre resta debout quelques moments au milieu de son vaste atelier, regardant les croquis de Sally Hemings, si belle, si fragile. A leur façon, modestement, ils étaient subversifs ; sans importance, peut-être, mais subversifs. John Trumbull se tourna, regarda ses tableaux. La lumière vive qui tombait du plafond vitré éclairait le visage du vieil homme ; s'il ressentait quelque chose à ce moment la lumière ne le révélait pas. D'un geste solennel, le peintre déchira les esquisses de Sally Hemings en menus morceaux et les laissa tomber par terre. Le silence régnait dans la pièce. John Trumbull resta debout comme s'il écoutait quelque chose. Mais aucune protestation ne vint de ces portraits grandeur nature de grands hommes qui l'entouraient.

QUATRIÈME PARTIE

1795-1809

Monticello

24

PRINTEMPS 1795

Je pars de cette donnée que je trouve évidente : la terre appartient aux vivants ; les morts n'ont ni pouvoir ni droits sur elle.

THOMAS JEFFERSON à JAMES MADISON,
6 septembre 1789

Lord Thomas était un beau jeune homme
Il parcourut à cheval bien des villes
Il fit la cour à la blonde Ellender
Et à celle qu'on appelait Sally la Brune.

Est-ce votre femme lord Thomas ? Elle crie !
Elle est étonnamment brune
Et vous auriez pu épouser une fille aussi blonde
Qu'il fut jamais sous le soleil.

Ils enterrèrent la Brune dans ses bras,
A ses pieds Ellender la Blonde.
Entre ses bras ils ont couché la Brune
Entre ses bras ils l'ont laissée dormir.

Ballades traditionnelles de Virginie
compilées par Arthur Kyle Davis Jr.

Il se passa beaucoup de temps avant que ma mère répondît à l'appel que je lui avais lancé de la voiture qui me ramenait à la Virginie et à l'esclavage. Quand elle le fit, ce fut pour me dire : « Tu as un fils, Sally Hemings, un parfait petit chéri. » Et en sortant mon fils, Thomas Jefferson Hemings, de mon corps, du même coup elle me pardonna. Elle concentra sur lui tout son amour et toutes ses espérances. « Obtiens la liberté pour tes enfants, me répétait-elle comme une litanie. Et pendant que tu y es, prends-la pour toi, ajouta-t-elle. Dans la vie il n'y a rien qui compte plus que ça. » Elle me regardait avec un mélange de pitié et d'exaspération. « Pas même l'amour. »

Cela s'était passé cinq ans plus tôt et maintenant nous étions au printemps de 1795, un an après que mon maître fut rentré de Philadelphie, à la retraite, qu'il fut revenu à la maison, près de moi. Pour nous deux ce fut l'année la plus heureuse. Si heureuse qu'elle m'avait fait oublier tout ce qui s'était passé. Le retour à la Virginie et à l'esclavage avait été un choc pour moi. Je me sentais seule. A Monticello, les offenses, les affronts, étaient mon lot quotidien. Même mon maître ne m'offrait aucun secours. Qu'il eût accepté le poste de secrétaire d'État, c'était pour moi une tragédie. Nous ne devions rester ici que peu de temps, puis retourner à notre bien-aimé Paris. A Paris où nous avions tous deux oublié ce que c'était qu'être blanc ou noir, maître ou esclave.

Maintenant, quand il faisait vœu de ne plus s'occuper de politique, je ne savais plus si je devais le croire. Sa retraite pouvait ne pas durer. La tentation du pouvoir était trop forte. Mais les blessures et les humiliations de ces trois dernières années s'étaient profondément gravées dans son âme. Il s'était « retiré » de Philadelphie par bouderie. Il était en mauvais termes avec le président Washington qui ne lui parlait plus. Hamilton et les fédéralistes l'avaient attaqué publiquement. Sa politique avait été battue. Il n'avait rien pu empêcher : l'impôt indirect, la Banque, le traité avec l'Angleterre. Et il était rentré chez lui pour lécher ses plaies.

Nous nous étions écrit de nombreuses lettres durant ces trois ans, souvent en français. Il m'avait priée de brûler les siennes et pourtant je ne l'avais pas fait. Je soupçonne qu'il a brûlé les miennes et pourtant j'avais mis beaucoup de soin à les écrire, surtout celles qui étaient en français. La magie de la parole écrite m'en imposait toujours. Mais malgré ses lettres d'amour j'étais mal à l'aise en son absence. Je me sentais seule, mais surtout je perdais toute confiance en moi. Sans lui je n'étais rien; sous ses yeux j'étais tout. Mon instruction, et plus que tout le reste la musique, s'était poursuivie après mon retour à Monticello si bien que la créature qu'à Paris il avait commencé à créer et à modeler, s'était finalement trouvée prête à le recevoir quand il s'en revint de ses guerres politiques. J'étais plus tranquille maintenant qu'il était là, mais j'avais toujours besoin d'être rassurée.

« Ma fille, tu dois bien savoir s'il t'aime ou pas. Si tu ne sais pas, c'est qu'il ne t'aime pas. Je sais qu'il croit t'aimer; c'est peut-être tout ce qu'une femme peut attendre d'un homme : qu'il croie l'aimer... Une femme le sait. Une femme sait quand un homme l'aime... même une esclave. Il s'est passé six ans... Un Blanc ne garde pas six ans une concubine noire s'il ne l'aime pas. Il a aimé ta sœur et il l'a perdue, et maintenant il t'aime. »

Ma mère avait peu changé dans ces treize dernières années. Elle avait toujours sa petite silhouette ramassée, sa minceur, sa peau parfaite et sans rides, sa constitution de fer. Elle avait maintenant cinquante-neuf ans et dirigeait toujours Monticello en dépit de ma position. Son beau corps vigoureux demandait et recevait les soins d'amants des deux races. Moi, je le savais, je ne prendrais jamais un autre amant. Je n'aimais que mon maître. C'est dangereux, pour une esclave, et bête... Bon Dieu, cela je le savais. Cinq ans avaient passé depuis la naissance de l'enfant que j'avais porté dans mon ventre, au-dessus des mers, en revenant de France. Cinq ans, et un autre enfant m'était venu. Ma mère me regardait. Avait-elle déjà deviné? Si je n'avais pas été déjà liée à Monticello, cet enfant conçu à mon dernier anniversaire était le gage des souvenirs pâlissants de Paris et de la liberté.

« Tu es piégée, dit-elle. Tout comme moi, autrefois. Mais je n'ai jamais eu la chance que tu as eue. Et ça viendra te hanter, ma fille, te hanter. Rappelle-toi, tu t'es mise en danger en revenant en Virginie. Danger de perdre la vie, d'être mutilée et, n'en plaise à Dieu, d'être vendue. Tu avais oublié tout ça, là-bas, en France? Que tu reprenais le bât comme la plus noire, comme la paysanne la plus ignorante? Tu as oublié la première leçon de l'esclavage : que tu es noire. Et tu as oublié la seconde en aimant quelqu'un alors que ce n'était pas ton affaire de l'aimer... Et ton homme non plus n'avait pas à t'aimer. Il s'est mis en danger comme toi – ne l'oublie pas quand tu te mettras à t'attendrir sur toi-même. En danger devant les siens, les Blancs, en aimant quelqu'un que, malgré son argent et sa puissance, il n'a pas le droit d'aimer.

– Penses-tu qu'il se remariera? »

Ma mère se mit debout d'un bond. « Dieu tout-puissant! Tu veux avoir une maîtresse blanche? Ton père ne s'est pas remarié, n'est-ce pas? Jamais je n'ai voulu de maîtresse blanche et je n'en ai jamais eu, Dieu merci. A la Peupleraie, quand il y avait des maîtresses blanches, j'étais dans les champs. Quand je suis venue à la Grande Maison, elles étaient toutes mortes. Et tu en voudrais une? Martha Reynolds ne te fait pas assez d'ennuis comme ça? Laisse-moi te dire, ma fille, que les dames du Sud n'ont pas l'air de s'occuper de celles qui couchent avec leurs maris, mais elles sont drôlement chatouilleuses à propos de celles qui couchent avec leurs pères! Je me rappelle mes ennuis avec ces filles, les Wayles. Seigneur! Une maîtresse blanche, tu crois qu'elle ne te vendrait pas si vite que tu en aurais le vertige? Toi et tes enfants? Ou qu'elle te tuerait? Qu'elle t'estropierait? Ou bousillerait ta jolie figure? Tu crois que ça n'est jamais arrivé? Tu crois qu'elles ne savent pas ce qu'ils font, leurs hommes, avec leurs femmes esclaves? Tu crois qu'elles pensent que leurs esclaves blanchissent par contagion? Tu crois qu'elles ne sont pas jalouses parce que nous sommes noires? Elles aiment comme nous. Elles accouchent comme nous, comme nous elles connaissent le désir. Pourquoi tu crois qu'elles mettent toutes ces belles robes décolletées? Leurs hommes, elles les aiment, nous, elles nous détestent. Ne l'oublie pas, ma fille. Il n'y a pas une telle différence entre une Blanche et une Noire. Et, ajouta-t-elle, si tu te le demandes, il n'y a aucune différence entre les Blancs et les Noirs, les mâles. Ce qu'ils ont entre les jambes, y croient tous que c'est le paradis, et que nous, nous on a l'enfer entre les nôtres. »

Ma prison était vaste et dorée. Elle avait son potager, ses milliers d'arbres fruitiers, ses forêts pleines de pins de Virginie, de bouleaux, de chênes et de tilleuls.

Monticello avait deux mille acres et, au-delà du fleuve, six mille autres répartis entre les plantations de Tuffton, Lego, Shadwell, Broadhurst, Pantops, Beaver Creek et Edgehill, chez Martha. La montagne entière était couverte d'une épaisse forêt jusqu'à la clairière du sommet, où se trouvait le manoir avec ses pelouses, ses jardins et l'ombre de ses grands arbres. De là, comme du centre d'une roue, rayonnaient les champs et les vallées, les torrents et les rivières, le tabac, le coton, le blé, le bétail et les esclaves. La forêt était sillonnée, comme par des fils de soie, par quarante miles de pistes cavalières sur lesquelles mon maître chevauchait régulièrement tous les après-midi. Je pouvais voir les dos courbés éparpillés sur le blanc et le vert de ses champs. Il avait escaladé la montagne au galop pour me retrouver et maintenant il galopait tous les jours en chantant sur les collines de Monticello. Ses mains, capables des dessins les plus délicats, des caresses les plus exquises, empoignaient maintenant les rênes de son pur-sang. Il était fort. Il était chez lui. Il aimait la vie à Monticello. Le matin il lisait et il écrivait, l'après-midi il montait à cheval et s'occupait de ses plantations. Son appétit pour la politique avait diminué. Il avait même presque perdu son goût des journaux et des potins locaux.

Au cours des ans ce grand corps de près de deux mètres était resté aussi mince et vigoureux. Et aussi haut en couleur. Je commençais maintenant à voir du gris dans ses épais cheveux roux et autour de sa bouche les rides s'étaient légèrement creusées. Les yeux aux lourdes paupières étaient du même bleu saphir, avec autant d'éclat. J'aurais voulu couper ses cheveux mais il continuait à les porter longs, noués avec la belle cravate blanche que j'enroulais tous les matins autour de son cou. Je ne l'ai jamais vu montrer d'impatience qu'avec ses chevaux. Il les domptait à coups de cravache au moindre signe d'agitation. Il choisissait ses bais pour leur vitesse et leur fougue, mais il les rendait dangereux en les maltraitant. Souvent j'avais peur. Je ne savais jamais s'il allait me revenir intact ou mis en pièces. A cela près, mon maître paraissait heureux et content de la vie qu'il menait ici.

Sur la montagne il y avait vingt-cinq esclaves domestiques, sans compter les forgerons, les valets d'écurie, les charpentiers, les cloutiers, les tisserands et les bergers. D'abord il y avait ma mère, Elizabeth Hemings, gouvernante de la maison. Parmi les Hemings « noirs », il y avait Martin, le maître d'hôtel, Bett, Nance et Mary, femmes de chambre. Quatre autres Hemings noirs étaient tombés en héritage à ma demi-sœur Tabitha Wayles Skipwell. Puis il y avait les Hemings « blancs » dont le père était John Wayles : Robert, James, Peter, Critta et moi-même. Des Hemings blancs, il ne manquait que Thenia et ses enfants, engendrés par Samuel Carr, neveu de mon maître, vendus à James Monroe. L'an passé, aussi, Robert Hemings avait acheté sa liberté, de façon à pouvoir vivre avec sa femme à Richmond.

Il y avait enfin John Hemings, le dernier-né de la mère, mon demi-frère, dont le père était un Blanc, un charpentier appelé Nelson.

Certains d'entre nous avaient eu des enfants si bien que la montagne se peuplait de Hemings de la troisième génération : le fils de Critta, Jamey Hemings, dont le père était Peter Carr, frère de Samuel.

Dans la hiérarchie de la servitude, j'occupais le sommet, plus haut même qu'Elizabeth Hemings, parce que j'étais la favorite, l'intouchable, dominant de très loin tous les autres esclaves. Je n'avais de comptes à rendre à personne.

« Je l'ai coincé, ce salaud! »

Je souris en repensant à James, à son retour triomphant de Philadelphie, quand il m'avait lu cette promesse écrite : « Que si le dénommé James me suit à Monticello l'hiver qui vient, lorsque j'irai moi-même y résider, qu'il demeure le temps de pourvoir à l'instruction de celui que je lui aurai assigné afin qu'il en fasse un bon cuisinier, une fois remplie cette condition, il sera déclaré libre et je dresserai tous les actes nécessaires à son affranchissement... »

Pourquoi était-il si fier, comme un enfant, de ce chiffon de papier? Pourquoi ne pas s'être simplement volé à son maître?

« De toute façon il t'aurait affranchi, lui dis-je.

– Non, il ne l'aurait pas fait. Je suis le meilleur cuisinier de ce pays. Encore maintenant, s'il le pouvait, il me garderait. Il se mord déjà les doigts d'avoir signé ce bout de papier!

– Et que vas-tu faire?

– D'abord je vais préparer mon dernier repas à Monticello et m'en aller d'ici!

– Qui as-tu choisi?

– Peter, bien sûr.

– Bien. Une place aussi influente ne doit pas sortir de la famille. »

Il me lança un coup d'œil. « Tu es bien la fille de ta mère.

– Tu vas manquer au maître.

– Je lui ai déjà donné six ans de ma vie en plus. Le maître. Tu l'appelles toujours ainsi; même devant moi. Avec ton drôle d'accent français. Quand nous sommes seuls ou avec d'autres esclaves j'appelle ce salaud Jefferson ou TJ, et souvent je le fais même devant lui quand il n'y a pas d'étrangers à la maison. Mais je ne t'ai jamais entendue l'appeler autrement que " le maître ", sinon que dans ta bouche on dirait un mot tendre... Pas étonnant qu'il t'aime. Si tu es capable de prendre le mot le plus dégoûtant de la langue anglaise pour en faire une parole d'amour... »

Je me détournai de lui. Il n'y avait pas si longtemps qu'il l'appelait maître, lui aussi. Croyait-il vraiment que ce morceau de papier pouvait gommer un mot qu'il prononçait depuis qu'il était tout enfant? Mon frère que je connaissais si bien. Tellement vulnérable. Qu'il traite mon amant de « salaud » si cela lui plaisait. Après tout, nous sommes tous salis, non? Nous nous sommes regardés, les yeux dans les yeux.

« Ce n'est pas le bon Dieu, tu sais.

– Vraiment?

– Dieu seul mérite qu'on l'aime.

– C'est peut-être exact, mais il est difficile d'aimer Dieu une fois qu'on a aimé un homme. »

Je lui pris la main, avec tendresse, pour le regarder.

Il avait maintenant vingt-neuf ans. Une beauté plus mûre. Ses cheveux bouclés, si doux, étaient plus épais, plus serrés. Ils étaient poudrés, autrefois. Impossible même de m'en souvenir. Le nez busqué des Wayles et le mépris inscrit sur sa bouche parfaite lui donnaient l'air d'un étranger. Les femmes, tant noires que blanches, étaient fascinées par son visage, et il valait mieux qu'il s'en aille de Monticello, pensais-je. Depuis notre retour à la plantation, six ans plus tôt, j'étais sûre qu'il n'avait eu aucune liaison, bien que les propositions ne lui eussent pas manqué, je le savais. Avait-il jamais aimé une femme? La même question que je m'étais posée à Paris.

« Je t'aime, Sally, dit-il brusquement.

– Ah! James, mon chéri. Moi aussi. »

Il m'embrassa, mais je sentais que nous étions très loin l'un de l'autre, voire en des pays différents. Il ne comprendra jamais, pensai-je encore.

« Aide-moi, dit-il.

– Oui.

– J'ai besoin de toi.

– Je sais. Si seulement il n'avait pas lui aussi ce besoin, plus encore...

– Tu es sûre que c'est vrai? me pressa-t-il.

– Je le crois, dis-je dans un murmure.
– Si tu te trompes, Dieu te vienne en aide, dit-il.
– Et si tu as raison, James, Dieu soit avec toi. »

Après cette scène nous ne nous vîmes plus guère. Pour moi, il était déjà parti.

Adrien Petit reparut. Mon maître l'avait persuadé de quitter sa Champagne bien-aimée et sa mère pour s'aventurer jusqu'en Amérique. Il amenait à Monticello le fil qui reliait Marly à la Virginie, le bonheur passé à la promesse d'un bonheur à venir. Nous retrouvâmes sans heurt les rapports que nous avions à Paris, sa gentillesse envers moi. Rien ne pouvait le choquer, mais la Virginie y parvint. Il était incapable de s'accommoder de l'esclavage et des esclaves.

Thomas Jefferson commença les plans d'un nouveau bâtiment, lequel s'appuierait sur les fondations de la demeure actuelle, et ces préparatifs comme les plantations nous occupèrent sans relâche. Jefferson, cette année-là, alla même jusqu'à labourer, à ensemencer, et à préparer dix mille coupes de saules pleureurs.

Il passait toujours beaucoup de son temps à cheval, et c'est même sans mettre pied à terre qu'il mesurait les champs pour les semailles.

Moses travaillait à la clouterie avec Bedford John et Bedford Davy, comme les deux frères James, Phill Hubbard, Bartlet et Lewis. Ils avaient tous entre dix et douze ans. La clouterie était sur Mulberry Row, soixante pieds à peine à l'est de Southern Breezeway à portée de voix du manoir. Plus loin on trouvait une rangée d'étables, de cases pour les esclaves, d'ateliers, de forges et d'entrepôts.

Tous les Hemings qui n'habitaient pas à la Grande Maison vivaient et travaillaient là, de même que les ouvriers blancs venus en foule pour les embellissements. Les marmots dévêtus se mêlaient aux chevaux dans la maréchalerie. Les forges et la clouterie travaillaient tout le jour dans le martèlement régulier des métiers à tisser voisins, servis par des jeunes filles.

En juin nous commençâmes de moissonner le blé à Shadwell, et début juillet de ce côté-ci du fleuve.

Nos moissonneurs étaient Frank, Martin, Phill et Tim. Ned, Toby, James, Val, Bagwell, Caesar, et Lewis. Les plus jeunes étaient George, Peter et les deux Isaac.

Nos ramasseurs étaient Isabel, la Jenny de Ned, Lewis, Jenny, Doll, Rachel, Mary, Nancy, O, Betty, Molly, Lucina et ses sœurs.

Nos lieurs étaient le grand George, Judy, Hix, Jamy, Barnaby, Davy, avec Ben, Iris, Thamer et Lucinda.

Nos faucheurs étaient John, Kit, Patty, les deux Lucy, Essex, Tom, Squire, et Goliath.

A Monticello, pour dépiquer le grain, nous avions sept chevaux dont les flancs s'argentaient de sueur. Le parfum épicé, indescriptible de la paille froissée, foulée aux pieds, montait dans l'air lourd, venait imprégner les cheveux et la peau. Les cris enroués des moissonneurs voltigeaient sur l'océan de blé qui restait à couper comme les armées de corbeaux qui tournoyaient au-dessus des gerbes plantées ainsi que des sentinelles dans les champs à moitié dénudés. A chaque passage de la faux la terre semblait se retourner avec un grand soupir, et sa voix aussi se mêlait au vacarme des moissonneurs. Tout semblait n'être qu'un seul geste, un seul plan : le soleil qui brûlait, la terre qui tournait, les blés qui croulaient sous le poids des épis. Le grand George devait constamment réparer les râteaux et affûter les lames sans cesse en mouvement. Les reflets d'acier étaient visibles à plusieurs miles, comme des taches de papier d'argent au soleil de midi.

Nance, Mary et moi allions chaque jour distribuer les provisions. Par famille nous donnions quatre gallons de whisky, deux quarts de mélasse et deux quartiers de viande, l'un fumé et l'autre frais, avec des pois.

Nous travaillions. Mes parents, mes compagnons de servitude et moi. Nous travaillions du lever au coucher du soleil. Nous travaillions afin que, d'après mon maître, tout avance dans un équilibre parfait. Nul élément de cette force n'était amoindri sans que l'ensemble n'en ressentît les effets, disait-il. Nul bras ne pouvait s'arrêter sans retarder la marche des choses. Et rien ne devait compromettre son projet d'ensemble, ni l'entraver. Telle était sa loi : la marche en avant de cette vaste machine humaine se déroulait selon les plans qu'il avait tracés. Qu'un dos courbé se redresse, qu'une tête trempée de sueur se secoue comme un chien mouillé, qu'un œil fixe le soleil et qu'un cœur ou qu'une tête se demande si Dieu avait voulu qu'il en soit ainsi, mon maître aurait dit oui. Car Dieu, à Monticello, n'était-ce pas lui ? Et même si on aimait l'homme, on pouvait encore haïr le Dieu.

Nous étions sur notre montagne, occupés à goûter sans bruit notre dernier mois de solitude avant qu'arrivent les hôtes du mois d'août et que Martha et Maria reviennent vivre à la maison. La terre épaisse cédait doucement sous les pas, plus meuble, amollie par les pluies de printemps. L'été serait humide, et il pleuvrait deux fois plus que les autres années. Une bouffée de parfum jaillie d'un buisson en fleurs nous enveloppa de sa douceur.

Mon amant vint se mettre près de moi.

« Sally, dit-il en posant les mains sur mes épaules, si loin que tu puisses voir, tout est à Monticello. Je te promets solennellement qu'il n'y aura jamais ici de maîtresse blanche. »

J'appuyai mon dos contre sa large poitrine. Mon maître pouvait bien posséder le domaine, ma mère pouvait bien le diriger, mais Monticello était à moi. Il n'y avait eu qu'une seule maîtresse blanche à la plantation, la première Martha, et elle était enterrée au pied de la montagne sous une pierre blanche et pâle avec une inscription latine.

Il n'y aura jamais ici de maîtresse blanche.

L'écho de sa voix me suivit à travers les jardins, le long de Mulberry Row, dans les ateliers de mes frères. Par-dessus le vacarme du chantier j'entendais la promesse magique cent fois répétée dans ma tête.

Il n'y aurait pas de maîtresse blanche à Monticello. Il l'avait promis.

25

JUILLET 1795

A sortir au grand air, par temps modéré, et pendant les mois chauds de l'année, nous rencontrons souvent des masses d'air chaud qui nous dépassent en deux ou trois secondes, ne laissant pas au thermomètre le plus sensible le temps de saisir leur température. A n'en juger que d'après mes sensations, je dirai qu'elles approchent la température ordinaire du corps humain. Peut-être quelques-unes la dépassent-elles un peu... mais d'où sont-elles issues, produites, de quelle source?... Elles sont plus fréquentes au crépuscule, plus rares au milieu du jour, et je ne me souviens pas d'en avoir jamais rencontré le matin.

THOMAS JEFFERSON, *Notes sur l'État de Virginie,* 1790

... Le pouvoir recherche toujours l'obéissance aveugle : tyrans et sensualistes sont dans le vrai quand ils s'efforcent de garder les femmes dans l'obscurité, car les premiers ne veulent que des esclaves et les seconds des jouets. Et certes le sensualiste a été le plus dangereux des tyrans, car les femmes ont été abusées par leurs amants comme les princes par leurs ministres...

MARY WOLLSTONECRAFT,
Défense des droits des femmes, 1792

« Que crois-tu donc que tu fais? »

J'avais cru qu'il ne rentrerait pas de promenade avant plusieurs heures. Il me trouva assise dans sa chambre. Le seul endroit de la maison où je puisse être seule. J'avais sorti de leur cachette quelques-unes de mes lettres pour les relire.

En deux enjambées il était sur moi.

« Je croyais t'avoir dit de brûler mes lettres. » Il était furieux. La rage creusait entre ses yeux les deux plis familiers.

« Je veux qu'il n'y ait pas de lettres de moi qui traînent, tu m'entends? »

Ces lettres n'étaient pas à lui. Elles étaient à moi. C'était écrit noir sur blanc, sous mes yeux. « Sally Hemings. » En dehors de lui et de moi, mes lettres étaient tout ce qui existait. Parfois je ne prenais plus la peine de les lire. Je les savais par cœur. Il me suffisait de contempler mon nom.

« A Paris j'ai toujours gardé vos lettres. Dans une petite enveloppe en soie...

– Sally, nous sommes en Virginie, pas à Paris! C'est dangereux de garder des lettres. Je t'ai dit de les brûler. Je ne t'écrirai plus jamais de lettres si tu ne les détruis pas.

– Pour les brûler, il faudrait que je vous oublie. Je ne le ferai pas.

– Si tu ne le fais pas, ce sera moi. »

Il ramassa une poignée de lettres et se dirigea vers la cheminée.

« Brûle ces lettres, Thomas Jefferson, et tu dormiras seul. »

Il hésita un instant, puis jeta les lettres sur les charbons rougeoyants. D'un bond je fus sur lui. Je le poussai de côté. Les lettres avaient déjà pris feu. Je les sortis des flammes avec mes mains nues.

« Sally! Amour! Tu vas te brûler! »

Il me prit aux jambes et me souleva en piétinant les flammes de ses bottes épaisses. Quand ce fut éteint il se baissa et retira lui-même des cendres les papiers noircis.

« Voici tes lettres. »

Je les pris de ma main valide.

« Promets-moi au moins que tu les brûleras quand je serai mort, supplia-t-il.

– Ou quand ce sera fini, dis-je.

– Cela ne finira pas avant que je sois mort. »

Je mis les lettres dans la poche de ma jupe.

« Tu t'es fait mal.

– Ce n'est rien. Demain j'aurai quelques ampoules. »

Mais une douleur aiguë me transperça la main droite et je me trouvai mal. Il me rattrapa dans ses bras avant que je ne m'affaisse et me porta sur le lit. Il m'observa longtemps puis sa tête, lentement, se pencha vers la mienne. Je tendis le bras et, de la main gauche, je défis le ruban qui nouait ses cheveux. Au-dessus de moi ses yeux étaient sombres. J'aperçus la fureur contenue qui le tenaillait et aussi, comme toujours, son tourment intérieur.

Je me sentis soulevée, portée vers lui. Il tirailla sur mon chignon qui se défit dans ses mains. Il rassembla mes cheveux comme on fait un bouquet, les mit en coussin sous ma tête et y noua ses mains. Ses lèvres vinrent se poser sur ma tempe, sur la cicatrice blanche.

Les lettres. Elles étaient toute l'identité fragile que j'avais douloureusement édifiée à Paris. Et il voulait les brûler. On eût dit qu'il s'efforçait de défaire le peu d'existence que j'avais réussi à construire ces dernières années. Il n'avait pas à me rappeler que c'était la Virginie. Et que ce serait toujours la Virginie. La Virginie. Voilà pourquoi je m'accrochais à ces lettres. Mais, Paris ou la Virginie, à cet instant nous l'avions oublié.

« Que faut-il faire pour ta main? dit-il d'une voix douce.

– Demande à maman », dis-je. Il revint avec un cataplasme donné par Elizabeth Hemings, qui sentait la menthe et le miel. Il me banda la main et me laissa m'endormir.

La Virginie. Je savais que ce qui nous était arrivé n'aurait jamais pu arriver en Virginie, jamais.

Août nous ramena les filles. Martha était enceinte. Je devais accompagner Maria à son premier bal, et j'attendais cette soirée avec impatience. Je n'étais pas sortie de la plantation depuis plus de quatre ans. J'avais envie de voir les nouvelles robes à la mode, les voitures, les décorations. Je voulais entendre de la musique, voir danser la mazurka, la nouvelle danse. Il y avait trop longtemps que j'étais hors du monde, même de ce petit monde de Tidewater, de la Virginie.

Je restai assise avec les autres domestiques et je regardai danser Maria. La danse était une de ces choses que je regrettais le plus. Dès mes premiers essais maladroits avec Martha, à Paris, j'adorais danser. Je me souvenais d'avoir appris à m'abandonner à ce moment d'éternité, dès la première note de musique. Tant que durait la musique, j'étais tout ce que je voulais être. Et ce soir la musique jouait sans fin.

Il y avait dans l'assemblée autant de domestiques que d'invités. Pour nous tous, Blancs ou esclaves, le bal était l'occasion de briser l'isolement et la monotonie de la vie dans ces plantations immenses, de voir une fois l'an de nouveaux visages, de nouveaux costumes, de nouveaux équipages, de se mettre au courant des potins du pays Tidewater.

Je tâtai le foulard jaune vif bien serré sur ma tête en respirant la douceur de l'air nocturne. Nous étions dans les somptueux jardins de la plantation Prestonfield. Les robes étaient plus osées que je n'aurais pu l'imaginer. Ma mère avait raison. Il y avait des teintes nouvelles, plus de gaze et de soie, moins de satin et de velours. Les robes à panier étaient ridiculement larges et les dames avaient l'air de pastèques.

Je regardais tout avec des yeux neufs. A travers les hautes fenêtres aux vitres carrées je voyais les silhouettes qui tournoyaient à l'intérieur. C'était un monde de mets raffinés, de musique délicieuse, de danseurs gracieux, de dentelles et de satins, de plumes, de poudres et de parfums, de parquets en merisier verni et de candélabres de cristal.

Pourquoi, au milieu de mon bonheur, fallait-il qu'on me fît souvenir de

Paris. Regardez-les! On m'avait parlé de ce bal des Quarterons à la Nouvelle-Orléans où il s'agit de singer les Blancs, et ici voilà que ces Blancs de province voulaient singer les Parisiens. Quel mépris j'avais pour la prétention de cette noblesse virginienne. Moi qui avais connu la vraie splendeur! Que faisais-je dans ce trou... dans cette tombe?

Tant d'années avaient passé, et John Trumbull venait à Monticello. Je ne savais que faire, me cacher ou l'accueillir comme un ami. Il se donnait pour lui un dîner avec parmi les invités l'homme que mon maître avait choisi pour Maria, Mr. Giles, un sénateur de Virginie. Thomas Jefferson le voulait pour gendre et Giles passa cet été-là à Monticello pour faire sa cour, mais entre-temps Maria était tombée amoureuse de son cousin Jack, le même Jack qui m'avait aidée à l'attirer sur le bateau allant à Paris. Isaac et moi plaignîmes ce pauvre Mr. Giles quand il fut gentiment, mais fermement rejeté. Maria, trop terrorisée pour apprendre à son père le choix qu'elle avait fait, me supplia de le lui dire à sa place.

Le soir où vint John Trumbull j'épiai les invités. Ce n'était pas la première fois que j'observais en cachette les hôtes de mon maître. Je le faisais constamment. Plus tard, dans l'intimité de sa chambre, nous parlions des invités, nous discutions de leurs personnalités et des intrigues qu'ils menaient. Ainsi, malgré mon isolement, je poursuivais mon éducation politique. Ce que je n'apprenais pas par l'espionnage, je le tirais de ma mère et des autres esclaves. Ils avaient une abondance inépuisable de ragots et d'histoires drôles qui ne manquaient pas de divertir mon amant.

Ce dîner avec John Trumbull tourna vraiment au désastre. A peine les invités assis, commença un débat mouvementé sur la personne, les actes et la doctrine de Jésus. Mon maître hochait la tête en souriant tandis que Maître Giles, un libre penseur, menait la discussion. Sur le visage de John Trumbull, je pus voir la déconvenue, le choc, et il défendit sa foi du mieux qu'il put. La voix du Massachusetts dont je me souvenais si bien s'éleva, indignée, contre les railleries de Maître Giles. Puis il s'adressa à mon maître :

« Monsieur, c'est une situation étrange que celle où je me trouve, quand, dans un pays se donnant pour chrétien, attablé avec des chrétiens, je le suppose, je vois attaquer ma religion et moi-même par un esprit rigoureux, presque irrésistible, et il n'est personne pour me défendre que mon bon ami Mr. Franks, qui lui-même est juif! »

L'espace d'un instant sa sortie put sembler faire un certain effet sur l'assemblée. Les voix baissèrent d'un ton. A peine pouvais-je entendre ce qui se disait. Mais alors le prétendant de Maria revint à l'attaque en partant d'une déclaration d'athéisme si catégorique et si absolue que je n'en avais jamais entendu de pareille. John Trumbull était presque en larmes. On aurait dit qu'il regardait droit vers moi, mais je savais qu'il ne pouvait pas me voir.

« Un homme qui dit ce que nous venons d'entendre est parfaitement prêt à commettre n'importe quel acte abject lui promettant de faire avancer ses intérêts personnels ou de gratifier ses passions les plus viles, pourvu qu'il puisse le commettre en secret et avec une chance raisonnable de ne pas être découvert par ses semblables. »

Je me figeai. Non. Il n'était pas possible qu'il m'ait vue. Même avec les yeux d'aigle de l'artiste. Sa fureur le faisait paraître loucher plus que jamais. Il se leva. Thomas Jefferson resta assis sans dire un mot. John Trumbull s'adressa une dernière fois à Maître Giles. C'est à moi qu'il semblait parler.

« Monsieur, je ne confierai pas à un tel homme l'honneur d'une femme, d'une sœur, ou d'une fille... Nous ne sommes plus, monsieur, de connaissance. »

John Trumbull, mon ami. Ma main chercha la miniature qu'il avait peinte. John Trumbull chassé de notre table. Je me souvins des derniers mots que je lui avais dits, à Cowes : « Dieu vous bénisse. » Dieu. Pourquoi donc les exquises manières de mon amant avaient-elles permis une telle scène à sa propre table ? J'étais atterrée. Offenser un ami de bonne naissance à propos de religion, à sa propre table ! Je me cramponnai au médaillon. Maintenant on allait dire que Jefferson était un athée ! Trumbull avait quitté la table. C'est dangereux de faire ça, pensai-je. Humilier un homme en public. Depuis quelques années j'en avais suffisamment appris sur la politique pour comprendre qu'on ne sait jamais quand on peut avoir besoin d'un ami. Avoir des ennemis coûte cher. Les politiciens peuvent s'en permettre un certain nombre, pas plus...

Cette nuit-là je lui demandai pourquoi il avait laissé Trumbull quitter sa table et sa maison sous le coup de la colère, alors qu'à Paris il l'adorait. Il ne s'étonna pas d'apprendre que je les avais espionnés.

« Je ne me sentais pas d'humeur diplomatique, dit-il. J'en ai fini avec la politique. Je n'ai plus besoin d'être poli.

– Mais pourquoi laisser croire aux gens que vous ne croyez pas en Dieu ?

– Je me fiche de ce qu'ils pensent, maintenant, dit-il d'un ton plus amer que ne méritait la déception de ses trois ans passés à Philadelphie

– Qu'y a-t-il ? » demandai-je, inquiète.

Il tremblait. « Ce n'est rien Je me suis rappelé l'erreur que j'ai faite un jour Au début de ma carrière politique, j'ai renoncé aux idées auxquelles je tenais le plus afin de ne pas provoquer les autres. Je me suis juré de ne jamais recommencer. »

Il se tourna vers moi. « Pourquoi Giles aurait-il dû taire ce qu'il pense ? Il a eu au moins le courage de ses opinions, et c'est plus que la plupart des gens... » Il me regarda en face. « Qu'y a-t-il ? » Ses yeux de saphir clair avaient viré au bleu foncé, leur couleur de la nuit. « Toi. Quand tu avais trois ans. Robert, ton frère, était à Philadelphie avec moi. »

D'instinct, je me tournai vers lui.

« Ils m'avaient donné à rédiger la Déclaration d'Indépendance. J'avais trente-trois ans ! » Il parlait lentement. « J'étais encore très jeune, plein de passion, j'ai déversé mon âme sur le papier, une page après l'autre. Je voulais que l'humanité y voie du bon sens, des arguments si simples et si solides qu'ils fussent irréfutables. Après tout je luttais pour notre vie, pour la vie de ma famille comme celle des autres rebelles – car c'est tout ce que nous étions, alors, des rebelles, des insurgés promis à la potence, à l'échafaud, et c'était à moi qu'il revenait de nous justifier aux yeux du monde entier... Je me suis mis à l'ouvrage dans une petite maison en briques au coin de Market et de Septième Street. Au bout d'une semaine environ j'ai rédigé un premier jet que je suis allé montrer au Dr Franklin et à John Adams. John Adams l'a aimé. Franklin a apporté plus de quarante corrections mais il a fait passer la pilule avec son histoire de chapelier... » Mon maître sourit. « Ce n'était rien à côté de ce qui s'est passé au Congrès continental. Nous étions le 3 juillet. Ma déclaration allait être présentée à ces messieurs du Congrès. Mon secrétaire, Mr. Thompson, s'est mis à lire à voix haute. Au début tout allait bien. Certains approuvaient de la tête. On me félicitait de mes bonheurs d'expression. On est arrivé à la fin de la première page. Beaucoup étaient bouleversés. Franklin s'est penché pour me dire : “ Je serais fier de l'avoir écrite moi-même ! ” Puis le secrétaire a commencé la liste des faits, la trentaine de mises en accusation de George III. Thompson a lu la dernière, que j'avais écrite pour couronner le tout... Les délégués ont critiqué certaines expressions... On a remplacé le “ tyran ” par le “ roi ”, et ainsi de suite. Chaque changement me faisait mal. » Il sourit encore. « J'étais jeune. J'étais assis au fond de la salle avec mon thermomètre sur l'appui de la fenêtre, à côté du Dr Franklin qui s'endormait de temps en temps. Il n'y avait guère de temps à perdre. Nous devions signer cette Déclaration. La révolution était déjà en marche. Ton frère Robert m'attendait dehors. Je m'inquiétais sérieusement pour ma position à la Convention virginienne. Je craignais d'être dégommé du Congrès. Martha attendait un enfant et je n'avais pas de nouvelles d'elle depuis trois semaines. Il n'y avait que trois mois que ma mère avait été mise en terre. J'envoyais

Robert chercher le courrier deux fois par jour, mais il n'y avait jamais rien. Pas un mot depuis que j'avais quitté la Virginie. Le secrétaire a lu la dernière mise en accusation du roi, comme quoi il avait mené contre la nature humaine une guerre cruelle... en réduisant le peuple nègre en esclavage. »

Je retins mon souffle.

« A l'exception de la Caroline du Sud et de la Georgie tout le monde, en principe, était contre l'esclavage. Benjamin Franklin était président de l'Association de Pennsylvanie pour l'abolition de l'esclavage. »

Sa voix changea, se brisa, se chargea des accents d'une vraie plaidoirie

« " Je trouve que c'est trop passionné ", dit quelqu'un.

– Trop emphatique.

– Irrationnel.

– De la déclamation.

– Tout à fait hors de propos.

– Trop violent pour la dignité d'un tel document, dit un autre.

– C'est une philippique. "

« Le révérend Witherspoon mit en doute son exactitude. Après tout, dit-il, la traite existait bien avant la naissance de George III. Puis Edward Rutledge, de la Caroline du Sud, dit que chaque Etat devait se déterminer lui-même sur la question de l'esclavage. Le délégué de la Virginie répondit : " Cela ne concerne pas que les États importateurs, mais toute l'Union ". " Ce qui enrichit les uns enrichit l'ensemble ", dit Rutledge.

« A partir de là ce fut un chahut de tous les diables.

« " C'est déshonorant, affirma le délégué du Maryland.

– L'honneur n'a rien à y voir, dit celui de la Caroline du Sud.

– Avec le temps, proposa Lynch, le délégué de Georgie, cela disparaîtra de soi-même.

– Morale et sagesse n'ont que faire dans cette histoire, déclara Rutledge. L'intérêt, et lui seul, voilà le principe directeur des nations. Si ces messieurs de la Nouvelle-Angleterre voulaient réfléchir à leurs intérêts, ils ne s'opposeraient pas à l'importation des esclaves. Ce sont eux les principaux transporteurs ! Qui construit les navires ? Qui les affrète ? "

« John Adams se sentit humilié, sachant que c'était vrai. Samuel Adams aussi. On se renvoyait les arguments. Robert attendait dehors avec un colis pour Martha. Je lui avais acheté sept paires de gants neufs. Les deux Adams s'en prirent à moi.

« " Il faut couper tout ce passage sans quoi la Caroline du Sud n'acceptera jamais la Déclaration ", dirent-ils.

« Benjamin Franklin ouvrit les yeux le temps de les approuver, disant que ce passage pourrait détruire notre unité encore fragile.

« J'étais si jeune. J'écoutais sans dire un mot les débats qui tournaient autour de cette résolution. Pas une fois je ne l'ai défendue. Je trouvais qu'il eût été inconvenant de soutenir ma propre proposition. J'étais bouleversé. J'avais proposé mon texte... Si le Congrès voulait le mutiler...

« Je n'avais pas pris part au débat, j'avais essayé de garder mon calme, priant pour qu'on ne retire pas ce passage. A trois heures il faisait vingt-cinq degrés. » Il se passa la main sur le visage. « Pour m'occuper je sortis mon nouveau thermomètre de sa boîte pour le consulter, mais j'avais les mains qui tremblaient si fort que je le lâchai. Le thermomètre tomba à terre et se brisa. Je couvris les fragments de mon mouchoir. Sous ses paupières à demi closes, le Dr Franklin ne m'avait pas quitté de l'œil. Je suppose qu'il avait pitié de moi. " Venez ce soir chez moi, me dit-il. Sally fait merveilleusement la cuisine. " Je ne me souviens pas qu'il ait dit autre chose. Sally était sa fille.

« Tu avais trois ans.

« Le lendemain, je repris ma place au dernier rang. Je surveillais les délégués du Sud : Rutledge, Middleton, Lynch, Gwinnett, Hall... Ce matin-là Washington fut nommé commandant en chef de l'armée américaine. Le Dr Franklin insista auprès de moi sur la nécessité d'un accord sur la Déclaration. Je souhaitais de toutes mes forces la présence de George Wythe – de n'importe quel allié – mais il avait été retenu à Williamsburg. Il n'est arrivé que quand tout était fini, dit-il amèrement.

« Le Congrès sauta le passage sur l'esclavage et lut la fin du texte. Je notai les mutilations sur mon exemplaire, sans me lever. Après lecture et correction du paragraphe final, ils reprirent le passage sur l'esclavage. J'écoutai en silence cet appel à Dieu, à la raison, à l'humanité, aux générations futures.

« " Les péchés nationaux seront punis de calamités nationales ", dit quelqu'un.

« Ils y passèrent l'après-midi. L'impatience gagnait tout le monde. Les mouches venues des étables d'en face nous harcelaient. On ne pouvait pas retarder la Déclaration. Il y avait de mauvaises nouvelles de New York. Washington était en danger. Staten Island était prise. La Déclaration était vitale. Rien ne devait menacer son but principal ni la retarder davantage. Si le passage en question barrait la route à l'unité, il faudrait le couper.

« Les honorables représentants du Nord étaient troublés. " Compromis ", " Céder ", " Faire pour le mieux ", " Unanimité ", " Retard ", " D'abord la guerre ", " Le temps ", " Le commerce maritime ".

« Que devient la règle de la majorité? pensai-je. Mais je restais muet. Franklin était muet. Sherman était muet. Adams était muet. Et Rutledge avait une menace en réserve : faire sécession d'une Union pas encore constituée... John Adams consulta sa montre. Je regardai autour de moi. Tout dans la salle, l'odeur de la sueur et du tabac, la chaleur et les mouches, ceux du Nord et ceux du Sud, Adams et Hancock et Franklin, tout disait " Occupons-nous de l'esclavage un autre jour... et sortons de là. " » Il sourit.

« Je me souviens, j'avais mal partout. Aux yeux. Au cou. A la tête et à l'estomac. » Il fit une pause « La clause condamnant l'esclavage des habitants de l'Afrique fut retirée par complaisance envers la Caroline du Sud et la Georgie », dit-il calmement, mais sa voix tremblait. Il se passa de nouveau la main sur le visage, comme pour effacer la fatigue des dernières discussions.

« L'homme, quelle incompréhensible machine! Nous étions tous des rebelles et voilà que nous privions un sixième de notre population de cette même liberté pour laquelle nous nous battions et risquions notre vie!

– Mais vous pensez qu'ici Noirs et Blancs ne pourront jamais vivre en paix et être égaux?

– Je les aurais renvoyés chez eux. »

Stupéfaite, je m'assis. J'essayai d'imaginer l'immensité de ce qu'il venait de me dire. Je m'accrochai à ce qu'il était le plus facile de comprendre : que trois ans après ma naissance il avait tenté de me porter secours. Il avait vraiment essayé.

« J'ai souvent pensé, murmura-t-il, que si on avait adopté ma déclaration comme je l'avais écrite... tu ne serais pas là. Car il n'y aurait pas d'esclavage en Amérique, pas d'esclaves. »

Pendant le terrible silence qui suivit, comme je l'aimais!

Puis je le regardai. Il s'était mis sur le côté. Sa voix me parvenait étouffée.

« De ce jour je me jurai de ne plus jamais m'exposer ainsi. Je jurai de ne plus élever la voix pour me défendre ou défendre mes principes – surtout cela. Je m'en lavai les mains! Je jurai de laisser le Tout-Puissant, s'il existe, faire son travail! »

Le silence retomba dans la chambre. Son front, ses joues, ses lèvres étaient détendues. Il s'était endormi.

Je soufflai la chandelle.

Jamais nous ne reparlerions de Philadelphie.

26

NOËL 1795

En quoi consiste la grandeur d'un despote? En ses propres mérites? Non, dans la dégradation de la multitude qui l'entoure. De quoi se nourrit la vanité d'un patricien? Du sentiment de quelque vertu dont il aurait hérité de par son sang? La lignée imbécile de ses progéniteurs cesserait bientôt de lui inspirer le moindre respect si elle ne lui permettait plus d'exiger celui de ses semblables.
(...)
Dans tous les pays la condition des femmes est peut-être le meilleur critère pour juger le caractère des hommes. Quand nous trouvons le sexe faible accablé de durs travaux, nous pouvons attribuer à l'autre quelque sauvagerie, et là où nous voyons le premier privé de libre arbitre nous découvrirons chez le dernier beaucoup du sensualiste.

FRANCES WRIGHT,
Notes sur les mœurs et la société américaines, 1821

Une main tenant le grand anneau d'acier qui groupait toutes les clés de Monticello, Elizabeth Hemings se dépêchait dans le passage couvert qui reliait la cuisine au bâtiment principal. L'insigne de son autorité, le trousseau de clefs, tintait au rythme de ses pas rapides. Les odeurs de cuisine venues de son domaine la suivirent jusqu'à mi-chemin de la grande antichambre Elle n'avait qu'une seule idée en tête : son fils James serait affranchi le lendemain, le jour de Noël 1795, plus de cinq ans après qu'il fut revenu de France. Il a servi son maître tout le temps que Jefferson est resté secrétaire d'État près du président Washington, pensa-t-elle. Et ce Jefferson tenait enfin la promesse inscrite sur le papier que James lui avait fait signer... maintenant que Peter, son jeune frère, avait tout appris de la cuisine française.

Elizabeth hocha la tête, satisfaite. Deux de libres, se dit-elle, il en reste cinq... Seulement cinq, car elle savait que sa fille avait tout abandonné pour l'amour de Jefferson. Quant à lui, pensa-t-elle, il est aussi fidèle qu'un nouveau marié. Il y avait maintenant treize ans que Martha

Wayles Jefferson était morte et le maître semblait ne pas vouloir la remplacer par une seconde épouse blanche. Merci, mon Dieu. Et pourtant, le pauvre homme, il était fort demandé.

D'un pas vif, elle quitta le couloir pour la salle à manger du manoir, aussitôt assaillie par le vacarme des scies et des marteaux. Malgré toutes ses promesses, Thomas Jefferson bouleversait la maison une fois de plus, et la veille de Noël! Et Sally n'était d'aucun secours contre toutes ces idées, au contraire, elle l'encourageait.

Le visage d'Elizabeth s'adoucit : elle pensait au dernier-né, une petite fille, Harriet, plus belle que Sally, plus belle qu'elle n'aurait pu l'imaginer... A Edgehill aussi il y avait un nouveau bébé. Martha Jefferson Randolph accouchait ponctuellement chaque année depuis qu'elle avait fui Monticello dans les bras de son cousin Thomas Mann.

Elle aimait bien Martha et ne lui souhaitait pas de mal, mais quel soulagement quand elle était partie. Sally restait maîtresse des lieux et elle-même, Elizabeth, continuait de régner à travers elle. Soudain, elle tomba sur Gros George.

« Alors, le vieux Jimmy tient le coup? » Il lui sourit. « On croirait qu'il marie sa fille, Maît' Jefferson, à le voir se démener.

– C'est pas tous les jours que l' maît' se met à libérer des gens, Gros George. On peut pas dire qu'il a été trop large par ici avec c'te liberté. » Elizabeth eut un sourire moqueur. A sa connaissance le seul autre esclave que Jefferson eût jamais affranchi était son fils Robert, et encore avait-il acheté sa liberté en empruntant de l'argent.

« Bette et Queenie sont par là, Gros George, dit-elle comme il s'en allait. Dis-leur qu'ils t'aident à trimballer cette argenterie, tu m'entends? Sortez tout ce qu'il y a. Ce soir, Sally va nous dresser la table comme tu n'as jamais vu sa pareille! »

A l'entrée du portique ouest elle découvrit sa fille agenouillée, en train d'arranger les draperies de velours et les cadeaux au pied de l'arbre de Noël. Avec sa vivacité habituelle, Sally fit demi-tour et se retrouva debout avant que sa mère l'eût atteinte. Elle avait maintenant vingt-deux ans et elle était deux fois mère.

« Tout est prêt pour demain, maman. »

Elizabeth approuva de la tête, un peu crispée comme chaque fois que sa fille, si belle, l'appelait « maman ». Elle affectait ce mot depuis son voyage en France, et sa mère n'aimait pas ça. Mais elle n'avait jamais osé le dire à sa fille, qui continuait de saupoudrer sa conversation d'expressions françaises. Elizabeth leva les yeux vers l'arbre immense.

C'était le plus grand pin de Virginie qu'ils aient trouvé sur les collines du domaine, et il croulait presque sous le poids des ornements dont la plupart venaient de France, rapportés par le maître. Les Français avaient repris la coutume anglaise de parer les arbres de Noël avec une ferveur et une imagination qui faisaient pâlir les garnitures souvent modestes qu'on trouvait traditionnellement aux États-Unis. Celles venues de Paris brillaient comme des joyaux et sa fille prenait tous les ans un plaisir spécial à les installer. De légères boules de soie avec des houppettes d'argent, des flocons de neige en cristal, des dentelles de givre et le sucre candi que James avait passé tout le jour à filer se mêlaient aux oranges piquées de clous de girofle et aux pommes de pin. Le haut de l'arbre atteignait le plafond de la salle où demain la famille des Blancs et tous les domestiques de la maison se réuniraient après le dîner pour la distribution des cadeaux.

« Demain, ma fille, il y aura du bonheur.

– Oh, maman, enfin James sera libre ! Si ce n'était pour moi, il y a des années qu'il serait libre. Je... J'étais si sûre que les choses allaient tourner autrement. »

Et toi-même ? voulut dire Elizabeth, mais elle se retint.

« Comment va la petite Harriet ?

– Très bien, maman. Je viens de la case de Suzy. Elle lui avait donné le sein. » Un bref sourire d'excuse creusa les fossettes de Sally. Elizabeth ne dit rien. Que sa fille ne voulût pas nourrir Harriet, c'était pour elle abominable. Sally le savait. Elle avait confié le bébé à une jeune esclave nouvellement accouchée qui travaillait à la filature de coton tandis qu'elle-même se bandait les seins, à la française, pour ne plus avoir de lait.

« Fais-la venir ici, ma fille. Elle peut dormir avec moi. J'enverrai John chercher son berceau. Suzy peut venir ici nourrir son bébé et le tien.

– Mais j'aime beaucoup...

– Allons, ma fille, c'est décidé. » Elizabeth Hemings s'était prononcée.

Sally se remit à genoux pour arranger un pli de velours au pied de l'arbre. Elle n'avait aucunement l'intention de se passer de sa nourrice.

« Laisse donc, Sally, Gros George le fera. » La voix mélodieuse de Jefferson résonna dans leur dos. Il était sorti de son bureau.

« Je préfère de beaucoup m'en occuper moi-même, Maître. Les flocons de cristal venus de Paris sont si fragiles, et on ne peut plus en avoir. J'en ai trouvé quelques-uns qui n'ont pas servi l'an dernier. Martha sera tellement surprise...

– Et comment va Harriet ?

– Harriet va très bien, Maître. Je viens de la quitter. »

Elizabeth se détourna. Elle était gênée par les regards qu'échangeaient ces deux êtres. Elle ne comprenait pas. Elle ne comprendrait jamais.

Cette année-là, en 1795, la journée de Noël fut belle et ensoleillée. Il était presque quatre heures quand Gros George et Martin se glissèrent hors de la salle à manger où les Blancs s'attardaient au dernier déjeuner que James aurait préparé. Il m'avait aidée à allumer les bougies de l'arbre. James, Ursula, Peter et ma mère travaillaient dans la cuisine au dernier triomphe de James, qui les faisait s'exclamer : une somptueuse soupe à la tortue. Mon frère avait fait une de ses spécialités : un porcelet rôti, embaumant les herbes fraîches, garni de ses propres andouilles frites, de noix et de champignons. Ensuite venaient des pigeons et des faisans en croûte, puis une infinité de plats de légumes. James s'était surpassé. Le festin s'achevait avec toutes sortes de tartes, des profiteroles et le nouveau dessert français à la mode : des glaces. Après des toasts aux bons vins de Bourgogne et de Bordeaux, des oh! et des ah! et des bravos pour le « chef », le repas fut terminé.

Dix-huit Blancs étaient à table, avec autant de serviteurs – un derrière chaque siège – pour ce repas inhabituel. Une fois le banquet fini, les invités sortirent de la salle à manger, réjouis et congestionnés. Gros George rassembla les domestiques, ainsi que Petit, qui avait de plus en plus le mal du pays, pour les festivités qui devaient s'ensuivre. Les enfants de la maison, tant blancs que noirs, s'accrochaient à leur mère ou à leur nourrice. Le manoir était en partie démoli mais le grand hall d'entrée encore intact; le damas bleu pâle réfléchissait doucement les bougies que nous venions d'allumer. Du haut de leur piédestal les bustes de Voltaire, de La Fayette et de Washington semblaient nous observer.

Je me tenais à la gauche du maître. Les autres esclaves formaient un demi-cercle. Martha était à droite de son père, et sur sa droite, le reste des Blancs complétait le cercle.

Dehors le soleil se couchait. Les esclaves de la plantation s'étaient rassemblés, deux bonnes centaines. La bonne humeur de leurs conversations flottait à travers les portes vitrées du vestibule jusqu'au cercle qui entourait les cadeaux entassés. La moitié noire faisait face à la moitié blanche, qui se terminait elle-même par Martin et le jeune Michael Brown, âgé de dix ans, le fils de George White et de sa maîtresse mulâtre, Lydia Broadnax. Son père l'avait publiquement affranchi, le présentant comme le fils de sa gouvernante. Mais tout le comté d'Albemarle était au courant, car il ne faisait rien pour cacher sa fierté, ni l'amour qu'il avait pour son fils unique. On avait amené Michael pour qu'il puisse prendre part aux festivités et se gaver de bonnes choses à la cuisine avec les autres petits esclaves.

Debout avec Harriet dans mes bras, un bébé de deux mois, Thomas accroché à mes jupes, il avait cinq ans, je n'étais plus qu'un point au milieu de ce réseau de parenté, ces liens de sang qui s'entrecroisaient d'une moitié du cercle à l'autre, les reliant par des arabesques aussi complexes et contournées que celles des fils d'argent qui pendaient là-haut, au-dessus de nos têtes. Ma mère s'était entourée de neuf de ses quatorze enfants ; devant elle se tenaient deux des filles de Maître Wayles. Elizabeth Hemings était la mère, la belle-mère, la grand-mère, la tante ou la grand-tante d'à peu près tous ceux qui étaient dans la pièce. Ceux qui ne lui étaient pas liés par le sang avaient avec elle des rapports de propriété. Ce royaume était le sien, elle en était la reine mère, une force vitale respectée par les Noirs et les Blancs, avec laquelle il fallait compter. Elle avait aimé, élevé, allaité, engendré ou servi chacune des personnes présentes.

Ce royaume n'avait pas de secrets pour elle, pas de cœur ni de corps dont elle ne possédât la clé – à l'image de son anneau de fer où pendait la clef de chaque porte, de chaque placard de Monticello. Elle avait dans les bras un des enfants de Martha Jefferson.

Mes yeux se portèrent alors sur la moitié blanche du cercle, vers mes demi-sœurs, Tabitha Wayles Skipwell et Elizabeth Wayles Eppes. C'est Elizabeth qui m'avait envoyée à Paris avec Polly Jefferson, il y avait tant d'années. Je croisai le regard de Martha. Elle était debout près de son mari, Thomas Mann, celui qu'elle avait aimé si peu de temps et qui tombait déjà dans la mélancolie. Une mélancolie qui le conduirait à la démence. S'était-elle précipitée dans ce mariage, deux mois après notre retour de Paris, pour me fuir, pour fuir la relation que j'avais avec son père ? Je me posai la question. Si c'était le cas elle avait sous-estimé l'emprise que son père avait sur elle, car bien qu'elle habitât Edgehill, à quarante miles de là, elle s'accrochait toujours à Monticello. Je me sentis prise de pitié en observant Thomas Mann Randolph. Sa corpulence augmentait d'une année à l'autre, de même que la violence de son caractère, devenue légendaire en Virginie. Souvent ses beuveries forçaient sa femme et ses enfants affolés à se réfugier à Monticello. En ce moment même il la regardait avec cette même expression d'attente frustrée qu'avait eue parfois mon frère en me regardant. Tous deux savaient que jamais aucun homme ne remplacerait Thomas Jefferson dans le cœur de Martha comme dans le mien. Et cela rendait fou le mari de Martha.

Près de Thomas Mann se tenait James Madison. Petit et rond, un air d'oiseau, timide, insignifiant – un instituteur vêtu comme pour un enterrement, avait dit un jour ma mère. Il admirait en silence le gros lot qu'il avait eu par surprise, sa femme Dolley, la veuve de Todd. On disait que Madison – à son grand étonnement – avait arraché sa nouvelle épouse aux attentions d'Aaron Burr. Elle était à son côté, resplendissante, en satin rose bordé d'argent, un foulard en soie grise dépassant du corsage largement décolleté qui laissait voir une poitrine splendide, et elle promenait sans cesse son regard sur l'assistance, semblant ne guère aimer ce qu'elle voyait.

James Madison, pensai-je, était un véritable homme politique. Il réussirait là où mon maître – trop exigeant, intraitable, entêté, orgueilleux – échouerait toujours. Les politiciens, avais-je décidé depuis longtemps, ne doivent pas être trop intelligents, ou en tout cas s'abstenir de trop penser. Et si j'étais libre, pensai-je... Je fixai la somptueuse Dolley. Elle me rappelait certaines Françaises que j'avais observées. Le même cynisme, caché sous un air de féminine douceur, le même don pour manipuler même une assemblée aussi rustique, pour briller et se montrer sous son meilleur jour. Il y avait un esprit vif derrière cette jolie façade. Elle voulait le succès, je le sentais. Et elle l'aurait, Dolley n'avait pas de rivales. Et l'envie, mêlée à la souffrance constante de mes propres privations, vint s'emparer de moi

Ma robe. Elle était vieille de quatre ans, la seule qui restait de chez Mme Dupré. Je regardai les émeraudes qui étincelaient aux oreilles de Dolley, le bracelet assorti sur son bras rond. Une épouse, me dis-je. Une vraie. Reconnue. Rien ne me distinguait des autres domestiques sinon ma place d'honneur auprès du maître, les minuscules boucles de rubis à mes oreilles et le lourd médaillon d'argent à mon cou. Je redressai la tête.

George Wythe contemplait fièrement son fils mulâtre, qui avait le même visage rond, la même intelligence et la même douceur dans les yeux que son père. Michael Brown avait un habit splendide, à la façon des quakers, et une culotte de peau avec des bas blancs. Ses longues boucles brunes, jamais coupées, flottaient librement sur ses épaules et lui donnaient une allure princière, angélique. Ma mère l'adorait et lui enviait son éducation. Il était versé en latin, en grec, en mathématiques et en astronomie, que lui avait enseignés George Wythe, décidé à prouver qu'il était au-dessus de sa couleur et de sa condition, et aussi en avance sur son âge. Il avait d'ailleurs la pâleur d'un enfant surmené.

Après Maître Wythe venait Polly, puis notre cousin Jack Eppes. Maria, l'enfant terrifiée que j'avais accompagnée à Paris, l'adolescente mal assurée qui était revenue avec moi, était devenue une beauté lointaine. L'air sérieux, timide, elle était debout près de celui qu'elle aimait tant et dont elle avait eu si peur de dire à son père qu'elle voulait l'épouser.

Toute l'année dernière, après son retour de Philadelphie, elle avait fait maladie sur maladie et je l'avais constamment soignée. Sa mère avait aimé la mienne, ainsi que ses enfants, et l'avait acceptée comme une part de son héritage. Pour Maria aussi, les Hemings avaient toujours fait partie de sa vie et elle avait reconnu depuis longtemps qu'une de ceux-là, celle qu'elle aimait le plus, avait dans les affections de son père une place durable.

C'est Petit qui refermait le cercle, entre Martin et George Wythe, reliant sans le savoir la moitié blanche à la moitié noire. Nos regards se croisèrent. De l'affection? De la pitié? Était-il horrifié au spectacle de cette « famille » monticellienne? Il haussa les épaules et eut un sourire mi-figue mi-raisin en direction de Martin, son équivalent noir.

Thomas Hemings me tira par la jupe. La main de son père vint lui caresser la tête.

Mon frère s'approcha de moi. Je changeai de côté le bébé que j'avais dans les bras, la petite Harriet, et je lui pris la main. Elle était glacée. Il tremblait de tous ses membres. Je le serrai plus fort dans l'espoir de la calmer pendant qu'on distribuerait les cadeaux. Puis je sentis un mouvement de l'autre côté. Mon maître se mit à parler. Il commença par annoncer ce que je n'arrivais pas à croire, et pourtant si : l'émancipation de mon frère. James avait gagné. Enfin on lui donnait ce qu'il avait juré de ne jamais voler. Mais ce discours était plein de phrases pompeuses et de justifications, si bien que je me sentais humiliée et gênée pour mon maître.

Mon frère, une grimace de dépit lui tordant la bouche, me dit à l'oreille : « Il y a des années que j'aurais dû le faire chanter... Je note qu'il ne dit rien de mes gages impayés. » James avait cessé de toucher un salaire à l'instant où il avait débarqué en Virginie. « Ce matin il m'a donné trente dollars et un cheval. »

« ... Avec un génie éclatant pour les arts culinaires ainsi que le caractère – devrais-je dire le mauvais caractère – d'un chef cuisinier... » Jefferson arrivait au bout, « il a été pour moi un serviteur loyal, dévoué, qui n'a mesuré ni son travail ni son art, et dont je ne me sépare qu'à contrecœur. Il gardera toujours une place irremplaçable dans mon affection et dans mon esprit, comme celle que son frère Robert occupe pour nous tous ici, et je suis sûr qu'il n'est personne qui ne lui souhaite tout le bonheur possible dans sa nouvelle et bien méritée... *liberté*! »

Je levai les yeux vers mon frère, presque aussi grand que mon maître. Je fus toute secouée de comprendre que cette cérémonie ne l'avait pas seulement affranchi d'une longue servitude, mais aussi délié du vœu qu'il avait fait de rester chaste durant toutes ces années. C'était seulement l'an dernier que j'avais eu le courage de lui parler mariage.

« Depuis quand les esclaves se marient-ils?

– Une épouse est une épouse, mariée ou non.

– Tu crois que je vais répandre ma semence d'esclave! Engendrer d'autres esclaves! Tu crois que je vais enrichir un maître blanc en produisant pour lui d'autres esclaves! Ma semence, si je la verse, sera celle d'un homme libre qui peut engendrer des enfants libres. Il y a longtemps que je me le suis juré. A Paris. J'ai juré de ne pas toucher une femme tant que je serais esclave. J'ai vécu en célibataire, ma sœur, avait-il dit. Jamais je n'ai connu de femme. »

Je plongeai mes yeux dans ses yeux clairs, qui eux-mêmes fixaient ceux de mon maître, lançant au-dessus de ma tête un regard si plein d'amour et de haine que Martha et moi, les deux seules qui n'avions pas cessé de l'observer, baissâmes chacune les yeux sur le bébé que nous avions dans les bras.

Thomas Jefferson fut profondément ému par son propre discours. Il cligna des yeux pour retenir ses larmes et regarda ailleurs. A sa grande surprise il vit que Petit pleurait. Une petite main se posa sur sa manche.

« Ils vous attendent, Maître », dit une voix douce au moment même où dehors le murmure passionné explosait en appels confus : « Les cadeaux! Les cadeaux! Maître. Maître... » Il fit signe à la compagnie de passer les portes de verre et d'aller sous le portique ouest faire face à la multitude rassemblée. Alors un cri, moitié prière moitié vivats, monta de la foule des esclaves qui sautaient sur place d'impatience et de froid.

Sally Hemings et Martha commencèrent à distribuer les paquets. Martha, la fille, s'occupait des vêtements; la concubine esclave dispensait les présents, les bonbons, le cidre et le whisky.

Les files d'attente semblaient interminables, mais Jefferson savait que le registre fermier s'était vidé d'un très grand nombre de noms. Il avait dû vendre en secret plus de cent esclaves pour couvrir d'énormes dettes étalées sur vingt ans et dont il ne voyait toujours pas la fin. Il avait été obligé de vendre Elk Hill – la propriété qu'il aurait voulu donner à Maria en cadeau de mariage – pour avoir de l'argent frais. Les dettes qu'il avait faites, plus les intérêts accumulés, devenaient un poids insupportable. Pour y faire face, en désespoir de cause, il ne cessait de vendre des esclaves. Son beau-fils prenait soin des transactions afin que nulle part son nom ne soit associé à la vente de ses biens. Le résultat, pourtant, le décevait. En moyenne un esclave n'atteignait plus que quarante livres, alors qu'à une époque un bon nègre pouvait en rapporter deux cents. Il avait même été contraint de disperser une famille, ce qui lui répugnait, pour la seule raison que le mâle, indispensable, valait trop cher. Il avait demandé à son frère Randolph d'acheter la femme et les enfants ou à défaut de les vendre à quelque maître bienveillant du voisinage, pour qu'ils puissent rester près de leur mari et père Aucun autre, avait-il spécifie, et quelles que soient les circonstances, ne devait être vendu dans les environs immédiats.

Thomas Jefferson eut un regard ému sur les têtes assemblées. Il prendrait bientôt une hypothèque sur tous ses esclaves pour financer la reconstruction de Monticello.

27

ÉTÉ 1796

J'ai toujours voulu avoir une petite chambre à moi, avec une fenêtre, que je pourrais spécialement dire à moi.

ABIGAÏL ADAMS, 1776

Je me penchai sur les traits précis dessinés sur le papier quadrillé bleu venu de France, les nouveaux plans de mon maître pour Monticello. Je m'appuyais à son épaule tandis qu'il m'expliquait comment il allait transformer ma maison. C'était le moment de demander ce dont j'avais envie. La démolition avait déjà commencé, les ouvriers descellaient trois à quatre mille briques par jour et le bruit, la confusion, même le danger parfois, avaient accompli ce que n'avaient pu faire ni la guerre ni la révolution : tous les jours ma mère pleurait. Les domestiques, pour la plupart, couchaient à la belle étoile. Seuls la chambre du maître et son bureau avaient gardé un semblant d'ordre et c'était là qu'il était assis devant sa table à dessin, et moi derrière lui, les bras autour de son cou. Il avait de grandes idées pour la maison. Au premier étage, il voulait supprimer les combles, disposer toutes les pièces sur un seul niveau et à la place du grenier construire un dôme octogonal comme celui de l'hôtel de Salem, où il allait si souvent quand il vivait à Paris. A l'intérieur du dôme, et tout autour, il faisait courir une mezzanine qui permettrait d'isoler les chambres destinées à la famille blanche. Au rez-de-chaussée, dans son appartement personnel, il voyait un plafond deux fois plus haut avec une verrière, un lit en alcôve entre la chambre et le bureau, accessible des deux côtés, et un passage qui relierait ces deux pièces. Il devait pour cela démolir les cheminées qui étaient à la place où viendrait son lit.

Je ne lui avais jamais rien demandé. Et même alors, avec une vie nouvelle dans mon ventre, pressée contre la chaleur solide de son dos, avec mes mains dans les siennes et mes lèvres sur ses cheveux, j'hésitais. Mais l'intimité où nous étions, ainsi que sa passion devant les changements prochains, me donnèrent du courage. Il eut un geste habituel, faisant glisser sa main valide pour cacher l'autre, infirme.

« Qu'y a-t-il? demanda-t-il comme s'il sentait mon trouble.

– J'aimerais que vous fassiez le plan... que vous contruisiez une chambre pour moi. » Je continuai très vite, avant qu'il pût répondre. « Une chambre secrète près de la vôtre d'où je pourrais entrer et sortir sans passer par le vestibule où quiconque se trouve là peut me voir », dis-je. Il n'y avait pas un domestique, pas un membre de la maisonnée à ignorer que j'avais seule accès à l'appartement du maître. J'étais maîtresse de sa chambre et de sa garde-robe. Entrée interdite à tous, même à ses filles. Pourtant chaque fois que je devais y entrer en passant par le vestibule, toujours plein de monde, visiteurs ou domestiques, ouvriers ou parents, je me sentais nue. Il serait si facile de trouver quelque part une petite place pour moi seule. Je regrettais les coins d'ombre de l'hôtel de Langeac, les appartements spacieux avec leurs soupentes innombrables, leurs couloirs secrets, leurs pièces inhabitées. Maîtres et esclaves, ici, occupaient tout. Sans cesse, vingt domestiques, sans parler des autres, entraient dans le bâtiment principal ou en sortaient, une fois même un cheval... Je récitai tout cela sans m'arrêter, comme si le courage allait me manquer plus vite que le souffle. Le son de ma respiration n'était plus coupé que par le tic-tac de la pendule française. Un engoulevent, dehors, faisait des roulades.

« Tu auras ta chambre », dit-il.

J'attendis qu'il m'indique où, et comment, mais il ne dit rien de plus. Il avait sur le visage un air de malice comme s'il avait eu en tête depuis toujours de me construire cette pièce. Je le fis lever de son siège, entourai sa taille de mes bras et l'embrassai sur la bouche.

Ce même printemps Thomas Mann Randolph et Martha se rendirent à Warm Springs, laissant leurs enfants à Monticello. A Edgehill les domestiques murmuraient que depuis la naissance de leur fils Thomas le maître perdait l'esprit, possédé par les forces obscures dont il semblait que tous les Randolph fussent pris dans la fleur de l'âge. Martha et lui étaient allés jusqu'à New York en quête de remèdes, et Martha se tournait de plus en plus vers son père et Monticello. Polly vivait à la maison, et ma mère et moi nous occupions d'elle. On ne comptait plus les fois où elle était venue trouver refuge au domaine, ayant dû fuir son mari.

« Que vas-tu faire avec Martha si elle vient si souvent?

– Qu'est-ce que je peux faire? C'est la fille de son père. Monticello sera pour elle, un jour, elle et Polly. C'est son droit. En plus elle est seule, je crois, et malheureuse.

– Pauvre homme, il ne peut rien contre son mal. D'abord, c'est qu'elle ne veut pas de mari.

– Je crois que cela lui irait très bien, dis-je.

– Et à son père, ça irait aussi bien? »

Je sentis au fond de moi la jalousie m'éperonner. Elizabeth mettait immanquablement le doigt sur la plaie.

« Je crois que oui. Il a besoin d'elle. Il l'adore. Il l'aime. » Je ne dis pas « plus que moi », mais je le pensai. « Il n'aime pas son gendre, ajoutai-je

– Enfin, dit ma mère, ce n'est pas le premier Maît' Randolph avec un sale caractère, buvant trop et aimant trop les chevaux, qu'on ait vu dans le coin. Pense à son cousin de Roanoke, John Randolph. On dit qu'il ne connaît rien aux affaires. Thomas Jefferson ferait bien de mettre sa plantation dans d'autres mains que les siennes. Il serait ruiné, pratiquement.

– Ils vivent sur la dot de Martha.

– Tiens, c'est vrai? »

Je soupirai. « Maman, comme si tu ne le savais pas!

– Ah! çà, gloussa ma mère, il faut bien qu'on les tienne au courant, nos Blancs, et...

– Et qu'on les espionne le jour et la nuit, dis-je.

– Est-ce qu'on ne leur appartient pas le jour et la nuit? répliqua Elizabeth. Quand ils nous donneront quelques heures de liberté par jour on les laissera tranquilles pour quelques heures.

– Tu ne me pardonneras jamais d'être revenue, n'est-ce pas? Ni d'avoir traîné James avec moi, toutes ces années qu'il a gâchées.

– Tout ça, ma fille, c'est de l'histoire. Ce qui reste, c'est entre toi et Thomas Jefferson. James est libre. Il est là-bas en France, il fait la cuisine pour ses nobles, comme il l'avait rêvé.

– J'avais oublié, maman. »

Elle me regarda sans comprendre.

« Maman, c'est plus dur d'oublier la liberté que l'esclavage. Là-bas j'avais oublié ce que c'était pour autant que je l'aie jamais su. Tu m'as élevée aussi librement que n'importe quel enfant blanc de la Grande Maison. C'est à cela que je suis revenue, pas à ma vraie situation.

– Tu es revenue à cause de cet enfant.

– Non, maman, je suis revenue parce que je ne savais plus qui j'étais.

– Tu te souviens maintenant, non?

– Oui.

– Et le maît' ne t'en faisait pas trop souvenir, n'est-ce pas?

– Je ne pense pas qu'il se souvenait vraiment, lui non plus. Nous étions comme des enfants. Lui avec ses illusions, moi avec les miennes.

– Tu étais une enfant, c'est vrai, mais lui n'avait aucune excuse, sinon son égoïsme.

– Ce n'était pas vraiment de l'égoïsme, maman. Les Blancs ne sont pas faits comme nous.

– Ils sont faits pareil, ma fille, c'est seulement que dans la vie ils s'attendent à avoir ce qu'ils veulent ou ce dont ils ont besoin, c'est tout. Il ne leur vient jamais à l'idée – et à nous ça nous vient *tout le temps* – qu'ils pourraient manquer du nécessaire, ou de ce dont ils ont envie. Tu veux t'en aller au diable? Rien ne t'en empêche.

– Rien?

– Il ne te poursuivrait pas. Il y a déjà assez de ragots.

– Je crois que si.

– Jamais, ma fille, même s'il en crève d'envie. Son orgueil l'en empêcherait.

– Son orgueil est immense, maman, mais pas tant que la passion qu'il a de posséder. Je lui appartiens. Je suis sienne, à l'exclusion de tout autre homme. Et il me gardera. Il y a déjà trop de choses qu'il aimait auxquelles il a dû renoncer.

– Si le Seigneur t'appelle, faudra bien qu'il te lâche. »

Je me levai et allai vers la chaleur que dégageait la cheminée de la cuisine. J'étais venue chercher de la compagnie, puisque le maître était dehors, aux champs. Je n'avais pas voulu cette conversation. Il y avait des années que j'évitais de l'avoir...

« La liberté n'est pas si importante que je veuille mourir pour l'avoir, dis-je en lui faisant face.

– Ne me dis pas que la liberté ne vaut pas de mourir pour elle! A droite et à gauche il y a des Noirs qui meurent, dans les champs et sur les navires, qui sont battus à mort pour n'avoir pas cédé, qui se font chasser comme des chiens pour s'être évadés, qui se font tuer quand ils se mettent debout comme des hommes et des femmes au lieu de ramper comme des chiens! Ne viens pas me parler sur ce ton, " ça ne vaut pas de mourir "! Il y a même des Blancs – des abolitionnistes qui risquent leur vie, leur vie de Blancs – pour aider des Noirs à se sauver. Et toi, toi et ton orgueil! Croire que l'esclavage n'atteindra jamais ton corps si précieux, ton esprit si précieux, qu'il passera sur toi sans te faire mal, sans t'abîmer, sans te changer... » Son visage était devenu plus noir. Quand elle était en rage son teint s'assombrissait. « L'orgueil te charge d'un fardeau plus lourd que celui des paysans là dehors, parce qu'on peut alléger le leur, et le tien jamais. Thomas Jefferson joue au père avec toi, et moi je t'ai gâtée comme si je ne te voyais pas noire. Si tu étais restée là, tu aurais dû apprendre.. Ô Dieu tout-puissant, comme je voudrais ne t'avoir jamais mise sur ce bateau! »

De sa main rude et forte ma mère m'avait prise par le poignet, elle me tirait contre elle. Je la regardai, sans expression. Il y avait longtemps que je m'étais abandonnée à ce plaisir tout spécial de n'être pas responsable de moi. J'avais lutté contre tout ce qui m'était hostile dans l'entourage de mon maître. J'avais même vaincu l'horrible dégoût que m'inspirait notre situation de maître et d'esclave.

« Si tu n'en veux pas pour toi, prends-la au moins pour tes enfants.

– Je l'ai, maman. J'ai la promesse. »

A cette époque, je ne m'en souciais pas. Je n'avais pas encore reçu de ma mère le grand trousseau de clefs, l'insigne de mon autorité. Elle y tenait, je le lui laissais. La chaleur du foyer se glissait sous mes jupes, montait le long de mes jambes et dans mon dos. Il allait bientôt rentrer. Je regardai ma mère avec impatience, car elle me tenait encore le bras.

« Et s'il se lasse de toi? demanda-t-elle.

– A ce moment-là, je penserai peut-être à mourir pour la liberté. » Je souris, ma mère lâcha prise. Je baissai les yeux sur mon poignet où je vis la marque rose qu'avaient laissée ses doigts.

« Sally? »

J'étais en train de lire une lettre de James. Je me tournai vers lui, qui criait presque, la conversation rendue presque impossible par les murs qu'on démolissait.

« Je veux replanter tous les rhododendrons au midi, le long de la baie. J'allais dire à Giovanni de le faire, mais je voulais te demander ton avis.

– Qu'en pense Petit? demandai-je.

– Qu'il fallait te poser la question.

– Je les aimais bien là où ils étaient, dis-je. Et qu'allez-vous faire alors de tous les bébés de la nursery?

– Leur trouver un nouvel emplacement. J'ai pensé ouvrir une allée au fond du jardin à la française.

– Oh non. » J'hésitai, puis l'appelai par son prénom. Cela sembla lui plaire, il éclata de rire. J'avais prononcé son nom comme en français, laissant tomber le « s ». *To-mah.*

« Appelle-moi toujours comme ça », chuchota-t-il.

Il fallut plus d'un an pour que j'aie une chambre à moi. Mais il tint parole, il la fit faire. Un petit escalier en colimaçon partait au pied de son lit, et montait au-dessus de l'alcôve jusqu'à un étroit passage de la longueur de celle-ci, éclairé par trois fenêtres rondes donnant sur son appartement. Pour la forme des fenêtres il s'était inspiré du tableau qu'il aimait tant, *Abraham et Hagar*, et aussi pour celles de ma chambre. Elle était octogonale, cachée sous le chéneau, et donnait à l'ouest sur les montagnes. C'est là que j'attendais, que j'amassais le décompte des heures. La pièce était remplie par mes petits trésors rapportés de Paris : la pendule en bronze et onyx, le divan et le bois du lit, la baignoire en cuivre copiée pour moi par Joe Fosset, les coffres pleins de robes que je ne mettais jamais, ma lingerie, les pièces de belle soie et de batiste fine, mes livres et ma guitare. Là j'étais libre, j'étais seule, loin du grouillement de la maisonnée. J'avais plaisir à descendre dans son sanctuaire par mon escalier privé. Ce n'était qu'officiellement, en ma qualité d'esclave et de maîtresse de sa garde-robe que j'y entrais par le vestibule commun du rez-de-chaussée.

Une fois qu'il eut construit l'escalier miniature de ma chambre il s'aperçut, consterné, que les deux ailes neuves du manoir n'avaient pas d'escalier du tout ! Il ordonna aussitôt à mon frère John d'ajouter un escalier à chaque bâtiment, lesquels ne furent guère plus larges que le mien – deux pieds à peine – alors qu'ils devaient admettre outre la corpulence de ses hôtes masculins, les vertugadins des femmes. Je revoyais le grand escalier de l'hôtel de Langeac, ce monument de marbre rose que j'avais descendu dans ma fuite, un certain matin de mars, huit ans auparavant. Seule ma chambre secrète, avec son passage et ses marches étroites, ressemblait aux vastes demeures parisiennes et nous reliait au passé. Notre vie privée allait bientôt céder une fois de plus aux exigences du monde extérieur et du pouvoir, mais au moins pour quelque temps j'étais en sécurité, heureuse, cachée, aimée.

28

PHILADELPHIE, MARS 1797

« Il n'est rien que j'espère si ardemment que de voir mon nom sortir second ou troisième – ce dernier cas me laisserait chez moi toute l'année, l'autre neuf mois l'an... »

Avec ces mots prit fin notre retraite heureuse. Le jour de Noël 1796. Mon maître était maintenant second vice-président des États-Unis. Il répugnait tellement à quitter sa demeure qu'il pensa un moment se faire assermenter chez lui, en Virginie. Pour moi, j'étais en deuil. Mon troisième enfant, Eddy, n'avait pas vécu au-delà de quelques mois et voilà qu'un nouveau coup me frappait. J'allais perdre une fois encore mon maître au profit de sa vieille maîtresse, la politique. Comme ni Martha ni Maria ne l'accompagneraient à Philadelphie pour l'inauguration, pour me consoler, il me proposa d'aller avec lui assister aux cérémonies.

J'attendis ce long voyage de onze jours avec impatience – n'importe quoi pour surmonter ma profonde dépression. Peut-être aurais-je des nouvelles de James, puisqu'il n'avait pas écrit depuis un an.

Nous partîmes. Le paysage changea jour après jour à mesure que nous remontions vers le nord. Nous passâmes Ravenworth, Montpelier, Dumfries, Elkridge et Georgetown. Nous avions pris le phaéton venu de Paris avec des chevaux de réserve confiés aux piqueurs, Isaac et Israel. On avait attelé les six plus beaux bais de Monticello. Le deuxième jour de mars, après avoir quitté Chester, mon maître voulut faire en sorte qu'une voiture de poste nous prît jusqu'à Philadelphie, mais il n'y en avait aucune de disponible. Nous attendîmes le soir avec l'intention d'entrer en ville incognito, mais le carrosse jaune et lilas avait été reconnu et un courrier avait annoncé notre arrivée. A l'entrée de Philadelphie nous fûmes accueillis par une foule joyeuse avec une banderole proclamant : « Jefferson, l'Ami du Peuple », et par une compagnie d'artilleurs qui nous salua de seize coups de canon. Terrifiée, prise d'une sueur froide, je m'agrippai à la manche de mon maître et je me blottis le visage contre son épaule. Il y avait bientôt huit ans que je n'étais descendue de ma montagne de Monticello, et voilà que je me retrouvais dans le vaste monde. Cette montagne où j'avais passé presque toute ma vie s'était écartée comme une pierre tombale, l'air et la lumière entraient de nouveau, le monde venait cogner sur les flancs du carrosse, hurler des slogans et des vivats tandis que mon maître riait, dégageait son bras de mon étreinte pour mieux se montrer et se pencher à la portière. Burwell, dans la voiture avec nous, passa la tête de l'autre côté pour observer Jupiter et Davey qui rassuraient les chevaux effrayés en souriant et en saluant la foule comme s'ils n'avaient fait que cela de leur vie. Abritée par la carrure de Burwell je lançai des regards inquiets sur un océan de visages blancs traversé par les bottes et les éperons de nos piqueurs. Depuis Paris je n'avais pas vu tant de Blancs réunis. Je me souvins de James décrivant le peuple ameuté devant la Bastille, et je me revis dans les rues de Paris, un souvenir qui prit corps au spectacle de ces Américains venus accueillir joyeusement leur nouveau vice-président. Avais-je oublié, sur ma montagne, que le monde était peuplé de Blancs? Cette cohue gueularde, turbulente, ces grands rires, c'était le monde des Blancs. Un faible cri m'échappa et je me cramponnai à Burwell comme je l'avais fait avec mon maître, mais lui aussi n'avait d'yeux que pour les visages innombrables qui nous entouraient. Il se dégagea d'un haussement d'épaules et m'ignora.

Le lendemain je courus les rues de Philadelphie. La ville tout entière semblait faite de brique et n'avoir qu'une couleur, le rouge. Les rues, comme les maisons, en étaient recouvertes. La pluie les rendait glissantes et Burwell dut plusieurs fois m'empêcher de tomber. Nous descendîmes Market Street en regardant les vitrines, les marchands ambulants et les vendeurs de journaux. J'allais voir la petite maison de mon maître, dans Seventh Street, bruyante et pleine de jeunes garçons tant noirs que blancs qui vendaient des pamphlets, des placards et des journaux. Tous prétendaient offrir l'histoire de la première succession à la présidence des États-Unis. Burwell en acheta plusieurs pour Monticello.

Pendant notre promenade, Burwell me désignait les affranchis quand nous en croisions, et je ne pouvais m'empêcher de les fixer avec de grands yeux. Tous étaient correctement vêtus, et donnaient l'impression d'être pleins d'assurance. Je savais bien qu'à Charlottesville on trouvait beaucoup de gens de couleur émancipés, mais c'était la première fois que je voyais les visages de nègres n'ayant jamais été esclaves. Certains paraissaient riches, les femmes avec des jupes longues, élégantes, qui traînaient sur les trottoirs, accompagnées de messieurs dignes vêtus de drap noir avec du linge blanc comme neige. J'avais mis ma plus belle robe, qui aurait été affreusement démodée à Paris mais qu'ici on ne remarquait pas. J'attendais avec impatience le jour suivant pour voir les dames du monde, leurs belles robes, leurs manteaux, leurs chapeaux et leurs gants

Le jour se leva, clair et ensoleillé. Nous suivîmes notre maître à pied jusqu'au Sénat pour la cérémonie du serment. Je tendis l'oreille de toutes mes forces sans pouvoir saisir le moindre mot du discours et de la prière qu'il offrit ensuite à la patrie. C'était la première fois que j'entendais mon maître parler en public, et tout de suite après les premières paroles sa voix se vida de toute sa musique pour n'être guère plus qu'un murmure enroué. Pour savoir ce qu'il y avait dans un de ses discours il fallait consulter le texte que publiaient les journaux. Après avoir prié pour le bonheur, la paix et la prospérité du pays, il conduisit les sénateurs et l'assistance à la Chambre des Représentants où Maître Adams devait prêter serment. Cela faisait presque dix ans que j'avais vu John Adams par la lunette arrière du phaéton qui nous emmenait à Paris, Polly et moi. L'âge ne l'avait pas rendu plus mince – si jadis il était carré, puissant, il était maintenant gros et rond. Avec son air guindé, son long nez pincé et ses petits yeux bleus et perçants, on ne pouvait le voir que comme un lièvre de Virginie en redingote gris perle, avec un gilet et une culotte assortis. J'eus envers lui un élan de mon ancienne affection et je me demandai quelle existence j'aurais eue s'il m'avait renvoyée en Virginie, en ce lointain été. Abigaïl Adams n'était nulle part en vue. Un jour pareil, n'était-elle pas venue faire honneur à son mari?

En regardant autour de moi je m'aperçus qu'il n'y avait pratiquement aucune femme. Toutes les belles dames que j'avais cru voir étaient restées chez elles et dans une telle assemblée on aurait cru que les Etats-Unis n'étaient peuplés que d'hommes.

A côté de George Washington se trouvait Samuel, son esclave, l'air aussi vieux et glacial que son maître. Le président Washington était tout habillé de noir – un grand vieillard avec une perruque bouclée et poudrée à l'ancienne, de petits yeux bleus au regard froid et un visage si blanc qu'on le voyait bleu. Il avait un grand nez et des lèvres si minces qu'elles étaient invisibles sauf lorsqu'il les retroussait dans ce qui voulait être un sourire, découvrant de grandes dents noires, bien connues pour être fausses. De temps en temps il saluait la foule d'un geste raide, et au même moment, alors qu'il exhibait son sourire noir dans un visage de plâtre, l'esclave à son côté souriait aussi de toutes ses dents blanches au milieu d'un visage noir. L'assemblée acclama le président sortant. Des larmes coulèrent sur ses joues et celles de son ombre, l'esclave Samuel. John Adams fit un beau discours de sa voix rude du Massachusetts. On l'applaudit longuement, lui aussi. Aujourd'hui encore je me demande pourquoi Abigaïl Adams n'est pas venue voir son mari devenir président des États-Unis.

Après la cérémonie je restai devant le Sénat avec Burwell et Jupiter pour examiner la foule qui se dispersait, essayant d'y reconnaître les amis de mon maître que j'avais pu voir à un moment ou un autre à Monticello. Soudain j'aperçus un homme de belle allure, petit, magnifiquement vêtu de daim avec de la dentelle jaune au col et aux poignets.

Il avait des boucles noires tirées en arrière d'un front plus haut que la normale, un teint pâle contrastant avec ses cheveux de jais et ses sourcils perpétuellement arqués qui prêtaient une expression moqueuse à des yeux marron foncé. Il se dirigea droit vers nous, s'arrêtant une fois ou deux pour saluer ceux qui l'appelaient, se tournant de droite et de gauche sur la pointe des pieds avec une démarche dansante du plus gracieux effet. Finalement il fut devant nous.

« Davey Bowles! Jupiter! Ce bon Jupiter, qui ne s'en fait jamais! Mademoiselle?...

– Maît' Burr, sir. Un jour de gloire pour la République, Maît'. Vous cherchez maît' Jefferson, sir? Il est allé à la Chambre des Représentants avec plusieurs de ces messieurs... Maît'. »

Jupiter, en débitant sa tirade, s'était mis un pas devant moi, en protecteur. Il avait la même taille imposante, le même âge que son maître, et dominait Aaron Burr qui lui arrivait à la poitrine.

« Pourquoi Bob Hemings n'est-il pas là, Jupiter? Où est donc ce garçon?

– Robert Hemings, l'est affranchi, Maît' Burr, sir, comme James. Il s'est racheté sa liberté à Maît' Jefferson pour aller à Richmond avec sa femme et sa fille, elles sont esclaves là-bas chez Maîtr' Strauss. Maît' Jefferson il a signé ses papiers d'affranchissement à Noël 94. Il a tout à fait regretté de quitter Maît' Jefferson, Maît' Burr, mais il a pas pu se prévaloir contre lui-même d'abandonner sa femme et sa fillle.

– Eh bien, Jupiter, je lui souhaite bonne chance.

– Oui, Maît'. »

Aaron Burr ne me quittait pas des yeux. Il attendait patiemment, visiblement habitué aux faux-fuyants de Jupiter, sans rien dire.

En fin de compte, après des propos à bâtons rompus dont la servilité me stupéfia, Jupiter céda.

« C't' enfant là, c't' aussi une servante à Maît' Jefferson. C'est une Hemings, et Burwell c'est son neveu. On l'appelle Sally Hemings de Monticello », ajouta inutilement Jupiter. C'était le plus long discours qu'il ait jamais fait à mon sujet.

« Une autre Hemings de Monticello! Seigneur Dieu, combien êtes-vous donc dans cette famille? Et à propos, comment va James? J'ai ouï dire qu'il était retourné en France. Depuis, les dîners de Mr. Jefferson ne sont plus ce qu'ils étaient. En fait l'an dernier il n'a cessé de chercher à voler les cuisiniers des autres! Mais cette fille, ce n'est tout de même pas une ouvrière des champs, n'est-ce pas?

– C'est la maîtresse de garde-robe de Maît' Jefferson, Maît' », répondit noblement Jupiter.

Cet homme, cet Aaron Burr, me brûla de ses yeux noirs comme si j'étais nue devant lui.

« La... maîtresse... de la garde-robe... de... Thomas... Jefferson... Jupiter? » dit-il très lentement.

Ses sourcils remontèrent si haut sur son vaste front, presque jusqu'aux cheveux, qu'on aurait dit le diable en personne. Il me fouillait du regard avec un tel mélange de mépris et de lubricité que mon sang se figea. Jamais un homme ne m'avait regardée ainsi. Je tremblais. Quand nos yeux se croisèrent il soutint mon regard avec insolence, puis jeta la tête en arrière en éclatant de rire – un rire métallique, haut perché, bizarre et on ne peut plus déplaisant. Je décidai à l'instant même que je détestais ce Maître Burr.

« D'après sa façon de s'habiller, Jupiter, je ne pensais pas qu'il eût une garde-robe, moins encore une maîtresse de celle-ci. Sauf aujourd'hui, ajouta-t-il, car il est des plus élégants, tout en bleu de France, et peut-être est-ce qu'il a ici sa maîtresse pour l'habiller... »

Je sentis Jupiter se raidir.

« Je vous en prie, monsieur. Je suis la femme de chambre de Mlle Maria Jefferson », dis-je en français, d'une voix froide, pour couper court. J'ignore pourquoi j'ai agi ainsi. J'avais rougi de colère, et j'étais contente d'avoir le visage à demi caché par mon chapeau. Maître Burr en fut abasourdi, comme si un chien s'était mis à parler latin.

« Ah! Que je fus inspirée...

« Quand je vous reçus dans ma cour », répliquai-je.

C'étaient les premiers vers d'un air que Piccini, le maître de musique de Marie-Antoinette, avait écrit pour la reine. On chuchotait qu'elle l'avait chanté publiquement devant son amant, le comte Fersen, lors d'une des célèbres soirées à Trianon. Le peuple de Paris en avait fait un couplet rimé, et tous ceux qui avaient vécu à Paris peu avant la Révolution le connaissaient par cœur. Je ne pus m'empêcher de sourire à voir son étonnement, et il me sourit en retour, un large sourire de moquerie perverse. Je rougis encore, furieuse de m'être ainsi oubliée.

« Vous parlez très bien le français, dit-il avec un lourd accent américain. *Vous avez bien dit, une servante de Maître Jefferson? C'est-à-dire, une esclave?*

– *Oui, monsieur »*, répondis-je.

Il interrogea du regard d'abord Jupiter, puis Burwell. Ni l'un ni l'autre ne répondit, n'ayant pas compris notre dialogue. Burwell, lui aussi, avait mis sur son visage lisse, d'un beau brun doré, l'expression « ne-me-demandez-rien-je-suis-qu'un-pauvre-nègre ».

« Eh bien, ton maître a tant de choses à célébrer en plus de son poste comme vice-président...

– *Que Dieu le protège dans sa tâche*, répondis-je en faisant une profonde révérence, à la française.

– *Bien dit* – bien dit, en vérité. Que Dieu le protège. De ses ennemis comme de ses amis. »

C'était donc là le rival de mon maître, me dis-je, le riche et célèbre avocat de New York, Aaron Burr. Il me répugnait.

« Burwell, sortez votre tante de cette cohue. Jupiter... Davey, mademoiselle Hemings de Monticello... » Toujours sur le même ton de sarcasme.

La fureur m'étouffait. Si j'avais été blanche il n'aurait pas osé me parler ainsi, domestique ou non. Je lui fis la révérence, malgré ma rage, et j'eus la surprise de le voir me saluer dans les règles. Il fit un curieux demi-tour, comme un pas de danse, et s'éloigna d'un air cavalier. Pourtant il gâcha son effet en me regardant par-dessus son épaule et il heurta bientôt un grand et bel homme dont Jupiter me dit à l'oreille que c'était Alexander Hamilton. Le comique de la situation, de voir le terrible Maître Burr tomber à la renverse en voulant me lancer un dernier coup d'œil, ne dissipa pas ma colère, ni l'appréhension que cette foule m'avait inspirée. « Des ennemis? » J'avais cru que mon maître ne comptait dans cette multitude que des amis et des partisans. Qui donc était l'ennemi de Thomas Jefferson? Et pourquoi? Qui pouvait lui vouloir du mal? Certes il était arrivé que mon maître se plaigne de l'envie et de la malveillance du monde politique, mais impossible d'imaginer qu'il eût des ennemis mortels. Maître Jefferson, souverain absolu de Monticello, si aimable, si pacifique. Tout n'était qu'amour autour de lui. Serait-il entouré ici de gens et de forces qu'il ne pût contrôler? D'êtres faisant fi de sa volonté comme il faisait fi de celle de ses serviteurs? Je pensai aux articles que j'avais lus ces derniers jours. Oui, il y avait ici des gens qu'il ne pouvait pas gouverner, ni commander, des gens qu'il ne pouvait pas même combattre, qu'il ne pouvait convaincre, des gens aussi intelligents, aussi riches, aussi puissants que lui. Il y avait les amis dont il aurait besoin de rechercher l'appui. Les ennemis mystérieux dont il devrait se protéger, se défendre. Et avant tout il y avait le « public » . cette masse inconstante, dangereuse, dont on ne pouvait se dire l'ami non plus que l'ennemi car elle pouvait changer du jour au lendemain Ce « public », le gouvernement lui avait donné un nom, « le Peuple », en faisant de ce fait un seul corps, une seule volonté, la source unique de ce pouvoir que poursuivaient avec une telle obstination les grands de ce monde. « Le Peuple » en ce moment tournait en rond sur la place au sol rouge sang. « Le Peuple » nous frôlait, Jupiter, Burwell et moi, à deux pas de notre voiture. « Le Peuple » pouvait abattre mon maître. Et si mon maître était perdu, qu'adviendrait-il de moi? Alors je compris que ses ennemis étaient aussi les miens, et que, dans l'univers des Blancs, je n'avais que des ennemis.

« Jupiter, je remonte en voiture. Je me sens mal. »

Il me prêta la main pour m'installer dans le carrosse et me dit : « A mon idée Thomas Jefferson n'aimerait pas te voir dans cette foule te faire regarder dans le blanc des yeux. Je ne crois pas qu'il ait envie que tu t'exposes à toute cette racaille. Il comptait que tu serais rentrée juste après la cérémonie. Tu vois qu'il n'y a pas de dames ici. » Sur ce il claqua la portière.

« ... De plus, lui ai-je dit, mon inclination ne me permettrait pas de jamais retraverser l'océan. »

Je le regardai fixement. D'une seule phrase, délibérément, il avait brisé les promesses explicites ou tacites de ces huit années. Tous mes rêves de jamais retourner en France s'évanouissaient. Même maintenant que James était parti sans moi, que j'avais deux enfants à élever, j'avais gardé au fond de moi l'espoir de revoir Marly. Maintenant le sujet était clos. Pour toujours.

Trois jours après l'Inauguration, mon maître, accompagné de Jupiter, se rendit à un dîner donné par Maître Washington. Tout le monde avait espéré que Jefferson se réconcilierait avec le nouveau président, mais il fut évident au cours du repas qu'il y avait entre eux une froideur singulière au point d'alimenter les commérages d'arrière-cuisine. Les domestiques discutaient assidûment chaque détail de la situation politique, et parfois ils semblaient mieux informés sur l'évolution des querelles et des intrigues que les protagonistes eux-mêmes. Jupiter ne fut donc pas surpris de voir mon maître sortir de ce dîner dans une rage folle dont il nous fit les seuls témoins.

Le visage plus rouge que jamais, il arracha sa cravate si brutalement qu'il faillit s'étrangler. Il arpentait la pièce minuscule à grandes enjambées, ébranlant le parquet à chaque pas. Sa voix vibrait de colère.

« La première et l'unique proposition de John Adams, c'est de me renvoyer en France! »

Puis il lança un torrent d'insultes. Contre Adams, son ancien ami, contre Hamilton, Knox, Pickering, Burr et les autres. Tous étaient contre lui. Je notai les noms. Les voilà donc, pensai-je, les « ennemis » de mon maître. Il envoya chercher Jupiter, surexcité, pour qu'on lui selle un cheval, puis il changea d'avis. Il s'assit assez longtemps pour que je puisse lui ôter ses bottes. Puis il se releva, en chaussettes, pour lancer une autre bordée de malédictions.

« Si Adams et ce cabinet fédéraliste dont il a hérité croient qu'ils peuvent m'écarter du gouvernement, ils feraient mieux d'y réfléchir à deux fois ! »

Son énorme poing s'abattit près du lit sur une petite table qu'il fracassa d'un seul coup.

Ma brève sortie en Amérique blanche avait pris fin.

Au retour de Philadelphie, quand nous remontâmes là-haut, la montagne était en fleurs.

Il resta chez lui presque toute l'année.

A la fin de l'été, Maria Jefferson épousa son cousin Eppes. Ce fut un mariage sans grande cérémonie, au milieu des travaux de démolition qui se faisaient pratiquement au-dessus de nos têtes. Ils iraient ensuite vivre à Bermuda Hundred, à plus de cent miles de Monticello. Pour son mariage Maria reçut de son père vingt-six esclaves, soixante-dix-huit chevaux, porcs et vaches et huit cents acres de terre. Nos adieux furent tendres. Polly m'avait toujours traitée comme une amie. Nous avions réussi à établir une trêve non écrite où notre amour pour son père garantissait l'amour que nous avions l'une pour l'autre. Nous n'avions pas de secrets entre nous. Quand je lui fis voir ma chambre, reliée à celle du maître, son soulagement fut égal au mien.

« Oh ! Sally, comme c'est gentil !

– L'an dernier il a modifié son appartement pour la construire, et Joe et John sont en train de faire l'escalier.

– Ainsi tu n'auras plus à traverser le vestibule chaque fois que tu veux entrer ou sortir. »

Jamais nous n'avons dit pourquoi cet arrangement valait mieux pour tout le monde. Non plus qu'elle ne mentionna cette nouveauté devant son père, ni ne fit la moindre allusion à ce sujet.

« Vous souvenez-vous, dis-je, à Paris : tous les escaliers secrets, toutes les chambres cachées ? Les romans que nous nous sommes imaginés ?

– Nous étions si jeunes, à Paris.

– Vous êtes jeune, maîtresse. Dix-sept ans, c'est un âge merveilleux... »

J'obtenais enfin le repos, la sécurité. Mais une mère n'est jamais à l'abri du danger. Mon maître était à la maison depuis près de cinq mois, Polly était encore en lune de miel, quand la rumeur d'une épidémie venue de Charlottesville vint jeter la terreur au cœur de toutes les mères, qu'elles fussent noires ou blanches. Tom et Harriet tombèrent tous deux malades. A Edgehill les filles de Martha furent atteintes ainsi qu'une demi-douzaine d'enfants d'esclaves. Pendant plusieurs semaines, sans dormir, nous avons soigné les enfants. Martha faisait l'aller et retour entre Edgehill et Monticello. Abruties de fatigue, pleurant des larmes cruelles, nous avons toutes les deux vu ma petite Harriet lentement suffoquer. Elle n'avait vécu que deux étés.

Je la couchai près du petit Eddy, au cimetière des esclaves. Quatre enfants du même père reposaient sous la pierre, au cimetière des Blancs. La ligne de partage continuait malgré la tombe. Mais quelle différence? C'étaient tous ses enfants, et ils étaient tous morts.

La mort d'Harriet me porta un coup sévère et vint menacer la vie fragile qui commençait à bouger dans mon ventre. L'hiver me rappela celui de 1788 à Paris – interminable et glacé, rien d'un hiver normal en Virginie. On allumait les chandelles en plein jour et ni esclaves ni maîtres ne mettaient le nez dehors. Tom, mon premier-né, survécut, et je m'accrochai à lui, me sentant aussi misérable que la saison.

Martha, qui avait perdu une fille à l'époque où Eddy était mort, courut retrouver ses enfants à Edgehill, prise de terreur, et me laissa seule.

Un seul enfant vivant me restait, outre celui que je portais. Je gardai Tom à la maison tout l'hiver sans jamais quitter de vue sa silhouette vigoureuse et ses cheveux roux. Chaque fois qu'il toussait mon cœur cognait dans ma poitrine, et s'arrêtait de battre dès qu'il se plaignait.

Fin mars je fis savoir que mon terme approchait. Quelques jours après on m'apporta un divan de bel acajou avec le dos et les pieds sculptés, de style XVIIe, un matelas de plumes et une courtepointe en duvet recouverte de soie. Il ne m'oubliait pas. Quand je lui écrivis que j'étais heureusement délivrée d'un garçon, je reçus en réponse : « Appelle-le Beverly », ce que je fis.

Peu après un clavecin fut envoyé de Philadelphie. Presque aussitôt Martha vint d'Edgehill pour le voir. Je regardai d'un œil envieux la bonne santé de ses quatre enfants. Moi aussi, j'en aurais eu quatre...

« C'est pour Maria, vous savez.

– Oui, c'est ce que j'ai compris. »

Martha ne dit rien du fait que Maria ne vivait plus à Monticello, mais fort loin, à Bermuda Hundred. J'étais ravie d'avoir cet instrument.

« Je le trouve charmant, dit-elle, mais il est certainement inférieur au mien. »

Elle ne regardait pas le clavecin, mais le petit esclave blond, à la peau blanche, que j'avais dans les bras... son demi-frère.

29

MONTICELLO, OCTOBRE 1800

Quelle pureté et quelle paix domestique peut-on espérer quand chaque homme a deux attaches, dont une doit être dissimulée ; deux familles...

HARRIET MARTINEAU, *La Société américaine*, 1837

L'organe de la justice, c'est le couple considéré comme une dualité personnalisée formant grâce au contraste des attributs un être complexe, l'embryon social... Par conséquence, chez l'homme et chez la femme, la nature n'est pas identique. De plus c'est par cet organe que leur conscience à tous deux s'ouvre à la justice, chacun devient pour l'autre en même temps témoin, juge, et un second soi-même. D'être en deux personnes, ce couple est le véritable sujet humain.

PROUDHON, *La Pornocratie, ou les Femmes aux Temps Modernes*, publié en 1875

Prison de Richmond, 13 sept. 1800

Monsieur,

On ne parle ici de rien d'autre que de la récente conspiration des Nègres. Un certain Nicholas Prosser, un jeune homme qui hérita il y a quelque temps d'une plantation à six miles de la cité, se montra d'une grande barbarie avec ses esclaves. L'un d'eux, nommé Gabriel, individu supérieur à sa condition par l'intelligence et le courage, projeta une vengeance. Un nombre immense se joignit aussitôt à lui et, fait incroyable, garda le secret plusieurs mois. On forgea assez grossièrement maintes épées de mauvaise ferraille, on en fit d'autres en brisant une lame de faux par le milieu, obtenant ainsi deux lames des plus redoutables. Elles furent solidement fixées à des manches appropriés et eussent pu trancher bras ou jambe d'un coup. Les conspirateurs devaient se retrouver dans un bois près de chez Prosser, l'avant-dernier samedi, sitôt la nuit tombée. Ce même jour, ou très peu de temps avant, un garçon fut averti, car il fut invité au rendez-vous sans qu'on y prît garde, et en informa immédiatement l'intendant de son maître. Il n'y eut pourtant aucun préparatif évident jusqu'à l'après-midi précédant le jour fixé, et comme la milice est dans le désordre le plus condamnable, que les Noirs sont nombreux, robustes et désespérés, on pouvait prévoir un carnage. Mais ce même soir, précisément vers le coucher du soleil, on vit éclater le plus terrible orage, accompagné d'une pluie énorme, que je ne vis jamais dans notre État. Il y a entre chez Prosser et Richmond un endroit appelé Brook Swamp où la grande route doit passer sur un pont. C'est par là que devaient passer les Africains, et la pluie avait rendu le passage impraticable, les privant en outre du renfort et de l'aide de leurs bons amis de la ville, qui ne purent sortir pour se joindre à eux. Ils prévoyaient d'attaquer la capitale et le pénitencier. Ils ne risquaient guère d'échouer, car après tout nous ne pouvions réunir que quatre ou cinq cents hommes dont trente au plus avaient des mousquets. Voilà comment nous étions préparés, alors que dans la capitale et au pénitencier s'empilait de quoi armer plusieurs milliers de soldats. Je ne prétends pas en blâmer le conseil exécutif, car je ne suis vraiment pas suffisamment au fait des circonstances pour me former une opinion. Ce jour-là cinq d'entre eux furent pendus, et beaucoup vont connaître le même sort. Leur plan était de massacrer tous les Blancs sans distinction d'âge ni de sexe, et tous les Noirs qui ne se joindraient pas à eux, puis de gagner les montagnes après avoir pillé la ville. Les épouses qui auraient refusé de suivre leurs maris devaient être égorgées avec les autres. Cette idée vraiment digne d'un cœur africain est d'autant plus condamnable qu'à ma connaissance bon nombre de ces malheureux, ceux qui furent complices ou ceux qui auraient pu l'être, étaient traités par leurs propriétaires avec la plus grande tendresse, plutôt comme leurs enfants que leurs esclaves...

Je parcourus le reste de la lettre, qui traitait de politique générale, jusqu'au nom de l'expéditeur : James T. Callender. Je notai ce nom dans mon esprit avant de rendre à mon maître la lettre qu'il m'avait demandé de lire.

« Je suppose que tu as déjà tous les détails », dit la voix familière avec une trace de tristesse.

De fait, la chronique des esclaves avait depuis longtemps répandu la nouvelle, et l'histoire de Gabriel Prosser était maintenant légendaire.

Davey Bowles avait rapporté les premières informations et il m'avait raconté le soulèvement. Gabriel Prosser et Jack Bowler avaient été les chefs de l'insurrection. Gabriel était un magnifique géant de vingt-quatre ans, mesurant six pieds trois pouces, et son camarade Jack, plus vieux de quatre ans, était aussi plus grand de trois pouces. Ils avaient organisé plus de mille hommes dans le comté d'Henrico. Gabriel savait lire et écrire, il avait soigneusement préparé la révolte et sa femme Nanny était aussi active que lui, ainsi que ses frères Solomon et Martin. Ils avaient tous été trahis par un de leurs compagnons de servitude, appelé Ben Wolfolk, lui-même informé par deux esclaves trop bavards, George Smith et Samuel Bird. Le soulèvement était prévu pour le 1er septembre, le rendez-vous des rebelles était un cours d'eau à six miles de Richmond. Onze cents hommes devaient s'y rassembler pour se former ensuite en trois colonnes qui se seraient dirigées vers la ville sous couvert de l'obscurité.

Les rebelles avaient beaucoup compté sur les Français, qu'ils pensaient en guerre avec les États-Unis à cause des sommes d'argent qui leur étaient dues, et ils croyaient qu'un navire de guerre venu les aider avait accosté à South Key. Si ce premier stade réussissait, il y avait suffisamment d'armes au pénitencier de Richmond, assez de poudre en réserve, la ville abritait le trésor de l'État, les minoteries leur fourniraient le pain, la garde du pont qui franchissait la James River empêcherait les ennemis de le traverser. Une fois en sûreté ils avaient l'intention de lancer un appel aux autres esclaves et aux Blancs d'opinions humanitaires pour les rassembler autour de leur bannière de soie rouge où était proclamé « La Liberté ou la Mort ». Ils avaient estimé qu'une semaine à peine leur amènerait cinquante mille rebelles et leur permettrait de prendre d'autres villes. En cas d'échec, ils se seraient retirés dans les montagnes, comme avaient fait les esclaves rebelles de Saint-Domingue.

Tout l'été Richmond avait retenti d'une rumeur d'insurrection, et à table les Blancs tenaient des propos inquiétants. Pourtant l'attaque les avait surpris, secoués. Pourquoi donc? me demandais-je, puisqu'ils vivaient sous cette menace, Noirs et Blancs, tous les jours et tous les ans. Les Blancs avaient été pris au dépourvu et la trahison seule avait empêché la victoire — la trahison alliée à Dieu, car le jour choisi avait été en proie à la tempête la plus furieuse, de mémoire de Virginien. Pourquoi? me répétais-je sans cesse. Au lieu d'une révolte c'était une tempête qui ravageait le pays. Maître Monroe, le gouverneur de la Virginie, avait fait appel à la cavalerie fédérale. Les pendaisons se multipliaient. Je regardai la date de cette lettre. Gabriel Prosser était déjà mort. Dénoncé, pris à Norfolk, sur un vapeur, on l'avait ramené enchaîné à Richmond. Là il avait montré un parfait sang-froid, avait revendiqué la responsabilité de tout, s'était conduit en héros et n'avait exprimé aucun remords. Il me restait à voir une quatrième lettre. Maître Monroe écrivait pour demander conseil à Thomas Jefferson. Comment mettre fin aux pendaisons? Plus de trente-cinq Noirs se balançaient aux gibets et les prisons de Richmond gémissaient sous le nombre. On avait suspendu les procès. Si tous étaient pendus, les Noirs de cette région seraient exterminés.

« Je crois qu'il y a eu assez de pendaisons. »

Pourquoi, alors qu'il y avait tant de choses dont il me tenait à l'écart, voulait-il partager précisément ce fardeau? N'étais-je pas déjà suffisamment chargée? Il savait que là-dessus je ne me rangerais jamais de son côté.

Mon amant, surpris, leva les yeux sur moi.

« Tu es au courant des pendaisons?

– Oui.

– Tu sais combien?

– La rumeur dit quarante ou cinquante, et des centaines qui attendent d'être jugés.

– Le gouverneur Monroe ne sait que faire. Tiens, regarde ça. »

Je lus la lettre du gouverneur.

« Tout ce que je puis dire, c'est que vous ne pouvez pas tuer tous les esclaves de Virginie. »

Il se leva de son bureau et vint vers moi. « Non, dit-il lentement, on ne peut pas les tuer tous. » Il me prit la lettre des mains et retourna s'asseoir. « Quand faut-il retenir la main du bourreau? Voilà une question importante. Ceux qui en ont réchappé et ne se sentent plus en danger immédiat doivent être d'humeur à poursuivre les exécutions...

– Je dis toujours qu'il y a eu assez de pendaisons. Vous ne pouvez pas les tuer tous. »

Je pensai à la jeune semence qui grandissait dans mon ventre. Un nouvel esclave.

« Vous devez comprendre, commençai-je, que ce ne sont pas des criminels ou des malfaiteurs ordinaires, mais des gens coupables de ce que notre société nous oblige à traiter comme un crime alors que leur esprit le voit sous un jour fort différent...

– Je sais cela », coupa-t-il. Il me tournait le dos, tenant toujours la missive terrifiée de Maître Monroe.

Puis il me fit face, sans approcher. Il avait peur de moi. En privé, il pouvait l'oublier, mais jamais en public. S'adressant surtout à lui-même il dit alors : « Il est certain que, dans son ensemble le monde nous condamnera sans retour si nous montrons trop d'indulgence ou si nous allons d'un pas au-delà du nécessaire. »

Au mot « nécessaire » je le fixai droit dans les yeux, mais ne dis rien.

« Nous sommes vraiment dans une situation difficile, ajouta-t-il, car je doute qu'on puisse jamais risquer sans danger de donner à ces gens la liberté de se mêler à nous.

– L'exil, alors! Les Français et les Anglais le font. » Je suppliai. « Ces gens », c'était mon peuple! Même avec moi, il l'oubliait. L'exil. N'était-ce pas le choix qu'avait fait James? J'appuyai mes paumes contre mon ventre. Si je pouvais en sauver un... un seul.

« J'y ai pensé, dit-il. Le Corps législatif passerait certainement une loi permettant de les exporter, ce qu'il conviendrait de faire dans ce cas, comme tu l'as montré... ainsi que dans tous les cas semblables. »

Je repensai à Gabriel Prosser. Il était mort sur le gibet avec dix de ses camarades, et des centaines d'autres encombraient la prison de Richmond en attendant d'être à leur tour jugés et pendus, mais les esclaves, eux, n'y croyaient pas. Déjà une ballade était née dans une plantation et volait de case en case parmi les esclaves. Prosser, disait la chanson, n'était pas mort sur la potence, il s'était évadé avec l'aide d'un jeune garçon, un esclave appelé Billy. Il vivait et il reviendrait. Nous n'allions pas laisser mourir Gabriel Prosser. Il reprendrait les armes. Un autre Noir se lèverait à sa place, de même qu'à Saint-Domingue. Mon maître plongea ses yeux dans les miens.

« L'exil », murmurai-je.

Le soulagement détendit ses traits. « Merci », me dit-il, avec un regard plein d'une tendresse ineffable. Pour la première fois de sa vie il avait entrevu l'épouvante que produit l'esclavage, et parce qu'il m'aimait il l'avait reconnue pour telle. Sur cette montagne, paraissaient dire ses yeux, nous pouvons faire échec à tout, même à cela.

Il tendit un bras timide et me toucha. Il avait encore peur de moi, semblait-il. « Maintenant laisse-moi travailler. »

Je subis sa caresse, l'esprit en feu. J'aurais eu tant à dire.

Je lui tournai le dos, l'abandonnant à ses lettres, et je pris l'escalier minuscule qui montait à ma chambre.

Ce fut après le départ de mon maître pour Philadelphie, où le résultat de l'élection à la présidence était toujours en suspens, que j'appris la condamnation et l'exil du dernier des rebelles compagnons de Gabriel. James Monroe le bannit de Virginie.

Je n'avais pas plaidé en vain.

30

OCTOBRE 1800

James nous revint. Il était rentré de France plus d'un an auparavant, et nous rêvions de le garder à Monticello jusqu'à l'été. A Philadelphie il avait revu son ancien maître.

« Thomas Jefferson dit que je finirai par aller jusque dans la lune ! Si seulement c'était vrai ; je suis si las de cette terre et de ses habitants !

– Quand l'as-tu vu ? Comment va-t-il ? »

Mon frère me regarda d'un air dégoûté.

« Très bien. Plongé dans la politique, comme d'habitude, et s'en plaignant, comme d'habitude aussi. Burwell t'embrasse. Ton maître n'a pas le goût de gouverner. Écoute ce qu'il dit : " Je laisse à d'autres la joie sublime de chevaucher l'orage, je me sens mieux plus bas à jouir d'une couchette chaude et d'un bon sommeil, en compagnie de voisins, d'amis, de travailleurs de la terre comme moi, qu'avec des espions et des sycophantes... " Je suppose donc que tu lui manques, petite sœur. Il n'arrive pas à décider s'il a envie ou non d'être vice-président. En tout cas, d'après les journaux et les bruits de couloir, ils lui en font voir de dures. Il était si préoccupé, si abattu que, pour qu'il oublie ses ennuis, je lui ai proposé de m'accompagner en Espagne à mon prochain voyage.

– En Espagne ! »

Ma mère et moi partîmes d'un même cri. Nous étions assis dans une des caves près des cuisines, pour être au frais. Nous avions gavé James de tout ce que nous avions trouvé de bon dans le garde-manger. Il était vêtu à la dernière mode de Paris, l'air splendide. Les hommes ne portaient plus la culotte, mais un pantalon, étroit, serré dans de hautes bottes. Les couleurs aussi avaient changé – plus de satin rose ni de soie bleu pâle. Les redingotes étaient plus courtes, plus amples, de teintes foncées, avec des cols montants, tandis que du linge blanc enveloppait la poitrine et le cou jusqu'aux oreilles. James n'avait plus ses cheveux longs, mais des boucles courtes et drues.

« Mais pourquoi l'Espagne ?

– Et pourquoi pas l'Espagne ? Comme je l'ai dit à votre maître, c'est le seul pays qui ne soit pas en guerre avec la France, ou sur le point de l'être! Ne croyez pas que ce soit la fête, là-bas, depuis la Révolution ; ce n'était qu'un début, en octobre 89, et les histoires qui sont parvenues ensuite ici sont très loin de la réalité. Je suis retourné en France en espérant trouver du travail dans une des grandes maisons que j'avais connues. Seulement j'appris que la plupart étaient fermées, pillées ou brûlées, leurs propriétaires et leurs habitants en exil ou guillotinés, comme ce pauvre roi et sa reine. Et les " citoyens ", comme on dit maintenant de tout le monde, voient d'un mauvais œil la classe des domestiques. Nombre de cuisiniers et de valets ont eu la tête coupée en même temps que leurs maîtres. Petit savait ce qu'il faisait en partant à ce moment-là.

« Après la mort de Robespierre on a cru que le bain de sang était fini, mais cela continue encore maintenant. Il y a la guerre civile et la guerre avec l'étranger. Tout le monde attaque la France ou s'apprête à le faire. Les bouleversements ont empêché les semailles, il n'y a donc pas eu de récolte. Il n'y a pas de pain et pas d'argent. Les gens prient pour qu'un sauveur arrive. Les états généraux sont paralysés. Partout, partout c'est le chaos, et pourtant votre Jefferson espère encore que la révolution sera victorieuse. Il n'y a plus qu'un miracle pour sauver la France. Jamais je n'aurais cru voir la belle maison de la vieille comtesse de Noailles, dans l'île Saint-Louis, dévastée puis incendiée, de même que l'ermitage et le palais des Tuileries. De la Bastille, il n'y a plus trace, mais imagine : ils ont aussi détruit Marly. Il n'en reste rien. »

Marly. Cela aussi, disparu.

« Et tous les amis de Maître Jefferson? demandai-je.

– Comme la fortune a tourné! La Fayette est en prison à Magdebourg. Mme de Corny est veuve, elle s'est retirée à Rouen avec la maigre somme qu'elle a pu tirer de ses bijoux. Mme Cosway est à Gênes, au couvent. M. de Condorcet a été guillotiné. Le duc de la Rochefoucauld a été mis en pièces par la foule sous les yeux de sa mère et de sa femme. Ceux à qui on n'a pas séparé la tête du corps sont en exil ou en prison. Le Directoire pourrait faire bon usage de la Bastille que nous avons jetée bas. » James s'humecta les lèvres.

La liste des procès et des tueries se prolongea tard dans la nuit. Nous fûmes d'abord intéressées, horrifiées, puis cette litanie nous plongea dans une sorte de torpeur. James prenait plaisir à énumérer les morts des grands seigneurs, il avait les yeux qui brillaient en nous racontant la Terreur, les jacobins, et enfin la mort de Robespierre. On en était maintenant au Directoire, c'était le chaos et la guerre civile.

« Nous autres Américains, nous n'avons pas eu de révolution digne de ce nom, continua James. Nous sommes tout autant esclaves qu'en 1776 ! Nous sommes esclaves tout autant sous un président et un vice-président que sous un gouverneur britannique. Si les Français ont pu se révolter avec des pierres et des fourches, pourquoi pas nous ?

– James, tais-toi ! » cria ma mère.

Mais il n'y avait pas de maître qui pût nous surprendre. La maîtresse de Monticello, c'était moi.

« Ce que j'essaie de dire, maman, c'est qu'il y a trente mille esclaves rien que dans notre État, en Virginie. En Caroline du Sud, nous sommes plus nombreux que les Blancs... Trente mille esclaves en Virginie... c'est une armée. Vous comprenez ça ? Une armée ! »

Ma mère se leva comme pour empêcher les mots de sortir de sa bouche. Mais qui nous aurait écoutés ?

Nous sortîmes et je regardai les montagnes virer au doré, au rouge, puis s'argenter à mesure que le soleil baissait. James avait les yeux qui brillaient comme toujours de la même fièvre. La fumée venue des foyers d'esclaves tamisait la lueur rose du soleil couchant ; la rumeur des créatures nocturnes venait se mêler au bourdonnement familier de la voix de mon frère.

Qu'éprouvais-je en réalité ? Horreur, vengeance, plaisir, chagrin, indifférence... oui, l'indifférence, c'est à quoi ressemblait le plus cette sensation de froid qui venait me serrer le cœur.

« Seigneur, c'est comme si tu parlais d'une de ces révoltes d'esclaves !

– C'est bien cela, maman, si tu pouvais voir ce que la révolution – la leur, pas la nôtre – a détruit sous nos yeux, alors tu saurais que tout est possible !

– Mais ces aristocrates-là, dit ma mère, c'étaient des faibles.

– Et nos maîtres seraient forts ? Ces Blancs étaient tout à fait comme nous ; des miliciens, des laissez-passer, et des lynchages... Exactement comme nous, maman ! Ne comprends-tu pas un peu ce que j'essaie de dire ?

– Je comprends plus que tu ne crois, James Hemings. Je comprends quand tu parles de révolution et combien il y a d'esclaves en Virginie et comment nos maîtres avec tous leurs privilèges ne sont pas plus solides que ce roi Louis. Je te comprends comme le ferait n'importe qui avec deux sous de cervelle. Mais je sais *ce qu'on n'a pas,* et ce qu'on n'a pas, c'est un chef pour nous conduire. Un Moïse. On n'en a pas. Il n'est pas venu, et tant qu'il ne viendra pas nous n'arriverons à rien. Tu me parles de gens qui ont suivi, parce qu'ils étaient *dirigés.* Je suis prête à suivre, mais qui va nous mener ? Tous les Blancs se tiennent les coudes, même si ceux qui n'ont rien ne peuvent pas sentir les riches. Ils viennent de toutes les plantations pour nous écraser. Faire un exemple avec les chefs, flanquer une sainte trouille à tout le monde. La France a quelques ennuis sur les bras, et je ne crois pas qu'ils aient vraiment besoin d'un pâtissier. Ce qu'il leur faut c'est quelqu'un, un homme qui leur tire les marrons du feu, pas les petits fours...

– Pour ça, je n'ai pas l'intention d'approcher ni les aristocrates ni les citoyens, dit James. Mais là où il y a la guerre, il y a de l'argent. C'est ce que j'ai appris de nos politiciens et de nos banquiers à Philadelphie. Et j'ai l'intention de faire fortune. Je suis revenu pour une seule raison – chercher ma sœur. Tu viens, Sally Hemings? » Dans l'air du soir sa voix retentit comme un coup de tonnerre, et je tombai assise.

« Partir avec toi? murmurai-je.

– Rien ne t'en empêche, dit-il.

– Rien... sauf deux enfants.

– Laisse-les à maman et reviens les prendre, ou prends-les avec toi. Cela m'est égal.

– Tu ne sais pas ce que tu dis, James. Je ne pourrais pas... »

D'un coup son visage se convulsa de rage. « Maman, écoute-la. Tu l'entends! Maman! » Il hurlait. « Huit ans, et elle n'a rien appris! Après toutes ses promesses, à Paris, il lui a fallu sept ans pour me libérer, et j'ai eu un cheval et trente dollars. J'ai troqué la liberté contre des promesses, croyant qu'il m'aimait : quelques leçons de cuisine en Virginie, et j'ai fini par donner sept ans de ma vie pour un cheval et trente dollars, et j'ai même dit : "*Merci monsieur.* " Il lui a promis que ses enfants seraient libres à vingt et un ans, il lui flanque ses bâtards dans le ventre, il dit qu'il l'aime et elle répond : "*Merci monsieur.* " Imbécile!

– Lâche! criai-je. Tu avais peur de te voler! Pourquoi ne t'es-tu pas sauvé? Pourquoi? Qu'est-ce qui t'en empêchait? Et regarde-toi, maintenant! Qu'est-ce que tu nous fais voir après cinq ans de liberté? Rien!

– Et toi si, peut-être? Tu aurais mieux réussi dans un bordel!

– Qu'est-ce que les hommes font du monde pour les femmes, sinon un bordel!

– Et tu aimes ça!

– Les hommes aiment ça! Les amants, les maris, les frères, les oncles – tous, vous aimez ça! Ma prostitution est la vôtre, et vous le savez!

– Je sais, cria-t-il, je ne peux jamais l'oublier, même en dormant. Tout ce que je veux, c'est l'oublier! Et t'y laisser, si tu le demandes!

– Alors, laisse-moi. Laisse-moi, laisse-moi! criai-je.

– Je ne t'abandonnerai jamais là-dedans, tant que j'aurai un souffle de vie, tant que je rêverai la nuit.

– Nous rêvons tous, dis-je calmement. Tu crois que tes rêves sont spéciaux, mais il n'en est rien. J'ai assez couru après un rêve parisien vieux de onze ans.

– Tu parles comme lui. “ Fini de courir après la comète... ” Reste où tu es. Mets de l’argent de côté. Sois un bon affranchi. Fais quelque chose de toi. Et je le regarde. Je vois ce regard bleu et froid et je dis : “ Vous avez déjà fait quelque chose de moi... ” et ce salaud ne comprend même pas de quoi je parle.

– James, il faut que tu cesses de te détester toi-même. » Elizabeth Hemings parlait. Sa voix tremblait, comme jamais je ne l’avais entendue. La violence de mon frère l’avait démontée. Elle avait peur de lui, je le voyais. Elle qui n’avait peur de rien.

« Maman, tu n’as pas idée de ce qu’est la haine, répondit James.

– Je pense que non, dit-elle.

– Les femmes ! On vous couvre de crotte et vous l’essuyez, vous en faites un paquet et vous lui chantez une berceuse.

– Tu ferais mieux de retraverser la mer pour aller là-bas, mon fils.

– J’y vais, maman. Je veux seulement savoir, une dernière fois, si elle vient avec moi. » Il se tourna vers moi, et ses yeux comme des puits noirs et brûlants me regardaient comme il avait regardé mon maître en ce jour de Noël, cinq ans plus tôt.

« Tu viens, Sally Hemings ?

– Non.

– Je ne reviendrai jamais te chercher ici. Sauve-toi, petite sœur.

– Non. »

Cette fois je ne pus retenir ma fierté à dire non. N’étais-je pas la légataire de ma demi-sœur ? J’avais l’amour. N’avais-je pas une chambre à moi ? J’avais un chez-moi. Avais-je une maîtresse blanche ? Non, c’est moi qui dirigeais cette maison. N’avais-je pas sauvé dix esclaves d’une mort certaine ? J’avais le pouvoir. Comment mon frère pouvait-il me dire de me sauver ? Je n’en avais nul besoin.

James regarda au loin. L’impression de solitude qui le suivait depuis toutes ces années l’enveloppa de nouveau, familière comme un vieil ami. La solitude. La confusion. Le discours pompeux de Jefferson ne l’avait pas libéré, pensa-t-il, pas plus que ses propres serments impuissants, jadis, à Paris. Aucun morceau de papier n’y ferait jamais rien, avait-il enfin compris. Devant lui, le bonheur s’était évaporé. L’avenir n’était plus un chemin plein d’espoir, il se retournait contre lui, revenait au passé. Il n’était pas libre. C’est seulement s’il emportait Sally... s’il la libérait, qu’il se sentirait vraiment émancipé. Pourquoi, s’interrogea-t-il, avait-il ce besoin de sa liberté à elle ? Il regarda sa sœur. En supposant qu’elle ne quitte jamais Jefferson ? Qu’elle ne quitte jamais Monticello ? Qu’allait-il devenir, lui à qui la liberté de Sally Hemings était plus nécessaire que la sienne propre?

James quitta la Virginie pour l'Espagne sur un navire anglais allant de Norfolk à Gibraltar. Des lettres commencèrent à nous arriver fin décembre. Quelquefois j'entendais comme un cœur qui bat l'écho de ses « Tu viens, Sally? » en lisant page après page de sa belle écriture les aventures, les descriptions, les projets, les espoirs et les rêves... toujours des rêves dont l'aboutissement était sans cesse renvoyé à la lettre suivante.

Souvent, cet hiver-là, je repensai à Gabriel Prosser et à Richmond. A cette époque, la capitale de l'État était gardée par des sentinelles armées, en uniforme, et par un cordon de baïonnettes. C'était une commémoration permanente de Gabriel et de sa défaite. L'insurrection planait sur cette vallée et sur tout ce qu'elle renfermait.

Je repensai à ce qu'avait dit mon maître :

« On étouffe aisément une insurrection dans ses premiers effets mais, loin de se réduire, elle se généralise et chaque fois qu'il en sera ainsi elle se redressera, plus redoutable après chaque défaite, jusqu'à ce qu'on soit obligé, après d'innombrables horreurs et maintes souffrances, de les laisser aller de leur côté...

– Comment? demandai-je.

– Je l'ignore, mais si nous n'agissons pas, et vite, nous serons les meurtriers de nos propres enfants... »

Savait-il ce qu'il venait de dire? Je sentis comme un vide m'envahir. « Tu dois avoir froid, ma chérie », dit-il d'un ton inquiet. « Demanderai-je à Jupiter de venir vous allumer un feu? »

Il pouvait parler de meurtre, de ses enfants, puis sonner Jupiter, son esclave...

L'été de 1800 qui venait de s'écouler si paisiblement au domaine était le même qui faisait de mon amant, vote après vote, le président des États-Unis. L'odeur du pouvoir s'infiltrait au manoir. Messagers, lettres, journaux et visiteurs faisaient vibrer les murs.

Pour moi ce fut comme un présage, que le duel entre Jefferson et Burr prît fin au moment où Jupiter était mourant. Le fidèle esclave avait cinquante-sept ans, étant né le même jour que son maître qu'il servait depuis l'âge de quatorze ans. Son beau visage noir que la maladie et la mort proche avaient teinté de gris s'éclaira de joie quand je me penchai sur son corps toujours robuste et puissant pour lui murmurer la nouvelle de l'élection à la présidence.

« Je savais dès le début, chez William et Mary, que Maît' Jefferson, il serait le premier au pays... »

Sa voix était faible, brouillée, et je dus m'approcher de son corps épuisé de souffrance.

« Oncle Jupiter, je vous apporte le bonjour de Maître Jefferson. Il vous dit d'aller mieux pour qu'il vous emmène à Washington, dans la maison du président... » Puis je repris le dialecte des esclaves : « Il dit que t'as quatre mois de moins que lui et que t'as pas à tomber malade sans sa permission. Et c'est sûr qu'il te permet pas de te laisser mourir comme ça... Il dit que le vieux Davey Bowles, il mène pas ses chevaux si bien que toi. Il dit qu'il les massacre, ce petit morveux... »

Je m'efforçais d'apaiser le vieil homme, les yeux pleins de larmes, et le parler doux et traînant de Virginie coulait de mes lèvres aussi aisément que le français que je parlais parfois avec Polly. « Des bais pur sang, Maît' Eppes les a achetés à Washington pour le carrosse de Maît' Jefferson. Tu seras assis derrière, oncle Jupiter... C'est les plus fringants, les plus frimeurs, les plus beaux... Ils ont coûté mille six cents dollars au maît'. Rien de mieux à Washington... premier au pays... »

Nous avions fait venir le médecin noir de Milton et le médecin blanc de Charlottesville. Ma mère avait tiré tout ce qu'elle pouvait de ses herbes médicinales, mais en vain.

« Oncle Jupiter, ai-je dit d'une voix douce, vous voulez un peu de soupe au lait? Goûtez-y, maman l'a faite pour vous seul... » Mais il ne m'entendait plus. Ma mère lui ferma les yeux, Martha et moi nous nous agenouillâmes chacune d'un côté. J'allais devoir écrire à mon maître que son Jupiter bien-aimé était mort.

La nouvelle de sa mort se répandit dans la maison, puis gagna les cases des esclaves et les autres plantations. Les Noirs se réunirent pour la veillée funèbre et un gémissement sourd monta des dessous de Monticello et vint envelopper la montagne.

C'est aux funérailles de Jupiter que la plupart des esclaves apprirent qu'ils appartenaient désormais au président des États-Unis.

31

MONTICELLO, 1801

C'était la première fois qu'il revenait chez lui depuis qu'il était président. Sauf pour Maria, trop malade pour venir à Monticello, tout allait bien sur la montagne et le calme régnait.

Il était fier. On l'aimait, outre son domaine, tout le pays l'aimait.

Nous regardions une averse tomber sur Shadwell, dans le lointain. De la terrasse nord nous pouvions voir le brouillard baigner les montagnes qui s'étendaient jusqu'à Chesapeake Bay, à quarante miles de là. On apercevait très loin les nuages bas d'une tempête de printemps, faisant sous le faible soleil de cet après-midi d'avril comme un amphithéâtre destiné à nos seuls regards à tous deux.

L'été d'avant, il avait mené à bien sa carrière et aussi sa demeure, qui avait pris sa forme définitive. Je pouvais sentir sa masse dans mon dos, comme une forteresse, chaque pied de maçonnerie, chaque pouce de brique et de mortier. Il n'avait négligé aucun détail, n'avait épargné aucune peine en vue de la perfection. Il avait poussé ses maîtres constructeurs, John et Joe, à se montrer sublimes dans l'effort. Finalement les livres, les tableaux, les sculptures et les instruments qu'il accumulait depuis si longtemps – et dont certains étaient restés dans leurs caisses depuis notre retour – avaient trouvé une place convenable. Ses rideaux, ses draperies, ses porcelaines de Chine, ses bibelots d'argent, ses tapis persans, son linge et ses pendules étaient en place. Ses plantes, ses arbres et ses rosiers formaient des motifs gigantesques à l'ouest et au sud du manoir. Le bâtiment lui-même était en brique, orienté vers l'ouest, avec un étage surmonté d'un dôme octogonal qui en dissimulait un autre, tandis que les pentes et les terrasses taillées dans la montagne masquaient les sous-sols. La façade élégante, aux proportions parfaites avec des colonnes doriques, des balustres et des corniches massives, donnait sur les vastes pelouses et les jardins, puis au-delà sur la vallée et sur le monde entier. Derrière cette façade, qu'il avait fallu tant de temps pour construire, il y avait ses deux familles, la blanche et la noire, et tout ce qu'il possédait.

Il abaissa les yeux sur moi. « Regarde les nuages, dit-il. Il pleut, il rage, et pas une goutte ne tombe sur nous.

– Il tonne, aussi, dis-je en entendant les premiers grondements des furieux orages de printemps qui nous venaient des montagnes.

– Et même il foudroie, dit-il en riant quand le ciel, au-dessus de nos têtes, s'embrasa de blancheur. Pourtant nous ne sommes pas touchés.

– Dieu merci. »

Nous restâmes à regarder l'averse. Les domestiques allumeraient bientôt les chandelles et dresseraient une table de huit couverts, même pour ce dîner intime, dans la salle à manger aux lambris de bois de rose qui donnait sur l'entrée principale.

Je savais ce qu'il pensait.

Son éden était complet.

Dans un mois notre famille s'agrandirait d'une unité.

Il voulait une fille, c'est donc une fille que j'espérais. Une fille de président.

« Si c'est une fille, appelle-la Harriet, comme notre chère enfant, avait-il dit.

– Et si c'est un garçon?

– Alors appelle-le James. »

Je savais qu'il était heureux. Je le suppliai de rester jusqu'à la naissance. Il n'avait jamais été présent quand mes enfants étaient nés. Et cette fois encore il me laissa seule pendant les dernières semaines.

Le 8 mai, au jour anniversaire de la naissance du dernier enfant qu'il avait eu de Martha, la demi-sœur dont la mort avait été à l'origine de ma destinée, j'accouchai de mon cinquième enfant.

Je la prénommai Harriet, comme je l'avais promis.

Ma mère ne fut pas contente. « Martha Jefferson a fait la même chose, dit-elle, et elle a perdu ses deux Lucy Elizabeth. N'appelle pas cette enfant Harriet, Sally.

– Son père veut qu'elle porte ce nom. Il a perdu une Harriet, et il en veut une autre. Celle-ci vivra.

– Pas à toi ou à lui de dire si elle va vivre ou mourir. Dieu a encore des droits, même en Virginie. Maît' est peut-être président, mais ce pouvoir il ne l'a pas – celui de vie et de mort, et il devrait le savoir!

– C'est seulement que tu es superstitieuse, maman. Son nom ne fera aucune différence. On dirait une de ces squaws indiennes qui habillent leur fils en fille pour que Dieu ne voie pas que c'est un mâle. »

Pourtant, même alors que je discutais avec ma mère, je fus reprise par l'impression de fatalité qui me poursuivait depuis la révolte de Gabriel. Je baissai les yeux sur le teint ivoire et les cheveux auburn de l'enfant qui dormait dans mes bras, la seconde Harriet. Je la serrai contre moi. Elle vivrait. Et elle vivrait pour être libre.

« Ma Martha a donné à sa Lucy Elizabeth le nom d'un enfant mort, et je lui ai dit...

– Je me moque de ce que tu as dit à ta chère Martha Wayles. Je me moque de ce qu'a fait Martha Jefferson ou de ce qu'elle n'a pas fait. Je ne suis pas Martha Wayles. Je suis moi ! Martha Wayles Jefferson n'est rien pour moi, et je veux qu'il en reste ainsi.

– C'est ta sœur, que tu le veuilles ou non, et je lui ai dit...

– Maman ! Je m'en fiche, qu'elle ait été ma sœur ou pas ! Elle n'a *rien* à voir, rien du tout, avec moi ou mes enfants. Cette Harriet est la mienne. La mienne et celle de Thomas Jefferson.

– C'est la première fois de ma vie, ma fille, que je t'entends l'appeler par son nom. » Elle semblait stupéfaite. « Seigneur, mon enfant, qu'est-ce que tu as ? Je sais qui tu es, je sais que tu n'es pas ta demi-sœur. Je suis ta mère, pas la sienne, même si je l'aimais, c'est vrai. Mais tu ne peux pas dire que je l'aimais plus que toi.

– Mais si, maman. Avoue-le. Tu l'as dit un million de fois. Tes filles blanches. Tes petites chéries. »

Maintenant la colère planait sur nous comme un nuage. Je l'avais blessée. Mais je n'avais pu m'en empêcher.

« Non, ma fille, ce n'est pas comme tu dis. Je pense que je dois être comme cette squaw. Je prétends t'aimer moins pour que Dieu ne me punisse pas en te faisant souffrir. C'est seulement que j'ai peur pour toi. Tu ne te bats pas pour tes droits. Tu ne te défends pas. C'est tout ce que je cherche. Que tu te battes pour toi et tes enfants, c'est tout. Je ne voulais pas te fâcher. »

Nous nous sommes regardées. Elle ne comprenait pas. Je me battais. Je me battais contre lui. Je me battais contre l'amour, l'esclavage, la Virginie.

« Non, maman, tu ne veux jamais fâcher personne.

– Mais, ma fille, tu pourrais la nourrir toi-même au lieu de la donner en nourrice comme les autres. »

Je serrai Harriet un peu plus fort. Martha Randolph était enceinte, elle serait bientôt délivrée. Ma mère tenait toujours à me rappeler que Martha allaitait tous ses enfants.

« Et ne va pas te mettre dans tous tes états là-dessus, dit-elle comme si elle lisait dans mes pensées. Tu fais attention, et ta poitrine n'en souffre pas du tout. Martha Randolph, elle, a nourri tous ses enfants et elle a gardé une très belle poitrine. Assez belle pour que n'importe quel homme y pose la tête. »

Je ne sais pourquoi, mais je me mis à pleurer. Des sanglots de rage et de rancune brûlante sont venus me secouer. Il m'aimait. Que voulais-je encore? Il m'écoutait Que voulais-je de plus? Qu'est-ce que je voulais alors?

Ma mère me prit dans ses bras. Près du mien son visage était sombre, orageux.

L'été signifiait pour Monticello la venue de la famille blanche. Thomas et Beverly furent emportés dans l'essaim sans cesse croissant d'enfants esclaves et d'enfants blancs qui se mêlaient librement les uns aux autres pendant tout l'été. Mon Thomas, qui avait les cheveux roux et les yeux gris, chahutait sur la pelouse ouest avec Thomas Jefferson Randolph, yeux bleus et cheveux roux, et les filles Randolph, toutes brunes comme leur père qui avait du sang indien. Ann et Ellen trouvaient en Beverly une parfaite poupée aux yeux bleus. Martha Randolph avait fièrement annoncé à ma mère, fort vexée, qu'elle « attendait » de nouveau. Ma mère aurait voulu que je sois seule, cette année, à mettre un enfant au monde.

Entre Martha et moi, l'épreuve de force avait pu être évitée grâce au simple fait de laisser pendu à la ceinture de ma mère l'énorme trousseau de clefs de Monticello. Elizabeth Hemings, qui avait maintenant soixante-dix ans, savait que sa position de reine mère ne pouvait durer bien longtemps. Mais tant qu'elle régnait, elle régnait ; et c'était à elle, arbitre et dispensatrice, que tous les enfants s'adressaient, ceux de Martha comme les miens. Ma mère, je le savais, craignait secrètement que jamais je n'aie la volonté de me battre pour le domaine. Elle disait souvent qu'une fois qu'elle aurait lâché les rênes ce serait Martha, et non moi, qui prendrait sa place. Mais elle ignorait que mon maître m'avait promis Monticello.

C'était assez dur de ne pouvoir occuper ma place en bout de table dans la Grande Maison. Mais que Martha porte les clefs... jamais!

L'été fut chaud et humide. Les parfums lourds du jasmin, du chèvrefeuille et des fleurs de pêcher imprégnaient l'air d'une sensualité profonde, suave, dangereuse. La chaleur, je suppose, et quelque mystère chimique, produisaient un mélange volatil d'arrogance maussade et d'irritation à fleur de peau qui infestait la montagne. Un climat propice aux fièvres et aux accès de violence.

Martha et Maria venaient toutes les deux accoucher. Maria arriva la première. C'était son deuxième accouchement difficile, elle était encore à demi invalide des suites de ses couches précédentes. Comme chaque fois elle arriva avec ses domestiques, des esclaves de Monticello qu'elle avait reçus en dot et qui retrouvaient leurs familles et leurs amis. Il y avait parmi eux sa camériste, son cocher, son cuisinier, ses piqueurs, sa bonne d'enfant et plusieurs de leurs rejetons.

Puis ce fut Martha Jefferson Randolph, grosse de son sixième enfant, accompagnée de toute sa progéniture : Anne, Thomas Jefferson, Ellen Wayles et Virginia. Son mari et celui de Maria étaient à Washington et viendraient en août avec leurs domestiques, leurs cochers, leurs chevaux et leurs bagages.

C'est avec un nourrisson dans les bras que j'accueillis mes nièces. Nous étions vraiment contentes de nous voir. L'hiver avait été long et solitaire. Maria, constamment malade, seule à Bermuda Hundred, prenait plaisir à l'attention qu'on lui portait, à la musique, aux conversations, à la présence triomphale de son père. Cinq ans de mariage avaient suffi à délaver l'éclat de sa beauté et à lui donner la transparence et la fragilité d'une femme beaucoup plus âgée. Quant à Martha, son corps solide et fortement charpenté s'était déjà installé dans l'âge mûr. La lutte cruelle qu'elle devait mener contre son mari, ses crises imprévisibles et de plus en plus incontrôlables, avaient durci son visage. Après plusieurs années d'une certaine lucidité, Randolph retombait de nouveau dans la mélancolie et la dépression, signes avant-coureurs de la démence. Toutes ces allées et venues fastidieuses d'un médecin à l'autre, de cure en cure, n'avaient servi à rien. Martha était sans cesse plus impatiente de retrouver l'été, d'être avec son père. Elle aussi, comme lui, souffrait de violentes migraines qui ne disparaissaient que sur la montagne.

Il y avait maintenant trente-deux domestiques pour six Blancs, les enfants compris. Avant la fin de l'été il y aurait autant d'invités.

Nous retrouvâmes nos places, les accommodements d'autrefois, les liens qui nous unissaient. Nous nous préparions pour l'arrivée des hommes qu'il fallait par-dessus tout recapturer, réconforter, domestiquer et gâter de nouveau après une aussi longue absence. L'air, comme chaque fois, s'alourdissait de jalousies, de rêves inexprimés.

Tout se concentrerait sur Thomas Jefferson. Toutes les amours, toutes les haines et toutes les jalousies de Monticello graviteraient vers son centre, mon maître. Calme, maître de lui, il voguerait au-dessus des passions à peine entravées qui se combattaient autour de lui, à Washington comme ici, et réprimerait toute violence ouverte d'une volonté féroce. Il ferait la sourde oreille aux problèmes de toutes les femmes, et nous n'oserions pas l'importuner, car il voulait la paix. Il voulait garder une façade parfaite. Il ne supporterait pas la moindre faille. Pour moi je tolérais Martha et Maria l'été, pendant ses visites, mais elles n'étaient pas les maîtresses de Monticello. C'était moi. Notre pacte l'affirmait. Il me l'avait promis.

Même avant l'arrivée des hommes les premières mauvaises nouvelles de la saison s'infiltrèrent dans le domaine. Danby Carr, le plus jeune des frères Carr, aussi violents les uns que les autres, s'était battu en duel. Il avait gravement blessé son adversaire et s'était fait arrêter. Danby, a l'aube, avait traversé la James River à la rame, avait déchargé ses pistolets contre un ami, le tuant à demi, puis était rentré se vanter dans tout Milton et tout Charlottesville de la qualité de ses armes et de la couardise de son vis-à-vis. La paix? Si Thomas Jefferson croit qu'il aura la paix, pensais-je, il ferait mieux d'y réfléchir à deux fois. Déprimée, je m'occupais à maintenir l'ordre parmi les esclaves, à trouver des chambres pour la famille blanche dont le nombre augmentait constamment et qui maintenant comprenait les Carr et la sœur de Jefferson, une parente sans fortune. Je gardai pour moi les noirs pressentiments que m'inspiraient les mois à venir, et je me mis à l'ouvrage d'un cœur pourtant lourd et sans illusions.

Le soleil d'août cognait sur son dos et sa tête nue. Depuis qu'il était président c'était la seconde fois qu'il venait sur la montagne. Il avait pris son cheval tout sellé à Shadwell, l'avait monté en laissant le phaéton à Davey Bowles et à Burwell, et il était parti devant au galop, ses cheveux encore un peu roux ramenés en arrière par le vent de la course. Thomas Jefferson était déprimé, persuadé que sa constitution robuste l'avait finalement trahi. Depuis qu'il avait pris ses fonctions, la dysenterie ne le quittait plus. Et il s'était mis à enregistrer les morts des signataires de la Déclaration d'Indépendance avec la précision qu'il apportait à noter le chant de Dick, son oiseau moqueur.

La mort de Jupiter avait fait entrer la crainte dans son cœur... Il se dit amèrement que ni Martha ni Maria n'avaient écrit pour le féliciter quand on l'avait élu président. Il l'avait emporté d'un cheveu sur Burr, et maintenant il lui fallait l'écraser en même temps qu'éliminer ce qui restait d'influence aux fédéralistes.

Jefferson leva les yeux vers les grands pins virginiens. La mort ne l'obsédait pas. La montagne florissante soulignait la tragédie de cet autre été, jadis, quand son grand amour avait laissé partir sa vie après avoir donne le jour à une petite fille, morte maintenant elle aussi. C'était le dix-neuvième anniversaire de la mort de Martha Jefferson. Et aujourd'hui, inquiet, il s'accrochait à l'image de sa femme esclave, elle qui accouchait si facilement.

Il ramena Wildair au pas, se tassa sur la selle, abrité par les voûtes verdoyantes de sa propre forêt, et remonta les sentiers que des années de courses sur ses chevaux favoris avaient gravés sur le versant ouest. Les taches de soleil jouaient sur ses épaules et sur les flancs de sa monture

C'est dans une grande lassitude qu'il avait quitté Washington Sa maladie, la demeure présidentielle inachevée, la tension de l'activité politique avaient miné sa santé. Ses migraines, qui ne le tourmentaient plus depuis qu'il était rentré de France, dix ans auparavant, étaient revenues le harceler. Ses affaires allaient mal et les dettes de l'héritage Wayles n'étaient pas encore résorbées. Pourtant, se dit-il en levant la tête, la montagne est toujours là, une jeune mère m'attend au sommet, mes deux filles et mes petits-enfants seront bientôt dans mes bras. Il éperonna les flancs humides de Wildair et le fit aller de plus en plus vite.

Mon maître nous apprit que James avait regagné nos rivages. Il m'avait écrit l'année d'avant des lettres incohérentes pleines de rêves impossibles de gloire et de fortune. On eût dit qu'il errait en Europe d'une capitale à l'autre à la suite des réfugiés qui fuyaient les guerres de Napoléon. Il me suppliait encore de quitter Monticello. C'était comme un aigle au-dessus de ma tête qui plongeait à l'improviste, venait secouer mon nid des battements de ses ailes avec chaque fois le même appât, son chant de liberté. Je savais qu'il reviendrait. James avait tourné le dos à son ancien maître, refusé de venir à Monticello et même de m'envoyer ses salutations, à moi, sa propre sœur.

Le maître se retrancha dans son appartement privé. Il passait la matinée à lire et à écrire, il se montrait à déjeuner puis allait chevaucher l'après-midi pendant des heures. J'avais seule permission d'entrer dans les pièces où il travaillait, souvent morose et déprimé. Mais il venait tous les soirs au souper, où il se montrait d'humeur sereine et enjouée.

Tous les enfants, les Noirs et les Blancs, rivalisaient pour obtenir l'attention et l'amour du maître; tous se battaient pour une place au soleil.

En août, Martha eut les premières douleurs. Dans la cour ouest, l'horloge à deux cadrans sonnait les heures, et cette naissance, malgré la facilité des précédentes, s'annonçait longue et difficile. Ma mère et moi sommes restées assises de chaque côté du lit en bois tandis qu'Ursula, la sage-femme, luttait en silence pour faire venir au monde une vie nouvelle. Martha était en travail depuis la nuit précédente, et maintenant que le jour allait sur sa fin, elle avait les yeux qui brillaient de fièvre et de fatigue. La chaleur collait nos robes à la peau, mais nous ne pouvions ouvrir les fenêtres, hermétiquement closes, ni éteindre le feu qui brûlait dans l'âtre. Les gémissements de Martha me remplissaient de crainte. Je pensais à Maria, à moins d'un mois de son propre accouchement. Je l'avais tant suppliée de ne plus essayer d'avoir des enfants, comme ma mère avant moi avait supplié la sienne – mais il n'était plus temps de penser à Maria. Il ne restait que les plaintes de Martha, et finalement ses cris

Presque dix-huit heures après les premières douleurs, une petite fille naquit.

La famille blanche attendait au rez-de-chaussée, où je descendis annoncer la naissance d'une fille. Elle s'appellerait Virginia. Pendant ces heures interminables j'avais pressenti l'épreuve de force qui s'annonçait. Deux jours après la naissance, quand Martha n'eut pas de montée de lait, elle se déclencha.

« Tu allaiteras Virginia, Sally. Tu as plein de lait. » Avant que j'aie pu répondre, ma mère avait parlé.

– Ce n'est pas la peine, Maîtresse. Il y a deux esclaves qui viennent d'accoucher. Je vais vous envoyer Sulky.

– Je ne veux pas de Sulky, mama Hemings. Je veux Sally. C'est elle qui allaitera Virginia. Après tout, elle n'a rien d'autre à faire!

– Voyons, chérie, ton lait va venir, il vient toujours, et entre-temps Sulky est beaucoup mieux, elle est...

– J'ai dit que je veux que Sally le fasse. »

Ma mère haussa les épaules et tourna le dos. C'était entre Martha et moi. Et elle fut horrifiée de me voir prendre le bébé blanc et le porter à mon sein tandis que des larmes de rage sillonnaient mes joues.

On fêta deux jours de suite la naissance de Virginia, on sonna la cloche de l'école, on distribua du whisky aux esclaves et du sucre d'orge aux enfants tandis que les Blancs buvaient du champagne, heureux et soulagés.

C'est dans cette ambiance de fête que Danby Carr tenta de séduire ma sœur Critta. Critta appartenait à Peter Carr, qui était le père de ses enfants, et aucun des frères Carr n'avait jamais osé forcer cette beauté hautaine.

Je triais du linge avec ma mère quand Critta nous tomba dessus, l'air affolé, toute pâle.

« Mama, Maît' Carr me court après! »

Elizabeth Hemings ne leva pas les yeux.

« Quel Maît' Carr? demanda-t-elle.

– Danby! »

Pour nous deux, le danger était clair. Danby enviait Peter depuis toujours, à cause de Critta. Maintenant qu'il avait du sang sur les mains il avait décidé de le défier, probablement poussé par Samuel, le frère aîné. Danby venait à peine de se battre en duel... Des ennuis. Ils cherchaient des histoires.

« Il t'a touchée? demanda ma mère

– Pas encore.

– Il va le faire?

– Il ne pense qu'à ça. Tu sais ce que me ferait Maît' Peter, s'il savait?

– Tu es allée lui dire?

– Lui dire?

– Lui dire, dénoncer Danby? Dire à Maît' Peter qu'il te court après? » Elizabeth regarda ma sœur au fond de ses yeux noisette. Elle était très belle, mais pas très maligne. Ma mère plissa les lèvres de dégoût.

« C'est le seul moyen, Critta, sauf si tu veux vraiment des ennuis.

– C'est pas moi qui veux des histoires, répondit Critta. Je veux seulement qu'on me laisse tranquille.

– Peut-être, mais tu ne seras pas tranquille avec tous ces garçons qui traînent. Essaie de ne pas te trouver sur leur chemin, c'est tout. Ne t'approche jamais de lui. Reste près de Maît' Peter.

– Mais demain Peter s'en va à Richmond.

– Alors reste avec moi. Tu peux rester dans ma chambre. Ne dors pas seule.

– Il a ça dans la tête, dit Critta.

– Eh bien, il pourra se l'enlever. Ses neveux ont assez d'histoires avec leurs esclaves par ici, toi comprise.

– Pourquoi tu crois que tout d'un coup?...

– Il est jaloux de Peter, il jette sa gourme avec un duel, il se donne des airs devant Samuel – comment je pourrais savoir ce qui se passe dans la tête d'un Blanc? »

Une telle situation sans issue faisait trembler la main qu'elle avait posée sur l'épaule de Critta.

« Si ça en arrive au pire, j'irai le dire à Maît' Jefferson. Je ne peux rien faire d'autre pour te protéger d'un Blanc. Vaut mieux que tu causes d'abord à Peter, et si ça ne marche pas, je le dirai au Maît'.

– Ils vont se battre, dit Critta.

– Mieux vaut qu'ils se tapent dessus que sur toi! Ils n'ont qu'à se tuer. » Sa voix tremblait de colère.

« Mais qu'est-ce qu'il dira, le vieux Maît', s'il apprend que Danby et Peter se battent pour moi?

– Alors ça va barder », dit Elizabeth d'une voix sombre.

Je voyais Critta hésiter.

« Je vais lui dire, dit-elle finalement. Je vais lui dire que s'il reste après moi je le dirai à son frère.

– Ils vont tous se faire vider s'ils font du raffut... »

Quand Critta fut partie, ma mère me lança un coup d'œil. Je voyais bien ce qu'elle pensait. La discorde. La discorde entre frères. La discorde entre Martha et moi. Tous les parents pauvres qui vidaient le garde-manger... Elle se mit à compter les provisions dévorées pendant l'été, puis s'interrompit Le rire la prit. Elle s'assit lourdement et rit tellement que les larmes coulaient sur ses joues.

« Les ouvriers blancs courent comme des boucs dans le quartier des esclaves, les parents me dévorent tout dans la maison, et tout le monde vient me voir... moi la première esclave du harem ! J'espère... j'espère que Peter Carr va réduire son frère en bouillie ! »

Elizabeth Hemings leva les yeux. Je ne savais plus si elle riait ou si elle pleurait.

C'est dans la glacière que Danby Carr et son frère se battirent pour les beaux yeux de Critta, là où Danby avait coincé la jeune femme. Son fils Jamey alla chercher son père et fut témoin du combat entre lui et son oncle au sujet de sa mère. Dans la mêlée Critta fut blessée, projetée contre un mur. Elle eut le poignet brisé. Elle supplia Martin d'emmener Jamey à Pantops, parce qu'il avait voulu attaquer son père. Critta vint s'abriter chez moi, et Maria promit qu'elle pourrait rentrer avec elle à Bermuda Hundred. Ma sœur retrouva donc Peter Carr, et Danby s'en alla dans sa plantation

Maria eut son bébé fin septembre. Comme je l'avais craint l'accouchement fut long, difficile, et l'enfant chétif. Je n'aurais pas cru qu'un corps humain pût contenir tant de sang, et nous tâchions d'en arrêter le flot avec des herbes et des tisanes. Finalement, on appela un médecin, qui recommanda de la saigner encore pour la « débarrasser » des poisons qui pourraient l'infecter. Il nous quitta sur ces paroles meurtrières, après avoir conféré avec un père et un mari bouleversés qui refusèrent de suivre son conseil.

Peu à peu Maria mit toutes ses forces à se rétablir, soutenue par ma mère et par moi, mais l'enfant continua à souffrir de convulsions. Lui aussi, le petit Francis, je le nourris de mon sein.

A peine avions-nous arraché le rétablissement de Maria qu'une épidémie qui semblait la vengeance de Dieu lui-même s'abattit sur les enfants de la montagne, une terrible coqueluche. Toutes les femmes, une fois de plus, luttèrent pied à pied contre la mort. Nous oubliâmes nos rancunes et, toutes ensemble, nous nous battîmes pour sauvegarder les vies fragiles. Cette fois aucun enfant ne mourut.

Ce fut la séparation. Nous étions épuisées. Martha et Maria rentraient dans leur plantation, Critta suivait Maria, reconnaissante, Elizabeth et moi restions seules sur la montagne pour affronter l'hiver. Tout ce qu'il pourrait apporter, pensais-je, serait préférable à l'été. Mais je me trompais.

J'étais assise au pianoforte, un nouvel instrument, je jouais. Déjà on préparait Noël, on avait descendu du grenier les malles d'ornements, on avait commencé le grand nettoyage, les fours chauffaient, la maison embaumait... quoi donc déjà... le quatre-quarts ou le pain d'épices? J'avais entendu le cri étranglé de ma mère, les lourdes bottes et les éperons de Davey Bowles qui avait chevauché deux jours d'affilée, depuis Washington, pour arriver avant qu'elle ne reçoive la lettre. J'avais vu remuer les lèvres de Davey, mais il avait fallu longtemps pour que les mots me parviennent. C'était le dernier message que James m'envoyait. Une lettre écrite de son sang, sur mon âme à moi. Pour l'éternité. Ce fut le premier jour du mois de décembre 1801 que Davey Bowles nous apprit la mort de James. Il s'était pendu avec un drap plein de sang, seul dans une maison meublée du port de Philadelphie. Il avait finalement trouvé le courage de se « voler » à la vie, de mettre fin à son cauchemar. Près de son lit Burwell trouva le portrait que Trumbull avait fait de moi, à Paris, en cette année fatidique. Ce fut Davey qui me tendit ma propre image dans un cadre d'argent, tandis que je criais le nom de son frère sans pouvoir m'arrêter. Il avait résonné dans la Grande Maison neuve jusqu'à ce que je me fus écroulée aux pieds du messager.

Je restais longtemps étendue sur le sol glacé. Le chant de sirène qui m'invitait à fuir s'était tu à jamais, mais un autre s'était levé, celui de la survie. Le chagrin n'était pas tout. La mort pitoyable, solitaire et sans espoir de James avait exhumé le spectre de la résistance. Le sacrifice de mon frère m'avait enfin délivrée de la culpabilité que je portais depuis Paris, fait taire les voix ennemies de mon frère et de mon amant. Je vis soudain la force étrange et mystérieuse que recelait ce grand amour qu'au fond de moi-même j'avais traîné comme un boulet. Je me sentis frémir comme une bête qui s'éveille à la puissance de l'amour.

Il voulait une esclave; c'est une esclave qu'il aurait, et il s'en repentirait tous les jours! Moi, Sally Hemings, allais lâcher sur lui toute la force de mon amour. Moi seule savait que cet amour pouvait frapper comme une masse de plomb, pouvait aveugler comme de la poudre, pouvait brûler comme un éclat de verre concentre les rayons du soleil pour détruire la matière, que cet amour pouvait se faire incendiaire.

O Dieu l'enchanteur, toi qui peux détruire un homme par la perfection d'un amour. Car il n'y verra que son propre reflet, jamais il ne pourra refuser son offrande. Dans son miroir d'or et d'argent, aussi limpide et raffiné que les grands miroirs à l'entrée de l'hôtel de Langeac, indestructible, comme eux, Thomas Jefferson ne verra que lui-même. Oh, qu'elle serait belle, et simple, et parfaite, cette vengeance d'esclave! Retourner la morale dévorante d'un grand amour contre son possesseur, l'aveugler et le plonger dans l'éternelle torture d'une conscience coupable! Je montrerais une soumission si complète, si absolue, une impuissance si exquise, que sa maîtrise en serait asservie. Jamais il ne se pardonnerait de me tenir esclave, ni à lui ni à son monde, et jamais il ne pourrait s'en extraire.

O Dieu séducteur, c'est le maître qui en sortirait marqué au fer, lié à elle pour l'éternité. Je sentais ma force durcir comme un acier brûlant, mon corps se purifier comme un cristal, et c'est d'un reflet invincible que j'allais l'abattre. Et quelle arme pourrait-il lui opposer, quel homme peut se défendre contre sa propre image? Quel est celui qui refuserait de vivre avec son image idéale? O Dieu, qu'il brûle. Que son sang de glace cuise au feu de sa morale. Que ces yeux bleu pâle se noient dans la honte. Que cette peau blanche rougisse de colère impuissante. Que ce nez arrogant se gonfle au parfum de ma victoire! Si je ne pouvais le haïr, je le tuerai d'amour. Et si je ne pouvais le tuer je le mutilerai, le rendrai infirme à jamais, je le paralyserai pour qu'il soit incapable de s'éloigner, trop faible pour se détourner, qu'il n'ait plus de volonté pour m'affranchir et plus de voix pour me renier.

Désormais, Thomas Jefferson ne sera pas capable de vivre sans moi. Je me suis levée avec une joie totale et sublime, et je me suis envolée du manoir, dehors, dans la nature. Je tournai le dos à la noire profondeur de la vallée avec son armée de sapins sombres et je fis face à la blancheur fastidieuse de Monticello. La mort de James annonçait la calamité ultime qui allait nous frapper.

32

NOVEMBRE 1802

Que Sally la Brune prenne le nom d'Isabella
Et que la montagne de sel soit nommée Monticella.

JOHN QUINCY ADAMS, 1803

S'il existe un pays au monde où s'attendre que l'amour vrai suive un cours paisible, c'est l'Amérique.

HARRIET MARTINEAU, *La Société américaine*, 1837

Mais qu'ai-je donc fait pour qu'ils me haïssent autant.

MARIE-ANTOINETTE, *Correspondance secrète*, 1785

THE RECORDER
Richmond
1er septembre 1802

Il est bien connu que l'homme, *celui qu'il plut au peuple d'honorer*, garde pour concubine, et cela depuis de nombreuses années, une de ses esclaves. Elle a pour nom SALLY. Son fils aîné s'appelle Tom, et on dit que ses traits ressemblent de façon frappante, quoique sombre, à ceux du président lui-même. Ce garçon est âgé de dix ou douze ans. Sa mère s'en était allée en France sur le même navire que Mr. Jefferson et ses filles. La délicatesse de cet arrangement frappera les sensibilités les plus communes. Pour un ambassadeur américain, quel exemple sublime à mettre sous les yeux de deux jeunes demoiselles!

Si le lecteur ne se sent pas disposé à en rester là, nous demandons la liberté de poursuivre. Il y a quelques années on avait fait une ou deux fois allusion à cette histoire dans le *Rind's Federalist*. A cette époque nous avons tenu la conjecture pour une calomnie parfaite. Une des raisons de le croire tenait à ceci: un grand concours d'opposants voulait barrer la présidence à Mr. Jefferson. Que ce seul fait fût établi aurait rendu son élection impossible... De cette jeune Sally notre président a plusieurs enfants. Il n'est personne aux environs de Charlottesville qui ne croie à cette histoire, et bon nombre qui en sont assurés...

Voyez le favori, le premier-né du républicanisme! L'apogée de tout ce qui est bien et grand ! Lui qui consomme ouvertement un acte tendant à subvertir le système, le bonheur et même l'existence de ce pays !...

... On suppose qu'à l'époque où Mr. Jefferson écrivait de façon si cinglante au sujet des nègres, et où il s'efforçait de *déprécier* la race africaine, il ne s'attendait pas que le premier magistrat des États-Unis fût le premier à démontrer qu'il était dans l'erreur, ni qu'il choisirait lui-même une lignée venue d'Afrique pour y greffer ses propres descendants...

Muets ! Muets ! Muets ! Oui, tout à fait muets ! seront là-dessus tous nos républicains qui impriment de la biographie politique. Qu'ils bougent ou qu'ils restent cois, ils doivent se sentir comme un cheval pris dans les sables mouvants. Ils s'y enfonceront sans cesse plus profond, et rien ne pourra les aider à en sortir.

Si les amis de Mr. Jefferson sont persuadés de son innocence, c'est *eux-mêmes* qui feront le même appel. S'ils gardent le silence, ou s'ils se contentent de rester sur un démenti général, qu'ils n'espèrent aucun crédit. Cette allégation est trop *noire* de nature pour souffrir de rester en suspens. Nous serions heureux d'apprendre sa réfutation. Nous la donnons au monde fermement convaincus qu'elle telle réfutation *ne sera jamais faite*. On dit que la VÉNUS AFRICAINE officie à Monticello comme gouvernante. Quand Mr. Jefferson aura lu cet article il aura loisir d'estimer ce qu'il a perdu ou gagné par ses attaques aussi nombreuses qu'imméritées contre...

J. T. CALLENDER

« James T. Callender. » Je répétai une fois de plus ce nom familier « James T. Callender. »

Ma mère fondit en larmes.

« Doux Jésus ! Tu veux dire que c'est imprimé dans le journal aux yeux de tout le monde ?

– Pas seulement dans *The Recorder*, maman, partout en Virginie : dans *The Examiner*, à Lynchburg dans *La Gazette de Virginie*, à Fredericksburg, à Philadelphie, à Washington, à New York. » J'avais omis les passages qu'elle ne pouvait pas comprendre

« Mais, ma fille, qu'est-ce que cela signifie ? » Pour une fois ma mère ne savait que dire.

« Cela signifie, maman, qu'ils attaquent le maître à travers moi, pour le blesser. Ils l'accusent de beaucoup de choses plus terribles que de métissage. Ils l'accusent d'être un lâche, de vouloir séduire l'épouse d'un autre homme, d'être un païen... »

Ma voix se brisa. J'en savais si peu, à vrai dire, confinée à Monticello. Maria et Martha étaient sûrement mieux renseignées, mais refusaient de parler. Même Maria. Et nous restions dans notre cocon de silence, incapables de nous réconforter l'une l'autre. Pour une fois le réseau des esclaves était resté muet. Pourtant cela se savait, dans toutes les plantations. Ma honte était connue de tous les paysans de Virginie, et l'information passait de ceux qui savaient lire aux multitudes illettrées.

« Et Thomas Jefferson, là-haut à Washington? Que dit-il? voulut savoir ma mère.

– Il ne dit rien, maman. Il ne sait même pas que j'ai lu ces articles.

– A toi il n'a *rien* dit?

– Non.

– Et à ses amis?

– Il a gardé le silence. Il n'a rien dit à personne.

– Mais ça ne peut pas durer comme ça! Il va te vendre, toi et les enfants... loin de la Virginie. Ô Dieu, aie pitié de nous!

– Dieu n'a rien à voir avec ça. »

Ma mère leva la tête. « Et Martha?

– Elle en sait autant que moi, peut-être plus, mais elle est aussi muette que son père.

– Et Maria?

– Maria ne dit rien non plus.

– Personne ne dit rien? » La voix de ma mère était toute petite dans la pièce vide, tendue de blanc, où nous étions assises l'une en face de l'autre – la mère et la fille, deux générations de concubines pour hommes blancs.

« Oh! si. Ses amis se sont regroupés autour de lui, pour tout démentir. Démentir que j'existe. Dire que Callender est l'auteur des blasphèmes et des calomnies les plus abominables. Meriwether Jones, le directeur du *Richmond Enquirer*, a souhaité à Callender d'aller en enfer en passant par la James River. C'est celui qui a écrit : " Est-il si étrange, donc, qu'une servante de Mr. Jefferson dans une maison où séjournent tant de visiteurs et où on s'occupe quotidiennement aux tâches ordinaires de la vie familiale, comme des *milliers* d'autres, ait un enfant mulâtre? Certainement pas... " »

Je serrai les lèvres. *Certainement pas.* Je pensai à ma sœur Critta, à ma demi-sœur Mary, à Nance et Betty, les filles de ma mère. Je pensai à ma mère elle-même, Elizabeth, et à sa propre mère, l'Africaine. Je pensai à toutes les femmes noires esclaves dans le Sud, à la merci de Dieu et de la Providence. Des milliers.

« Mais lui, l'maît', ne dit rien?

– Rien, maman. Même cet été, alors que nous ne savions rien du danger, il y avait des allusions dans les journaux. Mais c'est celle-là, l'histoire de Callender, qui a fait tout ce scandale. »

Il y en avait eu d'autres, plus sérieuses, car elles venaient de plus près, pensais-je. Callender était un étranger, un homme du Nord, un ennemi, alors que les autres étaient des voisins, des amis. Le directeur du *Fredericksburg Herald,* par exemple, avait été vu à Charlottesville, par Burwell et Davey Bowles, questionnant les domestiques, les voisins, les gens de la ville et les petits fermiers des environs qui prenaient leur bois à Monticello. Tous ceux qui connaissaient mon maître depuis sa naissance savaient qui j'étais, qui était ma mère. Les journaux reprenaient la calomnie l'un après l'autre, le dernier en date étant *La Gazette de Virginie* dont l'article posait les mêmes questions et trouvait les mêmes réponses. *« Pourquoi n'avez-vous pas épousé une personne du même teint que le vôtre ? »* avait-on écrit dans un éditorial.

Mes yeux se remplirent de larmes. J'entendais la voix de mon maître : « Dis-moi qui est mort... qui s'est marié, qui s'est pendu de n'avoir pu se marier... »

Je fixais la toile blanche qui drapait le dos d'un fauteuil en soie claire venu de Paris. Ma main caressait le bois richement sculpté.

« Je crois qu'il ne dira jamais rien à personne à mon sujet.

– Ma fille, tu ne comprends pas les Blancs. Parfois ils t'aiment. Toute la vie, même. Mais si tu vas contre leur véritable vie, leur vie de Blancs, leurs amis blancs, leurs enfants blancs, leur pouvoir de Blancs, tu perds. Tu te fais mettre en pièces. Tu te fais mettre au rancart. La vraie maîtresse de Thomas Jefferson, c'est la politique. C'était comme ça avec Martha et c'est comme ça avec toi. Rien ne pourra tenir contre ça. Aucune femme ne le retiendra jamais loin de ça. Même avec la femme d'un autre, une Blanche, ça n'aurait pas été aussi grave... Il va te chasser. Il est obligé de le faire. Sans ça, ses Blancs vont le détruire. Il devrait au moins dire ce qui est vrai et ce qui ne l'est pas...

– Il ne mentira pas, et il ne peut avouer. Il ne peut donc rien, que se taire, dis-je.

– Se taire, cracha Elizabeth dans la blancheur du salon, ou vendre. »

Quand elle prononça ces mots terribles, je crus un instant que mon cœur avait cessé de battre. Vendre ! Avais-je vécu à Monticello trop longtemps, cachée, dorlotée, gâtée, aimée ? Avais-je oublié que c'était l'amour qui cédait, et pas le monde des Blancs ?

« Il ne me vendra pas, maman. Et il ne m'abandonnera pas, ni ne m'enverra au loin, non plus que les enfants. Pas à cause de moi, ni de ses filles, ni de ses amis, ni de ses ennemis, pas même à cause de la présidence.

– Et pourquoi, de grâce, ma fille ?

– Parce qu'il ne peut pas vivre sans moi. »

C'était vrai. J'avais fait en sorte que ce soit vrai. C'était ce que j'avais voulu. Pas de triomphe, ni d'orgueil, ni de satisfaction dans ma voix, pas même de joie. Seulement la réalité de ce qu'il y avait entre nous.

« Il ne peut pas vivre sans moi. » Les mots tombèrent dans le salon comme des pierres. Il sembla qu'il leur fallut longtemps pour atteindre ma mère, comme si on les avait lancés dans un puits très profond. Et ces mots frappaient les parois de mon être comme des silex, et comme eux ils firent jaillir le feu. Nous avions gagné.

« Je veux les clefs de la maison, maintenant, maman. »

Au bout d'un instant ma mère détacha l'immense anneau de fer et ses dizaines de clefs. La lumière fit luire des reflets mats sur l'acier forgé. Avec le tic-tac de la pendule, la musique métallique des clefs était le seul bruit qu'on entendait. Je savais qu'elle ne comprendrait pas. Pourquoi maintenant? Pourquoi, quand serviteurs et voisins nous avaient trahis, quand tout était perdu, quand j'aurais dû fuir pour sauver ma vie et celle de mes enfants, quand j'aurais dû être paralysée par la peur, pourquoi avais-je décidé de résister, alors que de ma vie je ne l'avais fait? Elle ne comprendrait jamais. Je savais pourtant que j'avais raison. La ligne était là. Là était la bataille. C'était l'épreuve que Jefferson devait subir. S'il franchissait l'obstacle, la victoire était à nous. J'exultais presque. La puissance de l'amour était de notre côté. Nous étions meilleurs et plus forts que la monstrueuse injustice dont nous étions issus. Je tendis les mains. Ma mère y déposa l'amoncellement de métal. Je pris les clefs, les soupesai, et sans dire un mot je les attachai au ruban noir qui marquait la taille de ma robe en calicot noir et blanc. Les clefs vinrent se nicher dans les plis de ma jupe. Elizabeth Hemings, de la même manière que mon maître, admettait que le pouvoir changeât de mains sans désordre. Ce jour-là Monticello passa d'un règne à un autre. Le sien était terminé.

« Maman, dis-je un instant après, nous attendons en silence. Nous attendons, nous les laissons discourir et divaguer. Mais s'ils veulent vraiment entendre parler de nobles messieurs du Sud et de maîtresses noires, nous avons quelques histoires à raconter, n'est-ce pas, maman? Nous pouvons commencer par John Marshall, de la Cour suprême des États-Unis. Un jour, maman, tu as dit que les Virginiens parlent en dormant. Et qui les entend? Leurs domestiques. »

Dans le regard que me jeta ma mère, je vis naître un respect nouveau. Ce n'était pas pour rien que j'avais passé trois ans en France.

« Maintenant, tu sais pourquoi Martha et Maria sont parties pour Washington, où elles avaient toujours refusé d'aller, dis-je.

– Pour que leur présence amortisse le scandale.

Oui. Et pour que Dolley Madison ne préside plus la table présidentielle.

– Je ne pouvais pas comprendre pourquoi elles étaient parties toutes les deux.

– C'est fait. Et maintenant je veux qu'on fasse passer le mot parmi les esclaves. On ne doit plus jamais mentionner mon nom. Ni ceux de mes enfants. A personne, Noir ou Blanc. Je n'existe plus, mes enfants non plus. Pour les lèvres des nôtres, que mon nom soit interdit. Interdit! Faites-le dire aux nôtres, Noirs et Blancs, sous peine d'être chassés ou vendus. Et dis à Jim que je veux le voir. »

Je renvoyai ma mère.

Ce ne fut qu'une fois Fanny et Edy rentrés de Washington que je sus l'ampleur et l'acharnement de la campagne qui avait fait rage autour de nous. C'est Fanny qui me récita quelques lignes d'un poème du célèbre poète irlandais Thomas Moore. Ces vers, qui parlaient de moi, faisaient le tour des cuisines et des salons à Washington et dans toute la Virginie, à New York, à Baltimore, à Boston et à Philadelphie.

Fanny, qui savait écrire, l'avait recopié au dos d'un emballage de boucherie, d'une grande écriture maladroite et enfantine:

Le patriote, frais émoulu du conseil des Libres,
Se retire content pour fouetter ses esclaves,
Ou courtiser, qui sait, les charmes d'une Aspasie noire,
Rêver de liberté dans les bras d'une serve.

Je fixai le texte écrit en majuscules. La liberté. Qu'avais-je gagné? Je l'avais lié à moi aussi sûrement que j'étais liée à lui. Rien ne pouvait changer cela. Ni poèmes, ni ballades, ni calomnies, ni insultes, ni la grossièreté des humains. Mes larmes tombaient sur le papier huilé d'où elles glissaient sans laisser de traces, de même que je ne laissais pas de traces à la surface du monde – sinon ces cris lubriques et indignés, ces graffitti obscènes, brutaux, ces sourires affectés, perfides et injurieux.

La voix excitée de Fanny fit irruption dans mes pensées.

« Tu es la femme noire la plus célèbre dans tous les États-Unis! Je te le dis, tu es célèbre! J'ai vu une lettre sur toi dans un journal de Philadelphie, mais c'était trop long et trop dur à copier pour moi. Et à Washington – toute la ville parle de toi! Mais nous les domestiques on ne dit rien de ce qu'on sait ou qu'on ne sait pas. Et le pauvre Maît' Jefferson – comme si en Virginie tous ceux qui se targuent d'être gentlemen ne fricotaient pas avec une maîtresse noire. Tiens donc, leur famille leur en donne une à seize ou dix-sept ans. Comment vouloir qu'ensuite elles ne leur plaisent plus? Par exemple, ces Blancs sont une drôle de race. Ils font tout ce qu'ils veulent et ils crient au secours quand ils tombent sur des gens qui ne le font pas, parce que d'abord ils n'ont pas ce qu'il faut pour le faire! Ça par exemple, je suis contente de m'être trouvé un mari noir Un brave homme. Et je n'ai pas à renifler après un maît' blanc que c'est l'enfer sur terre! »

Ma mère regarda le visage de Fanny, couleur de biscuit.

« Ta maman, marmonna-t-elle.

– La tienne », répondit Fanny calmement, sans ciller.

Avec ma mère elle était de force, et elle le savait. Elle avait le précieux avantage d'être la cuisinière du président, et de plus elle savait lire et écrire. Fanny fixa Elizabeth Hemings dans les yeux, mais je m'avançai entre elles avant la bataille.

« Assez, Fanny. Je sais que toi et Davey avez si bien mis à l'épreuve la patience de Maître Jefferson avec vos disputailleries qu'il a fait dire à Mr. Bacon de vous vendre tous les deux à Alexandria. » Je la regardai dans les yeux. « Je suppose que tu as réussi à mendier ses bonnes grâces puisque tu es là et pas sur la plate-forme des enchères.

– On m'a dit que ça s'est pas mal calmé, dit Fanny d'un air contrit. C'est sans doute fini, Sally. Mais quel remue-ménage, Seigneur Dieu! Tu n'imagines pas... ces Blancs, ils sont enragés.

– Alors qu'on n'en parle plus, Dieu du ciel. Parce qu'à Monticello on en a marre », dit Elizabeth en prenant Fanny par les épaules et en la propulsant d'une légère poussée vers la porte de sa cuisine.

Il lui arrivait encore de vendre un esclave, par rancune ou pour garantir sa tranquillité domestique. C'était encore un Blanc. C'était encore le maître. Et, dans le monde des Blancs, mon maître n'était pas l'homme que je connaissais. J'aurais voulu qu'il revienne. J'aurais voulu qu'il revienne là où on l'aimait, où il était à l'abri. Les gens, me dis-je avec lassitude, sont comme les chevaux: ils s'usent. Les usages multiples du silence, qu'on apprend aux esclaves avant même leur naissance, allaient m'être fort utiles.

33

MARS 1803

L'amour est en grande partie une passion arbitraire et il règne, comme d'autres vices qui nous guettent, de sa propre autorité, sans déférer à la raison.
MARY WOLLSTONECRAFT. *Défense des droits des femmes,* 1792

Le devoir est l'esclave qui garde les clefs,
Mais l'amour est le Maître qui entre et qui sort
De ses vastes demeures en chantant ou criant
Selon son bon plaisir – selon son bon plaisir.
DINAH MARIA MULOCK CRAIK (date inconnue)

C'était en mars, avant que Jefferson ne revienne sur sa montagne. Sa famille noire se précipita pour l'accueillir. Thomas, Beverly et Harriet. Il sembla hésiter à les saluer, puis l'aperçut, elle qui s'approcha, timide.

« Thomas, dit-elle doucement.

– A vous seul, répondit-il avec son rire sec et bref.

– Thomas. Thomas. Nous... vous ne pouvez pas. Le risque... »

Mais le risque était déjà pris. Et l'orgueil l'avait scellé. Ils avaient gagné.

« Ce matin au lever du soleil, mon amour, le thermomètre était à trente-quatre degrés. Je l'ai noté dans mon journal. Je l'ai fait tous les jours pendant les quatre derniers mois et je ne l'ai pas laissé tomber une seule fois. »

Il avait la voix rauque, voilée, comme à Paris, ce jour. Elle se mit à pleurer. Elle savait qu'il n'écouterait personne, aucun conseil, aucune opinion, qu'il n'admettrait pas qu'on discute sa passion, qu'on la nie, qu'on la dilue, qu'on y ajoute ou qu'on y retranche, qu'on s'y oppose ou qu'on veuille en détruire la moindre parcelle. Elle ne serait pas éclipsée. Pas censurée. Pas rejetée. Elle resterait à Monticello.

Sa voix mêlait la tendresse à l'ironie :

« Tiens bon, ma petite, dit-il. Les pêchers commencent à fleurir et je vois que le puits est plein d'eau depuis dix-huit mois de secheresse »

Elle appuya la tête contre sa poitrine, et ses grandes mains vinrent envelopper son crâne. Les larmes de Sally Hemings mouillèrent sa chemise et sa veste. Elle avait là sa victoire, inscrite sur ce visage altéré par l'amour. Ils se retrouvaient comme les seuls survivants d'un tremblement de terre. La montagne avait été secouée, mais elle était toujours debout.

Thomas Jefferson dessinait à traits légers le plan d'un nouveau jardin d'agrément : un terrain où se dresseraient de grands arbres, un mélange de peupliers, de chênes, d'érables, de tilleuls et de frênes, qu'il aimait tant. Un labyrinthe de verdure avec au centre un petit temple, un abri.

Il était loin d'être tiré d'affaire.

Par ce voyage il cherchait à éviter un duel possible avec son vieil ami John Walker, au sujet de son épouse. Callender ne laissait pas sécher sa plume. Allié aux journaux du Nord il avait pris de l'envergure et citait maintenant la lettre de Langhorne à Washington mettant en cause Peter Carr, un neveu de Jefferson. Il y avait encore les accusations éternelles d'athéisme, de jacobinisme, et maintenant on menaçait de publier ses lettres à John Walker à propos d'un événement qui avait eu lieu trente ans auparavant ! C'était insensé.

« Pourquoi n'avez-vous pas épousé une personne du même teint que le vôtre ? » La Gazette de Virginie.

Il grinça des dents. Pourquoi ? « Dis-moi qui est mort, pensa-t-il, qui s'est marié, qui s'est pendu de ne pouvoir se marier... » Il priait Dieu que Sally n'eût pas lu la plus grande partie de ce qu'on avait écrit sur eux. Il était rentré chez lui avec le sentiment d'être vaincu. Tout lui rappelait ses deux familles et les problèmes qu'elles affrontaient. L'hiver dernier, à Washington, la présence de Martha et de Maria les avait tous fait taire, sauf les mauvaises langues les plus infâmes. Elles ne l'avaient pas abandonné. Il avait pu s'expliquer avec elles et, maintenant, il fallait qu'il arrange une entrevue avec son ami offensé pour éviter à tout prix ce duel. Il avait déjà sorti son beau-fils Thomas Mann d'un duel avec son cousin John Randolph, dans l'intérêt de Martha ; aujourd'hui, Madison devait lui rendre la pareille. Il ne pouvait pas risquer de mourir en laissant sans défense sa famille blanche et sa famille esclave.

Jefferson leva les yeux sur son épouse noire qui entrait dans la pièce. Elle lui parut terriblement petite et fragile.

Le pire lui serait épargné !

Le lendemain, James Madison arriva à Monticello avec de bonnes nouvelles. Il s'était entremis en faveur de Jefferson, et le duel n'aurait pas lieu.

« Je ne puis dire combien je suis soulagé, mon cher Madison, de l'issue de cette malheureuse histoire... et combien je vous en remercie.

– Monsieur le Président, je pense que Mr. John Walker ne tenait pas plus que vous à ce duel.

– Mon cher monsieur, je n'ai jamais tenu un pistolet de ma vie. La simple idée d'un homme en assassinant un autre au nom de l'honneur est insensée. Les hommes ont déjà suffisamment de moyens de s'entre-tuer pour que nous n'allions pas inventer une étiquette à cet effet.

– En Virginie, monsieur, la loi de " l'honneur " est assez fruste.

– La loi de la vanité, surtout, cher monsieur. Je suis un homme simple. J'accepte avec gratitude votre intervention dans cette affaire absurde et je me tiens pour satisfait que Mr. Walker ait accepté mes excuses. »

James Madison remarque une légère hésitation. Jefferson était tout sauf modeste, – « insensée » ou pas, c'était un homme élevé selon le code et les mœurs de Virginie. L'affaire Walker l'avait bien plus affecté qu'il n'était prêt à la reconnaître. Et sa vanité avait réellement été atteinte. Ce n'était donc pas tout.

« Quant à l'autre calomnie..., commença Madison. Je crois que Mr. Monroe la prendrait volontiers. »

Madison ne pouvait se résoudre à prononcer le nom de Sally Hemings.

« La prendrait ? »

Thomas Jefferson oscilla légèrement et son visage se vida de sa couleur.

« Provisoirement, bien sûr, ajouta Madison, effrayé de la pâleur soudaine de son vis-à-vis.

– La prendrait où ?

– Pourquoi n'irait-elle... Je crois... qu'elle a une sœur, Thenia, chez Mr. Monroe. Elle pourrait... se retirer là-bas avec ses enfants jusqu'au moment où... »

James Madison détacha ses yeux des boutons d'argent du gilet de Jefferson et le regarda droit dans les yeux. Comment cet homme pouvait-il ignorer le danger politique qu'il courait ? Il avait tout simplement le devoir, lui, James Madison, de le prévenir que la Virginie ne tolérerait jamais, même à Thomas Jefferson, certains actes impardonnables. Il devait le comprendre.

Sans le vouloir, il recula d'un pas. Les yeux pâles et froids avaient viré au bleu sombre.

« Les Hemings sont à moi, dit Jefferson. Tous. Je m'en occuperai personnellement.

– Je ne prétendais pas... » Madison s'efforça de contenir le tremblement de sa voix, tira son mouchoir de son gilet, s'épongea le front. Il était allé trop loin. Trop loin dans son propre intérêt. Puis, soulagé, il vit que Jefferson avait déjà passé outre. Son visage avait repris l'air serein que Madison connaissait si bien : celui de l'homme public. Son trouble intérieur, entr'aperçu, avait été aussitôt effacé. Jefferson, qui le dominait de toute sa hauteur, lui parut encore plus grand quand il le prit par l'épaule et fit étinceler un de ses rares sourires. Cette intimité soudaine fit rougir Madison.

« Nous en sommes arrivés là, Madison. Mais nous avons encore une longue route à parcourir... creusée d'ornières des plus dangereuses pour le char de l'État. » La sourire disparut. « Vous savez mon sentiment, quant à la place qui vous revient de droit dans notre système politique... Je suis un vieil homme. Le compromis me vient difficilement, alors que vous avez un brillant talent de négociateur. On ne construit pas une nation dans un lit de plumes... »

Madison sursauta. Les mots étaient étrangement choisis, mais Jefferson parut ne rien remarquer.

« Reviendrons-nous aux questions qui nous importent aujourd'hui ? Laissons derrière nous cette affaire dégradante et ridicule. Vous avez une longue route devant vous, mon cher Madison. Après tout, nous ne devons pas décevoir Mrs. Madison, n'est-ce pas ? Elle tient absolument à redécorer la maison du président. Et Dieu sait qu'elle en a besoin ! »

Ils rirent tous deux.

La nuit d'avant qu'il ne quitte sa retraite de Monticello pour se rendre à Washington, Jefferson s'installa dans son bureau, seul, et rêva sombrement à ce qu'il avait noté dans son livre de comptes pour le mois d'août 1800. Il savait maintenant que le duel n'aurait pas lieu, grâce à la fermeté et à la ténacité de Madison. On pouvait faire taire Callender – les autres n'étaient que des imitateurs. Il pouvait mettre fin aux clameurs de la presse républicaine – si seulement ses amis pouvaient en faire autant pour les journaux fédéralistes.

Il devait faire franchir cette crise à sa double famille et aussi faire naviguer les États-Unis à travers les retombées sanglantes de Napoléon et avec le fantôme de ses troupes arrivant au Mississippi ; il devait mener une guerre non déclarée contre Tripoli ; tenir tête aux frontières indiennes sans cesse violées à mesure que le pays les repoussait sans cesse plus à l'ouest ; réduire la dette publique, répartir le surplus aux frais du Trésor public – en tout cas la traite des esclaves, au moins, était mise hors la loi ; il devait enfin mener à bien les négociations secrètes avec la France sur l'achat de la Louisiane et monter son expédition vers le Pacifique. Il avait déjà choisi son secrétaire, Meriwether Lewis, pour en être le chef, et il ramènerait à Washington son nouveau secrétaire, Lewis Harvie, assez loyal pour avoir menacé de tuer Callender.

Callender. Son Judas. Sally Hemings n'était qu'un prétexte. Avant de partir pour Washington il abattrait son jeu aux yeux de tous. Il avait même fait le recensement de sa famille.

Dans le bureau que l'ombre gagnait, il alluma une chandelle, ouvrit son livre de comptes et inscrivit :

UN ÉTAT DE MA FAMILLE

Hommes :	Blancs libres au-dessous de 10 ans	2	*Femmes :*	3	5
	de 10 à 16 ans	1		0	1
	16 à 26 ans	3		1	4
	26 à 45 ans	1		0	1
	45 ans et plus	1		0	1

Esclaves : 93

Peu après le départ de Jefferson pour Washington, je regardai son livre de comptes et le trouvai ouvert à cette page.

Je fixai les chiffres un long moment, puis refermai doucement le registre. Mon maître avait compté Thomas, Beverly et Harriet comme étant libres, et blancs.

En Virginie on avait rendu notre amour public, on nous avait trahis. Aujourd'hui encore cette haine et ces injures me font frissonner. Croyait-il que je n'avais pas tout entendu ? *Esclave, putain, salope, concubine, Sal la sale, Sally la Brune, amante, une joyeuse esclave ayant quinze ou trente galants de toutes couleurs, y compris Thomas Paine, traînée noire et sa portée de mulâtres, charmeuse au teint d'acajou, Sally la Monticellienne, noirâtre Sally, Aspasie la Noire...* pas de supplice trop dur pour moi : me sortir le cœur de la poitrine, m'arracher la langue, brûler mon corps, me couper la gorge d'une oreille à l'autre, jeter mon âme en enfer pour l'éternité. En fin de compte peut-être triompheraient-ils en envoyant mon âme en enfer, mais pour le reste il était trop tard. Mon maître et moi étions désormais enracinés dans un passé, dans une passion que rien ne pouvait désavouer. J'avais prié pour en avoir la preuve. Il me l'avait donnée.

Il avait payé le prix le plus dur : l'humiliation publique. Il eût trouvé plus doux qu'on le fouettât au pilori des esclaves, plutôt que de perdre son image d'homme public, cette façade qui lui était presque aussi précieuse que celle de Monticello

Il avait payé. Cela, il savait le faire: garder le silence. Et ce silence serait le paiement. Le prix de ma servitude, qu'il ne modifiait en rien. Le prix de nos enfants, qu'il n'avait pas reconnus. Il l'avait payé avec une sorte de fierté impuissante, désorientée, car Monticello, c'était moi.

34

MONTICELLO, 1803-1805

Familia ne signifiait pas (à l'origine) un composé idéal de sentimentalité et de bataille domestique, comme dans l'esprit des philistins contemporains. Chez les Romains, au début cela ne s'appliquait même pas au couple originel et à ses enfants, mais seulement aux esclaves. *Famulus* signifie esclave domestique et *familia* le nombre des esclaves appartenant collectivement à un homme... Cette expression *(familia)* fut inventée par les Romains dans le but de désigner un nouvel organisme social dont la tête avait sous son autorité paternelle une épouse, des enfants et un certain nombre d'esclaves avec sur eux tous, d'après la loi romaine, le droit de vie et de mort.

FRIEDRICH ENGELS, *L'Origine de la Famille, La Propriété privée et l'Etat,* 1884

Dieu nous pardonne, mais notre système est monstrueux, inique et injuste ! Comme les patriarches d'antan, nos hommes vivent dans une même maison avec leurs épouses et concubines : les mulâtres qu'on voit dans chaque famille ressemblent en partie aux enfants blancs. Une dame vous dira volontiers qui est le père des enfants mulâtres pour toute maisonnée sauf la sienne propre. Ceux-là, pense-t-elle apparemment, tombent du ciel.

MARY BOYKIN CHESTNUT, *Journal de Dixie,* 1840-1876

Oh, comment pouvez-vous penser aux esclaves et à la maternité ! Regardez-moi dans les yeux, Marianne, et pensez à l'amour.

KATE CHOPIN, *La Demoiselle de Saint-Phillippe,* 1891-1892

La nouvelle de l'achat de la Louisiane tomba comme un coup de tonnerre au début de l'été. A Richmond le canon tonna, les cloches sonnèrent et il y eut de grandes réjouissances. Le succès de Maître Monroe à Paris retentit dans tout le pays et en fit un héros, plus tard un président. Mon maître avait doublé le territoire des États-Unis, en achetant la Louisiane et la Floride entières pour quinze millions de dollars.

« Typique de Thomas Jefferson, déclara Elizabeth Hemings, non sans fierté, dans ses vastes cuisines. Il part pour acheter quatre arpents et une mule, il se retrouve avec une plantation et un troupeau de bêtes !

– Non, maman. Il est parti acheter La Nouvelle-Orléans et il a fini par acquérir un empire. »

Maintenant que nous avions survécu aux pires attaques de Callender et de la presse fédéraliste, il semblait que nous eussions des raisons de nous réjouir. Le 16 juillet le cabinet ratifia l'achat de la Louisiane, et le 17 Meriwether Jones dansa la gigue sur la pelouse ouest de Monticello. Ce n'était pas pour fêter la Louisiane, mais la mort de James T. Callender. On l'avait trouvé ce matin-là dans la James River, noyé dans trois pieds d'eau.

Un an s'écoula. Un an libre de tout scandale, même si Sally la Monticellienne refaisait surface ici et là dans les journaux.

Mon maître fut réélu par un raz de marée électoral. Il ne lui manqua que quatre votes sur cent vingt-six, et il n'y en eut pas un pour Aaaron Burr. Ce fut l'instant de son plus grand triomphe, le jour où il sut comme jamais que le pays entier l'aimait. Je ressentis vivement le plaisir qu'il éprouva. Disparus, le dédain qu'il affectait, son horreur du service de l'État, sa fuite devant l'exercice du pouvoir. En vérité ce débordement d'amour et de reconnaissance suffisait à tourner la tête d'un homme qui aimait par-dessus tout être aimé.

Il portait légèrement ses soixante et un ans. Ses cheveux étaient gris et les malaises qu'il avait éprouvés cinq ans auparavant disparus grâce aux promenades à cheval qu'il faisait quotidiennement. Il avait le teint clair et coloré. Son cou puissant et ses poignets donnaient une impression de grande force physique, bien qu'il eût un corps mince, élancé, une attitude un peu raide. Il avait des sentiments violents, tenaces, qu'il cachait sous un abord calme et riant, mais je savais ce qu'il était vraiment : passionné jusqu'à la cruauté, sensible au point d'être brutal, empressé à plaire jusqu'à frôler la mauvaise foi, loyal en amour, solitaire derrière sa perfection de façade, et c'est sa peur d'être seul qui le faisait faillir. Le scandale avait mis notre avenir à l'épreuve, mais il avait retrempé notre lien. Et sur sa montagne notre famille grandissait comme un chêne aux nombreuses racines. Nous étions en sécurité. Du moins j'en étais persuadée.

Au printemps on nous amena Maria sur une litière de branches et de cordages, portée avec tendresse en haut de la montagne par Burwell, John, Davey et Israel. Elle se mourait des suites de ses couches.

« Tout change, et tout reste pareil », dit-il, debout dans l'encadrement de la petite chambre. Et de fait c'était moi maintenant, plutôt que ma mère, qui lavais, nourrissais et soignais Maria, et c'était mon fils Thomas qui tenait compagnie à celui de Maria, Francis, resté dans l'entrée à ouvrir de grands yeux.

La gangrène avait sûrement gagné l'ulcère horrible qui lui rongeait le sein. La douleur était si atroce que même le laudanum ne lui apportait pas de répit. L'après-midi, quand la souffrance semblait la plus violente, je la tenais dans mes bras pendant des heures, et c'est ainsi que nous trouvait son père quand il apparaissait à la porte de sa chambre et nous regardait en silence. Il s'était retiré parmi ses livres et ses chevaux, comme si la solitude pouvait annuler le supplice de sa fille. Mais rien ne pouvait contenir cette agonie, ni lui, ni moi, ni Maria.

Je brossai les longs cheveux auburn qui descendaient jusqu'à la taille, encore somptueux, splendides, jusqu'à ce qu'ils se missent à tomber par poignées. J'essayai de le lui cacher en gardant les mèches les plus longues, comme font à Paris les coiffeurs, pour compléter la chevelure de leurs clientes avec des poufs et des chignons.

Cette femme exquise, qui n'avait pas encore vingt-six ans, dégageait une odeur douceâtre et nauséeuse, et je la changeais désespérément trois ou quatre fois par jour. Elle qui n'avait jamais été très portée sur la toilette ou la parure demandait maintenant des bijoux. Elle aussi que fâchait toute allusion à sa beauté nous réclamait des compliments, à moi, à sa sœur, à son mari et à son père.

Après la visite de son mari, pour laquelle elle s'infligeait une toilette de plusieurs heures, elle se tournait face au mur et pleurait. A son fils, elle interdisait sa chambre. Ma propre angoisse restait profondément enfouie, mais ce n'était qu'un répit.

C'était un beau jour un peu brumeux avec un brouillard qui restait près du sol même l'après-midi. Sur les montagnes dont les sommets étaient ensoleillés, chaque fleur et chaque feuille montaient à l'assaut de la lumière et de la chaleur. Soudain, dans la chambre, je n'entendis plus que le bruit de ma seule respiration. Le silence était si profond que je regardai les fenêtres hermétiquement fermées pour être sûre que le ciel, le soleil et la nature vivante n'avaient pas disparu. Je sus alors d'où venait ce silence.

Elle était morte. Sans un mot, sa main dans la mienne. Je ne fis pas un bruit. Aucun son de la voix humaine n'aurait pu exprimer ma douleur. Je restai longtemps près d'elle, enfin finalement je me précipitai hors de la pièce pour informer ceux qui dînaient encore : son mari et son fils, son père et sa sœur. Puis je revins dans la chambre pour faire sa dernière toilette. Je pleurai, comme avait fait ma mère. Maintenant je pouvais pleurer. Je l'enveloppai d'un linge blanc et je recouvris tout ce qui était dans la chambre. Je sortis et allai couper, aidée par Wormley, toutes les fleurs printanières, n'en laissant pas une dans les jardins pour insulter sa mort d'une vie nouvelle. Je remplis sa chambre de ces fleurs. Le lit en était couvert et elles empêchaient le soleil de passer.

Alors seulement je laissai entrer les Blancs de sa famille.

Par-dessus la tombe toute fraîche de Maria et de son fils, car il avait succombé à des convulsions, nous nous regardions l'un l'autre.

La mort de sa fille planait entre nous comme une bête affamée, quelque chose de laid et de terrible qui nous séparait. La peur nous avait pris, et sur sa tombe nous nous accrochions à la vie, nous serrant l'un contre l'autre de désespoir et de chagrin, remontant la montagne en courant comme si la Faucheuse elle-même nous avait poursuivis.

Ce jour-là fut engendrée une vie nouvelle car Madison, mon troisième fils, allait naître neuf mois plus tard, jour pour jour...

Mon maître entama son second mandat de quatre ans. Une fois de plus il marcha jusqu'au Capitole au milieu des foules surexcitées et des acclamations populaires. Une fois de plus il prononça un discours inaudible devant les assemblées et on dut attendre le lendemain pour lire dans le journal ce qu'il avait dit.

A l'aube d'un matin brumeux de juillet 1804, à Weehawken, dans le New Jersey, Aaron Burr tua en duel Alexander Hamilton – mais le pays de mon maître était paisible, sauf pour la guerre qu'il menait contre une seule nation.

Une poussée irrésistible vers l'ouest en faisait de plus en plus un pays de Blancs. L'homme blanc écrasait l'Indien comme l'esclave sous sa botte, et il venait piétiner chaque pouce de terre à sa portée. Sur le territoire qui allait maintenant des Carolines au Vermont dans un sens et de la rive atlantique aux mont Appalaches dans l'autre, il se trouvait, selon le dernier recensement, cinq millions de Blancs, deux millions d'esclaves, un million de Mulâtres et un nombre indéterminé d'indigènes américains.

Mon maître, en tant que président, avait ces quatre dernières années transféré par des moyens légaux ou par la perfidie vingt millions d'acres de terre indienne sous la souveraineté des États-Unis, pour un prix total de cent quarante deux mille dollars – dix acres pour un penny – ou, comme il disait lui-même, l'équivalent de cent quarante-trois esclaves nègres, des mâles premier choix.

Je l'avais encore perdu pour quatre ans. Moi et Monticello. Le palais présidentiel m'était interdit. Mais je décidai un jour d'aller promener mes pas sur son plancher. Cet hiver-là, cédant à mes demandes obstinées, Davey Bowles m'emmena secrètement à Washington. Je voyageai de nuit dans une voiture aux rideaux tirés et me glissai dans le bâtiment par la porte des domestiques. Il y avait plus de dix ans que je ne m'étais aventurée loin de la plantation.

Les domestiques venus de Monticello me firent écran, Burwell me cacha pendant le jour et je visitai la nuit les salles inachevées, caverneuses, que je savais ne jamais revoir. Je remarquai les installations laissées par les Adams, les tentures, les peintures, les meubles raides, à l'ancienne mode. Après l'élégance de l'hôtel de Langeac, le palais du président paraissait fruste, rustique, froid et sinistre. Le toit fuyait, la maison n'était pas chauffée, l'escalier s'affaissait, c'était partout lugubre et poussiéreux. Même Thomas Jefferson avait un air négligé, défraîchi.

Les grandes cuisines, où Edy et Fanny travaillaient avec Peter, étaient le seul endroit réconfortant de la maison. J'allai rendre visite à Petit, qui s'était installé gentleman farmer à Georgetown, et Davey parvint à me faire sortir en voiture pour aller voir la ville.

C'étaient des espaces immenses où s'éparpillaient quelques bâtiments isolés, une mer de boue quand le temps était doux, un océan d'ornières gelées pendant les nuits d'hiver. Sur la colline se dressait la carcasse squelettique du Capitole, lugubre comme un gibet, tandis qu'une légion d'ouvriers et d'esclaves piétinaient le sol mou, aux prises avec les énormes pierres blanches du futur revêtement. Autour du Capitole se trouvait la cité fédérale, consistant en six ou huit pensions de famille, les meilleures étant Conrad et McMunn, chacune pleine de sénateurs et de représentants. Il y avait un tailleur, un cordonnier, un imprimeur, une blanchisseuse, un épicier, une papeterie, un magasin de nouveautés et un marchand d'huîtres.

Voilà donc ce qu'était la nouvelle capitale des États-Unis. Les marais qui l'entouraient l'imprégnaient d'un relent putride, un brouillard aux odeurs rances l'envahissait la moitié du temps et ses habitants la fuyaient au premier signe de malaria, dont une épidémie ravageait périodiquement la ville.

J'inspectai le Capitole à moitié construit, là où viendraient les tableaux de John Trumbull. Le long de Pennsylvania Avenue, jusqu'à Georgetown, s'alignaient au milieu des terrains vagues des demeures qui me rappelaient celles qu'on avait construites sur les Champs-Élysées quand j'étais à Paris.

Les Champs-Élysées. C'était maintenant une image floue, au fond d'une perspective vieille de quinze ans. Les maisons blanc et or à la mode du temps, si « modernes » à l'époque, devaient déjà sembler désuètes et respectables. La respectabilité ! Je ris à l'idée de ce que penseraient les fédéralistes à savoir Sally Hemings dans le palais présidentiel. Mais mon maître était si populaire que même si on m'avait découverte, personne n'aurait osé le publier. « Sally la Brune » était aussi morte que James T. Callender.

Or, à la veille de mon départ pour Monticello avec Davey Bowles, le sort voulut que je rencontre, recluse que j'étais dans cette bâtisse lugubre, la seule personne à Washington dont j'étais sûre qu'elle me reconnaîtrait : Dolley Payne Todd Madison. Dolley, qui se voyait déjà chez elle au palais présidentiel, entra par les cuisines sans se faire annoncer et me surprit en compagnie de mon maître.

« Tiens, Sally Hemings de Monticello ! »

Je ne dis mot.

« Que diable fais-tu donc à Washington ? As-tu déserté Monticello pour les cuisines de la maison du président ? » Pas choquée le moins du monde, elle remarqua mon état.

« Un autre Hemings pour la plantation ? Bien ! Par les temps qui courent, nous avons besoin de tous les petits moricauds... Si c'est un garçon, puis-je te demander de l'appeler Madison, et tu recevras une bonne récompense, avec ça ! Je te le promets. » Elle regarda mon maître. « Pourrait-elle faire ça, monsieur Jefferson ? L'appeler Madison si c'est un garçon, et Dolley si c'est une fille ? Allez, ne dites pas non... »

Son visage plat, empâté, aux lèvres boudeuses, rayonnait de malice. Ses petits yeux en vrille enfoncés dans une chair bouffie étaient assortis au collier qui ornait son cou gras et court. Ce n'était plus une beauté, Dolley Madison. Perdue dans les dentelles et les ruchés qu'elle adorait, portant toujours des couleurs pastel qui n'arrangeaient pas son teint devenu olivâtre avec l'âge, elle ressemblait irrésistiblement à un chou multicolore.

Mon maître restait à l'écart, désarmé et plutôt ridicule. Il était président des États-Unis, et incapable de dire un mot.

Tandis qu'elle savourait sa vengeance, j'attendais le moment propice. Son mariage avec Maître Madison n'avait engendré aucune descendance. La déception et l'amertume qu'elle en avait la rendaient peut-être plus cruelle que si elle eût été mère. Et après, pensai-je, pourquoi ? Madison était un excellent prénom, et j'avais vraiment de l'affection pour Maître Madison – mais jamais une de mes filles, je me le promettais, ne s'appellerait Dolley.

Dans la pénombre et les courants d'air de ce couloir nous tournions l'une autour de l'autre comme des louves ennemies – les planches non rabotées déchiraient mes pantoufles de feutre. Je ne quittai pas des yeux les pieds joliment chaussés de Dolley. Elle portait des bottes en daim bleu pâle. Je gardai les yeux baissés, mais je traçais les frontières de mon territoire. Même si j'avais été blanche, j'aurais commis une transgression, mais j'étais noire, et c'était une violation de ce qu'il y avait de plus sacré.

Elle recula hors des limites de mon cercle. Notre pacte était conclu. Un silence en échange d'un nom. Qu'elle veuille reprendre symboliquement la semence déposée dans mon ventre au lieu de l'avoir été, de droit, dans celui d'une femme blanche – le sien – c'était son devoir. Le mien, hors le meurtre, était de survivre et de régner. Toutes deux nous avions fait notre devoir.

Madison Hemings naquit en janvier, le 19 du mois. C'était un enfant vif aux cheveux blond roux et aux yeux gris.

35

MONTICELLO, 1806-1808

La femme blanche du Sud est la première esclave du maître.
DOLLEY MADISON, 1837

« Jamey s'est " envolé ".

– Quoi?

– Parti, l'Maît', Jim, Bacon, tout l'domaine sait où il est mais personne il va le chercher... »

Elizabeth Hemings, comme toujours, fut la première à apprendre l'évasion de Jamey. Le fils de Critta avait dix-sept ans et le même esprit brillant, amer et violent que celui qui avait porté son nom, mon frère James. Je me demandai quand il avait décidé de partir, celui-là. Quand il avait vu son père et son oncle se battre pour sa mère ? Ou bien pendant cet hiver qu'il avait passé seul sur la montagne, quand sa mère avait fui à Bermuda Hundred avec Maria ?

Pour la première fois de sa vie Thomas Jefferson fit sévèrement fouetter en public un esclave, James Hubbard, non seulement parce qu'il ne cessait de s'enfuir, ce qu'il faisait régulièrement depuis l'âge de douze ans, mais parce qu'il le fuyait, *lui*... Au fond de lui-même il devait pourtant savoir que jamais celui-là ne redeviendrait esclave. Il mourrait d'abord – il mourrait sous les coups ou il mourrait en fuyant. Moi qui lui avais rédigé son permis, j'avais compris cela. Pourquoi mon maître n'admettait-il pas une chose aussi simple ? Dans la vie de certains hommes il vient un moment où tout simplement ils ne sont plus propres à l'esclavage. Si cela signifie qu'ils sont des hommes morts, eh bien, soit. C'est tout. La rage imprévisible, excessive des maîtres envers les fuyards me déroutait. Ce n'était pas seulement le fait de perdre un bien de valeur, car tous, le mien compris, faisaient comme s'ils étaient abandonnés, préférant tuer plutôt que d'aimer à nouveau. Qu'était l'esclave pour l'orgueil de son maître, me demandais-je, pour que celui-ci fût si mortellement blessé par sa fuite ?

« Thomas, vous savez que Jamey est parti ?

- Oui. Qui te l'a dit ?
- Maman, bien sûr.
- Il y avait quelques Mohicans dans les environs, il s'est volé chez eux, ou bien c'est eux qui l'ont volé !
- Enfui avec les Indiens ? » dis-je d'un air innocent, alors qu'il savait aussi bien que moi que beaucoup d'esclaves prenaient cette occasion de fuir : se réfugier chez les Indiens. S'ils pouvaient atteindre une nation indienne, c'était le chemin le moins risqué et le plus sûr vers la liberté.

« Ils vont probablement lui faire traverser l'État du Mississippi ou le passer à une autre tribu qui l'enverra au Canada. Je doute qu'il reste avec eux. Il est assez clair pour passer pour Blanc, laissons-le courir. »

Pas de rancœur dans sa voix, mais tout de même le frisson de l'abandon. Même à cause de Jamey. Jamey avait choisi la liberté. Mon maître ne « l'aimait » plus suffisamment pour le poursuivre. Je poussai un soupir de soulagement. Il n'enverrait pas les patrouilles après lui. Thomas avait dix-sept ans. Quand avait-il compris que le maître était son père ? Et combien de temps me restait-il avant qu'il ne s'envole, lui aussi ?

Je n'eus pas le temps de beaucoup réfléchir sur la fuite de Jamey, car aussitôt après sa disparition un événement vint nous rappeler le danger mortel où nous étions sur cette montagne : un double meurtre. Un meurtre qui fit naître chez les planteurs une peur toute spéciale – un empoisonnement. Tous les Blancs du Sud vivaient dans la terreur du poison. Plus d'un cuisinier de grande maison avait été pendu sur le soupçon, ou sur la preuve, d'avoir empoisonné ses Blancs.

Ce fut ma mère qui m'apporta la nouvelle : George Wythe, Lyddy Broadnax et leur fils Michael Brown avaient été empoisonnés.

« En fait, comme disent les journaux de Richmond, c'est arrivé il y a un peu plus de quinze jours, c'est-à-dire l'empoisonnement, parce que Maît' Wythe, il vient juste de mourir. A Richmond les cloches sonnaient comme pour la fin du monde, mais le pauvre Michael est mort il y a plus d'une semaine après des souffrances horribles. Ils l'ont ouvert – les docteurs – et ils ont trouvé dans l'estomac et les boyaux l'inflammation que fait l'arsenic jaune, comme Wormley il en donne aux taupes et aux marmottes. »

Michael Wythe Brown, plus jeune de deux ans que mon fils Thomas, était mort. Il était venu là, jadis, pour l'affranchissement de James. Je ramassai Madison, un bébé de dix-huit mois. Il y en avait deux, désormais. Martha avait appelé son dernier fils Madison pour évincer le mien dans l'affection de son père. La vengeance des Blancs a de nombreux visages.

« Et qu'est-ce qu'ils disent dans les cuisines à Richmond, maman ?

– Alors George Sweney, le neveu de Maît' Wythe, a été accusé de meurtre et les Blancs sont tous armés et en pleine crise. Tu sais comme ils ont la trouille du poison avec nous tous aux cuisines... Y a rien qu'ait fait tant de bruit à Richmond depuis les Anglais. Tu sais que le vieux Maît' Wythe était comme un saint en Virginie. Tu sais comme on l'aimait partout, sa douceur et sa gentillesse et qu'il a siégé au Congrès continental et signé la Déclaration d'Indépendance et servi à la Haute Cour et tout... Alors il a fait un testament qui donne sa maison à Lyddy Broadnax, ses biens et la moitié de ses actions en banque à son fils Michael Brown. Le reste de son argent, il l'a laissé à son neveu George Sweney, avec la condition que si Michael mourait avant Sweney celui-là aurait aussi sa part. Lyddy dit que Sweney a découvert le testament le soir d'avant la Pentecôte, le vingt-cinq. Maît' Sweney est venu comme il faisait quelquefois quand Maît' Wythe était au tribunal, il est allé dans sa chambre et a trouvé les clefs de son bureau. Il a ouvert le bureau et Lyddy l'a vu lire un papier dont son maître lui avait dit que c'était son testament. Elle-même l'avait attaché avec un ruban bleu.

« Alors, au matin, juste avant que le déjeuner soit prêt, Maît' Sweney est entré dans la cuisine. Lyddy dit qu'il est allé vers la cheminée, il a pris la cafetière et l'a portée sur la table où elle grillait le pain. Il s'est versé une tasse, il a reposé la cafetière. Elle l'a vu jeter un petit papier blanc dans le feu. Ensuite il a bu son café et mangé une tartine grillée avec du beurre frais. Il lui a donné le bonjour et est allé à ses affaires. A ce moment-là elle trouvait que tout était normal. Un peu après le vieux Maît' Wythe a sonné. " Lyddy, hier, ai-je laissé mes clefs dans mon bureau, car cette nuit c'est là que je les y ai trouvées ? " Et elle a dit : " Je pense que oui, Maît', à cause que j'ai vu Maît' George au bureau qui lisait le papier que vous m'y avez fait mettre. Maît' George a dit que vous lui aviez dit de venir le lire, et de vous dire ce qu'il en pensait. " Le vieux Wythe il a dit : " J'ai bien peur de vieillir, Lyddy, parce que j'ai de moins en moins de mémoire. Emporte-moi tout ça, va donner son déjeuner à Michael et va prendre le tien. " Elle a servi le déjeuner au pauvre petit Michael avec autant de café qu'il en voulait, et elle en a bu elle-même une tasse. Après, avec l'eau de la bouilloire elle a lavé les assiettes, vidé le marc de café et astiqué la cafetière. Mais elle a été prise de crampes, malade au point de ne plus rien voir autour d'elle, Seigneur, elle était empoisonnée, son fils et son maître aussi. Et maintenant ils sont morts tous les deux et Lyddy souhaiterait l'être. Son fils, son fils unique, est mort. Ils avaient mis tellement d'espoir en lui. Il n'y en avait pas un à Richmond qui avait son éducation. Maît' Wythe il n'a pas regardé à la dépense pour l'élever. Et l'affranchir aussi, tout de suite, et Lyddy en même temps. Il avait les plus beaux livres... »

Pour la première fois je vis la peur dans les yeux de ma mère.

« A qui a-t-elle dit tout ça, maman ?

– Eh bien, d'abord au médecin, Foushee, et puis aux autres docteurs qui ont ouvert le pauvre Maît' Wythe et ont trouvé la même inflammation que chez Michael. Ensuite elle a dû le dire à la Chambre d'instruction. C'était après la mort de Michael. Avant elle souffrait que c'était terrible et Michael souffrait encore plus qu'elle ou que Maît' Wythe. Elle était si malade qu'elle n'a même pas su quand son fils est mort. C'est le dimanche d'après que Maît' Wythe, agonisant, a su que son fils venait de mourir. Il a poussé un cri, un grand soupir, et il a dit si tristement : " Pauvre enfant. " Alors il paraît que Maît' Wythe a tout de suite demandé son testament pour le changer, sachant désormais qu'on l'assassinait. " On m'a assassiné ", a-t-il dit, et il a rayé George Sweney du testament. " Que je meure vertueux ", ce furent ses derniers mots. »

Ma mère avait la gorge serrée, les tendons du cou saillaient. Ses yeux se fixaient au loin sur quelque chose d'horrible qui semblait venir sur elle. Elle avait les cheveux blancs comme l'argent, une peau que l'âge avait foncée, mais très peu ridée. Figée, plutôt, ni chair ni pierre mais une substance fragile, une sorte de papier couvrant à peine les muscles et les os. Sa vue était intacte, et elle avait gardé toutes ses dents.

« Alors, ce George Sweney, ils vont le pendre pour ça, non ?

– Je ne crois pas, maman. Les Noirs et les Mulâtres ne peuvent pas témoigner contre les Blancs. Lyddy Broadnax ne peut pas accuser le meurtrier de son fils.

– Non ! C'est pas possible !

– Thomas Jefferson a fait cette loi lui-même. Lui et George Wythe

– Non ! Seigneur Dieu. Lyddy. Lyddy.

– Inutile d'en appeler à Dieu. Il ne reçoit que les témoignages des Blancs, dis-je d'une voix amère.

– Ô Seigneur Jésus, mon doux Sauveur, ayez pitié de nous, les femmes noires », gémit-elle.

Mon cœur se brisa. Après soixante-treize ans d'esclavage, maman croyait encore à la justice. Elle se leva, tremblant de vieillesse et de rage. Je la regardai, me sentant impuissante. Je ne pouvais rien pour elle. Pas plus que pour moi. Pour Thomas, Michael, Beverly, Madison. Qu'est-ce qui pouvait nous protéger de la vengeance des Blancs ?

« Ma chérie, chuchota brusquement Elizabeth Hemings, le visage gris de terreur, tu crois qu'ils veulent nous tuer tous ? »

Ce double meurtre brisa ma mère. Son courage en fut anéanti. Depuis toujours elle enviait Lyddy d'être libre, elle lui enviait ses privilèges, l'éducation de son fils, elle-même avait consacré son existence à obtenir pour elle et ses enfants la liberté et la reconnaissance, et voilà que la liberté même ne protégeait pas du danger d'être noire.

Toute sa vie elle m'avait poussée à demander la liberté de mes enfants, à m'efforcer de gagner ce cercle magique où elle voyait la sécurité, et au bout du compte elle découvrait qu'il n'existait pour nous aucun abri, nul endroit sûr. Il n'y avait qu'un seul moyen d'échapper à la volonté des Blancs, à la justice des Blancs. Elle choisit ce moyen.

« Je crois que maintenant je vais mourir », dit-elle un jour, simplement. Elle plia son tablier et se mit au lit. Elle refusa de manger. « Ils » voulaient l'empoisonner, elle préférait mourir avant qu'on ne la tue.

Martha et moi avons passé l'été à la regarder s'efforcer de mourir, tous les jours, à l'écouter se vider de sa vie dans un torrent de mots. Jusqu'à la fin, elle s'en tint à l'idée que quelqu'un voulait l'empoisonner. Nous avons tout essayé. Nous avons mangé ses repas devant elle. Toutes les deux. Martha. Moi. Nous avons donné aux enfants les assiettes qu'elle refusait. Mais elle n'ouvrait la bouche que pour parler.

« Mets ta main sur ma poitrine et appuie fort, murmura-t-elle enfin. Mon cœur ne veut pas s'arrêter de battre. »

A la fin du mois d'août maman gagna finalement la bataille de sa mort. On l'enterra au cimetière des esclaves. J'étais seule, désormais, à porter l'héritage de ma race et de ma famille : non plus seulement aimer, mais survivre.

Je ne sus pas comment mon maître avait pris la mort de son très cher ami et bienfaiteur avant l'été qui suivit les meurtres, quand il revint à Monticello. Ses lettres de Washington n'avaient pas mentionné la mort de son professeur, et c'est seulement en le voyant que je mesurai le coup qu'il avait reçu.

J'appris que Wythe l'avait cité dans son testament. Marchant de long en large, il me dit d'abord :

« L'exemple d'une telle dépravation ne nous était encore parvenu que par les inventions des poètes. »

Je ne dis rien. George Wythe avait fait étalage de l'intelligence de Michael, de son éducation, de sa beauté, l'avait affranchi et avait affiché sa paternité aux yeux de tous en faisant de lui son héritier. En dépit de la loi du Sud la plus sacrée... il avait enfreint la règle et avait payé de ce qu'il aimait le plus . son fils unique était mort devant lui.

« Quand je pense qu'en mars nous étions tous réunis à la Taverne de Washington, il y a moins d'un an et demi, pour fêter mon second mandat.

John Page a demandé à George de prendre sa retraite, puis il a proposé un toast en l'honneur du magistrat intègre et sage, du patriote actif et désintéressé ! » Mon maître hocha la tête. « Il a été acclamé par l'assemblée à neuf reprises... autant que pour moi... » Sa voix se brisa. « Il m'a laissé sa bibliothèque, ses instruments scientifiques, ses gobelets d'argent et sa canne... » Il fit un silence. « Et il m'avait désigné comme tuteur de Michael... »

Ô Dieu, me dis-je, non seulement Wythe, cet homme si affable et si doux, avait affiché le métissage en faisant hériter son fils café au lait, mais il avait proclamé la condition de Jefferson en le nommant tuteur d'un métis illégitime.

En septembre, quand le procès s'ouvrit, l'affaire était déjà célèbre dans toute la Virginie. Edmund Randolph, un cousin par alliance de Martha Randolph, défendait George Sweney. Il advint ce que j'avais prédit. Pour le meurtre de George Wythe, signataire de la Déclaration d'Indépendance, rédacteur des lois de la Virginie, juge à la Cour suprême de l'État, George Sweney fut acquitté pour manque de preuves, malgré les chèques où il avait imité la signature de son oncle, l'arsenic trouvé dans sa chambre et le témoignage oculaire de Lyddy Broadnax, qui ne fut pas autorisée à déposer. S'il fallut quelques minutes au jury pour le déclarer non coupable du meurtre de George Wythe, on écarta sans même un procès son inculpation pour le meurtre de Michael. Pour les faux chèques au nom de son oncle, Sweney fut condamné à six mois d'emprisonnement et une heure d'exposition sur le pilori de la place du marché à Richmond, mais la sentence, même pour une heure, ne fut jamais exécutée.

George Sweney était libre. Maman, Wythe et Michael étaient morts, la terre encore fraîche sur leurs tombes en ce jour de septembre où j'étais sur le point de monter l'escalier de ma chambre. J'entends encore sa voix :

« Quelle douleur, quelle tristesse de penser qu'un homme si pur, si droit, si honnête et qui était tant aimé, ait trouvé une mort si anormale. »

Un instant je n'en crus pas mes oreilles. Je fis demi-tour, tombant presque. Il se mentait à lui-même ! Même pour ça il allait se mentir ! O Dieu, quand cesseraient ces mensonges.

« Une mort anormale ! criai-je. C'est un meurtre. *Un meurtre !* Vous ne comprenez pas ? Oh, Thomas, ne pouvez-vous cette fois au moins regarder en face votre race blanche ? » Il me regarda et je vis qu'il était vraiment surpris.

Souviens-toi de Callender ! Souviens-toi, bon Dieu, Thomas Jefferson ! Souviens-toi de la haine, souviens-toi de l'ordure, souviens-toi de Callender noyé dans la boue de la James River ! Voilà ce qu'on peut attendre de ton monde blanc. La mort et la haine et la damnation pour toi, pour moi, pour les enfants !

« Libère-nous ! Libère-nous ! Libère-nous, Thomas !

– Je devrais vous bannir loin de moi... de par la loi, et je ne puis...

– Ô Dieu, comment pouvez-vous me garder... nous garder dans une telle abomination ? » J'étais debout, le dos contre la rampe, et il vint vers moi.

« En vous aimant, dit-il calmement.

– Pourquoi le faites-vous ?

– Parce que je t'aime. »

Aime-moi et reste esclave.

« Et que voulez-vous que je fasse avec ça ? murmurai-je.

– M'aimer.

– Vous croyez que l'amour peut tout pardonner.

– N'est-ce pas vrai ? dit-il doucement en me tendant les bras.

– Ne vous ai-je pas aimé depuis que j'ai eu quinze ans, Thomas ? »

Aime-moi et reste esclave.

« C'est la seule façon dont je peux t'aimer. C'est la seule manière que j'ai de t'aimer et de te protéger. C'est le seul moyen que j'ai pour te sauvegarder.

– Le seul moyen? murmurai-je. Mais vous êtes le président des Etats-Unis. »

Il devint d'une pâleur de craie et ne dit plus un mot. Je levai les bras et abaissai son visage près du mien, cherchant l'espoir au fond de ses yeux. Mais je ne trouvai rien. Il n'existait pas pour nous d'endroit sûr. Il ne pouvait pas me protéger, pas plus que ma mère ! Ma seule sécurité, il la voyait dans l'esclavage. Elle pensait que c'était la liberté. Maintenant je savais qu'ils avaient tort, tous les deux. Les siens me haïssaient, moi et ma race, assez pour aller jusqu'au meurtre. Ses amis couvraient le meurtre de l'homme que Thomas Jefferson avait aimé comme un père. Et celui de son fils. S'ils faisaient cela aux leurs...

Que me feraient-ils, à moi ?

A mes enfants ?

L'Amérique blanche cherchait à me détruire, ainsi que mon amant, que mes enfants. Ces gens voulaient tuer. Lyddy l'avait su. Maman l'avait su, et maintenant ce serait mon tour. J'étais seule. Je ne pouvais attendre aucune aide de Jefferson. On l'avait averti et il avait choisi d'ignorer cet avertissement, mais je me jurai de ne jamais l'oublier. Jamais. Il n'y aurait pas de liberté, pas de reconnaissance, pas d'affranchissement, pas d'évasion, il n'y aurait plus désormais qu'un silence obstiné pour gouverner nos vies. Si j'avais jamais espéré qu'un jour, je ne savais comment, mon amant qui se dressait devant moi comme un monument reconnaîtrait ses enfants métis, j'envoyai cet espoir rejoindre dans la tombe Michael Brown et Elizabeth Hemings. Pour moi, je ne pouvais plus me permettre son chagrin, sa souffrance, le pardon qu'il implorait. Leur mort avait exhumé le fantôme longtemps oublié de la liberté, son reniement lui avait donné corps.

Je ne serai pas brisée. Je vivrai. Je survivrai à Marly, à ma mère, à mon maître.

De rage, il se mit à pleurer. Je le pris dans mes bras. Ainsi lui aussi avait cru que nous étions en lieu sûr.

Cet hiver-là, après l'attaque par les Anglais de la frégate *Chesapeake*, il lâcha sur tout le pays l'embargo de 1807.

« Cette fois ils ont touché la corde qui vibre dans tous les cœurs, dit-il. C'est le moment de régler les anciennes dettes avec les nouvelles. »

L'embargo dura deux ans et la Virginie fut ruinée.

Une fois encore il proposa à un Congrès buté d'interdire la traite des esclaves africains. Il accueillit joyeusement le retour de Meriwether Lewis, revenu sain et sauf de son expédition en Louisiane. Et il fit juger Aaron Burr pour trahison.

L'amertume, la rancune que j'éprouvais envers mon amant, envers mon propre sort, je les tournai contre Burr. Avec tant d'hommes blancs qui s'offraient à ma haine, pourquoi choisir Aaron Burr ? Était-ce à cause de cet unique regard concupiscent jadis à Philadelphie ? Était-ce parce qu'il avait été le premier homme, noir ou blanc, qui ait suggéré d'un coup d'œil que j'avais moi-même choisi de prostituer ma vie ?

Je le haïssais. Je harcelai mon maître pour avoir des nouvelles après qu'il eut fait poursuivre Burr du Maine à La Nouvelle-Orléans, de l'Indiana au New Jersey. Je lui écrivais sans cesse, j'insistais constamment sur le danger d'être assassiné par un tel individu, sur le duel avec Hamilton, sur sa haine et sur la menace qu'il faisait peser sur le pouvoir de mon maître. Et il m'envoyait en retour des lettres où il décrivait minutieusement le degré d'avancement du dossier qu'il réunissait. Il m'ordonnait aussi de brûler ces lettres, mais je me jurai de les conserver, comme les autres, jusqu'à mon dernier souffle.

On amena Burr à Richmond pour le juger, et le procès eut l'allure d'une fête campagnarde. La ville grouillait de monde. On donnait en son honneur des dîners et des bals. Il parcourait les rues, toujours le parfait dandy, avec à son bras sa fille Theodosia. Outre lui-même, les avocats de la défense étaient Edmund Randolph et George Wickham, les défenseurs de Sweney. Le procès s'ouvrit sous la présidence d'un ennemi juré de mon maître, John Marshall, et commença par l'audition des cent témoins du gouvernement. Je suivis les débats avec passion, mais ce procès, comme celui de Sweney, était jugé d'avance par le président de la Cour suprême. Le jury revint avec ce verdict : « Non coupable faute de preuves. »

Le grand procès pour haute trahison était terminé. Et à la fin de ce procès, en janvier 1808, la traite des esclaves fut interdite. J'attendais un enfant, une fois de plus. Mon septième. En mai suivant, j'accouchai d'un fils que j'appelai Eston, le seul qui fût né en présence de son père. Et celui-ci fêta sa venue comme s'il était blanc.

36

MARS-OCTOBRE 1809

Ici se posent des questions de valeur, de tact, et de tolérance... Car, et c'est ce qu'il faut finalement nous demander, que savaient au juste ces dames du Sud et ces esclaves domestiques quant à leur parenté, et qu'en pensaient-ils ? Et qu'aurait ressenti Jefferson, dont le seul fils est mort avant d'être baptisé à l'âge de trois semaines, de renvoyer à un oubli rassurant un fils mulâtre dont on dit qu'il lui ressemblait beaucoup ?

ERIK H. ERICKSON, « Dimensions d'une identité nouvelle », *Conférences sur Jefferson*, 1973

Il y a amour et amour en ce monde. Quels moments ont dû passer les amoureuses de ce misérable qu'était le jeune Shakespeare... La pauvre créature qui hérita de son second lit venait en second en toutes circonstances... Dire qu'on s'étonne que Shakespeare et ses semblables n'aient pas de descendants dignes d'eux ! Les enfants de Shakespeare ne l'auraient été qu'à moitié, l'autre moitié venant d'un lit de seconde qualité. Que peut-on attendre d'un tel mélange de matériaux ?

MARY BOYKIN CHESTNUT, *Journal de Dixie*, 1840-1876

Thomas Jefferson Hemings et Thomas Jefferson Randolph firent la course jusqu'en bas de la montagne pour accueillir leur père et grand-père. Le second mandat de mon maître était achevé.

Tête nue, leurs boucles semblables volant au vent froid de mars, la vitesse rougissant leur teint déjà coloré, les deux garçons galopaient vers Shadwell, à quatre miles de là, aussi vite que les chevaux pouvaient le supporter.

J'avais trente-six ans, Thomas dix-neuf, Beverly presque onze, Madison quatre, Eston un an et leur sœur Harriet presque huit. Martha avait trente-six ans, elle aussi, Jeff dix-sept, Anne dix-huit, Cornelia dix, Ellen treize, Virginia huit, Mary six, Madison, le sien, trois, et Benjamin un an. Francis, le seul enfant vivant de Maria, avait huit ans. Dix-neuf années de maternité.

Les enfants étaient disséminés sur les marches, les Randolph mélangés aux Hemings, comme toujours. Les garçons avaient les cheveux clairs, leurs têtes auburn ou blond roux brillaient comme des coquelicots des champs au milieu des têtes brunes des filles qui avaient les cheveux de leur père, Thomas Mann, sauf Harriet, à l'épaisse chevelure rousse de son propre père.

Les deux Thomas avaient fui l'école quand Jim, le contremaître, avait annoncé que le maître était déjà arrivé à cheval jusqu'à Shadwell et qu'il venait sur Monticello en se frayant un dur chemin dans la tempête de neige. Les garçons se précipitèrent, à qui arriverait la premier pour accueillir à mi-chemin l'ex-président qui rentrait chez lui. Les flocons tournoyaient à leur rencontre, ils plissaient les yeux, aveuglés, et la neige, comme du sucre, se posait sur leurs épaules et sur les flancs des chevaux. Avec force cris joyeux qui s'entendaient jusqu'au manoir, ils l'accompagnèrent jusqu'à Monticello, chevauchant chacun d'un côté, serrés contre lui autant que leurs chevaux le permettaient.

Sous le portique ouest, dans un brouillard de neige fine, tout Monticello attendait. Outre moi-même, Martha, et nos familles, il y avait les esclaves de la maison et leurs enfants. Tout était prêt depuis plusieurs semaines. Wormley avait travaillé dans les jardins à la lueur des torches pour que tous les arbres soient mis en terre. On avait planté cinq cents albergiers et autant de pacaniers, posé un nouveau gazon anglais sans repiquage, manucuré chaque brin d'herbe hivernal, ratissé, nourri et soigné chaque haie, chaque buisson, chaque parterre des vastes jardins. On avait passé une semaine à tuer des cochons, l'étal de la boucherie débordait de sang, la maison résonnait tout le jour aux cris aigus des porcs noirs et blancs de race Calcutta, pesant chacun trois ou quatre cents livres. Peter avait sué sang et eau sur les pâtés, les saucisses, les jambons, les bacons, les oreilles et les peaux marinées, les rognures et le saindoux pour faire du savon et des chandelles. A l'intérieur Critta, Mary et Edy avaient ciré les parquets et astiqué l'argenterie pendant un mois. Et il y avait eu beaucoup de couture. J'avais voulu une robe neuve, ainsi que Martha, Anne, Ellen et toutes les filles. Un mois de travail pour une demi-douzaine de couturières. Ursula avait trié, raccommodé, relavé et employé sept barils d'amidon pour le linge de maison. Je n'avais rien laissé au hasard, la maison étincelait, les chandelles brillaient, et je regardais s'avancer vers moi les jeunes gens accompagnés de leur illustre père et grand-père. L'absence avait duré huit ans. Thomas Jefferson rentrait chez lui pour toujours.

Hurlements, cris de joie et baisers saluèrent le maître lorsqu'il descendit de cheval.

« Salut vous tous. » Il rit. « Peter, qu'est-ce que tu as de bon?
– Maît', j'ai des pintades et du carré d'agneau. J'ai du lapin à la moutarde, cuit comme vous l'aimez, et la mère de Maît' Meriwether Lewis vous a envoyé trois de ses jambons! »

Tout le monde éclata de rire. Il attrapa Eston qui chancelait maladroitement sur ses jambes, le souleva des marches et le balança en l'air avant de le prendre dans ses bras.

Puis ce fut un grand tohu-bohu, tous les enfants noirs et blancs dégringolèrent les marches du portique pour accueillir les cavaliers. Thomas Hemings devança Thomas Randolph aux rênes du cheval paternel. Il avait un demi-pouce de plus que son père, les mêmes épais cheveux auburn, des yeux bleus, un corps mince et souple encore malhabile, hésitant, d'avoir tant grandi l'année d'avant.

Depuis sept ans, quand venait l'été et que les hordes de visiteurs s'abattaient sur le domaine, on envoyait Thomas dans une ferme à près de cinquante miles de là, et il ne revenait pas avant l'hiver. Il en serait de même cette année, et d'ici le mois de juin il n'aurait que quelques précieuses semaines pour nous voir, en attendant Noël. Mais ce Noël-ci, pensais-je, ce serait différent. Cette fois Thomas Jefferson serait chez lui, avec ses fils.

James Madison était président, Dolley Todd Madison finalement maîtresse du palais présidentiel, me dis-je avec un sourire intérieur. Avant de quitter la capitale, d'après Burwell, mon maître avait dû emprunter huit mille dollars à Mrs. Tabb pour payer ses dettes les plus criardes. Celles qu'il avait accumulées en huit ans de présidence étaient terrifiantes, et il avait été ruiné par son propre embargo contre l'Angleterre et la France, qui avait touché encore plus durement les États du Sud que les États marchands. Ses amis, les planteurs de Virginie qui se croyaient riches, se retrouvaient comme lui avec sur les bras des propriétés inutiles et une montagne de dettes. Le tabac de mon maître ne valait plus rien; le blé était tombé de deux dollars le boisseau à sept *cents*; le prix de la terre s'était effondré. La seule richesse qui restait, c'étaient les esclaves. La seule industrie qui paraissait destinée à survivre en Virginie, et faire des bénéfices répugnants, c'était l'élevage des esclaves pour la traite intérieure, la vente dans les États du Sud profond. Jefferson était rentré chez lui déprimé, sans un sou. L'achat de la Louisiane avait été sa seule vraie satisfaction.

Au départ, la mission de Meriwether Lewis était secrète. Sous prétexte d'explorer le Territoire pour des raisons « littéraires », Meriwether et William Clark devaient ouvrir le territoire britannique aux trafiquants d'esclaves qui avaient été chassés des affaires par les négociants du gouvernement, de ce côté du Mississippi, et qui en retour excitaient le mécontentement des Indiens. Pourquoi donc, s'était dit Jefferson, ne pas détourner leur soif de lucre en direction du fleuve Missouri? Il pouvait faire d'une pierre deux coups : les négociants gouvernementaux auraient un monopole incontesté de ce côté du Mississippi, ils pousseraient les Indiens à s'endetter et à devoir vendre leurs terres; par ailleurs les trafiquants expropriés pourraient ouvrir au commerce de nouveaux marchés tenus actuellement par la Grande-Bretagne. Là où passaient les trafiquants, les colons suivaient de près, et le Territoire, de rouge, deviendrait blanc.

Il fallait pour cette expédition un homme de confiance, capable d'allier l'audace à la prudence, de vivre en trappeur, de lever une carte, connaissant bien le caractère des Indiens, la botanique, l'histoire naturelle, la minéralogie et l'astronomie. Qui choisir, sinon son brillant secrétaire, Meriwether?

Mon fils Thomas avait rêvé nuit et jour de cette expédition et avait supplié son père de l'y envoyer, bien qu'il fût beaucoup trop jeune. Meriwether avait choisi William Clark et son esclave York pour l'accompagner. Pendant quatre ans ils s'étaient acharnés à parcourir des régions sauvages et inexplorées. Mon maître en était fier. Mais ce bonheur même, nous devions l'apprendre, était hypothéqué.

C'était la fin de l'été, les tons orange et or de septembre viraient déjà aux rouges et aux bruns d'octobre. Comme si le même rêve se répétait, j'entendis dans l'entrée les pas lourds de Davey et un cri étranglé, mais cette fois le cri venait d'un homme. J'eus seulement le temps de me retourner pour voir mon maître se jeter dans son bureau, le visage défait par la souffrance et l'incompréhension.

Meriwether Lewis s'était suicidé dans le Tennessee. Il avait exactement le même âge que James quand il était mort. Ce meurtre de soi m'emplissait d'une peur glacée, et je regardais avec inquiétude la terrible douleur de mon amant.

James disparu. Maria. Jamey. Et Michael. Et maman. Et maintenant Meriwether. La mort à nos pieds, autour de nous, comme les tas de feuilles mortes sur la pelouse soigneusement ratissée par Wormley. Thomas Jefferson m'avait tourné le dos.

Je savais comme il aimait Meriwether. Il lui avait appris à lever une carte, comme son propre père le lui avait enseigné. Il l'avait engagé comme secrétaire particulier, et c'est Meriwether qui avait adouci sa solitude dans le sinistre palais présidentiel de Washington. Il l'avait introduit parmi les puissants, et quand il lui avait fallu un chef pour l'expédition vers le Pacifique, c'est lui qu'il avait choisi parmi tous ceux de son clan. Il avait pensé au danger, je le savais, mais il avait refusé d'y soustraire un « fils », de l'empêcher d'être le premier à explorer le Territoire à cause de ses propres inquiétudes. Et il avait pu être fier de Meriwether, qui était devenu un héros et que mon maître avait couvert d'honneurs. Il l'avait fait gouverneur de la Louisiane. Et voilà que Meriwether était mort de sa propre main. Accusé par James Madison, un autre de ses « fils », de mal administrer la Louisiane. Aussi mort que James, et pour des raisons peut-être aussi mystérieuses.

« J'avais tous mes espoirs en lui. Il était le dernier. Pourquoi me faut-il toujours perdre ce qui m'est cher? Pourquoi ne puis-je garder ce que j'aime? Pourquoi n'ai-je pas de fils? »

Ces mots furent un coup de massue. Et le recensement qu'il avait fait de sa famille? Que j'avais vu de mes yeux?

Calmement, je lui dis : « Mais vous avez quatre fils. »

Thomas ou Beverly ne pouvaient-ils apprendre la botanique, l'astronomie, la géodésie? Madison ou Eston ne pouvaient-ils apprendre l'histoire naturelle, la minéralogie, les affaires indiennes? J'avais envie de hurler.

Il mit longtemps à me répondre. « Je n'ai pas quatre fils. C'est toi qui as quatre fils. »

Silence.

Pour lui j'avais brûlé, pour lui j'avais engendré. Sept fois j'étais descendue dans cette vallée d'où sa femme n'était pas remontée, non plus qu'une de ses filles. Mes fils étaient le testament et les otages d'un corps que je n'avais jamais pu dire mien. La mère en moi insultée explosait, flamme rouge et brune comme dehors les feuilles éparpillées sur la pelouse.

Il me tournait le dos. Je cherchai des yeux le tisonnier posé près de la cheminée, à ma portée. Je voulais frapper ce large dos tendu de bleu. Je voulais cogner et cogner encore, de toutes mes forces, je voulais l'écraser. Ô Dieu, je voulais le tuer, car je comprenais maintenant, après tant d'années, ce qu'il savait depuis le début sans avoir le courage de me le dire. Dès leur naissance il avait renié ses fils!

Le rouge et le brun tournoyaient maintenant au milieu de taches noires, comme un vacillement de chandelle. Le noir, par vagues, venait noyer les couleurs. Je tendis la main vers le tisonnier de Joe Fosset. Le maître n'avait pas de fils, l'esclave avait des fils. L'homme blanc n'avait pas de fils, la femme noire avait des fils. C'est elle qui l'avait convoité, pas lui. Elle qui l'avait séduit, pas lui. Non, ni Beverly ni Thomas, ni Madison ni Eston n'apprendraient la minéralogie, la botanique, le grec ou le latin, la musique, l'architecture, l'histoire naturelle ou l'astronomie. Jamais ils ne compteraient comme de vrais fils.

Jamais.

Alors pourquoi s'accrochait-il à nous depuis tout ce temps? Pourquoi nous avait-il attachés corps et âme à sa personne? Pourquoi ne pas nous avoir abandonnés, libérés? Et pourquoi, pourquoi étais-je restée?

Aime-moi et reste esclave.

Maintenant les couleurs avaient noirci.

Le tisonnier paraissait lourd, meurtrier. Il avait toujours le dos tourné vers moi. Dans ma tête je me voyais frapper, frapper, frapper. Je voulais voir son regard surpris quand il se retournerait pour se défendre. Je voulais voir la terreur dans ces yeux innocents, et l'incrédulité. Je voulais écraser ce nez arqué, noyer dans le sang cette expression douce et bienveillante. Je voulais qu'il meure. Comme Meriwether. Finalement toutes les couleurs se fondirent en une seule, toute-puissante : le noir.

Ils me faisaient horreur. Tous. Nous tous. Maître. Concubine. Bâtards. Je n'avais plus la force de lever assez haut le tisonnier de Joe Fosset.

Je n'avais pas le courage de tuer Thomas Jefferson, je ne l'aurai jamais.

Mais je libérerais ses fils.

Encore une fois, je fis demi-tour, tournant le dos aux vallées profondes et bariolées où montaient des armées de sapins noirs, et je fis face encore à la blancheur immaculée de Monticello. Réellement cette fois. Et pour toujours.

J'y attelai mon esprit avec méthode, comme pour l'inventaire d'une maison. Quand Thomas Jefferson Hemings allait-il « s'envoler »? Combien lui faudrait-il d'argent? Combien avais-je? Pouvais-je vendre mon bracelet de saphirs à Richmond, secrètement grâce à Burwell? Dirait-il adieu à son père ou non? Où irait-il? A qui pouvais-je me fier pour l'aider? Était-il vraiment important qu'il n'eût que dix-neuf ans au lieu des vingt et un « promis »? Il avait le teint assez clair pour passer pour un Blanc, comme son père avait dit de Jamey. Quitterait-il Monticello en passant pour Blanc? Pouvait-il le faire, pour se sauver?

Non, Thomas Hemings ne dirait aucun adieu à son père, qui le ferait rester à force de charme, de volonté ou d'amour. Oui, c'est un Blanc qui partirait de Monticello. Je me regardai dans le miroir en haut de l'escalier comme je l'avais fait un jour à Paris vingt ans plus tôt. Un enfant après l'autre, voici que commençait la longue chevauchée du renoncement.

Mais le départ de mon fils aîné ne se fit pas comme je l'avais prévu. Je n'avais pas pensé qu'il rencontrerait par hasard son père, le 4 juillet, monté sur un cheval volé et ayant sur lui tout l'argent que je possédais.

Père et fils se rencontrèrent sur la grande pelouse de la façade ouest, sous ma fenêtre, à cheval tous deux. Comme d'habitude Thomas Jefferson montait tête nue, ses beaux cheveux blond-gris soulevés par le vent, trempés par la rosée de juillet ; les cheveux acajou de mon fils étaient aussi fournis et broussailleux que ceux de son père. On eût presque dit une double image d'un même visage long et pâle au menton volontaire et aux yeux clairs sous de lourdes paupières.

Ils se firent face un long moment, leurs chevaux comme des statues sous leurs doigts experts. Figés dans la lumière rose du matin, on croyait voir deux statues équestres, des sculptures élevées jadis pour commémorer l'exploit de héros oubliés. Un léger mouvement des chevaux, nerveux et prêts à bondir, vint briser l'illusion. D'un même geste ils se levèrent sur leur selle et se prirent dans une étreinte qui dura longtemps. Ce fut Thomas qui s'arracha à son père, lequel fit tourner son cheval et s'élança comme un fou au galop sur la pente, passant la première haie d'un bond qui eût désarçonné tout autre cavalier.

Mon fils retint sa monture, effrayée par ce départ brusqué, et resta longtemps à regarder le cavalier qui s'éloignait.

Je vis le reflet de mon visage, déformé par l'épaisseur du verre. Je mis les mains devant moi, entre mon corps et la fenêtre. Des mains douces, fortes et assurées. A la main gauche j'avais un large anneau d'or. L'épouse. Ma main vint frapper violemment sur la vitre, mais elle refusa de se briser.

Thomas Jefferson Hemings se retourna vers la façade ornée de colonnes. Dans une sorte de salut il leva le bras puis commença à descendre ma montagne.

CINQUIÈME PARTIE

1834

Comté d'Albemarle

37

DÉCEMBRE 1834

> La femme esclave, si belle qu'elle puisse être grâce aux croisements variés de ses progéniteurs, ou quelles que soient ses acquisitions mentales ou morales, sait qu'elle est esclave, et par là sans pouvoir... Elle a des parents, des frères, des sœurs, un amant peut-être, qui souffriront tous par elle, avec elle.
>
> MARGARET DOUGLAS (écrit en prison), 1853

> Si le noir à l'origine produit un effet douloureux, nous ne devons pas croire que cela reste tel à jamais. L'habitude fait tout accepter. Une fois accoutumés à voir ces noirs objets, la terreur diminue tandis que la douceur ou le brillant, ou tout autre hasard agréable des corps ainsi colorés, adoucit dans une certaine mesure l'horreur et la sévérité de leur nature première ; et pourtant la nature de l'impression originale persiste en nous. Le noir aura toujours en soi quelque chose de mélancolique...
>
> EDMUND BURKE, *Sur le Beau et le Sublime,* 1756

Sally Hemings ferma les yeux et se souvint. Les paupières lisses vinrent couvrir les ouvertures noires creusées comme des grottes dans une falaise crayeuse, laissant sans expression le visage ovale et pâle qui luisait comme l'ivoire d'un os dans l'ombre d'une tombe ouverte. La belle pendule française d'onyx et de bronze résonna dans la case avant de dévorer une autre minute de silence. Elle revoyait en souvenir son fils qui s'en allait.

Elle se leva de sa place et marcha jusqu'à la lumière. Elle dénoua posément le ruban de velours noir qu'elle avait au cou et ouvrit le médaillon Elle en sortit une boucle de cheveux roux qu'elle effleura de ses lèvres Puis elle fixa longuement l'image peinte dans le bijou. Demain serait célébré le mariage d'un autre de ses fils.

Soigneusement, avec le bord de son écharpe en mousseline, elle essuya les larmes tombées sur le portrait. Puis elle remit les cheveux et referma le médaillon. La précision du mécanisme lui donna un instant de satisfaction.

Elle regarda par la fenêtre, se souvenant d'un autre mois de décembre, plus de vingt ans auparavant. Une autre sorte de « mort noire ». Le jour où Critta lui avait appris le meurtre commis par Lilburn et Isham à Rocky Hill, en 1811.

« Lilburn et Isham, les garçons de Lucy, la sœur de T. J. qui est morte, avait commencé Critta, ont été condamnés pour avoir tué le valet de Lilburn, George, là-bas dans l'ouest du Kentucky. La nouvelle vient d'arriver en Virginie. »

Sa sœur était assise dans l'obscurité de sa chambre secrète, en haut de l'escalier, et lui racontait les mauvaises nouvelles venues de l'Ouest. A cause de ce qui s'était passé son maître l'avait ramassée, en même temps que Fanny et Burwell et avait filé dans leur maison de la Peupleraie tout juste terminée. Loin du manoir.

« En décembre dernier, le soir du 15, Lilburn a décidé de corriger son esclave George, il a ordonné qu'on fasse un grand feu dans la boucherie de la plantation et que tous ses esclaves soient présents. Une fois là Lilburn et son frère Isham ont fait ligoter par deux esclaves ce pauvre garçon qui n'avait pas deux ans de plus que Beverly et l'ont allongé ensuite sur l'étal. D'abord les gens ont cru que Lilburn allait seulement le fouetter. " Donne-moi cette hache ", a dit Lilburn à son frère. Alors les gens ont pensé que Lilburn allait lui couper un doigt ou une oreille, ou peut-être même une main ou un pied. Mais Lilburn a d'abord tranché les deux mains du garçon, les a jetées dans le feu et lui a coupé les pieds. Alors les gens ont su qu'il allait tuer son esclave. Lilburn a donné d'autres coups de hache et les gens se sont mis à gémir. Il a continué son carnage et les gens n'ont plus rien dit. Lilburn coupait et le garçon vivait encore, il lui a tranché les membres et il était encore en vie, un torse et une tête qui poussait des hurlements, mais les gens qui l'ont entendu disent que les sons n'avaient plus rien d'humain. Il était fort, ce garçon, tellement fort d'avoir été battu si souvent, il a dû sentir l'odeur de sa propre chair qui cuisait dans le feu. Certains disent que Lilburn lui a tranché la tête, d'autres qu'il a jeté George dans le feu et a brûlé vif ce qui restait de son esclave. Tout ça parce que George avait cassé le pot à lait favori de sa mère morte. Tout ça parce que le linge de Lucy Jefferson Lewis était tout le temps déchiré, que ses tabliers disparaissaient et que ses assiettes étaient cassées. »

Critta fit une pause. Sally Hemings regarda le filet de salive qui coulait au coin de sa bouche. Était-ce le rêve de James que lui racontait sa sœur? Ce rêve qu'elle sentait dans ses os depuis vingt-quatre années. Etait-elle folle, sa sœur?

« Alors pendant la nuit les gens se sont lamentés et, bien sûr, d'après ces esclaves superstitieux, ils ont soulevé jusqu'à la nature elle-même parce qu'un tremblement de terre, qu'on a appelé le Nouveau Madrid, un tremblement de terre a carrément secoué le Mississippi, lui a fait remonter son cours, ses eaux sont devenues rouges et ont débordé, le sol a tremblé de partout, le vent a soufflé en tempête, la foudre est tombée et il y a eu cette nuit-là toutes sortes d'événements bizarres, et la femme de Lilburn est devenue folle en apprenant ce qu'il avait fait, elle s'est enfuie chez son frère et c'est son délire qui a conduit Lilburn et Isham à leur perte... Les esclaves ont enterré ce qui restait de George, et Lilburn a enfermé son épouse démente à la maison. Mais le shérif du comté est venu poser des questions dans le coin, et quand le chien de chasse de Lilburn a déterré une mâchoire, et quand le shérif a vu que c'était une mâchoire humaine, il a pris les esclaves des Lewis, il leur a fait dire où ils avaient enterré George, et il leur a fait exhumer les restes carbonisés du garçon. Lilburn et Isham ont été arrêtés, emmenés à Salem et inculpés de meurtre. »

Il y avait eu un léger soupir d'épuisement, et Critta était restée longtemps sans rien dire à regarder par la fenêtre. L'hiver pesait encore sur la terre. Les monts Blue Ridge se perdaient dans la brume.

« Le shérif les a relâchés, ces deux frères, avait continué sa sœur, contre une caution de cinq mille dollars en attendant leur procès, mais Lilburn et son frère ont fait un pacte de suicide pour se tuer l'un l'autre sur la tombe de leur mère. Isham a tiré, Lilburn est tombé mort. Isham s'est sauvé mais il a été pris quelques jours après. On l'a jugé pour le meurtre de son frère et condamné à être pendu. Mais avant qu'ils l'aient fait il s'est évadé et on ne l'a pas encore trouvé.

– Et tout cela est vrai, Critta ?

– Vrai comme la mort, ma sœur.

– Et comment... comment le sais-tu ?

– Comment ne le saurais-je pas ? répondit-elle, dégoûtée. Les Blancs le savent. Il s'ensuit que tout ce qu'ils savent, nous le savons.

– Mais comment ?

– A l'époque le père de Lilburn et Isham était en Virginie. Les esclaves Lewis, tous ils savaient. Alors c'est allé vers l'est par le réseau des esclaves, le procès par les journaux. Tu ne l'as pas lu seulement parce que Maît' Thomas a caché les journaux. Les Blancs ne savent pas combien d'esclaves peuvent lire. Ils marchent partout sur la pointe des pieds, ils chuchotent et ils nous claquent les portes au nez et ils nous mettent sous clef, ils gardent bouche cousue devant les domestiques, comme si on ne le saurait pas ! Quand tu es partie avec Maît' Jefferson ils sont restés là le visage enfariné. Lui s'est taillé à la Peupleraie avec toi comme si en partant il pouvait oublier ça. Silence dès qu'on entrait dans une pièce.

Des regards. Ils croient vraiment qu'on ne sait pas ce qui se passe. »

Elle avait regardé fixement Critta. Tout ce temps, et son maître ne lui avait rien dit. Burwell était-il au courant ? Fanny ? Ou avait-il simplement préféré qu'elle l'apprenne de quelqu'un d'autre ? Il n'a pas eu le courage de me le dire, pensa Sally Hemings. Mais elle non plus n'avait jamais pu lui raconter le cauchemar de James.

« Pendant des semaines, avait poursuivi Critta, les conversations s'interrompaient dès qu'un domestique entrait. Je te jure, jamais je ne comprendrai les Blancs. Croient-ils vraiment abuser avec leurs mensonges les gens qui les servent ? Ils n'arrêtent pas de chuchoter, " pas devant les domestiques " et ils vont massacrer un pauvre garçon en face des domestiques ! Leurs crimes, ils les commettent en face de nous. Leurs meurtres ils les font devant nous ! »

L'ancienne maîtresse se leva, tremblante, prenant la lumière, aspirant d'un souffle tout l'air de la chambre. Elle se tint devant la fenêtre comme un jour devant la porte de sa case, lorsque le recenseur avait remonté son chemin. Sinon que cette fois le violet était à l'extérieur, dans les ombres longues d'un après-midi sans soleil. La pendule égrena une autre période de silence.

« Toi ! Toi tu ne sais *rien* de l'esclavage, avait dit sa sœur. Tu le frôles de tes jupes en soie, c'est tout. On te cajole, on te chouchoute, on te cache et on te ment... Enterrée vivante par ton amant ! L'odeur du Blanc ne t'a jamais fait vomir... t'as jamais prié Dieu de reprendre son calice...

– Critta, tu pleures...

– Ô Dieu, ayez pitié de nous ! Seigneur Jésus-Christ qui êtes aux cieux, ayez pitié !

– Critta... »

Le visage de Sally Hemings était sillonné de larmes qui s'épanouissaient comme une dentelle fragile et transparente sur l'ivoire satiné de sa peau.

Critta l'avait accusée de tout ignorer de l'esclavage. Mais elle savait tout ce qu'on peut en savoir. Critta avait été maltraitée. Violée, méprisée. Mais elle était Critta, et Critta était elle. Depuis toujours elles n'étaient qu'une seule et même personne, identiques à leur tour à chaque paysanne noire courbée sur les plants de tabac ou de coton qui fournissait en *domestiques* les familles des Blancs. Mais que savaient-ils, ceux-là, de ceux qui les servaient ? Oui, Sally Hemings savait tout ce qu'on peut en savoir.

Les *domestiques* surprennent le maître ou la maîtresse dans son intimité la plus secrète, qu'il fornique, qu'il soit accroupi sur le pot, qu'elle accouche ou qu'elle ait ses menstrues. Ils savent quand il est propre et quand il est sale. Ils ramassent tout ce qui est taché, souillé, sali, froissé, fripé, usé ou jeté, ils le lavent, le repassent, le réparent, ils le remettent à neuf pour lui. Ils savent si le maître dort seul ou pas, et avec qui. Ils savent ce qu'il possède comme ce qu'il gaspille, la vraie couleur de ses cheveux et l'âge réel de ses chagrins. Ils le voient dans la peur et dans la souffrance, dans la colère et dans la jalousie, dans le désir et en plein bonheur. Ils savent qui sont ses bâtards, car la plupart du temps ce sont leurs propres enfants. Ses pas leur sont aussi familiers que les leurs, ils reconnaissent sa voix au milieu d'une foule, ils le voient s'attaquer au vice ou lui faire honneur, dire la vérité ou bien la mettre dans sa poche. Ils le voient flatter le pouvoir, potiner pour le plaisir, battre sa femme pour se distraire, fouetter par méchanceté.

Ils savent quand l'envie le ronge, quand l'orgueil le redresse. Ils connaissent sa place dans le monde et comment il y est parvenu. Ils savent s'il épargne ou s'il dépense, s'il paie ses dettes, s'il croit en son Dieu. Ils sourient de ses folies, ils rient de ses plaisanteries, ils défendent sa réputation, ils soignent ses enfants, le méprisent ou le respectent à leur gré, lui obéissent de force et l'ignorent quand ça leur vient. Ils mettent au monde ses rejetons, lavent ses morts, enterrent ses oublis, cachent ses péchés au monde, même à Dieu – s'ils le peuvent. Mais même eux ne le peuvent pas toujours. Et le maître croit toujours ne pouvoir dire la vérité qu'à l'abri de leurs oreilles, *jamais devant les domestiques...*

L'ancienne domestique respira au moment où la pendule sonna. Les flammes de la cheminée gravaient sur son visage sombre d'autres ombres qui dansaient. L'horreur du meurtre avait perdu toute apparence de souvenir, elle était devant elle, exposée sur le plancher de la case – un membre affreusement amputé, celui même de l'esclavage.

Ce jour-là elle avait fait face à Critta, servante pour servante, concubine pour concubine, elles avaient égalé leur mère, la mère de leur mère et *sa mère* à elle. Une longue lignée : l'Africaine et Hemings, le chasseur de fauves, la ménagère et Wayles, le négrier, l'esclave-maîtresse et Jefferson, l'Américain...

Il ne lui avait rien dit. Il avait les mains tachées du sang de son peuple, il avait prétendu l'ignorer et il avait même prétendu le lui faire ignorer. Ces mains qui l'avaient prise, qui connaissaient l'intimité de son corps, ces mains n'avaient pas révélé leurs secrets de Blancs. Mais les siennes, à elle ? Ses mains avaient-elles trahi leurs secrets de Noirs ? Le cauchemar de James ? Ses mains qui l'avaient apaisé, l'avaient caressé, étaient-elles moins sanglantes ? N'avait-elle pas sur les mains le sang de James ? Sur ces mains immaculées qu'elle gardait si douces pour lui. Et Critta, avait-elle les mains vierges de souillure ? N'avait-elle pas servi les mêmes assassins ?

Et George, le jeune esclave, ne s'était-il pas couché sur l'étal devant ses maîtres, ses camarades ne l'avaient-ils pas ligoté, n'avaient-ils pas regardé en silence?

Combien avaient été témoins du meurtre? Combien parmi eux étaient des hommes, des adultes? Combien en aurait-il fallu pour terrasser deux Blancs et leurs armes? Combien n'avaient pensé qu'à leur propre peau, qu'à leurs enfants, qu'à leur chair si précieuse déchirée par le fer d'une hache, qu'à leur précieux sang projeté comme une pluie dans l'air surchauffé, qu'à leur cœur dépecé sur l'étal du boucher?

Tous, ils sont couverts de sang, pensa la veuve de Thomas Jefferson. La race tout entière est rouge de sang. Pas seulement le vrai sang venu des supplices, des chaînes et des fouets et des haches, mais le sang pollué de la race, déporté, disparaissant par le viol et le métissage, par les liens entrecroisés – ce fin réseau de bâtardise tendu entre les races comme une toile d'araignée tissée d'amour et de haine – réclamant des cousins, des neveux, des filles et des fils, des demi-sœurs et des demi-frères... La race tout entière est rouge de sang, la race entière sert ses maîtres avec des mains sanglantes et les essuie sur eux.

Ils lavent, ils frottent, ils astiquent, ils font reluire, mais souillés comme ils sont, peuvent-ils jamais nettoyer quelque chose? Comment? La bouche de Sally Hemings forma le mot, mais il n'y eut que le silence et une femme seule dans une case à la limite de Monticello.

Elle n'avait jamais montré à Jefferson qu'elle connaissait le sort de Lilburn et Isham. Mais ce jour-là elle s'était dérobée à son contact. A ses mains. A son « chérie ». Et si elle le lui avait appris, qu'aurait-il dit? *Que cela n'avait rien à voir avec lui.* Il aurait parlé de « la folie de l'humanité ». Il retirait toujours les choses de la réalité, il évacuait chaque cas d'espèce pour en faire une abstraction. Mais les hommes sont réels. Le sang est réel. George et Lilburn et Isham et James et Meriwether n'étaient pas « l'humanité ». Ils étaient de son sang. S'il n'était pas responsable de son propre sang, de sa propre lignée, de sa propre race, alors qui était responsable? Donc elle n'avait rien dit. Elle lui avait pardonné tant de choses. Pourquoi pas une de plus?

Et les années avaient passé comme l'eau s'enfuit d'une source bientôt tarie. Entre eux le silence. Tout un royaume de silence.

Les murs gris et décrépis de Monticello semblaient mornes, abandonnés. Le vent hurlait sur la montagne, la neige tourbillonnait sur le manoir.

Sally Hemings resta assise jusqu'à ne plus y voir à deux pas, puis elle se leva et repartit dans les rafales de neige, serrant son châle autour d'elle, ses jupes traînant sous ses pieds dans le satin blanc des flocons répandus

Elle alla chercher des œufs au poulailler, et au retour elle le revit qui marchait devant elle, brisant l'un après l'autre les pans de lumière argentée, et elle sut que le cercle s'était refermé. Il y avait vingt-quatre ans que Thomas Jefferson Hemings s'était « envolé », trente et un que James était mort, quarante-quatre qu'elle avait vu Marly pour la dernière fois. Devrait-elle se hâter à sa rencontre, rester vingt pas en arrière ou rentrer à la maison ?

Dans le brouillard blanc, le souffle régulier, Sally Hemings écouta son sang courir dans ses veines. Elle appuya ses mains sur son ventre et murmura, pour elle-même plutôt que pour la silhouette sombre qui, après toutes ces années, arpentait encore les Champs-Elysées :

« Dis-moi que ce n'est pas vrai, amour, que jamais je ne fus heureuse... » Mais elle savait déjà, elle avait fait son pacte avec les puissances infernales. Le nombre de baisers qu'il faudrait maintenant pour sa rédemption était hors de portée, même de Thomas Jefferson.

« Martha a quitté et vendu Monticello, maman. »

Maman ?

« Maman, Monticello vendu ! A des commerçants de Charlottesville ! »

Madison essayait désespérément d'arracher sa mère à sa rêverie. C'était un soir de décembre, il était six heures, elle était debout, transie, et ne voulait pas bouger. Il la tira par la manche, secouant les flocons qui s'étaient légèrement posés sur chacun d'eux.

Un jour, il avait aidé à sortir un noyé de la Ravina. Il se souvenait du poids incroyable de ce corps gorgé d'eau – il pesait cent fois plus lourd, aurait-on dit, qu'un homme normal. Il se rappelait ses muscles tendus, ses efforts, le mal qu'il avait eu à hisser le corps brisé sur la berge, et comment il s'était retrouvé le souffle court à regarder la forme boursouflée, plus lourde que du plomb, qui n'était plus humaine.

« Maman ? »

Sally Hemings se sentait tirée vers le haut, arrachée par un bourdonnement dans son oreille, interminable, comme celui d'une mouche qui meurt au début de l'hiver. C'était son fils.

« Que dis-tu, Madison, mon chou ?

– Maman ! Je dis que Martha a vendu Monticello à un droguiste de Charlottesville nommé Barkley, contre son affaire et deux mille cinq cents dollars. Le prix de trois esclaves ! Ce n'est plus aux Randolph. Ce n'est plus à papa ! »

Madison était choqué. Depuis cinq ans il ne restait que le manoir et le terrain tout autour : vide, abandonné, tombant en ruine, mais tout de même à eux, un lien avec le passé. Au printemps ils seraient montés aux cimetières pour nettoyer, désherber, replanter...

« Maman, fais attention maintenant en allant au cimetière là-haut, parce que c'est une violation de propriété... Chaque fois qu'on passe la limite, c'est une violation... »

Sally Hemings leva la tête et fixa les yeux gris de son fils. Les mêmes que ceux de James... des yeux de chat. En un an il s'était remplumé. Sa maigreur avait disparu, et un peu de sa violence. Mary McCoy, pensa-t-elle. Madison et sa fille noire née libre, Mary McCoy. Demain ils se marieraient. Elle le regardait mais n'avait pas à lui demander si c'était vrai, pour Monticello. Elle savait que c'était vrai. Le manoir. Les maisons meurent ou se font tuer, tout juste comme les gens. Elle ne ressentait ni douleur ni chagrin. Son dernier lien avec le monde s'était évanoui. Maintenant elle pourrait flotter, elle se sentait légère. Aussi légère que les flocons qui voltigeaient.

Le poids de cette demeure, qu'elle supportait depuis l'âge de dix-sept ans, glissa de ses épaules.

SIXIÈME PARTIE

1812

Monticello

38

ÉTÉ 1812

Les chants d'amour sont rares et tombent dans deux catégories - frivoles et légers, ou tristes. Du profond amour couronné de succès, il monte un lourd silence.

W.E.B. DU BOIS, *Les Ames du Peuple noir*, 1953

Elle était au milieu de Mulberry Row, les mains sur les hanches, le visage protégé du soleil par un chapeau aux larges bords. Autour d'elle grouillaient les poulets, les chiens, les chevaux et les esclaves, menaçant de la faire chavirer à moins de cent yards de la Grande Maison. Elle évaluait ce qu'avait apporté l'été, le corps tendu, légèrement penchée en avant.

Le martèlement incessant de la clouterie, des tisserands, des ateliers de forge et de charpente remplissait l'allée. On entendait renâcler dans les étables des bêtes excitées. Il y avait des stalles, toutes occupées, pour trois douzaines de chevaux, et d'autres étaient à l'attache dans les prés derrière. Bacon, le contremaître, n'essayait plus de nourrir les quarante chevaux d'attelage des invités. Il avait commencé à diminuer les rations, mais le maître l'avait sévèrement réprimandé. Edmund Bacon venait d'arriver dans les cuisines avec un chariot plein des matelas de sa femme pour compléter les réserves de Monticello, bientôt vides. Tous les lits étaient pris, il y avait des matelas partout sous les combles et dans les greniers, les domestiques couchaient sur des paillasses jetées sur les paliers, dans les couloirs, si étroits que chaque matin Sally Hemings devait enjamber des corps endormis pour aller au fumoir et au garde-manger.

Ce garde-manger, songea-t-elle. L'avant-veille Bacon avait tué un bœuf et tout avait déjà disparu! Les visiteurs de l'été étaient passés sur leurs provisions comme une horde de charançons sur un champ de coton, faisant table rase. Il en était venu de partout, de Richmond, de Charlottesville, de Louisville, d'Alexandria et d'une douzaine de bourgades encore plus lointaines.

Début juin, la migration commençait au sud de l'État, jusqu'à Springs, et ensuite c'était la cohue. Des familles entières venaient avec carrosses, chevaux de selle et domestiques, trois ou quatre convois d'un coup comme en ce moment. Voitures et carrioles bordaient l'allée menant à la maison, longue d'un mile, et ils restaient la nuit, ou bien tout l'été. Pas seulement la famille, mais des amis, des voisins, des curieux et même des inconnus. Un chien se mit à aboyer à ses talons, elle lui lança un coup de pied énergique. Ce soir on mettrait la table pour quarante, et les enfants, les blancs comme les noirs, iraient manger dans les cuisines.

Elle vit plus loin trois bonnes sortir de la buanderie, les bras chargés de linge blanc comme neige, fraîchement lavé et repassé. Un valet suivait, deux matelas empilés sur la tête.

Combien de fois lui avait-elle dit de ne pas porter de matelas sur son crâne crasseux ! De les envelopper d'un tissu propre ! Il se retourna, lui tira la langue et continua son chemin. Deux autres servantes, suivies d'un petit enfant qui pleurait, passèrent près d'elle avec des vases de nuit. Les odeurs du déjeuner flottaient dans l'air immobile, appétissantes, épicées ; en bas de Roundabout Row, dans une des cases, quelqu'un faisait cuire les andouilles d'un cochon qui venait d'être tué.

Après que Jefferson fut rentré de Washington, elle avait assisté, debout sous les ormeaux de la pelouse, à l'est du manoir, à l'arrivée de Martha Randolph qui remontait la montagne avec un train de chariots chargés d'ustensiles de ménage, et de toute sa progéniture. Elle venait s'installer pour de bon, finalement, avec son mari fou et sa ribambelle d'enfants. Ce n'était pas qu'elle eût le choix, ils n'avaient plus un sou et tellement de dettes qu'ils pouvaient à peine en payer les intérêts. Thomas Mann avait surpassé son beau-père dans la dépense et l'endettement. Elle se demanda si Martha était enceinte une fois de plus. Jefferson avait plaidé sa cause auprès d'elle. Que pouvait-il faire ? Les laisser mourir de faim ? Laisser Martha, son seul enfant vivant, à la merci de son mari ? Son seul enfant blanc ? Et depuis lors plus aucun doute sur qui était la maîtresse de Monticello. Thomas Jefferson avait renié sa promesse. Il avait de nouveau installé une maîtresse blanche au domaine : sa propre fille.

« Vous m'aviez promis !

– Martha n'est pas une “ maîtresse blanche ”, pour l'amour du ciel, c'est ma fille.. ta nièce, notre famille !

– Et qui va diriger Monticello ?

– Ce sera Martha. »

Il l'avait dit. Et là-dessus il ne céderait pas, elle le connaissait trop bien. Il avait désormais une sorte d'indifférence, de calme, apporté par la satisfaction de tous ses désirs. Sous les manières suaves, sereines et glacées, sous la politesse presque exagérée, il restait cette brutalité particulière aux

Virginiens habitués aux privilèges du despote : n'être jamais contredit, mener les chevaux à coups d'éperons, contrôler les ambitieux, régner sur un royaume privé et se voir occuper une place dans l'Histoire. Il s'était tout pardonné et ne se souciait plus qu'elle lui pardonne ou non. Que le Tout-Puissant fasse désormais son œuvre. Mais elle avait gardé les clefs

« Sally Hemings, que diable fais-tu debout au grand soleil avec ton chapeau quand tu sais que j'ai besoin de toi à la minute, tu m'entends? »

Je t'entends, Martha. Je t'entends à peine avec tout ce boucan, la chaleur et le bruit, ceux qui courent dans tous les sens, les marteaux et les appels et les cris et les pleurs et les enfants qui jouent, les chevaux, les vaches et les poulets, mais je t'entends, pensa la gouvernante de Monticello, et je viens. Seulement ne me presse pas trop, pas aujourd'hui.

C'était l'anniversaire de la mort de sa mère, cinq ans plus tôt. Elle n'oublierait jamais Elizabeth Hemings. Une image vint la meurtrir, puis s'évanouit. Qu'était la vie d'une femme noire? Qu'était la vie d'une femme? Pour le moment Sally Hemings décida d'ignorer les appels de Martha. Elle se laissa rudoyer par les bruits et les odeurs qui déferlaient sur elle, s'en souciant à peine. D'ici peu de jours son maître et elles iraient à la Peupleraie, leur ermitage encore inachevé, pour échapper aux foules, laissant à Martha la tâche de nourrir, d'abriter et de distraire près de cinquante personnes.

Quand donc, pensa-t-elle, les gens cesseraient-ils de persécuter Jefferson de leurs « remerciements les meilleurs, les plus cordiaux, venus du fond du cœur, pour votre hospitalité »?

Il y avait ceux qui étaient en quête d'une place, des relations, des amis, des artistes, des biographes, le jeune Daniel Webster, Madison, Monroe, des étrangers, des indigènes – les célèbres et les presque célèbres, les nullités et les inconnus. Ils prétendaient que l'estime et l'admiration les avaient fait venir, mais sa maîtresse pensait bien que d'économiser la note d'une auberge n'y était pas étranger. Elle était fatiguée de les voir arriver, fatiguée de s'occuper d'eux, et surtout Monticello ne pouvait plus se permettre cette saignée!

A moins de cinquante pas plusieurs dames se promenaient en lisière de la pelouse ouest, parasol à la main, et une douzaine d'enfants, surtout des Randolph et des Hemings, jouaient à colin-maillard. Le soir venu les parquets de la maison eux-mêmes semblaient plier sous un tel poids d'humanité. Bonnes, valets et maîtres d'hôtel, beaucoup n'étant promus à ces emplois que pour l'été, cassaient les assiettes, brûlaient le linge, gaspillaient les provisions, laissaient tomber les plats et obéissaient avec une lenteur de marmotte. Cet été semblait pire que les autres. Son maître était plus lointain que jamais, Martha plus présente.

Que Martha préside les repas, pensa-t-elle, qu'elle règne donc sur cette maison de fous. Ils iraient passer la moitié de l'été et l'automne dans leur ermitage, une maison neuve, octogonale, en brique, où ils pourraient rire et bavarder, se raconter de vieilles histoires. Elle sourit.

« Tu sais combien ils ont de noms pour le pot de chambre de papa ?

– Beverly !

– Mais c'est vrai, maman. J'ai entendu mamy Ursula en parler l'autre jour à Fanny quand le petit Ned a eu un accident parce qu'il s'était endormi.

– Quoi ?

– L'*État de l'Union* de papa s'est tout entier renversé sur la tête de Ned ! »

Beverly se mit à rire. Il avait le même rire que son père, se dit-elle, bref, abrupt, lui mettant les larmes aux yeux dès qu'il se prolongeait. Elle rit, elle aussi. Son amant avait construit des toilettes intérieures, et cela ferait beaucoup rire les esclaves domestiques. Il avait inventé un système de cordes, de roues et de poulies qui tiraient son pot le long d'un tunnel menant de la maison à un trou dans le sol, vingt-cinq pieds plus loin. Système surnommé le « Train souterrain », où voyageaient ses « évadés ». Elle-même et les autres esclaves avait renchéri sur ce thème et il y avait maintenant des « discours d'intronisation » – prononcer « pisse court d'un trône à chions » – des « états de l'union », des « réunions de cabinet », des « réserves fédérales », des « bons du trésor », des « ultimatums », des « levers » et des « traités indiens ».

« Tante Bett a trouvé un nouveau nom, ajouta Beverly. Elle a dit que c'étaient des " papiers d'affranchissement ". Mais alors ça ferait longtemps qu'il n'aurait pas chié !

– Beverly !

– J'ai dit que c'était sa *Déclaration d'Indépen...*

– Beverly ! Allons, Beverly, tu cherches à te faire fouetter », dit-elle au gamin qui riait. Mais elle-même riait trop fort pour qu'il la prît au sérieux. Blasphème ! Elle avait voulu expliquer à ses sœurs que leur demeure aux Champs-Élysées était des plus modernes et avait non seulement des salles de bains, mais des *lieux anglais*, des cabinets intérieurs.

« Tout ça est bel et bien pour Paris, pour la France, chérie, mais l'ennui, avait dit Bett, une fois que ces trucs viennent ici, c'est qu'il faut un esclave pour les prendre et les vider ! C'est bien de Jefferson, il ne peut rien inventer qui n'ait pas un esclave au bout... »

Elle vit son maître dans le lointain, monté sur un des chevaux bais qu'il aimait tant. La première chose qu'il avait faite en revenant de Washington, c'était de fabriquer un nouveau carrosse. John avait construit la caisse, Joe Fosset avait fait toutes les pièces en acier, et Burwell toute la peinture. Seules les garnitures venaient de Richmond, et ce fut la plus belle voiture de tout Albemarle. Ce carrosse, tiré par quatre bais, Diomede, Brimmer, Tecumseh et Dromedary, chaque paire menée par un esclave avec Burwell en piqueur sur Aigle, était un spectacle splendide, plus encore que celui de son cousin John Randolph, ses chevaux sanglants et ses esclaves qui suivaient avec une douzaine de bêtes supplémentaires.

Les Randolph.

Ils lui empoisonnaient l'existence.

Le sang des Randolph.

C'était la tragédie de sa vie.

Sans lui Martha ne serait peut-être jamais revenue à Monticello, chez son père.

Les Randolph, et Dieu sait qu'il y en avait suffisamment, étaient d'étranges personnages. John était un des êtres les plus excentriques de la planète, et Thomas Mann le valait bien. Deux taureaux de même pelage. D'avoir Thomas en permanence sur la montagne l'empêchait de dormir en paix. Et lui-même n'avait pas plus envie de vivre avec son beau-père, de voir sa femme vénérer jusqu'à la trace de ses pas, que Jefferson de voir son gendre boire et se comporter de plus en plus comme un fou. Mais Martha était si heureuse d'être là qu'elle semblait ne plus prêter attention à la démence de son mari. Jim, le surveillant de Legos, lui avait dit l'autre jour que Thomas Mann avait monté Dromedary jusqu'à Edgehill et avait foncé droit dans une rangée de meules de foin, comme ça. Les envoyant voler aux quatre coins, lui-même couvert de paille. Après avoir terminé, une fois devant le surveillant, il lui avait déclaré calmement qu'à son idée un vieux taureau avait dû s'échapper dans le champ de blé, parce qu'il avait vu sur son chemin pas mal de meules écroulées et défaites. Tranquille comme Baptiste, alors que c'était lui qui l'avait fait. Le contremaître s'était mis à rire, sachant que Thomas Mann était vraiment timbré ! Burwell l'avait vu prendre Dromedary par la queue et lui faire grimper la montagne à toute vitesse. De plus il avait des ennuis d'argent. Graves. Vendait ses esclaves pour de l'argent frais.

Il y avait encore Anne Cary, la sœur de Thomas Mann, qui avait été jugée pour infanticide avec son amant et cousin Richard Randolph. La bonne société en avait tremblé !

Sa rêverie fut interrompue par les cris de gamins à demi nus qui passèrent près d'elle en courant avec Ceres, le bull-terrier, sur leurs talons. Sally Hemings leva les yeux vers les frênes immenses dont le feuillage en dentelle enveloppait la Grande Maison de son ombre – des arbres plantés par son amant avant qu'elle ne fût née. Elle aimait ces arbres. Ils lui semblaient se tenir entre elle et le reste du monde, l'abriter sous une douce pénombre violette. Protéger cet amour étrange, son secret et son fardeau.

Une douleur sourde lui vrilla la tempe. Elle avait presque quarante ans. Si elle vivait aussi longtemps que sa mère, elle avait autant de temps devant elle que derrière. Quatre lustres où elle avait dû apprendre lentement, comme sa mère avant elle, comme toutes les femmes avant elle, les usages de l'amour.

Et Martha. Tout irait bien, pensa-t-elle, si seulement Monticello n'avait pas deux maîtresses, comme s'il pouvait y avoir deux maîtresses de quoi que ce soit.

39

ÉTÉ 1812

Thomas Jefferson était heureux. Les plaisirs de Monticello lui avaient énormément manqué. Sa femme esclave lui avait manqué. Combien de fois, loin d'elle, avait-il rêvé qu'il caressait ce corps magnifique, l'empoignant comme il aurait saisi à pleines mains l'argile de sa montagne, qu'il avait sous les yeux ce fragile paysage féminin qui tournait, se tordait, se soulevait ou retombait dans ses mains, le long serpent de ses cheveux noirs déroulé comme un affluent de la Ravina, la rivière de son domaine, les yeux d'or que le désir alourdissait d'ambre profond briller sur lui comme le soleil de sa Virginie d'un éclat régulier, énervant. Ces yeux, cette montagne, ses amis, ses voisins. Les seuls endroits où il se sentait vraiment en sécurité. Le manoir, sa demeure, était finalement achevé. Il en avait fini avec la présidence, avec le fardeau de l'État. Il ne lui restait maintenant qu'à bâtir son université et à veiller sur sa famille – noire et blanche. Il pensa à Anne, bientôt mariée, et raya de son esprit Thomas, le fils de Sally qui l'avait abandonné. Faisant demi-tour, il fit signe à Beverly. Souvent, depuis environ un an, il voyait Beverly l'attendre, déjà en selle, espérant se faire inviter. Et parfois, quand il n'avait pas envie d'être seul, il le prenait avec lui. Isaac, qui lui tenait son cheval, lança un coup d'œil sur lui, puis sur Beverly, qui se dépêcha de rejoindre son père.

Si jeune qu'il fût – treize ans et demi, pensa Jefferson – Beverly était un splendide cavalier. Il montait presque aussi bien que Burwell et mieux en tout cas que tous ceux de son âge à Monticello. Parfois, quand ils faisaient la course il lui arrivait de retenir Brimmer pour laisser gagner Beverly. L'an passé le garçon avait tellement grandi qu'il aurait bientôt la même taille que lui.

Les deux têtes rousses se retrouvèrent dans une même lumière, Beverly plus blond et plus coloré que son père dont la crinière pâlissait et grisonnait. Les deux corps étaient faits au même moule, avec un cou et des poignets épais, des mains énormes et des jambes très longues. Ils s'éloignèrent en silence, Beverly en adoration, rouge de plaisir. Il s'était mis à inspecter les champs, à poser des questions, à demander – oui, demander – des indications, à prier qu'on l'instruise, à calculer, à prévoir, à compter, à quémander la connaissance. Son père avait été surpris de la finesse de ses questions. Beverly avait l'esprit vif, le sens du commerce, et la banque, l'intérêt, l'exportation, les tarifs, les rendements, l'assolement, les emprunts... tout paraissait le fasciner.

Sa mère avait demandé qu'on lui permette d'aller à l'école de Charlottesville avec les enfants Randolph, ne fût-ce qu'à titre de valet. Elle ne l'avait pas obtenu, mais son père avait finalement accepté que le professeur de l'endroit, Mr. Oglesby, l'instruise en secret après les classes. Et il était fier des rapports que lui faisait le précepteur sur les progrès de son fils. Beverly était le seul des garçons qui eût libre accès à sa bibliothèque. Même Jefferson, son petit-fils, devait d'abord lui demander la permission. Quel pouvoir il y a dans l'enseignement, pensa-t-il. Ce dont il rêvait, maintenant, c'était d'une université à Charlottesville. Et il était décidé à la faire bâtir.

Oui, se dit Jefferson, avec le temps son épouse noire lui pardonnerait Martha. Il n'avait pas eu le choix, et il voulait que sa fille soit près de lui. Paix. Il était rentré. Il était revenu sur la scène de sa naissance et de son enfance, en compagnie de ceux qui avaient été élevés avec lui et qui lui étaient restés chers. Ses longues absences, le faste, le tumulte, l'agitation et la splendeur de sa charge lui avaient fait regretter cet endroit sans cesse davantage, soupirer après une vie retirée entre la famille et les amis. Il avait reposé ce fardeau en espérant seulement avoir gagné l'approbation de son pays.

Songeur, il tira sur les rênes et attendit Beverly.

Jefferson, quand le garçon l'eut rejoint, serra sa monture des cuisses et des genoux. Ils se remirent en marche et il étudia son fils esclave d'un regard de côté. Un beau profil, limpide, la réplique du sien, même pour la couleur. L'amour. Dieu savait à quel point il aimait la mère de ce garçon. Comme il la chérissait. Comme il lui était attaché. Il lui appartenait aussi sûrement qu'elle lui appartenait, la seule différence étant que pour lui c'était grâce à un don, pour elle c'était à la suite d'un vol.

A l'idée de ce corps fragile, comme chaque fois, il se troubla... sa petite taille, ce crâne rond et lisse qui tenait dans sa paume, sa voix, sa voix adorable... Il était toujours stupéfait de sa beauté, qui semblait s'affiner chaque année. Elle était plus belle aujourd'hui qu'à vingt ans, pensa-t-il. Quant à lui, il portait légèrement son âge, malgré ses crises de rhumatismes, la douleur constante à son poignet droit et ses accès de dysenterie. Son épouse était morte vingt-neuf ans plus tôt et il y avait plus de vingt-trois ans qu'il aimait fidèlement, d'une passion coupable, cette femme dont il avait l'image devant les yeux, dans une simple robe bleue.

Beverly, se dit-il, serait bientôt un homme. Il l'observa de plus près, emporté par une vague d'amour et de mauvaise conscience.

« Et comment vont tes études avec Mr. Oglesby?
– Très bien, Maître, monsieur.
– Il te traite bien?
– Oh oui! Il est très bon, Maître. Avec moi... il est merveilleux, Maître, monsieur. »

Thomas Jefferson se sentit tiraillé par la jalousie. C'était le maître d'école qu'adorait Beverly, pas lui. Ce maître d'école écossais lui ouvrait la porte du monde, lui montrait le chemin, pas lui...

« Viens dans mon bureau cet après-midi, Beverly. J'ai des livres pour toi.
– Merci, Maître, monsieur. Dois-je venir avant la classe?
– Oui. Tu pourras les montrer à Maître Oglesby. »

Il respira un grand coup mais la douleur resta. Pourquoi donc ce fils, qu'il n'avait jamais appelé fils et qui ne l'avait jamais appelé père, l'aimait-il?

Martha Jefferson Randolph était depuis un mois dans sa douzième grossesse. Vingt ans de maternité, et son aîné allait se marier. Elle s'assit en bas, près de la fenêtre du salon, et regarda son père s'en aller à cheval avec Beverly Hemings.

Elle se demanda où était Jeff. En classe, naturellement, se souvint-elle. Stupide. Jefferson avait dix-huit ans, c'était un gentil garçon, mais pas un Jefferson. Un jeune Virginien bien né, simplement, sans talent particulier. Il aurait bientôt sur ses épaules fragiles la responsabilité des biens de toute la famille. Pas seulement les affaires de son père à lui, qui étaient dans un état lamentable, mais celles de son grand-père. Martha eut un frisson. Comment pourrait-il supporter un tel poids? Si seulement Thomas Mann... Mais Thomas Mann était perdu, pour elle et pour tout le monde. Il s'était retourné contre sa famille. Il l'avait rejetée, pris par ses idées de persécution, l'accusant, ainsi que tous les siens, des crimes les plus détestables. Pourtant il dormait chaque nuit dans son lit, lui faisait un enfant tous les ans et transformait sa vie en enfer. Elle espérait que Anne s'en tirerait mieux, mais ne faisait aucune confiance à Bankhead, beau, riche et bien né. Elle priait que sa fille n'eût jamais à regretter son choix.

Pourquoi se sentait-elle si vieille? Elle replaça une mèche déjà grise dans les cheveux qu'elle avait coiffés le matin avec indifférence. Elle n'avait que quelques mois de plus que Sally, pourtant Sally n'avait pas de rides et son corps semblait garder la fraîcheur de ses dix-huit ans. Martha sentait le sien usé, abusé, et savait qu'elle avait l'air négligé. Même son père, en termes si choisis, le lui avait dit. Depuis, elle faisait un effort tout particulier pour paraître plus soignée, et même avoir un certain style, surtout au dîner.

Elle se sentit seule, soudain. Elle voulut invoquer l'image de sa mère, morte depuis vingt-neuf ans, et un visage flou vacilla un instant devant ses yeux. A la mort de Martha Jefferson, son père avait été pris de frénésie destructrice. Il ne restait rien de ses portraits, de ses notes, de ses récits, de son journal... tout avait disparu. Il ne lui avait pas pardonné de mourir, de l'abandonner. Mais elle, Martha, avait pardonné à sa mère et elle s'efforçait de retrouver le visage de cette femme avant l'époque où, malade, perdue, elle avait lié son père d'un serment qui les avait fait vivre, lui sans épouse, elle sans mère.

A ce moment elle comprit autre chose, qu'elle voyait tous les jours le visage de sa mère morte. Quand elle voyait celui de son esclave, de sa tante, de Sally Hemings. A Paris déjà elle l'avait compris, sans savoir depuis quand c'était devenu évident. Il y avait des différences, mais c'étaient les mêmes yeux, la même stature fragile – si loin de la sienne propre – le même regard rêveur, la même soumission dure comme l'acier masquant le même appétit de luxe, le même penchant pour les hommes puissants – à cela près que l'esclave avait plus de goût pour la politique que sa mère n'en avait jamais montré. Si elle voyait cela en regardant Sally, que voyait donc son père? Elle donnerait tout Monticello pour qu'on l'adore ainsi. Le donnerait-elle vraiment?

Martha changea de position, d'un mouvement sans grâce. Sally Hemings pouvait bien ressembler à sa mère, il y avait deux choses qu'elle ne changerait pas : elle ne serait jamais libre et jamais blanche. Martha était dès à présent maîtresse de Monticello, et elle se jurait de le rester jusqu'à sa mort. Son père pouvait prendre son plaisir, elle garderait le domaine, et après elle ses enfants, et les enfants de ses enfants. Monticello, pensa-t-elle fièrement, resterait à ses descendants jusqu'à la troisième et quatrième génération.

Sally Hemings tenait son chapeau de paille d'une main et de l'autre s'abritait les yeux. Elle regardait Beverly descendre la montagne avec son père. Sa tête menue brillait sous le soleil oblique, son front lisse se plissait à suivre du regard aussi loin que possible son amant et son fils. La femme qui les surveillait était dans la fleur de l'âge. Il y avait sur elle comme une voluptueuse splendeur. Les yeux jaunes avaient foncé jusqu'à un or aux reflets d'acier, et l'ivoire de sa peau s'était légèrement ambré. Le menton aigu, délicat, et la bouche encadrée de fossettes avaient maintenant un air d'autorité, et même d'assurance. Tous ses enfants étaient nés. Chaque naissance avait été difficile, mais chaque fois elle s'était vite remise.

Elle avait hérité de sa mère un tempérament robuste, de son père une volonté féroce, et la douleur ne l'avait jamais arrêtée.

Thomas Jefferson avait soixante-neuf ans. Leur passion, elle le savait, allait diminuer. Elle n'en avait pas de regret. Il s'était montré un homme étonnamment viril et passionné, et ils avaient mené ensemble une vie pleine et riche. Mais le corps se fatigue. Le corps, tout simplement, refusa. Jamais elle ne prendrait d'autre amant. Elle avait été la femme d'un seul homme. La sienne. Et s'ils vivaient désormais comme un père et une fille, elle se dit que leur profil serait toujours cet être en deux personnes, le couple humain.

Les étés passaient plus vite. L'Europe était en guerre. Sa France qu'elle aimait était en guerre. Les États-Unis et leurs territoires étaient en guerre avec l'Angleterre. James Madison avait été réélu. Son maître s'était réconcilié avec John Adams, mais pas avec Abigaïl. Et il y avait maintenant sur la montagne une quatrième génération de Hemings. Pour apprendre le tissage, on avait envoyé les petites Sally et Maria Hemings, ainsi que sa fille Harriet, passer l'été à la filature.

Elle porta son regard sur les terres. Ils pratiquaient maintenant la culture en terrasses, suivant les contours des collines au lieu de labourer tout droit de haut en bas, ce qui avait laissé le précieux humus disparaître dans la rivière. Les paysans noirs traçaient des sillons horizontaux qui suivaient exactement les courbes des creux et des bosses du terrain, chaque sillon faisant réservoir et retenant la pluie. En tout cas, pensa Sally Hemings, rien ne surpassait en beauté ces lignes qui s'enroulaient et se déroulaient sur le paysage. Elle resta encore un instant à les contempler, puis tourna les talons d'un de ces gestes vifs que son amant admirait depuis toujours, le lourd trousseau de clefs accroché à sa ceinture sonnant comme un tambourin, et elle rentra dans la maison.

40

HIVER 1819

Beverly Hemings dévora du regard la terre montueuse et dure qui s'étendait vers l'est. Elle valait autrefois cinquante à cent dollars l'acre, aujourd'hui vingt à peine, à cause de la crise. Son père était en mauvaise situation financière. Il y avait plus de trois ans qu'il s'en était aperçu, le jour où ils avaient emballé sa bibliothèque pour l'expédier à Washington – ces livres qui avaient été la seule éducation qu'il avait reçue, en dehors de Mr. Oglesby.

Mon père a besoin d'argent, avait-il soudain pensé. De comprendre cela l'avait terrorisé. Les ennuis d'argent du maître n'avaient pour l'esclave qu'une seule signification – la plate-forme des enchères. Ses mains avaient tremblé le jour où, avec Burwell, Harriet et sa mère, il avait soigneusement empaqueté les volumes et les avait mis dans des caisses fabriquées par son oncle John et le maître charpentier Dinsmore. Les filles Randolph – Virginia, Cornelia et Ellen – les avaient aidés. Quand ils eurent tout emballé, cela représentait seize voitures chargées chacune de trois mille livres, en poids, soit quarante-huit mille livres de la vie de son père. Jefferson avait lui-même touché, tenu et lu chaque volume.

Non, Beverly en était sûr, son père n'aurait jamais vendu sa bibliothèque, même au gouvernement des États-Unis, s'il n'avait eu désespérément besoin d'argent. Les Anglais avaient brûlé la bibliothèque du Congrès, pendant la guerre, quand ils avaient incendié le Capitole. Il se souvenait de la rage horrifiée de son père quand il avait appris la nouvelle, et maintenant tous ses livres qui partaient... Beverly avait éclaté en sanglots. Son chagrin ne venait pas seulement de la « perte » des livres, mais du sens que tout cela prenait. Son père lui avait permis de retirer ses ouvrages préférés, mais lui avait fait jurer de ne le dire à personne.

« Si je permettais à chacun de prendre ses livres favoris, moi compris, il ne me resterait rien à vendre au Congrès... Comprends, Beverly, que j'ai fait une promesse. Je ne peux faire aucune exception à la règle, pas même pour toi... »

De ce jour Beverly n'avait plus qu'une idée en tête : comment préserver son père, et ainsi lui-même et sa famille, de la ruine qui semblait planer comme un suaire au-dessus de Monticello. A mesure qu'il avait vu le filet se resserrer sur eux de plus en plus, il avait étudié, écouté, regardé, fait des plans et prié. Et maintenant, à cause de la crise, tout allait dix fois plus mal. La peur était vraiment dans l'air.

Il regarda le cavalier couper le champ labouré juste au-dessous de la pente d'où il avait lancé son ballon, et il se mit à rire. Il savait bien qui portait ce manteau de guingan à carreaux noirs et blancs avec de gros boutons en métal, grands comme des dollars d'argent. Et un pantalon du même tissu. Ce cavalier montait un des bais – Aigle, probablement – et menait grande allure. Il était tête nue, comme d'habitude, le soleil semblait embraser ses cheveux blancs d'une lueur dorée, et il avait un parasol de femme, sûrement celui de maman, pensa Beverly, planté par-derrière dans son manteau et ouvert au-dessus de sa tête pour le protéger de la chaleur. Le cœur de Beverly déborda d'une sorte de tendre ironie. Envers son père.

Cela faisait maintenant dix ans qu'il était rentré chez lui, après sa présidence. Le temps qu'il avait fallu à son fils pour grandir. Sa mère, songea Beverly, n'était pas tant devenue plus vieille que plus légère. Non plus claire de teint, car la peau de son beau visage s'était assombrie, et non moins autoritaire, car sa présence était toujours aussi redoutable. C'était plutôt autour d'elle comme une disparition progressive... une invisibilité qui la gagnait si bien que même quand il entendait sa voix, aussi douce et poignante que jamais, légèrement chantante et avec une trace d'accent étranger, cette voix lui parvenait comme désincarnée.

Si sa mère était limpide comme un miroir, son père s'y reflétait comme un soleil. Lui-même, Harriet, Thomas et les plus jeunes ne semblaient même pas être issus de ce monstre vermeil sur sa monture fougueuse, dangereuse, et de cette mère aussi calme et profonde que les eaux d'un étang. Il ne les comprenait ni l'un ni l'autre. Ils étaient au-delà de la nature humaine, comme des arbres ou des rochers. On ne peut pas s'énerver contre des rochers, n'est-ce pas ? On ne peut pas maudire des arbres ? Beverly rejeta d'un geste la mèche blonde qu'il avait devant les yeux. C'était le couple le plus étrange qu'il ait jamais vu, son père et sa mère. Ses parents, tragiques et terrifiants.

Elle constitue peut-être un miracle, pensa-t-il, de l'avoir aimé et d'avoir perpétué cet amour autant de temps. Mais maintenant il fallait un autre miracle pour Monticello – nulle voix désincarnée, nul ange gardien, nul être surnaturel n'allait ressusciter le domaine ou le sauver.

Jeff Randolph luttait de toutes ses forces pour éviter la banqueroute, mais la bataille était perdue d'avance. La mauvaise situation des plantations virginiennes, celle de son père tout spécialement, rendait presque impossible d'éviter la ruine, surtout depuis que les banques se montraient défaillantes. C'était lui qui aidait Thomas Jefferson Randolph à diriger les affaires, maintenant que son père avait remis les siennes aux mains de son petit-fils.

Tous les planteurs étaient sous l'emprise des banques, qui avaient des tonnes d'hypothèques sur chaque plantation de Virginie, et cela ne changerait pas tant qu'elles seraient exploitées de la même manière. Les domaines avaient besoin d'être réorganisés de fond en comble, d'abandonner l'agriculture et l'élevage des esclaves. Il fallait vendre la terre improductive et investir l'argent dans les villes qui se développaient, comme Richmond et Fredericksville. Il fallait produire du bois de charpente, pas des esclaves, en approvisionner les villes en pleine croissance et faire les investissements qui rendraient possible l'exploitation des immenses forêts qui leur appartenaient encore. Beverly était certain qu'ils avaient les moyens de sauver Monticello et aussi de faire fortune. Mais personne ne l'écoutait. Pour lui c'était si simple. Son père ne voulait pas être un producteur d'esclaves, ne voulait pas vivre du travail des esclaves. Au lieu d'esclaves occupés à cultiver le blé, le tabac et le coton, dont les récoltes étaient à la merci des banquiers du Nord et des charançons, il faudrait des hommes libres logés avec leurs familles dans des logements collectifs et travaillant contre salaire dans les chantiers de bois, les usines à clous, les chantiers métallurgiques de Monticello... Miséricorde, ce n'était pas la main-d'œuvre qui manquait !

Pour tout l'ouest de la Virginie le point de ralliement des navires n'était qu'à quelques miles, à Milton, et ils pouvaient expédier des clous par milliers de tonnes, du bon pin de Virginie par milliers de yards cubiques dans les villes en construction, et vers les installations qui se montaient en Louisiane, sans parler de la reconstruction de Washington. Et les roues de chariot ? – avec l'acier, le bois et la main-d'œuvre disponibles, ils pouvaient fabriquer des roues par milliers pour les chariots de l'Ouest. Il ne manquait que d'avoir un peu le sens des affaires, ce qu'ignoraient complètement ses cousins, ces aristocrates virginiens. La clouterie, par exemple, était grotesque. Tenue par un esclave illettré et une douzaine de gosses. Elle aurait dû être vingt fois plus grande, dirigée par un chef d'atelier blanc ou noir, peu importe, employer des hommes et avoir des outils et des forges du dernier modèle. Ils avaient la place de construire une véritable usine, pas une de ces cases misérables qu'on appelait fabrique. Les Blancs colonisaient les Territoires, et les Blancs avaient besoin de clous, de marmites, de roues de chariot, d'instruments agricoles, de fers de hache. Et puis, pourquoi pas ? Des pièces pour les nouvelles machines à vapeur, des rails pour les nouveaux chemins de fer qui allaient sûrement arriver.

Beverly s'arrêta brusquement. Voilà une bonne manière de se rendre fou, pensa-t-il amèrement. Il n'était rien. Un esclave, une chose. Pourquoi restait-il à regarder galoper son excentrique de père et à rêver d'une fortune en clous et en poutres?

Oui, en fin de compte il le quitterait, cet homme qu'il haïssait. Qu'il souhaitait adorer. Il n'avait pas le choix. Pour cet homme, le sang de sa mère le mettait hors-la-loi.

Son père descendit de cheval près de lui. Beverly s'étonnait chaque fois d'être plus grand que son maître, de même carrure, et maintenant que les années pesaient sur Thomas Jefferson, plus fort, beaucoup plus fort.

« Merci, Beverly. Toi, Isaac, n'oublie pas de bouchonner Aigle. De le bouchonner et de bien l'étriller. Il est aussi fatigué que moi.

– Oui-da, Maît'. »

Beverly avait attendu près d'une heure le retour de son père. Il avait voulu lui parler de ses idées sur la clouterie et les forêts du Sud. Mais maintenant le courage lui manquait. Il savait que son père ne voulait vraiment parler que d'une seule chose, son université. Cette université où lui-même, Beverly, ne pénétrait jamais, sinon comme charpentier ou pour cirer les parquets.

L'an passé il était allé commencer la construction avec son maître, son oncle John, des ouvriers blancs et des esclaves. Bacon avait pris une pelote de ficelle au magasin de Davey Isaac, à Charlottesville, son oncle quelques bardeaux pour en faire des piquets, et ils s'étaient rendus ensemble dans les champs appartenant autrefois à Maître Parry et qui étaient maintenant le terrain de l'université de Virginie, pour délimiter les fondations des bâtiments.

Son père pensait que de construire cette université lui ferait oublier le déclin de sa fortune, les hypothèques sur ses propriétés, ses dettes écrasantes. Son père continuait de parler de cette université en sa présence sans reconnaître le moins du monde que chaque mot était pour lui comme une flèche dans sa poitrine : les nouveaux professeurs, les bâtiments neufs, la bibliothèque, la rotonde, les futurs étudiants... alors qu'il essayait d'imaginer ce qui pourrait éviter qu'on vende Monticello sous le.. nez de son père, pensa sombrement Beverly, et eux avec!

« Enfin, Beverly, viens, si cela ne peut attendre. Tu n'arrêtes pas de sauter sur place. Où est Jeff? Que t'a-t-il envoyé me dire? »

Jefferson ne m'a pas envoyé vous dire quoi que ce soit, père, pensa Beverly. Jeff ne sait que faire pour vous sauver. Mais moi si. Si seulement vous vouliez m'écouter. C'est vrai. Moi. Votre bâtard.

« Voyons, Beverly, avant de commencer, va chercher Jeff et vois si tu peux trouver Joe et John. Je viens d'aller à l'université et j'ai quelques idées nouvelles à discuter avec eux. Il faut que John accepte de faire les planchers comme a dit Dinsmore. Cela reviendra plus cher mais en fin de compte nous ferons des économies sur les clous. »

Jefferson se retourna et regarda Beverly dans les yeux. Leurs yeux étaient au même niveau ; ils étaient du même bleu ; il y avait en eux la même glace qui dissimulait au monde leur véritable sentiment ; ils s'assombrissaient de la même manière sous l'effet de la colère ou de la contradiction et ils reflétaient la même intelligence. Une sorte de lueur sinistre, comme une planète, tournoyait entre le père et le fils.

« Eh bien, mon garçon, qu'est-ce que tu attends ? Va trouver tes oncles !

– Oui, maître. »

Beverly sentit sur son père l'odeur du cheval. Il a besoin de prendre un bain, pensa-t-il.

Puis il s'éloigna. Qu'espérait-il ?

« Savez-vous que Beverly ne vient plus à l'atelier de charpente depuis une semaine à peu près ? »

Jefferson à peine rentré d'une visite à Montpelier, chez James Madison, regarda d'un air surpris celui qui était son intendant depuis treize ans, Edmund Bacon. Il lui demanda de répéter ce qu'il venait de dire.

« J'ai dit, savez-vous que Beverly ne vient plus à l'atelier de charpente depuis environ une semaine ? »

Un instant, Jefferson crut que l'intendant avait laissé la porte ouverte et qu'il était entré une bouffée d'air froid. C'était le mois de décembre. Il savait que l'origine de Beverly n'était pas un secret pour Bacon. L'intendant attendait une semaine pour le prévenir de la disparition de son fils et il se tenait maintenant devant lui, le visage comme un masque, trahi pourtant par la colère et l'incompréhension que reflétaient ses yeux Quand prendrait fin cette tromperie, que même les domestiques se permettaient de juger ? Cet insupportable gâchis ?

C'était au début de 1822 et la construction de l'université en était au dernier stade. Encore peut-être un an et elle ouvrirait ses portes à cinquante ou soixante jeunes hommes. Il tenait presque son rêve entre ses mains. Il ouvrit la bouche pour demander les détails, pourquoi on ne l'avait pas informé plus tôt, peut-être même pour envoyer Bacon a sa recherche, mais il resta sans voix, à sa propre surprise.

Beverly. Son Beverly bien-aimé s'était envolé sans lui dire au revoir L'avait abandonné quand il avait le plus besoin de lui. Et Oglesby ? Si Beverly était absent de la menuiserie, il était absent aussi de la salle de classe, mais Oglesby, son précepteur, n'avait pas fait dire qu'il manquait.

Quand Beverly était resté après son vingt et unième anniversaire, il avait cru sentir que ce fils esclave resterait près de lui, que celui-là était plus à lui que les autres. C'était un garçon brillant, et Jefferson avait souffert de ne pas le voir recevoir une éducation digne de lui. Oh! il lui avait donné Oglesby, des livres, mais ni reconnaissance, ni encouragements. De même qu'il avait retenu l'amour qu'il éprouvait pour lui. Par fierté, pensa-t-il.

« Tu savais qu'il partait? »

Thomas Jefferson était debout dans la chambre de la mère de son fils en fuite. Il avait attendu avant de l'affronter – il avait voulu d'abord avoir la confirmation d'Oglesby et s'assurer qu'elle était au courant du départ de Beverly.

« Oui, répondit-elle.

– Pourquoi ne m'as-tu pas parlé?

– Parce qu'il voulait que vous ne le sachiez pas.

– Pourquoi? explosa-t-il. Je ne l'aurais jamais empêché de partir!

– Il savait que vous ne l'empêcheriez pas de partir... à cause de votre promesse. C'est pour cela qu'il voulait que vous ne le sachiez pas... il ne voulait pas de votre permission. »

Sally Hemings ne faisait que supposer. Cette fuite était une de celles qu'elle n'avait pas prévues. Elle ignorait pourquoi Beverly avait finalement décidé de s'enfuir. Il avait abandonné, tout simplement. Cessé d'aimer ou de haïr son père, elle ne savait, et il était parti. Avant de se rendre à Montpelier, son maître avait vendu vingt hommes, femmes et enfants à Jack Eppes, son gendre, pour quatre mille dollars. Le gendre avait accepté de ne pas séparer les familles et de les céder à son fils Francis quand celui-ci serait majeur. Ainsi le cousin de Beverly, Mat, qui avait treize ans, deviendrait la propriété de son cousin blanc, Francis âgé de treize ans lui aussi.

Ensuite, là-bas à Edgehill, Thomas Mann avait vendu Ely, la fille de Fennel qui avait quatre ans, à Edmund Bacon pour deux cents dollars. Un jour Fennel était rentré des champs et sa fille n'était plus là. Sa femme était par terre, évanouie. On avait vendu leur bébé. Fennel était venu à cheval jusqu'à Monticello pour reprendre sa fille à Bacon. Quand celui-ci avait su que Fennel arrivait, il avait supplié Sally Hemings de le calmer, disant « qu'il ne voulait pas lui faire de mal ».

Elle avait entendu Fennel descendre Mulberry Row en hurlant. Les portes se fermaient l'une après l'autre devant son air terrible – le visage d'un homme déjà mort, car n'était-il pas venu tuer le Blanc qui avait acheté sa fille et celui qui la lui avait vendue? Jim, le contremaître noir, l'avait poursuivi depuis Shadwell et l'avait rattrapé presque en face de l'ancienne case d'Elizabeth Hemings. Jim avait jeté Fennel à terre d'un coup de bâton, puis l'avait pris tendrement dans ses bras. Un cercle de Noirs était resté à regarder Fennel rugir de chagrin dans la nuit, à portée de voix de la Grande Maison, rugir comme un animal, comme faisaient les loups qui arrivaient parfois jusqu'à la porte des cases. Tout Monticello avait été noyé de ses cris, jusqu'à elle et ses enfants qui étaient à l'abri dans le manoir. En fin de compte Fennel, battu et stupéfié, avait été doucement relevé, jeté par Jim en travers de son cheval, et mené à sa plantation.

C'est alors que Beverly était parti.

« Où est-il? »

Sally Hemings était trop lasse pour s'effrayer du ton de sa voix. De sa violence, qu'elle sentait comme un mauvais goût dans sa bouche. Que pouvait-il lui faire qu'il n'eût déjà fait? Elle attendit pendant que son amant s'efforçait de reprendre son sang-froid. Elle attendit comme elle avait toujours fait, souple, lovée, prête à bondir à droite ou à gauche ou à se jeter au centre de sa fureur, selon l'endroit où elle frappait.

« Je ne vous le dirai pas, dit-elle d'une voix unie, parce qu'il veut que vous ne sachiez pas où il est. Il veut ne recevoir de vous aucune aide. Il est parti. Au Nord... en tant que Blanc. De tous vos fils, c'est le seul qui vous haïsse. »

Thomas Jefferson regarda fixement la femme qui était depuis trente-cinq ans sa maîtresse. Jamais il ne la comprendrait vraiment. C'est elle qui avait élevé ces enfants esclaves, et si ce fils le haïssait c'est qu'on lui avait appris à haïr.

Sa haute et maigre silhouette se déplaça très vite. Il souleva sa femme esclave de sa chaise. Il savait maintenant ce qu'avait de familier la sensation qu'il éprouvait, ce frisson, cette impression d'être menacé. Toutes ces années sans savoir si un jour il ne se réveillerait pas, ou s'il rentrerait chez lui pour la trouver partie. Il l'attira contre lui et la fixa dans les yeux qui le brûlaient en retour comme le soleil.

Je libérerai ses fils.

A ce moment elle se brisa.

« Ô, Dieu, encore un de parti!

– Et Dieu merci », dit Jefferson.

Il sentit sa gorge se serrer en la voyant s'efforcer de s'éloigner de lui, trembler une fois de plus au bord de cet abîme de contradictions, leur vie commune, et risquer un regard au-dessus de l'abîme vers le moment qui viendrait un jour, il le savait, celui où il ne serait plus capable de la retenir, le jour où elle choisirait de suivre Beverly.

La femme leva les yeux sur l'homme.

Thomas Jefferson se tendit en sentant s'effondrer le corps menu qu'il serrait contre lui, les petites mains racler son manteau, s'agripper au tissu.

« Sally. Mère. Ne pleure pas. S'il te plaît ne pleure pas. » Son visage désolé devint un masque d'impuissance, d'incompréhension et de rage qui, plus que tout, ressemblait à celui du père esclave, Fennel.

41

PRINTEMPS 1822

Ce printemps la déchira comme le souvenir d'une querelle d'amoureux. Le soleil de mai était haut dans le ciel quand elle descendit se promener vers les prés des moutons, prenant le raccourci à travers la forêt clairsemée du versant est. La mousse avait viré du gris argent au vert émeraude et le sol sous ses pas s'était couvert de trèfle, blanc comme de la neige fraîche, alors que la terre était chaude et non gelée, qu'on était en mai et plus en décembre. Une vie nouvelle se haussait et réclamait son héritage. La terre impatiente était assez tiède pour qu'on y marche pieds nus. Elle alla au milieu des grands pins et respira le silence du printemps, la bouche sculptée dans un cri muet.

Thomas Hemings avait donné à son père un petit-fils, un petit-fils blanc. En secret son fils à elle lui avait annoncé la naissance d'une petite-fille. Une petite fille blanche.

Dieu, soutiens les bâtards, dit-elle intérieurement. Elle hocha la tête. Martha avait finalement abandonné son mari. Thomas Mann Randolph avait été élu gouverneur de la Virginie, à la surprise générale, et Martha avait refusé de le suivre à Richmond au palais du gouverneur, préférant rester à Monticello avec son père. Entre son père et son mari elle avait enfin fait son choix.

Et, toujours à la surprise générale, Thomas Mann avait proposé un plan d'émancipation de tous les esclaves de Virginie, suivie de leur déportation hors des frontières de l'État. Ce fou de Randolph avait eu le courage de faire ce que jamais n'avait osé son beau-père. La proposition fut repoussée par la Chambre des Représentants. Thomas Jefferson avait gardé le silence sur cette question, rendant ses fils fous de rage. L'immense prestige de leur père aurait pu faire passer la loi, ils en étaient certains. Mais il ne dit rien pour aider son gendre.

C'était la dernière chose qu'il aurait pu faire pour ses enfants esclaves. La dernière chose qu'il aurait pu faire pour sa chère Harriet, sa seule fille noire.

Harriet. Ne savait-il pas qu'il allait la perdre, elle aussi ? La perdre de façon plus absolue encore que ses fils. Sa chère petite fille.

Sortant de la forêt, elle vit sa fille marcher dans la même direction, venant de la maison. Harriet avait vu sa mère et se dépêchait. Sally ne voulait pas avoir à l'affronter. Pas maintenant. Mais il était trop tard pour reculer à l'abri de la végétation. Elle s'arrêta et la regarda venir.

Elle pouvait presque imaginer que c'était Maria qui courait vers elle, tant la jeune fille qui approchait lui ressemblait, aussi légère, aussi fragile et juvénile – leur taille seule les distinguait. Harriet avait vingt ans. Elle courait en tenant à la main son bonnet ; le soleil se prenait dans ses cheveux roux que sa mère n'avait jamais coupés et qui formaient une longue natte tombant jusqu'à la taille, si lourde qu'en courant Harriet baissait la tête. Quand la jeune fille s'arrêta devant elle, ses joues se coloraient à peine d'une tache rose.

« Maman... »

Sally Hemings regarda les yeux verts de sa fille hors d'haleine, si belle. Ce serait la prochaine, sa mère le savait.

Elle avait vingt et un ans.

Beverly était parti depuis presque six mois.

Ce serait son dernier bal d'esclave. Mais Harriet comptait bien danser encore, une fois libre. La musique de l'orchestre noir se répandait sur les pelouses, les buissons de jasmin, les parterres de roses et les magnolias en fleur de la plantation Prestonfield. Les hautes fenêtres de la salle éclairaient une assemblée de bonnes, de laquais, de valets, de caméristes, de chauffeurs, de piqueurs et de mamas – l'esclavage sous toutes ses formes, dans tous ses aspects, à tous les âges et de toutes les couleurs. L'esclavage. Elle l'arracherait comme une jupe sale. Ses parents l'avaient élevée comme une dame, instruite avec ses cousins, et elle avait eu le choc de voir d'un jour à l'autre les camarades de jeu qu'elle adorait se transformer en maîtres. Rien n'effacerait jamais cette blessure. Puis sa mère lui avait expliqué sa vraie condition, ainsi que le sort qui éventuellement l'attendait.

Vingt et un ans, l'âge magique où elle serait affranchie. Libre, son père l'avait promis à sa mère, jadis, à Paris.

Elle avait joué le jeu en gardant toujours en tête qu'elle en serait récompensée, qu'on briserait le charme maudit que lui avait jeté... qui donc ? A cause de qui était-elle une esclave ? De son père ? De son pays ? De Dieu ? Sa mère n'avait jamais pu le lui expliquer de façon satisfaisante, et elle n'avait pas osé le demander à son père.

L'espoir, c'était son anniversaire. Elle était maintenant esclave sur le point d'être libre, noire à la veille d'être blanche, fille et demain femme, sans passé mais à qui on allait donner un avenir, le tout pour son anniversaire. Elle regarda le ciel. La lune n'était qu'un mince trait blanc dans une immensité noire. Et si le ciel était blanc avec une lune noire ? pensa-t-elle.

Harriet s'était approchée sous les fenêtres du bal, dans le cercle de lumière, où elle resta en extase, avec les autres domestiques, au spectacle de la salle. L'orchestre des esclaves se lança dans un quadrille entraînant. Sans que les Blancs le sachent, c'était l'air de Gabriel Prosser. Harriet secoua la tête et rit avec les autres tandis que les Blancs continuaient à danser. C'était typique, pensa-t-elle, ces Blancs qui dansent sur un air dont ils ne connaissent pas les paroles. Le Sud entier dansait sans savoir les paroles. Les dames et leurs cavaliers tournaient et viraient, plongeaient et glissaient, se rapprochaient puis s'écartaient, formaient des cercles qui se brisaient ensuite comme l'eau sur le lit d'un torrent.

Harriet battait la mesure de son pied menu, elle se mit à remuer ses hanches et soudain quelqu'un l'attrapa par-derrière et la fit pivoter. Bonnes et laquais s'étaient mis à danser dans le cercle de lumière blanche, ils continueraient à rire et à flirter tard dans la nuit, ayant plus frais dehors que leurs maîtres qui transpiraient dans la salle. Ils danseraient plus longtemps qu'eux et devraient ensuite les ramener à la maison, les déshabiller s'ils étaient ivres, les laver s'ils avaient vomi, ramasser leurs vêtements là où ils les auraient jetés, et les mettre au lit.

La jupe d'Harriet se balançait au rythme de la musique et elle se mit à chanter la ballade de Gabriel Prosser :

Dans sa cellule Gabriel avait deux gardes
D'autres partout dans la prison
Deux encore à l'arbre pour le pendre
Mais Billy était là pour le faire sortir.

Les mousquets ont tiré et il reçut des balles
Depuis le cou jusqu'au genou
Mais Billy prit Gabriel dans ses bras
et courageusement l'emporta bien vite.

A cheval ils montèrent et coururent
A dix miles de l'arbre du bourreau
Ils s'arrêtèrent là où tourne le fleuve
Bien contents de se reposer.

Alors pour la victoire ils ont donné un bal
Et tous ils sont venus pour rire et pour danser
Celui d'entre eux qui a le mieux dansé
Fut Gabriel Prosser enfin libéré !

Dans une poche de sa jupe Harriet portait un stylet coupant comme un rasoir, qui avait appartenu à son oncle James. Si un homme, noir ou blanc cherchait à la forcer, elle le tuerait. Comme son oncle John lui avait expliqué qu'il était très difficile de tuer, elle avait décidé qu'alors elle le mutilerait. Elle se ferait tuer, mais il y aurait un esclave ou un maître qui ne violerait plus jamais personne.

Elle allait être libre. Elle pourrait choisir son mari. Elle se marierait dans une église. Et elle arriverait vierge au mariage. Elle souleva ses jupes et tournoya dans des bras noirs et familiers.

Tout était prêt, elle partirait bientôt. On était en novembre, six mois après son anniversaire. Le moment était aussi bon qu'un autre. Il y avait plus d'un an que sa mère remplissait des malles. Elle avait tricoté et cousu tant qu'elle en avait les mains rouges et gonflées. Pas seulement sa mère, mais tante Critta, tante Bett, cousine Betsy, tante Nance, mama Dolly, cousine Ursula. Oncle John lui avait fabriqué trois malles du plus beau bois de rose, avec des garnitures en cuir et en cuivre, doublées de toile écarlate. Peu à peu les malles s'étaient remplies de robes, de toutes sortes de tissus, de jupes, de lingerie et de draps.

Sa mère avait retaillé pour elle tous ses vêtements, tissu et garnitures. Même son manteau jaune avait été démonté, nettoyé et recoupé pour en faire la redingote la plus élégante qu'elle eût jamais vue, en velours jaune et noir. Sa mère n'osait pas la laisser voir aux Blanches de Monticello, de peur de se la faire confisquer. C'était son trousseau d'évasion.

Sa mère.

Une esclave hérite la condition de sa mère. Était-ce la faute de sa mère si elle était esclave ? Mais pourquoi sa mère était-elle esclave ? N'était-ce pas la faute de son père ?

Harriet avait subi cette mauvaise période, cet esclavage provisoire, mieux qu'aucun de ses frères. Non qu'elle fût heureuse, mais sans souffrir ni garder de rancœur, se préparant pour le jour où elle en serait libérée, comme son père l'avait promis.

Ce que personne ne lui avait dit, et qu'elle avait dû deviner par elle-même, c'est que la liberté n'existait que pour les Blancs : quitter l'esclavage c'était aussi quitter la couleur de sa peau. Si elle voulait échapper à la vie dangereuse, aux harcèlements dont on persécutait les affranchis, elle devait passer d'une race à une autre, des Noirs aux Blancs.

Sa mère.

Sa mère vivait encore du souvenir de la France, elle était depuis des années dans cette chambre cachée en haut de la maison sans que même son corps lui appartînt !

Harriet avait vu cette chambre pleine de trésors intimes. Robes et jupes en soie, souliers de satin et de chevreau, gants, robes de chambre en mousseline et en linon, livres, partitions, une belle pendule en onyx, un coffre en maroquin vert d'un travail exquis rempli de lingerie, de soie et de dentelles. Avec aussi un joli secrétaire français, une coiffeuse, des pièces de velours, et, le plus extraordinaire, une baignoire en cuivre martelé. Son père avait dessiné la baignoire qu'elle avait en France et Joe Fosset lui en avait fabriqué une. Tout cela entassé dans la même pièce : toute une vie secrète pleine de trésors merveilleux.

La plupart lui reviendraient, lui avait dit sa mère. Ce serait la seule dot qu'elle aurait. Elle-même n'éprouvait plus le besoin d'avoir de beaux vêtements, de s'entourer de beaux objets.

Harriet était jeune, elle était égoïste, elle ne rejetterait pas comme sa mère la liberté qui s'offrait. Elle la prendrait, et se sauverait. Harriet avait le cœur lourd en imaginant la diligence qui l'emporterait loin de tout ce qu'elle aimait. Mais elle dirait au revoir à son père, au contraire de ses frères.

Adrien Petit était venu de Washington pour accompagner à Philadelphie la fille de son ancien maître. Il était parti de Monticello longtemps avant la naissance d'Harriet, mais elle savait tout ce qu'avait fait cet indomptable Français à Paris, à Philadelphie et au domaine. Jefferson lui avait demandé comme un dernier service de venir la chercher et il était venu. Désormais gentleman-farmer et négociant, il était prospère et à vrai dire plus riche, par milliers de dollars, que son ancien employeur.

Il s'était enrichi, avait acheté du terrain bon marché autour de Washington, l'avait vu doubler puis quadrupler de valeur à mesure que la ville grandissait. Il avait essayé au début de s'attacher James Hemings comme associé et chef cuisinier, mais James avait d'autres idées et il était finalement parti pour l'Espagne, disant qu'il ne voulait plus jamais vivre dans un pays où il y avait des esclaves. Petit s'était demandé pourquoi James était revenu, mais quand il avait appris sa mort il s'était interdit à lui-même de se poser de nouveau la question.

Maintenant Petit était en face de son ancien maître qui lui donnait ses instructions quant à l'installation de sa fille à Philadelphie.

« Tu t'envoles, Harriet ? »

Madison Hemings avait dix-sept ans. Il était grand et maigre, avec la même violence amère et contenue que son oncle. Il tremblait de rage.

« Oui, Madison. Je m'en vais ce soir.

– Tu vas passer pour blanche ?

– Oui, Mad, je vais passer la ligne.

– Père sait que tu pars ?
– Oui, Mad. Il a tout arrangé. Il a fait venir M. Petit pour m'emmener à Philadelphie.
– Qui est-ce ? Un ami de papa ? Tu as de l'argent ?
– Papa m'a donné cinquante dollars, et Petit va s'occuper du reste.
– Tu sais combien tu vaux sur le marché aux esclaves, Harriet ?
– Oh ! Madison, arrête. Mad. Mad.
– Tu vaux un tas de fric, chérie. Je te le dis. T'es un joli lot !
– Madison...
– Je te le dis, père pourrait tirer de toi cinq mille dollars aux enchères ! Cinq mille dollars à La Nouvelle-Orléans... à un de ces bals des Quarterons...
– Oh ! Madison, ne pleure pas. Je t'aime tant. Je t'aimerai toujours. Crois-tu que c'est facile de te quitter ? Si je ne prends pas cette chance, en aurai-je une autre ? Et quel avenir j'aurais ?
– Tu seras seule, Harriet, sans ta famille... pour maman c'est la fin. Tu l'abandonnes.
– Je sais, Madison, mais je ferai toujours partie de vous. Je suis *toi, toi-même.* Je suis ta sœur. Je suis ta chair et ton sang et je le serai toujours, quoi qu'il arrive. Si loin que j'aille. Je ne t'oublierai jamais.
– Si, tu le feras.
– Madison, s'il te plaît. Ne sois pas si dur. Ne sois pas si dur avec moi... Je suis une fille... une femme. Tu ne sais pas ce que c'est, d'être une femme et une esclave. Attends que ce soit ton tour de partir ! Peut-être comprendras-tu mieux.
– Jamais. Je ne passerai jamais la ligne. C'est pire que d'être *vendu.* C'est comme se vendre pour une peau blanche.
– Peut-être que lorsque ton tour viendra, Madison, tu pourras avoir ta liberté sans la voler !
– Quand ce sera mon tour, je tuerai pour l'avoir.
– Je n'ai pas le choix, Madison.
– Cinq mille dollars tu vaudrais pour un Blanc... »

La voix de Madison suivit Harriet quand elle lui tourna le dos et s'éloigna dans Mulberry Row. Une fois hors de sa vue elle s'adossa à une des cases, se sentant affreusement mal. Mais elle ne pleurait pas.

Harriet trouva sa mère dans un champ de blé, loin de la maison, derrière les vergers. Elle était debout, tournée vers l'est, vers la mer, la baie de Chesapeake à deux cents miles de là, comme si elle pouvait voir les grands voiliers amarrés dans le port. Elle ne se retourna pas quand sa fille approcha

« Maman ?

- Laisse-moi. » Sally Hemings parlait français, et elle l'avait appris à sa fille.

« Maman, la voiture attend.

– Je sais. Laisse-moi, laisse-moi.

– Au revoir, maman. »

Elle continua de regarder vers la mer. Harriet fit le tour de sa mère comme si c'était un monument, jusqu'à lui faire face.

« Je t'écrirai, maman.

– Oui. Écris-moi.

– Tu ne viens pas ? »

Sally Hemings regarda sa fille comme si elle était folle. L'éclat jaune de ses yeux frappa la jeune fille comme les rayons d'un phare.

« Non, je ne viens pas. Je ne viens pas... »

Elle savait que cette nuit le père d'Harriet s'installerait à son bureau, qu'il allumerait sa chandelle et qu'il noterait méticuleusement dans son livre de comptes « Évadé » après le nom d'Harriet comme il l'avait fait après celui de Beverly. Et comme pour Beverly, il inscrirait la date, se dit-elle, puisqu'il y avait longtemps qu'on avait gravé dans leur cœur l'âge auquel ils devraient fuir.

Quand elle revint à la voiture, son père l'attendait. Il faisait presque nuit. Elle avait mis sa tenue de voyage, sa redingote jaune et noir. Elle avait beau être presque aussi grande que Martha Randolph, il fallait qu'elle se dresse sur la pointe des pieds pour embrasser son père. Malgré sa taille et sa carrure encore imposantes, elle sentit sa faiblesse. C'était un vieillard, son père. Il avait bientôt quatre-vingts ans, et elle ne le verrait jamais plus. Il tremblait et elle le serra fort, bien plus longtemps qu'elle n'avait pensé le faire. Elle respira son odeur : la vieille laine, la lavande, l'encre et le cheval. Elle détourna les yeux en voyant qu'il pleurait, mais croisa ceux de Petit, alors elle baissa la tête en attendant que son père ait repris contrôle de lui-même.

Harriet était jeune, et sa logique d'enfant lui durcissait le cœur. Pourquoi pleurait-il maintenant ? Alors qu'il était trop tard ? Qu'espérait-il ? Que n'avait-il pleuré vingt ans plus tôt, quand il aurait pu les sauver tous ? Elle ne le comprendrait jamais. Croyait-il, parce qu'il s'appelait Thomas Jefferson, qu'il ne devrait pas payer un jour ?

Elle commencerait sa nouvelle vie sans foyer, sans famille, sans amis. Elle serait blanche. Blanche. Pour le reste de ses jours elle vivrait dans ce mensonge. Elle vivrait dans la terreur, se gardant du moindre faux pas, d'une rencontre de hasard, d'un œil trop avisé. Elle n'était après tout qu'une esclave évadée. Une fugitive. Madison avait raison. C'était pire que d'être vendue, pensa-t-elle. Elle pourrait rencontrer les siens devant la tombe de sa mère, et ils ne la reconnaîtraient pas. Elle ne pourrait même pas aller pleurer sur la tombe de son père. Et sa famille blanche ? Elle ne pourrait pas non plus les reconnaître, pas plus que les Noirs. C'était le prix.

Ses yeux verts se durcirent. Qu'il en soit ainsi. Ne pas pleurer. Pas pour ça. Ne plus jamais pleurer Maintenant elle était blanche. Elle n'avait plus de quoi pleurer.

Adrien Petit regardait cette scène avec autant d'horreur qu'en ce jour de Noël, vingt-huit ans plus tôt, quand il avait assisté à l'émancipation de James. Mais il n'en laissait rien paraître, serviteur sans défaut jusqu'à la fin. Il était frappé par la beauté de la jeune fille : une beauté plus sauvage, plus violente que celle de sa mère. Elle avait hérité des traits de Sally Hemings mais aussi de l'éclat des Jefferson et des Randolph, de leur taille, de leurs os solides, de leur présence. Une combinaison si rare qu'il était difficile de détourner le regard. Elle avait les cheveux incroyables de son père et son teint de lait, sans les taches de rousseur qui le vexaient. Ses yeux mêlaient à la perfection le jaune de ceux de sa mère et le bleu de son père, dont elle avait l'orgueil, l'obstination et la vanité. Une fille dure. Et superbe. Elle ne pleurait jamais, elle ne plierait jamais. Elle mourrait d'abord. Comment son ancien maître pouvait-il supporter de la perdre.

Il avait compris qu'elle passerait pour blanche, désormais. Elle devrait changer de nom, supposait-il. Comment s'appellerait-elle ? Harriet Petit, peut-être... Il rougit comme s'il avait parlé tout haut.

Il quittait l'Amérique pour de bon – riche, vieux, toujours célibataire. Il allait retrouver sa Champagne natale et y passer les quelques années qui lui restaient à vivre. Il n'aurait aucune objection à laisser son nom derrière lui.

Harriet Hemings leva la tête et regarda une dernière fois son père. Elle voulait lui dire qu'elle était sienne. Qu'elle était sa fille. Pour toujours. Mais elle ne dit rien. Puis elle dirigea le regard dur et candide de ses yeux verts sur Petit, l'implorant de lui faire quitter cet endroit à tout jamais.

Petit se redressa d'instinct sous ce regard d'autorité, puis s'inclina et la fit monter en voiture. Le dernier service qu'il rendait à Jefferson.

L'obscurité tomba quand ils descendirent la montagne.

Petit et Harriet ne surent jamais que quelques heures après leur départ Thomas Jefferson glissa sur les marches usées d'une des terrasses de Monticello, se brisa l'avant-bras et se démit pour la deuxième fois les os du poignet droit.

Harriet n'en aurait pas compris le sens, et même Sally Hemings, qui se precipita pour aider son maître blessé, n'aurait pu en apprécier l'ironie toute particulière. Seul Petit, qui se trouvait face à une jeune orpheline prise d'un violent tremblement, mais les yeux secs, se serait souvenu de la chute originelle de grâce de son maître, dans le Paris de Maria Cosway, en l'an de Notre-Seigneur 1787.

42

OCTOBRE 1825

« Sally ! »

C'était la voix de Martha, durcie par l'angoisse. Je ne sais pourquoi j'ai descendu l'escalier de ma chambre comme si j'en avais reçu l'ordre, mais quand elle appela j'étais dans le couloir. Je la vis aider son père à sortir de la salle à manger où il recevait – comme souvent – un groupe d'étudiants de l'université de Virginie.

La porte était restée entrouverte et j'aperçus les jeunes gens, dont plusieurs m'étaient inconnus.

Comme à l'accoutumée on avait dressé le couvert du maître sur une petite table séparée. La place était vide, la chaise repoussée en arrière. Les étudiants étaient tous debout et plusieurs jetaient des regards inquiets par la porte ouverte.

« Sally, il a été pris d'un malaise, dit Martha

– Non, Martha, maintenant je vais très bien.

– Tenez, laissez-moi vous aider. »

Il s'appuya lourdement sur moi. Je sentis sa main trembler sur mon épaule. Comme elle était fragile, sans force. Ces mains si fortes qui avaient su conduire, façonner, faire des plans, caresser, et qui maintenant reposaient, paralysées, légères, sur mon bras. Je lui tournai le dos pour ouvrir la porte et nous traversâmes lentement le vestibule vers sa chambre.

« Appelle Burwell », murmura-t-il.

Burwell est à Charlottesville, me dis-je, paniquée, en jetant un coup d'œil en arrière dans la salle à manger vivement éclairée aux chandelles.

Puis je me surpris à penser : il est en train de mourir.

Depuis le départ d'Harriet, la malchance nous poursuivait. Mon maître ne s'était pas plus tôt rétabli de sa chute qu'il était monté à cheval et s'était fait jeter bas par Brimmer. Il s'était obstiné à monter et la fois suivante ce fut Aigle qui glissa en passant un gué. Mon maître, dont les poignets raidis s'étaient empêtrés dans les rênes, manqua de se noyer. Puis une fièvre le cloua au lit pour trois semaines. Une crue subite enleva le barrage qu'il construisait depuis plus d'un an. Il se mit à céder sous le poids de ses dettes, qui semblaient n'avoir pas de fin. Il avait dû emprunter à son gendre Jack Eppes et mettre en gage Varina, la propriété de Martha. Enfin l'aînée de ses petites-filles et sa préférée, Anne, celle que nous appelions Nancy, mourut, et tout le monde crut que la brutalité de son mari l'avait tuée. Le jeune et bel aristocrate, Charles Bankhead, s'était révélé un ivrogne, une brute, un lâche qui battait sa femme. Il était arrivé plus d'une fois qu'un des contremaîtres, ou Burwell lui-même, l'ait sauvée des coups de son mari.

Six ans plus tôt, Jefferson Randolph avait accosté Bankhead sur les marches du tribunal, à Charlottesville, et l'avait accusé d'avoir abusé de sa sœur. Bankhead avait répondu en frappant Jeff à plusieurs reprises à coups de couteau. Le soir, quand Thomas Jefferson avait appris la nouvelle, il était monté à cheval et avait galopé jusqu'à la ville, à plusieurs miles de là. Et Beverly, avant que je puisse l'en empêcher, avait sellé un cheval et avait suivi son père. « Il va se tuer avec ce temps », avait-il dit, l'air effrayé, avant de monter Brimmer et de se précipiter. Quand il était arrivé à la boutique où on avait porté Jeff, il avait vu son père à genoux, pleurant au chevet de son petit-fils. Jeff était conscient et il se mit lui aussi à pleurer en voyant les larmes de son grand-père. Burwell et Beverly avaient regardé en silence. Jeff, à la différence de sa sœur, avait survécu.

Maintenant, c'est Eston qui suivait Thomas Jefferson quand il montait, craignant qu'il ne lui arrive malheur lorsqu'il descendait à cheval à cette université dont Eston et Madison n'avaient vu l'intérieur qu'en qualité de charpentiers...

D'une façon ou d'une autre tous les « fils » de mon maître l'avaient abandonné. Thomas Mann dans la folie, Bankhead à cause de sa brutalité, Jack Eppes par sa mort prématurée, Madison et Monroe avec leur ingratitude, Meriwether Lewis par son suicide, Thomas Hemings par la fuite, Beverly en se faisant blanc. Comme fils il ne lui restait qu'Eston. Et, dans sa solitude, sa souffrance et sa mélancolie, il avait montré plus d'affection et de tendresse à Eston qu'à aucun autre de nos enfants. Il lui avait donné le pianoforte de Maria, l'avait encouragé à faire de la musique, lui avait payé des leçons, et lui avait cédé, ainsi qu'à Madison, un peu de terre pour qu'ils puissent gagner quelque argent. Madison était devenu un honnête violoniste, mais cette reconnaissance tardive, par lassitude, m'avait laissée insensible. J'étais comme un terrain trop longtemps détrempé, qui reste humide et froid même lorsque le soleil s'est montré.

A la fin c'est le maître qui recherchait la compagnie de ses fils, leur amour, leur attention, qui leur demandait même plus que son dû, car s'il les avait aimés, éduqués comme des fils, il aurait eu en retour un amour et une loyauté farouches. Ses petits-enfants blancs ne pourraient jamais lui apporter l'amour absolu et sans retour que ses fils café au lait auraient mis à ses pieds. Après tout, les premiers avaient avec sa chair une génération d'écart. Tandis que Madison, Thomas, Eston et Beverly étaient nés de sa passion.

A la fin de 1824 un homme vint à Monticello qui lui rappela le début de notre histoire : le général La Fayette. Il revint fin février après sa triomphale tournée en Amérique.

Il fut couvert d'honneurs, le Congrès lui fit don de deux cent mille dollars et d'une propriété en reconnaissance des services rendus au pays pendant la Révolution. Mon maître dut y voir une ironie amère, étant donné notre situation désespérée.

Son premier passage avait eu l'aura d'une visite officielle. Plus de trois cents personnes étaient présentes pour regarder les deux vieillards se traîner dans les bras l'un de l'autre en versant des flots de larmes.

La foule ce jour-là s'était rassemblée dehors, sur la pelouse ouest, pour voir de leurs yeux la rencontre des deux héros de la Révolution. La Fayette, toujours amateur de luxe et d'élégance, n'avait changé ni ses goûts ni sa façon de vivre, je le voyais bien, Révolution française ou pas. Un splendide carrosse roula sur l'argile et le sable durcis et un La Fayette tiré à quatre épingles en était descendu sous les vivats.

Sa seconde visite fut plus calme, plus intime, la vraie clôture d'un cercle ouvert jadis, une mise à jour des comptes, un inventaire des souvenirs depuis longtemps perdus.

C'est à cette occasion que je fis la connaissance de la compagne de La Fayette, la mystérieuse Frances Wright. Ce fut elle qui vint à moi, désirant me parler. C'était une riche orpheline, bien née, d'origine écossaise, qu'on disait la maîtresse de La Fayette et qui ne le quittait pas depuis plusieurs années.

Elle avait vingt-neuf ans, le général soixante-sept. Une différence de trente-deux ans, trois de plus qu'entre moi et mon président. Elle aussi avait dû se battre avec les filles de La Fayette pour une place dans son affection, et si, comme on le colportait, elle l'avait supplié soit de l'épouser soit de l'adopter, c'était avec le même espoir futile de légitimer et de protéger un amour dont j'avais moi-même rêvé, et avec le même désespoir.

Frances Wright était aussi grande que Martha Jefferson, avec des cheveux magnifiques, mais elle n'était pas particulièrement jolie. Sa fortune, son éducation et son célibat lui avaient assuré une liberté et une indépendance sans précédent pour une femme. Il y avait dans son allure un peu de cet éclat dont rayonne un jeune homme sans crainte pour ce que le sort lui réserve, quoi qu'il pût être, et assuré de le vaincre.

Elle ne semblait pas le moins du monde troublée ou même consciente de ma position ou de ma couleur. Je restai assise à l'écouter m'indiquer ses idées sur l'émancipation, non seulement des esclaves, mais aussi des femmes. C'était la première abolitionniste que je rencontrais de ma vie. J'aurais aimé lui parler de Thomas, de Beverly, d'Harriet, mais il n'y avait plus personne de ce nom. Ils ne faisaient plus partie de mon univers. Ils vivaient désormais dans le monde des Blancs et je n'avais pas le droit d'en parler à quiconque, noir ou blanc.

Un jour Frances me prit la main et me parla avec passion.

« D'affranchir et de libérer les nègres, cela ne suffit pas pour qu'ils participent à une société libre. C'est seulement quand on leur aura donné quelque éducation et qu'on les aura instruits à subvenir à leurs besoins que leur liberté pourra prendre un sens. »

Elle me décrivit avec ferveur la communauté que deux hommes, Robert Owen et George Rapp, avaient établie à Philadelphie. Elle parlait d'aider pareillement esclaves et Blancs à vivre sur un pied d'égalité, quelque part dans l'Ouest ou dans le Sud, en payant de sa fortune un endroit où les esclaves trouveraient non seulement la liberté, mais une éducation, où les Noirs et les Blancs iraient ensemble à l'école, où les gens seraient libres d'aimer et d'épouser ceux qu'ils auraient choisis. Elle me parla aussi d'une femme appelée Mary Wollstonecraft, une Anglaise qui avait écrit un livre sur l'émancipation des femmes intitulé *Défense des droits des femmes.*

« Plus que jamais, il nous faut prouver que Noirs et Blancs peuvent et doivent vivre ensemble, me lut-elle à haute voix. Depuis le " Compromis du Missouri ", nous avons un pays divisé entre société libre et société esclavagiste. Cela ne peut et ne doit pas durer... »

C'était la première fois que je voyais chez une femme un réel courage. Frances évoquait une vision de l'existence que je ne reconnaissais pas, et il était aussi bien que l'illusion qui avait soutenu ma vie fût proche de sa fin.

« Oh! Sally Hemings, comprenons ce qu'est le savoir... voyons clairement qu'une connaissance exacte tient également compte de tout ce qu'elle observe. Il n'est qu'une vérité pour toute l'humanité, il n'y a pas des vérités pour les riches et d'autres pour les pauvres, des vérités pour les hommes et d'autres pour les femmes, des vérités pour les Noirs et d'autres pour les Blancs, il y a seulement des VÉRITÉS... J'ai appris au moins cela. Vous qui êtes entravée, croyez-vous qu'une seule femme en Amérique peut se dire libre ? Qu'une seule femme américaine peut dire qu'elle n'a *rien à voir* avec l'esclavage ? Et pouvez-vous, Sally Hemings, dire que vous n'avez rien à voir avec nous ? Avec moi ? Vous et nous ne faisons qu'un... c'est CELA la vérité.

« Nulle part ailleurs qu'en étudiant les droits des esclaves je n'aurais pu mieux comprendre mes propres droits... les droits des femmes. La cause anti-esclavagiste est dans ce pays le lycée des droits féministes. L'école où les droits de l'homme sont mieux étudiés, mieux compris et mieux enseignés qu'en aucune autre. Ce pays est-il une *république* quand il suffit d'une goutte de sang coloré pour faire un esclave de votre semblable ?... Est-ce une *république* quand la moitié de toute la population est civilement serve... et condamnée à l'imbécillité ? »

Je souris. Oh! si seulement Harriet l'entendait, me dis-je.

« Vous ne comptez pas les liens de l'amour et de la passion comme une servitude supplémentaire ? Vous, une femme moderne ? »

Frances me rendit mon sourire. Du coup son visage était beau.

« L'amour et le civisme, hélas, ne sont pas nécessairement d'accord », dit-elle avec un soupir.

Plus tard la même année, elle acheta deux mille acres de terre dans le Tennessee pour sa colonie de Nashoba, à quatorze miles de Memphis, et mit en pratique ses idées sur les femmes, les nègres et l'éducation. L'échec de son expérience fit de son nom, comme autrefois du mien, le synonyme de tous les vices, « La Grande Prostituée Rousse de l'Infidélité », de même qu'on m'avait appelée « Sally la Brune ». Son nom fut lié comme l'avait été le mien à ce crime innommable, le métissage.

Au moment où La Fayette quitta l'Amérique et Frances Wright la Virginie, Jeff Randolph essaya d'organiser sur le domaine une loterie pour rembourser les créanciers de mon maître. Celui-ci me montra timidement sa lettre au Parlement de Virginie pour en demander l'autorisation, lettre où il énumérait tous les services qu'il avait rendus à la nation.

Thomas Jefferson mendiait ! Je pleurai. « Pourquoi ne pas demander à John Adams ? » dis-je, mais il secoua lentement la tête. Le pays et la Virginie l'avaient oublié. Il avait trop d'orgueil pour solliciter Adams. C'était son fils, John Quincy, le nouveau président des États-Unis, et comment savoir l'opinion qu'il avait de Thomas Jefferson ?

Jefferson mourrait en croyant que sa loterie allait sauver Monticello. Et, comme Elizabeth Hemings, il n'aurait pas une mort facile.

Il voulut monter à cheval jusqu'à la fin. Isaac et Eston le hissaient sur Aigle, vieux lui aussi, et il partait tout seul. Eston, Burwell ou Isaac le suivaient à distance respectueuse pour veiller sur lui. Il restait dehors des heures durant, le vent fouettait ses cheveux blancs et faisait voler les pans de son manteau. Quand la douleur fut si forte qu'elle l'empêcha de monter à cheval, il resta à demi étendu sur le divan, incapable de s'asseoir, ni de s'allonger, ni de marcher, ni même de se tenir debout.

« Les médecins essayent de garder le vieux en vie jusqu'au 4, dit Burwell le 3 juillet. Je ne pense pas qu'il y arrive.

– Je promets que si », répondis-je.

Ce jour-là, c'est Burwell qui avait compris. Il avait baissé la tête et quitté la pièce. Alors je compris qu'il m'allait bientôt falloir laisser la place à la famille blanche, qui se réunissait. Martha, encore à Varina, n'arriverait jamais à temps en haut de la montagne.

Il était à moi, à moi seule.

« Les lettres », murmura-t-il.

Il ne les avait donc pas toutes brûlées.

J'allai à son bureau et ouvris les tiroirs l'un après l'autre. Des souvenirs, des boucles de cheveux, un de mes rubans, des choses dont je n'avais pas rêvé qu'il les gardât en secret, m'apparaissaient dans chacun des tiroirs. J'aperçus une mèche de cheveux blonds, douce et légère. De quel bébé mort venait-elle ? Je tombai sur un paquet de mes lettres.

« Tu les a trouvées ?

– Oui.

– Tu sais... ce que tu dois faire... S'il te plaît ? »

C'était la première fois qu'il employait cette formule en s'adressant à moi.

« Demande à Burwell, murmurai-je, parce que je ne peux pas. »

Je m'écartai du bureau à reculons.

Il tendit la main droite et agrippa ma jupe. Son poignet deux fois brisé était doublement déformé par l'arthrite, la main atrophiée. Je glissai à genoux pour m'approcher de lui et regarder ses yeux. C'étaient les yeux d'un jeune homme, du même bleu saphir qu'autrefois. On garde les mêmes yeux, dit-on, de la naissance à la mort. Même quand l'âge et la maladie rendent le corps méconnaissable, les yeux restent les yeux de l'enfance.

« M'as-tu aimé ? » a-t-il demandé.

Au bout de trente-huit ans il fallait encore qu'il me le demande.

« Seigneur, empêche-moi de sombrer...

« Seigneur, empêche-moi de sombrer.

« Seigneur, empêche-moi de sombrer », répétai-je sans me lasser dans le silence. Tout un royaume de silence. Un empire de silence.

A ma chère fille Harriet, *Monticello, le 6 juin 1826*

Nous avons reçu ta lettre par la voie habituelle samedi dernier. Vu la date je crains que tu ne reçoives pas la mienne avant le 4 juillet ou même plus tard. C'est donc peut-être la dernière que je serai en mesure de t'envoyer

Le sachant, je me dois de prendre le temps de te décrire nos véritables sentiments, des sentiments que tu as, je l'espère, compris depuis toujours, et comme tu nous manques terriblement. S'il avait été en notre pouvoir de te garder avec nous, rien ne nous aurait rendus plus heureux. Les choses étant ainsi, nous nous réjouissons de ta nouvelle vie où ni moi ni ta mère ne pourrons jamais entrer.

D'abord mes salutations ferventes et secrètes à ton mari Jacob, à sa famille nombreuse et prospère et à ton petit enfant, James. Puis-je exprimer notre joie d'apprendre qu'un autre est en route? Que le sort te conserve ton petit James et les enfants qui te viendront. Il n'est rien de si désespéré que d'aimer un enfant et de le perdre. Ensuite je suis sûr, maintenant que mes amis au Parlement de Virginie ont accepté d'autoriser la mise en loterie de mes terres, que le sort de Monticello est assuré.

L'héritage des dettes Wayles, qui a troublé la tranquillité de mon existence, va être enfin réglé. Ainsi je pourrai fermer les yeux, comme je le désire tant, et dormir du sommeil du juste.

Je sais que tu as prié ta mère depuis ton mariage pour qu'elle te rejoigne à Philadelphie ou dans les environs. Je n'ose y faire objection sinon pour dire que non seulement cela viendrait compliquer sévèrement votre vie et votre belle situation et charger lourdement la petite rente que t'accorde ton mari pour ton usage personnel, mais me priverait ainsi que ta mère du seul réconfort, du seul trésor de ces dernières années, ce que nous sommes l'un pour l'autre. Ta mère me demande de te dire qu'elle est entièrement d'accord avec moi, car rien ne la fait rester ici que sa propre volonté. Peut-être changera-t-elle d'avis lorsque j'aurai quitté ce monde. Ce choix étrange peut te paraître terrible et irrationnel, ainsi qu'aux générations futures si jamais elles en entendent parler. D'explications, nous n'en avons aucune. Mais il n'y a pas de raison pour qu'ils apprennent jamais la vérité. Ils sont blancs, et toi aussi. Leurs origines seront bientôt enfouies dans le cimetière de Monticello. J'ai écrit jadis que l'art de vivre est l'art d'éviter la souffrance. Nous n'y avons point réussi, mais vous le devrez faire.

Gardez pour vous nos noms de famille en souvenir d'un passé qui doit rester à jamais secret. Si votre nouvel enfant est un garçon, je vous prie de le nommer Beverly. Mais ne confiez à personne ton nom de famille, pas même à moi ou à ta mère. Là où tu es passée, je ne puis ni te blesser ni t'aider, je puis seulement rester...

Ton père qui t'aime et qui vivra pour voir ce 4 juillet,

Th. JEFFERSON

Dicté à ta mère qui y attache son propre amour, Sally Hemings.

Quand Burwell entra dans le bureau tendu de blanc, il avait le visage sillonné de larmes.

« Il a tout laissé à Jeff Randolph. Dans son testament, il a libéré Madison et Eston. Ils restent sous la garde de John, libéré lui aussi. Joe Fosset est libéré... et moi aussi. »

J'attendis, le fixant dans les yeux, mais il restait debout devant moi, le visage tordu, les mains pendantes, avec sur le visage une souffrance qui lui donnait surtout l'air stupide. J'attendis, néanmoins. Attendre était mon état naturel.

« Il n'a libéré... aucune femme. »

Je souris. Même dans la mort, il me tenait encore. Je l'avais compris quand on ne m'avait pas convoquée dans la salle à manger. Je m'assis en souriant. Mon sourire devait être aussi stupide à voir que les larmes de Burwell.

La mort d'un maître, bon ou mauvais, est toujours une catastrophe pour l'esclave. Parfois il éprouve un chagrin venu d'une affection réelle envers le mort, mais surtout il s'afflige sur son état futur qui est à cet instant aussi vague et périlleux que lorsqu'il sort du ventre de sa mère.

La mort du maître signifie être vendu, emmené loin de chez soi, séparé de ses amis, de son épouse ou de son mari lorsqu'on en est pourvu. Et surtout de ses enfants. La famille blanche prenait toujours ces épanchements de douleur pour une preuve de l'amour qu'on leur portait, ou qu'on avait eu pour le mort.

C'est ce qu'affecta de croire la famille Randolph, mais il y avait aussi un chagrin véritable. Mon maître avait été un « bon maître ». Les Randolph furent réellement émus par la tristesse et le deuil des esclaves de Monticello. Mais ce qu'ils ignoraient, c'était que les esclaves savaient fort bien que Thomas Jefferson était mort sans un sou, ruiné, avec une loterie sur les bras et des créanciers qui l'avaient traqué jusqu'à son dernier souffle. Et ils savaient que tôt ou tard ce serait la chute de Monticello, après celle de ses autres plantations.

Elle vint plus tôt que prévu.

A Noël, je trouvai Martha seule dans le salon bleu, criant misère, debout dans la lumière qui dessinait sa lourde silhouette et faisait de ses cheveux blancs un halo de colère. Je fus surprise de la voir ce jour-là vêtue de soie grise et non noire, d'une vieille robe élargie et rapiécée pour couvrir sa corpulence. En attendant qu'elle m'adresse la parole, je pensai à nos deux vies. Nous n'avions que neuf mois de différence J'observai son visage de cinquante-cinq ans, plus familier encore que lorsqu'il était jeune, réplique féminine de celui de son père.

L'âge l'avait marqué, au contraire du mien. La peau blonde et fragile était gravée de mille rides autour des yeux et de la bouche, dont les coins s'abaissaient dans un air malheureux, elle s'était froissée comme un linge et de petites veines rouges et brisées en parsemaient la surface, lui donnant un aspect congestionné. Quelque feu interne avait rendu gris ses yeux bleus que je voyais à peine, tant ils étaient pâles, derrière les lunettes qu'elle était obligée de porter.

Ma maîtresse. Sa vie avait-elle été si différente de la mienne ? Ou si heureuse ? Esclaves ou libres, blanches ou noires, les femmes restaient des femmes liées à des maris, à des pères, à des frères, à des enfants, en bonne comme en mauvaise santé, dans la mort et dans la vie, dans la souffrance et l'enfantement, dans le travail épuisant comme dans la solitude la plus dure, dans l'attente. Ah! Dieu, l'attente, par-dessus tout. Tout était là, sur son visage.

J'attendis. Je savais ce qu'elle allait me dire. Il fallait me vendre. Les rumeurs s'étaient confirmées. Dans moins d'un mois Monticello et les plantations qui restaient seraient vendues aux enchères avec tout ce qu'elles renfermaient, y compris environ soixante-dix esclaves. Jeff avait déjà fait l'inventaire. J'étais inscrite pour une valeur de cinquante dollars. Et Martha? Vaudrait-elle plus que moi? Le domaine que nous nous étions disputé tout au long d'une guerre non déclarée de trente-huit ans ne valait plus qu'on se batte. Il était sous nos pieds, suspendu sur nos têtes, parodie grotesque et délabrée de son maître et constructeur.

Nous en étions donc à la dernière bataille.

Elle avait eu le pouvoir, pensais-je, mais j'avais l'endurance. Je savais que mon visage n'avait pas un pli, pas une ride, que mon teint était resté clair, mes cheveux noirs et fournis, et que mon corps, sauf pour la taille et les genoux plus lourds, n'avait pas changé.

Martha ôta ses lunettes, qui laissèrent sur ses tempes et son nez des marques rougeâtres.

« Ah! Sally.

– Martha. »

Nous nous faisions face, deux sentinelles devant quarante ans de mensonges.

« J'ai quelque chose à te dire... des nouvelles si terribles . Je ne sais pas vraiment comment... »

J'attendis qu'elle finisse de parler. Elle débitait des paroles qui n'avaient pas de sens. Puis je la regardai, incrédule.

« ... et selon ses instructions tu devais être affranchie dans les deux ans suivant sa mort, dès qu'Eston serait majeur et pourrait agir en chef de famille. J'ai pensé... pardonne... que ce jour... qu'aujourd'hui était un bon jour... Eston aura vingt et un ans dans quelques mois... jusque-là tu peux rester, au moins jusqu'en juillet, puisque la maison ne sera pas vendue, mais tu dois savoir, puisque vous savez tout, vous autres, que la vente aux enchères est pour le début de l'année. »

La date de la vente ! Sa voix soudain me parvint clairement, chargée de signification.

« Nous ne pouvons pas tenir plus longtemps, Sally, et je n'ose attendre pour te donner tes papiers. Ainsi je t'affranchis comme mon père l'a souhaité, mais n'a pu l'admettre pour... des raisons personnelles. Il m'a demandé de te le dire. Il m'a priée, il m'a suppliée de te libérer. Et c'est pour lui que je le fais. »

A ce moment elle fit une pause, attendant de moi le geste qui convenait. Mais quel geste y avait-il à faire ? Je n'en voyais aucun.

« Tu n'as rien à dire ? demanda-t-elle.

– Non.

– Rien ?

– Rien », répétai-je.

Je pensai à ma mère, à sa mère à elle. N'importe quel mot eût été servile. Et je n'étais pas son esclave.

« Je pense que tu pourrais au moins exprimer un remerciement. Il m'en a priée, mais c'est moi qui ai le pouvoir de te libérer. J'aurais pu te laisser vendre sur l'estrade avec les autres ! »

Je contemplai Martha. Croyait-elle vraiment qu'elle avait le pouvoir de me libérer ? De me libérer avec un bout de papier alors que je n'avais pu le faire avec le désir d'une vie tout entière ?

« Martha, je n'ai aucun remerciement à faire. Vous ne pouvez pas me libérer. Lui-même ne le pouvait pas. Il ne l'a pas pu de son vivant, il ne l'a pas pu en mourant et mort il ne le peut pas. Il a fait ce qu'il avait à faire, comme vous et moi. Je suis une vieille femme, Martha, je vaux cinquante dollars et vous ne valez pas plus. Nos vies n'ont pas été si différentes et la mort nous tient toutes les deux par les cheveux. Ne pouvons-nous au moins nous expliquer une fois avant qu'il ne soit trop tard ?

– Tu crois que je m'expliquerais devant *toi* ? Je préférerais mourir. » Sa voix s'étranglait de colère.

« Admets que..., commençai-je.

– Admettre ! Crois-tu que je t'admettrai jamais ? Admettre le tort et la calomnie que tu as fait tomber sur un grand homme innocent ? »

Elle se mentirait jusqu'au bout. Elle agitait l'enveloppe blanche au-dessus de ma tête comme si c'était un cadeau qu'on fait à un enfant.

« Un remerciement de la famille ? » C'est de notre famille qu'elle parlait. « Une récompense de la famille ? Un souvenir de cette maison ? Une montre d'argent, peut-être ?

– Toute la reconnaissance que je voudrais jamais, je l'ai eue, et quant aux souvenirs j'en ai plus qu'assez, même en argent. »

Ce que je fis alors, je ne le regrette pas, mais ce fut un geste aussi futile que nos mensonges de toute une vie. Je le fis sous l'effet d'une rage froide, en haine de ce pouvoir des Blancs qu'elle agitait devant mes yeux. Je sortis le médaillon que John Trumbull m'avait donné à Cowes et lui montrai le portrait : le même portrait en miniature qu'elle avait toujours sur elle, l'image qu'elle pensait lui appartenir, à elle seule, et que je portais à mon cou depuis trente-sept ans.

La boucle de ses cheveux, rouge sang, glissa du médaillon et voleta sur le sol. Elle fit le geste de se pencher et de la prendre, puis se redressa d'un sanglot, me touchant presque. Je reculai. Mens, pensai-je, mens-toi, c'est ton seul recours. Renie-moi si tu le veux. Renie-moi avec ton dernier souffle, ton dernier cent, car avec le temps, dans ce pays, cela en viendra là.

« Il m'aimait plus que toi ! C'est *moi* qu'il aimait ! Tu n'es rien, rien qu'une sale négresse ! Une esclave et une putain ! Tu sais que tes enfants ne sont pas les siens ! Jamais ! Ce ne seront jamais les siens !

– Peut-être, mais moi j'étais sienne. Il m'aimait, Martha. Je ne dis pas cela par vanité ou par orgueil, mais parce qu'entre nous c'était ainsi. Nous nous aimions. C'était la seule chose qui comptait.

– Comment peux-tu parler d'amour entre un maître et une esclave. . entre un héros et une propriété ?

– Nous n'avions pas le besoin d'en parler...

– Tu n'étais rien pour lui ! Une esclave prête à son plaisir, un... réceptacle ! »

Les mots cruels s'enfonçaient comme des clous dans le cercueil du silence. Il n'y avait plus rien entre nous qu'une haine absolue. Martha pressait son visage contre le mien et je voyais sa ruine comme dans un miroir. Ses yeux ne quittaient pas les miens. Elle ne me laisserait pas. Son haleine. Son air de fièvre. Nous étions comme deux chiennes à nous disputer une charogne pourrissante, morte depuis longtemps. Ne comprenait-elle pas que c'était fini ?

Puis elle recula. L'épouvante me prit à la gorge comme une bête féroce Elle allait me dire quelque chose.

« M'as-tu jamais aimée ? » dit-elle dans un murmure.

La même question qu'avait posée son père. Je fus terrassée par une désolation immense, incontrôlable. Je me sentis gronder comme un animal. Quand.. quand comprendraient-ils cette farce, cette tragédie ? Je savais que celle qui cesserait d'aimer, qui n'aurait plus besoin d'amour, celle-là seule survivrait. Et la haine sembla me recouvrir comme un voile. L'amour m'avait quittée, la haine prenait sa place. La solitude et la peine que j'éprouvais sans lui, les jours et les nuits interminables et dénués de sens, tout disparut comme une paille sèche. La haine me prit, comme une exaltation. L'enveloppe disant que j'étais libre et dont je savais qu'elle ne me rendrait jamais libre, l'enveloppe resta dans sa main.

Je n'avais plus besoin de rien. Je n'avais plus besoin de Martha. Martha avait besoin de moi pour me libérer, je n'avais pas besoin d'elle pour être libre.

Comme ma mère et sa mère avant elle, j'avais survécu à l'amour

43

NOVEMBRE 1826

Annonce parue le 7 novembre 1826 dans l'*Enquirer* de Richmond.

VENTE TESTAMENTAIRE

Le 15 janvier, à Monticello, dans le comté d'Albemarle, l'ensemble des biens personnels restant appartenir à Thomas Jefferson, décédé, consistants en nègres de valeur, marchandises, récoltes, etc., ustensiles de maison et de cuisine. Le public est instamment prié de se rendre au domaine. Autant de nègres de valeur, dit-on, n'ont jamais été offerts encore en Virginie. Les meubles de maison, de nombreuses peintures historiques et portraits de valeur, des bustes en marbre et en plâtre d'individus célèbres, l'un en marbre de Thomas Jefferson Ceracci avec le piédestal et la colonne tronquée sur quoi il repose, un polygraphe ou machine à copier utilisé par Thomas Jefferson pendant les dernières vingt-cinq années, et divers autres articles utiles pour des hommes d'affaires ou des personnes privées. La vente se fera dans les conditions les plus propices et sera annoncée à l'avance. Que cette vente soit inévitable garantit au public qu'elle aura bien lieu aux date et endroit indiqués.

(signé) THOMAS JEFFERSON RANDOLPH
Exécuteur test. de Th. Jefferson, décédé.

On sait depuis longtemps que le meilleur sang de Virginie peut se trouver désormais au marché aux esclaves.

FREDERICK DOUGLASS, 1850

Thomas Jefferson Randolph, plus connu comme Jeff, était assis dans le bureau de son grand-père, ses longues jambes étendues sous la table. C'était l'image même de Thomas Jefferson.

Il contempla l'inventaire laborieusement rédigé. Pitoyable, pensa-t-il. Cinq ans plus tôt, à peine, ces gens auraient rapporté quatre ou cinq fois plus, ou même dix. Évidemment les esclaves les plus chers n'étaient pas à Monticello mais à la Peupleraie, où il y en avait environ soixante-dix, des travailleurs de premier choix, qui valaient de l'argent. Ceux de Monticello étaient tous plus ou moins bizarres, des esclaves café au lait ou blancs, tous instruits mais trop vieux. Et ils étaient là depuis toujours.

Il les avait tous alignés sur la pelouse ouest, pratiquement en face de la fenêtre qu'il avait devant ses yeux, et était passé de l'un à l'autre pour faire l'inventaire avec le commissaire-priseur – Mr. Matter. Sa nourrice était là, tous ses camarades de jeu aussi. Il avait retiré ses propres esclaves – Indridge, Bonny Castle et Maria – et ceux de tante Marck. Sauf pour Davey Bowles, c'étaient les plus précieux. Bon Dieu! Davey aurait dû leur rapporter au moins deux mille... Il était passé devant les visages familiers, et certains lui étaient si chers qu'il en avait eu les larmes aux yeux. Quand il s'était retrouvé devant Fanny il aurait voulu se jeter dans ses bras en pleurant.

Mr. Matter n'avait cessé de s'excuser de la faiblesse de ses estimations, expliquant que le marché s'était effondré l'an passé et que les prix étaient tombés de près de quatre-vingts pour cent! En tout cas ils garderaient la maison et, misérablement, un acre de terre. C'était tout.

Ses yeux errèrent sur l'escalier miniature au pied du lit de son grand-père. A la demande de sa mère le passage serait condamné. Il ne resterait que les marches étroites. Personne ne s'était donné la peine de lui expliquer les rapports entre les Hemings et les Randolph, mais les enfants savent trouver ce qu'ils veulent savoir, pensa Jeff. Comme le jour de l'inventaire, quand il avait regardé Sally Hemings dans les yeux. Il avait entendu Mr. Matter chuchoter automatiquement :

« Age?

– Entre cinquante et soixante, je crois, avait-il répondu.

– Cinquante dollars », avait dit le commissaire.

Et Sally Hemings avait dit: « Oh, mon mari », en le regardant droit dans les yeux.

Elle l'avait dit, bon Dieu. Aussi clairement qu'un carillon. Une seule fois, mais il l'avait entendu. Quand il l'avait dit à sa mère, elle avait haussé les épaules et dit que Sally devait avoir l'esprit dérangé à cause de la vente. Puis sa mère lui avait annoncé qu'elle libérait Sally parce que son grand-père l'avait voulu ainsi. Cela signifiait qu'ils devraient adresser une demande au Parlement de Virginie pour qu'elle puisse rester dans l'État. Dangereux.

Sally Hemings, bien sûr, ne s'était pas adressés à lui, puisque ses yeux étaient fixés sur les monts Blue Ridge, et qu'ils brillaient d'un jaune vraiment surnaturel. Sacré Bon Dieu...

Barnaby	$ 400
Hannard	450
Betty vieille femme	sans valeur
Critta	50
Davy le vieux (sans valeur)	~~250~~
Davy le jeune	250
Fanny	
Ellen	300
Jenny	200
Indridge (le plus jeune)	
Bonny Castle	
Doll (sans valeur)	
Gill	375
Issac un vieil homme	0
Israel	350
James	500
Jersy	200
Jupiter	350
Amy	150
Joe à libérer en juillet prochain	400
Edy et son fils Damie	200
Maria 20 ans	
Patsy 17 ou 18 ans	300
Betsy 15 ans	275
Peter 10 ans	200
Isabella entre 8 et 9 ans	150
William 5 ans	125
Daniel 1 an 1/2 fils de Lucy	–
Bon John, sans valeur	–
Amy, idem	–
Jenny Lewis (sans valeur)	–
Mary (de Bet) une jeune femme	50
Davy	500
Zachariah	350

Nace	$ 500
Nance, vieille femme, sans valeur	
Ned	50
Jenny (sans valeur)	
Moses	500
Peter Hemings	100
Polly (fille de Charles)	300
Sally Hemings	50
Shepherd	200
Indridge le plus vieux	250
Thrimston	250
Wormsley	200
Ursula	
et son jeune enfant	300
Anne et l'enfant Esau	350
Dolly ~~22~~ 19 ans	300
Cornelius ~~18~~ 17 ans	350
Thomas 14 ans	200
Louisa 12 ans	150
Caroline 10 ans	125
Critta 8 ans	100
George 5 ans	100
Robert 2 ans	75
Enfant estimé avec sa mère Ursula	60
J'ai omis ceux de tante Marck et les miens, et aussi les 5 affranchis	
Les âges sont notés aussi exactement que possible sans avoir le registre	
Johnny à libérer en juillet prochain	300
Madison idem	400
Eston idem	400
	11,505

(signé) THOMAS JEFFERSON RANDOLPH

44

JANVIER 1827

Le démantèlement de Monticello par la vente des esclaves en 1827 – l'abomination de voir vendre les miens, de voir estimer, étiqueter, évaluer le moindre meuble, chaque drap, chaque rideau, chaque plat, chaque livre, tableau, sculpture, chaque pendule, vase, lit, table, cheval, mule, porc ou esclave ayant appartenu à Jefferson ; tout ce qui avait constitué sa personne, ses pièces et ses morceaux, ses choix, ses favoris, ses oreilles, ses mains et ses yeux – ce fut la plus grande peine et la plus grande pitié de ma vie. Son existence avait été découpée, divisée en lots, évaluée par les enchérisseurs qui encombraient la maison. Les bribes et les morceaux de sa vie avaient été fouillés et maniés, pesés, inspectés, et mis à prix. Tous les objets, tous les animaux, tous les êtres humains, moi comprise.

Je méprisais la foule assemblée en cette journée de janvier devant le portique ouest, venue enchérir, tels des vautours, sur la carcasse de ce qui avait été un homme et sa demeure. Si seulement il n'avait pas aimé si fort toutes ces choses ! Si tout n'avait pu être qu'une collection et non pas amour et souvenir !

Les gens arrivaient par chariots entiers. Il régnait une atmosphère de fête campagnarde, les acheteurs éventuels allaient et venaient dans les granges où se trouvaient les esclaves, dans la maison où étaient les objets, la liste à la main, pour tout inspecter : les objets tendrement accumulés à Paris ; une maison en bois et en brique assemblée par les miens ; les brillants jardins anglais, aujourd'hui bruns et ternes ; les vergers maintenant dénudés et déserts ; et au-delà le vallonnement des champs fertiles, des forêts, des cascades et des rivières. Déjà les terres noires de Pantops et Tuffton, Lego, la Peupleraie, Bear Creek, Tomahawk et Shadwell étaient parties, et maintenant suivaient les humains qui leur étaient attachés. Mille quatre cent cinquante lots avaient été vendus ce jour-là, cinquante-deux porcs, cinquante moutons, soixante-dix bovins, quinze chevaux, huit mules et cinquante-cinq esclaves de Monticello – plus de la moitié des esclaves étaient mes sœurs, mes frères, mes cousins, mes nièces, mes neveux. Et cent vingt venus de Bedford.

La foule des acheteurs était arrivée tôt, ce matin-là. Ils étaient venus d'aussi loin que le Kentucky pour avoir une chance d'acheter de la chair noire de première qualité, du bétail ou un objet ayant appartenu, comme moi-même, à Thomas Jefferson. Il y avait dans l'air la même lubricité, les mêmes miasmes mortels de mépris et d'excitation qui accompagnent toujours le procès, le jugement et la condamnation d'une vie humaine. Je sentais autour de moi l'air infesté de cette curiosité au sujet des grands de ce monde, de l'aura qui met certains hommes au-dessus des autres et attire la haine et la rapacité des gens du commun pour les êtres hors de la norme.

Mon maître avait laissé des dettes se montant à cent sept mille dollars. Martha et Jeff se battirent bravement pour sauver Monticello, vendant les autres terres et les plantations, les terrains à Richmond et à Charlottesville, tout cela. Mais tout cela ne suffit pas. Les dieux demandèrent tout ce qu'il y avait et l'obtinrent, sauf la demeure de Monticello.

Des inconnus parcoururent ses jardins précieux, piétinèrent ses parquets cirés, inspectèrent son linge, regardèrent ses granges et la bouche de ses esclaves, humèrent son tabac et l'odeur de la sueur humaine, soupesèrent des balles de coton et les parties intimes des ouvriers mâles, passèrent leurs mains sur les croupes laineuses des moutons de Marina et sur la tête des négrillons, discutèrent les qualités de race des bais de Monticello et celles de ses esclaves pur sang.

Chapeautée et voilée, mon identité dissimulée par la couleur de ma peau et le nom de « Frances Wright », du Tennessee, je m'étais mêlée ce jour-là aux foules comme une femme libre, malgré le danger, voulant graver chaque instant dans ma mémoire, dans l'espoir de sauver un ou deux des enfants, et me jurant de ne jamais oublier la vente de Thomas Jefferson.

« Si tu te tiens mal, je le dirai au maître, et il te vendra en Georgie, il te vendra si vite... »

Combien de fois ces mots n'avaient-ils pas frappé de terreur le cœur d'un petit esclave ? Combien de temps le feraient-ils encore ? Il s'était bien tenu, mais on le vendait quand même.

« Qu'est-ce qu'on me donne, qu'estçqu'onm'donne, qu'estçqu'onm'-donne pour ce lot numéro trente-quatre, trois paysans premier choix, vingt-six à vingt-neuf ans, dressés ici à Monticello, en parfaite santé, pas de cicatrices, coups ou défauts d'*aucune sorte* ; jamais fouettés, dociles, robustes, parfaits pour la reproduction. Qu'est-ce qu'on me dit, qu'estçqu'onm'dit, trois cents, quatre, quatre cinquante. J'entends cinq ? Cinq, cinq vingt-cinq, six, six, six. J'entends sept ? Oui sept, sept vingt-cinq, sept cinquante ; seulement sept cinquante pour ce lot de choix, trois... mesdames et messieurs, trois esclaves monticelliens de choix, trois pour le prix d'un. Mesdames et messieurs, je vous le demande, ne pouvez-vous faire mieux? Huit, huit cinquante. J'entends neuf? Neuf, est-ce que j'entends neuf, neuf, neuf, neuf – neuf une fois, neuf deux fois, neuf trois fois – vendu, vendu à la dame pour neuf cents dollars. Premier choix un esclave domestique mâle, trente-deux ans, Israel, père de sept du lot suivant, serrurier et ouvrier sur métal. Premier choix, des négrillons dressés au ménage, un lot de sept. Quelques années et ce seront des ouvriers ou des domestiques de premier choix, d'une lignée saine, aucun défaut, la peau claire. Est-ce que j'entends cinq cents? Cinq cents une fois, cinq cents deux fois, cinq cents trois fois. Vendu! Vendu! Vendu! Une femme, vingt-neuf ans, reproductrice, la peau claire, couturière et cuisinière, idéale pour tenir le ménage d'un jeune gentleman; commencerai-je à quatre cents? Quatre cent cinquante? Elizabeth, épouse d'Israel. Est-ce que 'entends quatre? Quatre, quatre cinquante, cinq... femme esclave, quinze ans, garantie vierge, saine, vive, la meilleure race de Monticello, instruite comme domestique. Priscilla, fille d'Israel.

« Est-ce que j'entends trois cents? Trois cents. La meilleure race de Monticello. Docile, idéale comme cameriste. Seulement cinq cents. Mesdames et messieurs, Noël est passé depuis une semaine! Je ne peux pas laisser partir cette femme premier choix pour moins de trois cinquante. Est-ce que j'entends trois cinquante? Oui, trois soixante-quinze. J'entends quatre? Quatre. Quatre. J'entends quatre? Vendu au gentleman pour quatre soixante-quinze. Dolly.

« Femme premier choix première classe. Cuisinière. Trente-six ans, a servi à Washington au palais du président. La pâtisserie et la cuisine ordinaires. Est-ce que j'entends cent dollars? Deux? J'entends trois? Trois pour cette perle connaissant la cuisine française. De race impeccable, garantie fertile, mère de trois. Trois cinquante, est-ce que j'entends quatre? Quatre cinquante, j'entends cinq? Cinq cinquante une fois, cinq cinquante deux fois, cinq cinquante trois fois. Vendu à la dame pour cinq cent cinquante dollars. Fanny. Une grosse mama noire et saine instruite comme blanchisseuse, sage-femme et pâtissière. Pèse dans les deux cinquante *(rires)*. Domestique depuis vingt ans. Soixante-deux ans d'âge, mesdames et messieurs, je ne vous mentirai pas, mais elle a encore de bonnes années devant elle. Adore les enfants, en a eu huit elle-même. Tous ceux du lot cinquante-six sont à elle! Une mama d'intérieur honnête et loyale. Est-ce que j'entends trente dollars? Trente-cinq, j'entends quarante? Cinquante? Est-ce que j'entends... et c'est cinquante. C'est parti, c'est parti. Vendu. Vendu. Doll. Voici maintenant une parfaite femme de chambre, grande, belle, vive, reproductrice, un enfant vendu avec la femme, deux mois... un seul lot, mesdames et messieurs, un seul lot. Ursula

« Vingt ans, mesdames et messieurs, regardez-moi ce corps. Fait pour enfanter. Regardez-moi ces seins. Mesdames et messieurs, est-ce que j'entends quatre cinquante? Je l'entends? J'entends cinq? Cinq pour ce lot, mesdames et messieurs. Achetez-la et prenez le père dans le lot suivant. Est-ce que j'entends cinq cinquante? Cinq cinquante une fois, cinq cinquante deux fois, cinq cinquante trois fois. C'est parti, c'est parti. »

La Milly de Critta, vendue dans le Mississippi. James Hubbard vendu dans le Kentucky. Washington Hemings, mon neveu, vendu dans l'ouest de la Virginie. Malgré son âge, Critta atteignit cent cinquante dollars. Nance six cent cinquante avec deux de ses petits-fils adolescents en prime. Betsy, sa fille, vendue enceinte pour mille dollars en Caroline du Nord. Le mari de Betsy vendu pour cinq cents, en Georgie. Isaac en rapporta sept cents et Wormley six cents. Davey Bowles, vendu plus cher que tous les autres, mille dollars à La Nouvelle-Orléans.

Vinrent à la fin les articles « spéciaux » à cause de leur beauté, de leur couleur, de leur instruction ou de leur pedigree. Les Hemings blancs étaient dans cette catégorie... tous les enfants de ma sœur, Lilburn, Henry Randell, Martha, Maria, Dolly. Peter Hemings, chef de premier ordre, rapporta cinq cents dollars. Ses deux garçons jumeaux dix-sept cents la paire.

John avait donné ses sept cents dollars à un Blanc pour acheter son fils; Joe Fosset acheta sa femme pour neuf cents cinquante et sa mère, Mary, pour vingt-cinq dollars. Ma chambre et toutes mes affaires étaient sous scellés. John ne pourrait les récupérer que plus tard. J'avais seulement les vêtements que j'avais sur le dos. Mais j'avais le médaillon. Si seulement j'avais essayé de le vendre. Avec le peu d'argent que j'avais sur moi j'avais espéré acheter un ou deux des enfants, peut-être Nancy, la fille de Critta qui avait dix ans, ou les jumelles de Rachel qui en avaient six. Je voulais sauver un ou deux des petits, les enfants de ma sœur étant trop grands et trop chers. Je n'avais pas compris qu'on ne les vendrait pas séparément, mais par lots. En lots de trois ou quatre pour deux ou trois cents dollars. Je compris trop tard que je n'avais pas assez d'argent pour un lot. Je compris trop tard que ce médaillon me condamnait à un enfer éternel.

Je me tenais comme le survivant d'un naufrage qui a pu gagner la rive, à demi noyé, et se trouve sur les rochers. Le pire, ce fut la fin, quand les femmes et les enfants laissés pour compte furent vendus par lots, loin de leur mari, de leur mère ou de leurs enfants. Les hurlements des enfants, les pleurs des mères, les gémissements des pères et des maris résonnèrent dans mes oreilles.

Enfin je le vis devant moi sur l'estrade, dévêtu, son corps nu, mince et blanc couvert d'un léger duvet roux tel que je l'avais vu quand j'étais une jeune fille, avec des épaules larges et carrées, des membres longs aux poignets forts, aux cuisses et aux articulations solides, un corps anguleux avec un cou puissant surmonté d'une tête délicate et d'un jaillissement léonin de cheveux roux. Un Blanc, un mâle, dépouillé de ses attributs, de son pouvoir, de ses biens, de son histoire, de sa famille, de ses enfants, de ses terres, de moi, pâle et vulnérable.

A travers cette vision terrible j'entendais bourdonner la voix de l'aboyeur : « Mâle premier choix, d'une force et d'une intelligence inhabituelles, instruit comme charpentier, jardinier, à dresser les chevaux, comme secrétaire, musicien... inutilisable aux champs, mais bon reproducteur. Allons une fois, deux fois, allons trois fois. Vendu ! Vendu pour sept cents dollars... »

SEPTIEME PARTIE

1835

Comté d'Albemarle

45

JUIN 1835

St. Claire rit. « Il vous faut lui donner un sens ou elle en trouvera un. »

HARRIET BEECHER STOWE, *La Case de l'Oncle Tom*, 1852

PHILADELPHIE, le 4 JUILLET 1775

Il a mené une guerre cruelle contre la nature humaine, violant les droits les plus sacrés, la vie et la liberté, sur les personnes d'un peuple lointain qui ne l'avait jamais offensé, les capturant et les emportant en esclavage dans un autre hémisphère à moins qu'elles ne trouvent une fin misérable pendant ce même transport. Cette guerre de pirates, l'opprobre des puissances INFIDÈLES, est celle du roi CHRÉTIEN de Grande-Bretagne, décidé à ouvrir un marché où s'achèteraient et se vendraient des HUMAINS. Il a prostitué son veto pour supprimer toute tentative des législateurs d'interdire ou de restreindre ce commerce infâme, et pour mettre le comble à cet ensemble d'horreurs, il excite maintenant ce même peuple à se lever en armes parmi nous et à racheter cette liberté dont *lui-même* l'a privé en assassinant le peuple auquel il l'a imposé, payant ainsi les crimes commis contre les LIBERTÉS d'un peuple avec les crimes qu'il les presse de commettre contre les vies d'un autre.

THOMAS JEFFERSON
La Déclaration d'Indépendance, 1776
(retiré à l'unanimité du texte final)

Nathan Langdon relâcha la pression de ses cuisses et retint son cheval. Il venait de passer au grand galop la barrière démantelée et vermoulue du versant ouest de Monticello et il se reposait maintenant dans la fraîcheur de la forêt envahie de feuillage, encore couverte du réseau de sentiers tracé par Thomas Jefferson.

C'était la première fois en deux ans qu'il rentrait chez lui pour l'été. Son beau visage au regard pur était légèrement marqué par le cynisme de sa profession. C'était maintenant un avocat de Washington, considéré comme un des meilleurs. Il connaissait la capitale et il en était las, il pratiquait l'art du compromis, adroit à surnager et couronné de succès. Sa bouche aux belles lèvres avait un pli déçu. Il n'y avait plus dans sa vie ni blanc ni noir, mais d'infinies nuances de gris.

La forêt filtrait la vive lumière de juin qui venait tacher d'or ses cheveux blonds et les flancs de sa monture. Nathan fut soudain saisi du pressentiment d'un désastre, sans rien pour le fonder, et pénétré d'une terreur grandissante à mesure qu'il montait vers le manoir.

Quand il parvint à l'espace dégagé au sommet de la montagne, il regarda Monticello avec horreur. La maison était nue. Les grands arbres qui l'avaient entourée et protégée pendant soixante-dix ans avaient été abattus, les troncs coupés de frais étaient d'un blanc affreux. Même sous le choc, l'esprit de juriste de Langdon nota qu'il violait une propriété privée. Monticello avait été vendu l'an passé à un pharmacien de Charlottesville, de la race montante d'une ère nouvelle : celle de l'homme moyen.

Nathan contempla la façade grise et décrépite. Abandonnée. La peinture faite par Burwell s'était écaillée, les bardeaux de Joe Fosset étaient tordus ou manquaient. Ce n'était plus la maison de Sally Hemings. Nathan eut un sourire. Ce n'était plus celle des héritiers de Jefferson. Pourquoi pensait-il toujours qu'elle appartenait à Sally Hemings, au lieu du contraire ?

Cela faisait maintenant cinq ans qu'il avait vu Sally Hemings pour la première fois. Quatre ans qu'elle l'avait banni. Il n'avait rien appris de plus sur elle que ce qu'il avait su dès le début. Il n'avait trouvé que des réponses évasives ou des omissions.

La terreur le prit. Si c'était cela qu'ils avaient fait à la demeure de Thomas Jefferson, qu'avaient-ils fait de Sally Hemings ?

Nathan regarda vers le bas, en direction de sa case, essayant de contenir une angoisse grandissante. Où était-elle ? Qu'était-elle devenue ?

Il mena son cheval en vue de la case minuscule mais n'osa s'approcher. L'ancien désir le reprit et quelque chose – d'aussi imperceptible que le bruissement d'une branche ou d'une feuille, ou du vent, ou d'un caillou sous le sabot de son cheval, ou le battement de son cœur – le retint.

Il vit dans le lointain la petite silhouette sortir de la maison Elle était vivante. Qui était-ce, pensa-t-il, qui avait dit : .. *et considérez ce que le Temps seul accomplira... : comme un homme déjà grand de son vivant sera dix fois plus grand une fois mort. Comme une chose grandit dans l'imagination des hommes quand l'amour, l'adoration et tout ce qui se trouve dans le cœur humain est là pour l'encourager... Il nous suffit d'apercevoir quelque lueur à la plus extrême distance... au centre de cette immense image de* camera-obscura *pour discerner qu'au centre de tout cela ce n'est pas la folie et le néant, mais la raison et quelque chose.*

Il la regarda qui se tenait debout, les bras serrés sur son corps. Et en la voyant, Nathan sentit le gouffre qui les séparait. Qui s'était élargi avec les années, comprit-il. Même en restant là, sans bouger, l'espace qui les séparait était un ravin, un cratère sans fond, une crevasse dans le sol, infranchissable, intraversable, insondable, impardonnable. Ce qu'ignorait Nathan, c'est que le bouleversement à venir, et dont le spectacle le laisserait écœuré, désespéré, allait emporter les vies de trois petits-fils de Sally Hemings. La lutte féroce de la guerre civile qui ferait cinq cent mille morts. Un mort pour chaque esclave libéré.

Sally Hemings était debout dans l'ombre violette de sa porte, les bras tendus, les paumes appuyées contre le chambranle de chêne, le visage toujours adorable encadré de pénombre. Elle regardait, songeuse, le paysage, aimé, familier, qui l'apaisait. La luxuriance du Sud calmait ses nerfs, les couleurs baignaient sa chair si tourmentée, si empreinte de souvenirs. La mémoire ne connaissait pas la honte. Devant elle tout était égal. Puis elle fit quelques pas dehors. Son corps plongea comme un nageur dans la torpeur estivale et sa tête se dressa comme si elle sentait une présence. Elle regarda vers les monts Blue Ridge, mais ne vit que la forêt vert sombre et le ciel lumineux, n'entendit que les bruits de l'été.

Elle n'avait jamais cherché à dépasser sa triple servitude. Elle s'était attachée obstinément à la seule chose qu'elle eût jamais trouvée d'elle-même dans sa vie: l'amour, et l'amour pour elle avait été plus réel que l'esclavage. Elle avait survécu aux deux, c'était la vérité de son existence.

Sally Hemings ferma ses yeux à cause du soleil et aussi de la douleur dans sa tête qui l'aveuglait. Elle resta immobile, s'étreignant elle-même, triomphante, au-delà de l'amour, de la passion, au-delà de l'Histoire.

Autour des deux êtres solitaires perdus dans les terres sauvages et incultes du paysage américain, planait le clair-obscur infini du silence, là où toutes les biographies n'en font qu'une.

Elle releva ses jupes et remonta la pente vers l'abri de ses ormeaux bien-aimés au moment où le recenseur, avec une sorte de violence, fit demi-tour et redescendit sa route.

POSTFACE ET REMERCIEMENTS

Bien qu'une bibliographie soit ici trop longue et pas à sa place, je tiens à remercier, pour certains travaux publiés par des spécialistes, des auteurs non encore cités, et sans lesquels ce livre n'aurait pu avoir été écrit. Ces travaux ne sont pas responsables, bien entendu, des erreurs et des interprétations justes ou fausses que j'ai pu faire.

D'abord l'ouvrage de Fawn Brodie, *Thomas Jefferson, An Intimate History,* et ses deux articles parus dans *American Heritage,* « The Great Jefferson Taboo » et « Thomas Jefferson's Unknown Grandchildren ».

Ensuite les Mémoires de Madison Hemings, d'Edmund Bacon, des anciens esclaves Israel Jefferson et Isaac Jefferson, aussi bien que le journal d'Aaron Burr et celui de John Quincy Adams.

Troisièmement les lettres de John et d'Abigaïl Adams, la correspondance familiale de Thomas Jefferson, son registre fermier et son livre de comptes.

Il me faut citer un article inédit de Jean Hanvey Hazelton, à la bibliothèque de l'université de Virginie, « The Hemings Family of Monticello », ainsi que les conférences sur Jefferson d'Eric Erickson à l'université de Princeton, et *Four Days in July* de Cornel Lengyel. *The Autobiography of John Trumbull,* avec les biographies de Thomas Jefferson et Aaron Burr par Nathan Schachner.

Je citerai enfin : *The Jefferson Papers* de Julian Boyd avec son article « The Murder of George Wythe », publié dans *William and Mary Quarterly; Thomas Jefferson, The Darker Side,* par Leonard W. Levy, ainsi que l'exposition et son catalogue, *The Eye of Thomas Jefferson,* organisée par la National Gallery, Washington, D.C.

Mon dernier remerciement ira à un roman du dix-neuvième siecle, *Clotel, or the President's Daughter* publié en 1853 en Angleterre par William Wells Brown, un esclave évadé, considéré comme l'ancêtre du roman afro-américain. Bien que je n'aie lu la version originale qu'après avoir écrit ce livre, j'ai été très touchée d'y reconnaître les rythmes, les thèmes et les sources affectives qui sont à la racine de l'écriture afro-américaine. Que le thème de ce roman, le premier publié par un Noir hors des États-Unis, soit identique au mien, qu'il ait été écrit par un exilé au vrai sens du terme, cela vient refermer le cercle. J'aimerais remercier mon éditrice, Jeannette Seaver, la Collection Shomburg sur la Culture noire, mon documentaliste Rother Owens, ma secrétaire et assistante Carolyn Wilson, Victoria Reiter, Mary McCarthy, Lynn Nesbit, mon mari, mes fils, ma famille et mes amis.

SOURCES

- Recensement, comté d'Albemarle, 1830 (avec l'autorisation de la Division des microfilms, université de Virginie).

- Lettre de Thomas Jefferson à Francis C. Gray, 1815 *(Writings, Thomas Jefferson [Monticello Edition]), Lipscomb and Bergh, Volume XIV, pp. 267-271).*

- *Mémoires de James Hemings, Life Among the Lowly,* Pike County (Ohio) Republican, 13 mars 1873.

- Passeport délivré par Louis XVI à Thomas Jefferson, Maria et Martha Jefferson, James et Sally Hemings, 1789 (Division des manuscrits, Bibliothèque du Congrès).

- Description d'une moisson à Monticello, liste des ouvriers esclaves *(Livre de jardin de Thomas Jefferson, 1795-1796).*

- *Promesse d'affranchissement de James Hemings, 1793 (Writings, Thomas Jefferson, Farm Book,* 1807, Massachusetts Historical Society).

- Deux lettres de James T. Callender à Thomas Jefferson, 1800 (Division des manuscrits, Bibliothèque du Congrès).

- « The President Again », par James T. Callender, *The Richmond Recorder,* 1802 (1er septembre 1802, Archives, Bibliothèque de l'Etat de Virginie).

- Le Recensement de ma Famille, registre fermier, Thomas Jefferson, 1807 (Thomas Jefferson, registre fermier, 1807, Massachusetts Historical Society).

- Inventaire des esclaves et publicité de la vente des esclaves, Monticello, 1826 (avec l'autorisation des Archives Jefferson, Bibliothèque de l'université de Virginie, Département des Manuscrits. Annonce de l'*Enquirer* de Richmond, du 7 novembre 1826, avec l'autorisation de la Fondation à la mémoire de Jefferson, Monticello).

- Passage retiré de la Déclaration d'Indépendance, 1776 (Département des manuscrits, Bibliothèque du Congrès).

TABLE

Cet ouvrage reproduit par procédé photomécanique
a été achevé d'imprimer sur presse CAMERON
dans les ateliers de la S.E.P.C.
à Saint-Amand (Cher), le 12 mars 1982

pour le compte de France Loisirs
123, boulevard de Grenelle, Paris

Dépôt légal : mars 1982.
N° d'Édition : 6707. N° d'Impression : 326.